MIRA®

Der Preis dieses Bandes versteht sich einschließlich
der gesetzlichen Mehrwertsteuer.

Umwelthinweis:
Dieses Buch wurde auf chlor- und säurefreiem Papier gedruckt.

Anne Stuart

Flammen über Princeton

Der Mörder hinter der Maske

MIRA®

MIRA® TASCHENBUCH
Band 25162
1. Auflage: Dezember 2005

MIRA® TASCHENBÜCHER
erscheinen in der Cora Verlag GmbH & Co. KG,
Axel-Springer-Platz 1, 20350 Hamburg
Deutsche Taschenbucherstausgabe

Titel der nordamerikanischen Originalausgabe:
Partners in Crime / Hand in Glove

erschienen bei: Harlequin Enterprises, Ltd., Toronto
Published by arrangement with
Harlequin Enterprises II B.V., Amsterdam

Konzeption/Reihengestaltung: fredeboldpartner.network, Köln
Umschlaggestaltung: pecher und soiron, Köln
Redaktion: Sarah Sporer
Illustration: Sándor Rózsa, Köln
Autorenfoto: © by Harlequin Enterprise S.A., Schweiz
Satz: Buch-Werkstatt GmbH, Bad Aibling
Druck und Bindearbeiten: Ebner & Spiegel, Ulm
Printed in Germany
ISBN 3-89941-201-X

www.mira-taschenbuch.de

Anne Stuart

Flammen über Princeton

Roman

Aus dem Amerikanischen von
Louisa Christian

MIRA®

1. KAPITEL

Alexander Caldicott zerrte seine Krawatte herunter und schleuderte sie quer durch das Zimmer. Eigentlich hätte sie auf dem durchgelegenen Doppelbett landen sollen, doch der Wurf geriet zu kurz, und sie blieb auf dem fleckigen Teppichboden liegen. Ein äußerst unpassender Ort für die teuerste Seidenkrawatte von „Brooks Brothers“, aber das war Alex egal. Er rollte die Ärmel seines Oberhemdes aus bester ägyptischer Baumwolle hoch und sank in den einzigen Sessel des schäbigen Motelzimmers. Der Sessel wackelte bedenklich und drohte unter Alex' muskulösem, beinahe achtzig Kilo schweren Körper zusammenzubrechen. Doch zum Glück passierte nichts.

Alex schimpfte lautstark vor sich hin, was schon eher in das „Princeton Pike Sleep-a-While-Motel“ passte als Seidenkrawatten, teure Baumwollhemden oder der Rechtsanwalt Alexander Caldicott selbst, so ausgebrannt und seelisch erschöpft er auch sein mochte. Heute war der schlimmste einer ganzen Reihe von deprimierenden Tagen gewesen, und nicht einmal der Gedanke an den bevorstehenden Urlaub auf den Kanarischen Inseln konnte ihn aufheitern. Diese Ferien würden nicht viel anders verlaufen als frühere: unechte kumpelhafte Vertraulichkeit unter den Gästen und zu nichts verpflichtender Sex mit zu allem entschlossenen, attraktiven Frauen. Sein Reisebürokaufmann wusste, was ihm gefiel, und erfüllte ihm Jahr für Jahr seine Wünsche. Nur die Orte wechselten.

Aber jetzt hatte Alex genug davon. Ihm graute vor der oberflächlichen Freundschaft von Leuten, die er anschließend nie wiedersehen würde, und den kurzfristigen Beziehungen, die niemals hielten. Alles war er leid: seine Wohnung in New York, seine Familie in New Jersey, den kühlen Herbst und sogar seinen flotten Sportwagen. Auch seine Anwaltskanzlei hatte ihn enttäuscht. Nicht einmal über seinen letzten beruflichen Triumph an diesem Nachmittag konnte er sich freuen.

Wäre er nicht so erschöpft gewesen, hätte er gemerkt, dass Jimmy ihn angelogen hatte. Bei einem Menschen wie Jimmy-the-Stoolie musste man persönlich wie beruflich misstrauisch bleiben. Aber Alex hatte sich ausschließlich darauf konzentriert, den kleinen Gauner von dem Verdacht der Brandstiftung und Verschwörung zu befreien, und nicht genug darauf geachtet, ob sein Mandat ihm gegenüber aufrichtig war.

Er hatte das Verfahren hinter sich bringen und in jenen teuren Urlaub fahren wollen, an dem ihm jetzt nichts mehr lag.

Vielleicht sollte ich das Strafrecht aufgeben und mir eine schöne ruhige Stellung als Rechtsberater eines Konzerns suchen, überlegte Alex. Er konnte seine Partnerschaft mit „MacDougal & Sullivan" ohne Weiteres kündigen. Nichts hielt ihn in New York, auch keine Ehefrau. Einzig der Automechaniker, den er mit seinem alten MG ständig beschäftigte, würde seinen Weggang bedauern. Sonst höchstens noch der eine oder andere Barmixer.

Wenn sein Leben doch nicht in genau vorhersehbaren Bahnen verliefe! Alles war gekommen, wie man es von Alex erwartete: College, Jurastudium in Princeton und Yale und anschließend der Eintritt in eine Kanzlei, die stolz auf ihr soziales Engagement war. Auch eine perfekte blonde Ehefrau hatte dazugehört. Sogar dass die Ehe mit Margery nicht gehalten hatte, war nach der Statistik zu erwarten gewesen.

Alex lehnte sich in dem unbequemen Sessel zurück und streckte die Beine aus. Er brauchte etwas, das ihn aufrüttelte und aus seiner elendigen Stimmung herausriss.

Der Verkehrslärm auf der Route 1 übertönte beinahe das Klopfen an der Tür. Eine ganze Weile blieb Alex regungslos sitzen. Er hatte absichtlich dieses kleine, heruntergekommene Motel gewählt und keines jener großen, teuren Häuser, von denen es genügend in Princeton gab, denn er hatte die Nase voll von anonymen Hotels. Dieses „Pike Sleep-a-While“ besaß zumindest Charakter – wenn auch einen schlechten.

Es klopfte erneut. Nur Jimmy-the-Stoolie wusste, dass er hier übernachtete, und Alex hatte keine Lust, nach dem unverdienten Freispruch noch einmal mit dem kleinen Gauner zu sprechen.

Das Klopfen wurde stärker und gebieterischer. Mühsam stand Alex auf. Wer immer vor der Tür war, freiwillig würde er nicht wieder verschwinden.

Die strahlende Herbstsonne fiel in das winzige Zimmer, sobald Alex die Tür öffnete. Einen Moment kniff er die Augen zusammen, dann entdeckte er die Frau.

Sie war klein, und er liebte große Frauen. Sie hatte kastanienbraunes Haar, und er bevorzugte Blondinen. Mit ihren braunen Augen und der Nickelbrille sah sie ihn beinahe erschrocken an. Ihr Mund war zu voll, ihre Nase zu groß, und ihre Kleidung so langweilig wie die einer Bibliothekarin aus dem Mittleren Westen. Er schätzte sie auf Anfang Dreißig.

Alex stand auf der Türschwelle und bemühte sich, höfliches Interesse zu heucheln.

„Hoffentlich halten Sie mich nicht für zu aufdringlich“, begann die Frau, und die Nervosität war ihrer melodischen Stimme deutlich anzuhören. „Ich möchte Sie bitten, mir bei einer Brandstiftung zu helfen.“

Eine ganze Weile rührte Alex sich nicht. Dann trat er langsam zurück und bat die junge Frau herein.

Der Mann war ganz anders, als Jane Dexter ihn sich vorgestellt hatte. Aber ein Hochstapler musste wohl attraktiv sein, das kam ihm bei seinen Machenschaften zugute. Sie hatte das Foto des eleganten, stolzen blonden Mannes mit seinem schäbigen Rechtsanwalt ja gesehen. Die Abendzeitungen hatten ausführlich über die dreiwöchige Verhandlung berichtet.

Seit zehn Tagen wohnte Jane ebenfalls in diesem Motel. Weil sie für eine anspruchsvollere Lektüre zu deprimiert und gereizt war, hatte sie jede Zeile über die Gerichtsverhandlung gelesen und den gut aussehenden Mann, der nur drei Zimmer weiter wohnte, sofort erkannt.

Weshalb war er in diesem heruntergekommenen Motel abgestiegen? Auch wenn man den königsblauen MG, der vor seiner Tür parkte, je nach persönlicher Vorliebe als Wrack oder als Oldtimer bezeichnen konnte, war dem Mann anzumerken, dass er Besseres gewohnt war.

Er war etwas über einsachtzig groß, hatte breite Schultern und lange Beine sowie schöne Hände. Sein Haar war hellblond und vermutlich von vielen Stunden an Deck einer Yacht oder auf dem Tennisplatz gebleicht. Seine gebräunte Haut bewies, dass er sich viel im Freien aufhielt. Seine Augenfarbe konnte sie aus dieser Entfernung nicht erkennen, aber sicher war sie leuchtend blau. Sein Mund war schmal und trotzdem sinnlich, seine Zähne waren blendend weiß und seine Züge fein gemeißelt. Selbst seine Nase war vollkommen.

Niemals hätte Jane vermutet, dass dieser Mann ein Berufsverbrecher mit einem endlosen Strafregister war. Brandstiftung, Erpressung und eine ganze Reihe kleinerer Vergehen waren ihm diesmal vorgeworfen worden, und nichts hatte man ihm beweisen können. Nach Ansicht der Reporter war er nur wegen seines hervorragenden Rechtsanwalts davongekommen und nicht etwa, weil er unschuldig war. Jane hatte Alexander Caldicotts Gesicht auf dem Foto betrachtet und vergeblich nach Anzeichen dieser Brillanz in dem verschlagenen Blick gesucht. Viel leichter hätte sie sich den Anwalt als hartgesottenen Verbrecher vorstellen können.

Doch die Bildunterschrift war eindeutig gewesen. Außerdem: Weshalb hätte ein Staranwalt in diesem Motel absteigen sollen? Dass sie selbst vor den Erinnerungen hierher geflüchtet war und keine zehn Minuten entfernt eine eigene Wohnung besaß, vergaß sie bei ihren Überlegungen.

Der Mann vor ihr hatte sicher andere Gründe als sie. Er war ein ganz gewöhnlicher Berufsverbrecher, der sich jedem andiente, der ihn ordentlich bezahlte. Und so einen Menschen brauchte sie jetzt.

Seltsam belustigt sah er sie an. Bei näherem Hinschauen stellte Jane fest, dass seine Augen nicht blau, sondern unergründlich rauchgrau waren. Aus der Nähe wirkte sein Mund noch sinnlicher, auch wenn sie selbst gewiss nicht für ihn in Betracht kam. Jane machte sich keine Illusionen über ihre Reize. Falls sie je Charme besessen hatte, war er während ihrer deprimierenden Scheidung vor zwei Jahren ausgelöscht worden.

Jane straffte die Schultern, blickte dem vermeintlichen Jimmy-the-Stoolie in die rätselhaften Augen und wiederholte ihre Worte. „Guten Tag, ich möchte, dass Sie mir bei einer Brandstiftung helfen."

„Tatsächlich?" Seine Stimme war tief und wohlklingend. „Nehmen Sie Platz und erzählen Sie mir bei einem Whisky, weshalb Sie sich ausgerechnet an mich mit dieser Bitte wenden."

„Haben Sie auch Kaffee?" Jane sah sich unsicher in dem Zimmer um. Es war ebenso kahl und verwohnt wie ihres.

„Nein, nur Scotch. Und mir scheint, der passt besser zu unserer Unterhaltung. Setzen Sie sich auf das Bett. Dem Sessel würde ich an Ihrer Stelle nicht trauen."

„Aha ... Und wo bleiben Sie?"

Sein Lachen klang nicht unangenehm, trotzdem errötete Jane. „Ich wage mich in den Sessel. Keine Sorge, ich tue Ihnen schon nichts."

„Das habe ich auch nicht angenommen", log Jane und setzte sich vorsichtig auf den Bettrand.

Alex drehte ihr den Rücken zu. Das weiße Baumwollhemd umspannte seine breiten Schultern und seinen schönen Rücken. Auch seine Leinenhose sitzt ausgezeichnet, stellte Jane fest und seufzte innerlich.

„Trotzdem sollten Sie normalerweise lieber nicht das Motelzimmer fremder Männer betreten", fügte Alex hinzu und reichte Jane ein Glas Whisky mit viel zu wenig Wasser. Er setzte sich ihr gegenüber, und sie sah, dass sein Whisky noch weniger verdünnt war. Einen Moment überlegte sie, ob sie nicht einen schweren Fehler gemacht hatte. Doch sie war so verzweifelt, dass sie ohne lange nachzudenken in ihre Schuhe geschlüpft und den Gang zu diesem Zimmer hinuntergeeilt war.

„Also, erzählen Sie", forderte Alex sie nun auf. „Wer sind Sie, und weshalb soll ausgerechnet ich Brandstiftung für Sie begehen?"

„Ich ... Meinen richtigen Namen möchte ich Ihnen lieber noch nicht nennen. „Sie trank einen Schluck Whisky und wünschte sich, es wäre Kaffee. „Den sage ich Ihnen erst, wenn wir uns einig geworden sind."

Alex lächelte breit. „Dann werde ich Sie Madame X nennen", erklärte er feierlich. „Sollten Sie in diesem Fall nicht lieber ganz in Schwarz gekleidet sein und Ihr Gesicht mit einem Schleier verhüllen? Im Moment wirken Sie eher wie eine Bibliothekarin aus dem Mittleren Westen."

„Ich bin eine Bibliothekarin aus dem Mittleren Westen", erklärte Jane und verabscheute Alex in diesem Moment zutiefst.

„Entschuldigung", sagte er. „Manchmal trete ich fürchterlich ins Fettnäpfchen. Also, weshalb ich?"

„Ich habe den Bericht über Ihre Verhandlung in der Zeitung gelesen."

„Ach ja, wirklich? Nun, mir ist es egal, was die Leute über mich schreiben."

„Ich fand den Artikel sehr interessant."

„Das glaube ich Ihnen gern, sonst wären Sie wohl kaum zu mir gekommen."

Jane holte tief Luft. „Aus dem Artikel geht klar hervor, dass Sie im Grunde doch schuldig sind."

„Wie bitte?"

„Es heißt, dass Sie ein professioneller Gauner sind und nur freigesprochen wurden, weil Sie einen fabelhaften Rechtsanwalt hatten."

Alex' Gesicht nahm einen seltsamen, halb befriedigten, halb besorgten Ausdruck an. „Mein Rechtsanwalt?"

„Calderwood heißt er doch, nicht wahr?"

„Caldicott", verbesserte Alex sie. „Alexander Caldicott."

„Meinetwegen. Zumindest hat er Sie frei bekommen. Allerdings muss ich zugeben, dass er auf dem Foto gar nicht so fabelhaft wirkt."

„Das Aussehen kann täuschen."

„Ja …", sagte Jane und betrachtete Alex' markantes aristokratisches Gesicht, „… das stimmt. Also, ich brauche einen Brandstifter. Ich nehme an, dass Sie noch keinen neuen Auftrag übernommen haben. Schließlich war bis heute Nachmittag nicht sicher, ob Sie nicht doch im Gefängnis landen würden. Deshalb dürften Sie kaum langfristige Pläne geschmiedet haben."

„Nein, das habe ich nicht. Caldicott ist tatsächlich ein ausgezeichneter Anwalt. Ich hoffte, dass er mich frei bekommen würde, durfte aber nicht fest damit rechnen. Eines haben Sie allerdings nicht bedacht", fuhr er lächelnd fort. „Vielleicht habe ich beschlossen, ab sofort ein untadeliges Leben zu führen."

„Das wäre ja großartig“, stieß Jane verblüfft hervor.

„Wirklich?“ zog er sie mit seiner weichen, betörenden Stimme auf. „Keine Sorge, Madame X, ich habe sogar das Gefühl, meine kriminelle Karriere hat eben erst begonnen.“

Als Jane Dexter sein Zimmer eine Dreiviertelstunde später wieder verließ, schwankte sie ein wenig. Alex hatte ihr ständig Whisky nachgeschenkt und fasziniert beobachtet, wie sie sich entspannte. Innerhalb von zehn Minuten hatte sie ihm ihren Namen genannt, auch wenn ihm Madame X besser gefiel. Sie war tatsächlich eine Bibliothekarin aus Baraboo in Wisconsin und zur Zeit auf Besuch in ihrer Heimatstadt Princeton in New Jersey. Außerdem brauchte sie dringend einen Brandstifter.

Ungläubig schüttelte Alex den Kopf und goss den Rest aus seinem Glas ins Waschbecken. Er musste sich unbedingt eine Ausgabe der Zeitung besorgen. Offensichtlich hatte der Redakteur bei der Bildunterschrift die Namen verwechselt. Zum ersten Mal in seinem Leben hielt ihn jemand für einen Gauner, und diese Vorstellung belustigte Alex ungemein.

Natürlich hätte er den Irrtum aufklären müssen. Er hatte es auch vorgehabt. Doch Jane hatte ihn so entzückend ehrfürchtig und gleichzeitig derart misstrauisch angesehen, dass er nicht widerstehen konnte und sie noch ein wenig zappeln lassen wollte. Richtig Spaß hatte das gemacht, und seine Schwermut war wie weggeblasen.

Jane würde sich wundem, dass er nicht zum Abendessen erschien. Sie hatten sich im Steakhaus des Einkaufszentrums verabredet, dort wollte sie ihm ihren Plan erläutern. Beinahe bedauerte er, dass er dem Vorschlag nicht folgen konnte, aber sein Flugzeug ging um zehn Uhr nachts.

Alex zog sich aus und trat unter die rostige Dusche.

Wenn er aus dem Urlaub zurückkehrte, brauchte Jane Dexter vermutlich dringend einen Anwalt. Vielleicht konnte er ihr dann seine Dienste anbieten.

Wenn ich auch nur einen Funken Anstand besitze, sollte ich mir einen Weg durch die Teenager im Einkaufszentrum bahnen, Madame X rasch die Wahrheit sagen und sie vor den Folgen ihres Plans warnen, überlegte Alex. Das Flugzeug könnte ich trotzdem erreichen.

Plötzlich wurde das Wasser eiskalt, und Alex sprang schimpfend aus der Dusche. Ja, er würde schnell beim Steakhaus vorbeifahren und mit Jane reden. Das gehörte sich einfach. Außerdem musste er unbedingt erfahren, weshalb eine so seriöse Frau wie Jane Dexter einen Brand legen wollte.

Das Telefon läutete, während er das Zimmer verließ, und Alex zögerte einen Moment. Außer Jimmy-the-Stoolie wusste nur der Bürovorsteher von „MacDougal & Sullivan", wo er war. Beide wollte er jetzt nicht sprechen. Fröhlich pfeifend schloss er die Tür.

2. KAPITEL

Alex musste mehr als eine halbe Meile vom Haupteingang des lebhaften Einkaufszentrums entfernt parken. Es war Mittwoch Abend, nicht gerade Haupteinkaufszeit. Trotzdem herrschte ein Trubel wie kurz vor Weihnachten.

Es dauerte eine ganze Weile, bis er Jane in dem vollen Restaurant gefunden hatte. Sie saß in einer dunklen Ecke und hatte sich über ihr Tablett gebeugt. Verblüfft blieb Alex stehen, als er die gewaltige Mahlzeit bemerkte. Jane hatte ein „Lubejack Spezial" mit Pilzen, Zwiebeln und grünem Pfeffer gewählt, das größte Steak auf der Speisekarte. Daneben lagen ein Berg Pommes frites und ein halb aufgegessenes Brötchen. Außerdem standen zwei Portionen Nachtisch und eine Literflasche Mineralwasser auf dem Tablett.

Alex hatte sich ein Lendensteak mit einer Ofenkartoffel aus dem Mikrowellenherd, einen welken Salat und ein gummiartiges Brötchen genommen. Erschöpft sank er auf den Stuhl Jane gegenüber und bedauerte jetzt, dass er dem leuchtend rosa Erdbeerkuchen widerstanden hatte. Ob Jane ihm eine Portion ihres Desserts anbot?

„Sind Sie schwanger?" fragte Alex plötzlich.

Jane errötete heftig. Er hatte nicht gewusst, dass Frauen heutzutage noch rot wurden.

„Nein, das bin ich nun wirklich nicht. Weshalb fragen Sie?" erkundigte sic sich.

„Schwangere essen angeblich viel."

„Ich auch", antwortete sie trotzig.

„Das sieht man Ihnen nicht an."

Diesmal lächelte Jane ein wenig hinter ihrer Nickelbrille.

„Ich fürchtete schon, dass Sie dem Vater Ihres Kindes die

Hölle heiß machen wollen", fügte er gelassen hinzu. „Sie wissen, was ich meine: verführt und anschließend sitzen gelassen ..."

Jane wurde wieder ernst. „Nein, um den Mann, der mich verführt und sitzen gelassen hat, geht es nicht."

Sie aßen eine Weile schweigend. „Verraten Sie mir dann, um wen es sich handelt?"

„Meinen Sie den Mann, der mich verführt und wieder verlassen hat, oder den Kerl, den Sie für mich verbrennen sollen?" fragte Jane unbekümmert und zog den Erdbeerkuchen heran.

„Sie glauben doch nicht ernsthaft, dass ich jemanden verbrenne?" fragte Alex erschrocken. „Ich lege Feuer an Gebäude, nicht an Menschen, und dabei ist noch nie etwas passiert. Nicht einmal ein Feuerwehrmann hat sich bei meinen Bränden verletzt."

Weshalb wiederholte er Jimmys Worte, obwohl er dringend den Irrtum aufklären musste?

„Es geht um ein Gebäude, genauer gesagt, um eine bestimmte Firma", fuhr Jane fort. Sie hatte tatsächlich alles aufgegessen und zusätzlich einen halben Liter Mineralwasser getrunken.

Alex sah sie bewundernd an. „Um welche?"

„Haben Sie schon einmal von ‚Technocracies Ltd.' gehört?"

Alex kannte das Unternehmen, doch als Jimmy-the-Stoolie durfte er keine Ahnung davon haben. „Ehrlich gesagt, nein", antwortete er daher.

„Es handelt sich um ein Forschungs- und Entwicklungsunternehmen hier in Princeton, das von einem Mann namens Stephen Tremaine geleitet wird. In Wirklichkeit stellt er allerdings nur die Räumlichkeiten und das Geld zur Verfügung. Die Wissenschaftler befassen sich mit allen möglichen Produkten und teilen sich die Einkünfte aus den Patenten, die von Babynahrung über Raketenantriebe bis zu neuem Nagellack reichen."

„Und?" fragte Alex, weil Jane plötzlich schwieg.

„Mein Bruder arbeitete bei Tremaine. Er entwickelte ein revolutionäres Galvanisierungsverfahren für Werkzeug und Maschinenteile mit Titan. Normalerweise ist das Galvanisieren sehr teuer, aber das Werkzeug hält anschließend ewig. Richard entdeckte ein wesentlich preiswerteres Verfahren."

„Das klingt ziemlich harmlos."

„Das hätte es auch sein sollen. Richard war immer ein Idealist. Sobald irgendwo eine Demonstration stattfand, war er dabei. Er protestierte gegen die Atomenergie, gegen die Ausbeutung von Saisonarbeitern auf den Farmen, gegen Umweltverschmutzung und vieles mehr. Insgesamt verbrachte er mehr Zeit im Gefängnis als Sie."

„Verbrachte?" forschte Alex vorsichtig nach.

„Mein Bruder starb vor gut einem Monat bei einem Autounfall", erklärte Jane ausdruckslos, und der Schmerz verdunkelte einen Moment ihren Blick. „Jetzt will Tremaine sein Galvanisierungsverfahren an den Meistbietenden verkaufen. Und wissen Sie, wer in solchen Fällen am höchsten bietet?"

„Ich kann es mir denken."

„Entweder ist es unser Verteidigungsministerium oder – schlimmer noch – das eines anderen Landes. Und das wäre Verrat an allem, woran Richard geglaubt hat. Deshalb darf ich es nicht zulassen, auf keinen Fall!"

„Was sagt Tremaine denn dazu?"

„Dasselbe übliche Geschwafel", antwortete Jane verbittert. „Er versteht mich vollkommen, kann mir aber nicht helfen. Angeblich hat Richard keine Vereinbarung mit ihm getroffen, wonach seine Erfindung nur friedlichen Zwecken dienen darf. Sobald alles geregelt ist, wird er das Höchstgebot annehmen."

„Moment mal", wandte Alex ein. „Er muss noch etwas regeln? Ich dachte, es handle sich um eine einfache Transaktion."

„Das glaubte ich ebenfalls. Aber der Verkauf verzögert sich aus irgendeinem Grund. Tremaine wollte unbedingt in Richards

Wohnung, was ich natürlich abgelehnt habe. Nicht, dass sich dort etwas Wichtiges befände, aber er sollte nichts herausholen."

„Wer ist denn Richards Erbe?"

„Ich bin die alleinige Erbin. Unsere Eltern leben nicht mehr."

„Dann müsste alles, was sich in der Wohnung befindet, rechtsmäßig Ihnen gehören."

Jane sah Alex verärgert an. „Sie haben zu oft mit Rechtsanwälten zu tun. Meinen Sie, ich hätte mich nicht erkundigt? Ich habe Richards materielle Güter geerbt, seine Arbeitsergebnisse gehören der Firma. Rechtlich habe ich keinen Anspruch auf die Formel."

„Müsste es nicht eine Kopie in Richards Unterlagen geben, falls er doch eine Vereinbarung über die ausschließlich friedliche Nutzung seiner Entwicklung mit ‚Technocracies Ltd.' geschlossen hat?"

„Danach habe ich Dutzend Male gesucht. Richard war nicht gerade ein praktischer Mensch. Wahrscheinlich hat er seinen Abfall in die Kopie gewickelt."

Alex hatte die Uhrzeit längst vergessen. „Und was möchten Sie nun in Brand stecken?"

Jane holte tief Luft. „Richards Labor bei ‚Technocracies'. Lieber vernichte ich die Formel, als dass sie in falsche Hände gerät. Ich bin sicher, dass Richard damit einverstanden wäre. So etwas ist doch Ihre Spezialität, nicht wahr? Halten Sie den Schaden so gering wie möglich und sorgen Sie dafür, dass niemand verletzt wird."

„Ihr Plan wäre reine Zeitverschwendung", gab Alex zu bedenken. „Tremaine hat garantiert alle wichtigen Unterlagen längst in Sicherheit gebracht."

„Haben Sie einen besseren Vorschlag?"

„Natürlich." Alex lehnte sich auf dem unbequemen Stuhl

zurück. „Wir sollten herausfinden, was den Verkauf der Formel verzögert. Es muss ein sehr schwer wiegender Grund sein. Soweit ich weiß, steckt ‚Technocracies Ltd.' in finanziellen Schwierigkeiten. Tremaine dürfte also daran interessiert sein, so rasch wie möglich neue Geldmittel zu beschaffen. Außerdem könnten wir die Kopie der Vereinbarung Ihres Bruders mit dem Unternehmen vielleicht doch noch finden."

„Sagten Sie nicht, Sie hätten noch nie etwas von ‚Technocracies' gehört?" fragte Jane misstrauisch.

Alex zuckte nicht einmal mit der Wimper. „Bei mir klingelte es erst, als Sie das Unternehmen näher beschrieben. Der ... Mein Anwalt erwähnte etwas von den Geldschwierigkeiten. Finden wir den Grund, weshalb sich der Verkauf verzögert, könnten wir ihn zu Ihrem Vorteil nutzen."

„Sie meinen nicht zufällig Erpressung?" Sorgfältig faltete Jane ihre zerknüllte Papierserviette und mied Alex' Blick.

Alex betrachtete ihre schmalen Hände mit den kurzen, schön geformten Nägeln und den langen grazilen Fingern. Jane trug keinen Ehering, doch er vermutete, dass dies nicht immer so gewesen war.

„Finden Sie Erpressung schlimmer als Brandstiftung?" erwiderte Alex. „Wir würden Tremaine damit nur an Dingen hindern, die er nicht tun sollte. Allerdings könnten wir gleichzeitig dafür sorgen, dass wir ein bisschen für unsere Mühe belohnt werden ..."

„Nein!" Jane sah auf und blickte Alex eindringlich an. „Ich will nichts von Stephen Tremaine, sondern möchte nur verhindern, dass die Formel in falsche Hände gerät."

„Einverstanden. Natürlich gibt es legale Mittel, falls Sie das Risiko eingehen wollen."

„Nein, das will ich nicht", erklärte sie entschlossen. „Weshalb verstehen Sie eigentlich so viel davon?"

Alex verwünschte seine geschliffene Sprache. Wenn er den Irrtum nicht aufklären wollte, musste er dafür sorgen, dass Jane nicht von allein hinter die Wahrheit kam. Deshalb lächelte er selbstbewusst.

„Im Laufe der Jahre habe ich eine Menge aufgeschnappt. Meine Arbeit bringt mich häufig mit Richtern und Anwälten zusammen."

„Das glaube ich Ihnen aufs Wort."

„Keine anzüglichen Bemerkungen, Madame X", warnte Alex sie. „Ich könnte mich sonst weigern, Ihnen zu helfen."

„Sie wollen mir also wirklich helfen? Und was soll dabei für Sie herausspringen?"

„Dasselbe wie bei Brandstiftung. Sie wollen mich doch bezahlen, nicht wahr? Natürlich arbeite ich nicht umsonst."

„Nein …", antwortete sie gedehnt, „… natürlich nicht. Nur Rechtsanwälte und Ärzte überlegen manchmal, ob sie ihre Arbeitszeit zum Wohl der Menschheit gratis zur Verfügung stellen sollen – und sei es, um nicht so viel Steuern zu zahlen. Zahlen Sie auch Steuern?"

„Nur wenn es unbedingt sein muss. Was haben Sie denn gegen Rechtsanwälte? Außer, dass sie Ihnen in diesem Fall nicht helfen konnten …"

„Wie kommen Sie auf diese Frage?"

„Sie rümpften die Nase, als Sie das Wort aussprachen", antwortete Alex.

„Ich war mit einem Anwalt verheiratet", erklärte Jane ausdruckslos.

„War das der Kerl, der Sie verführte und sitzen ließ?"

„Genau der."

„Na, zumindest hat er eine anständige Frau aus Ihnen gemacht."

Jane warf ihm einen finsteren Blick zu, der besagte, dass das

Thema für sie damit beendet war. „Wie sollen wir Ihrer Meinung nach bei ‚Technocracies' vorgehen?"

„Oh, dazu fällt mir eine ganze Menge ein."

„Zum Beispiel?" forschte sie nach.

Alex sah auf die Uhr. Sein Flug auf die Kanarischen Inseln ging in zwölf Minuten. Da er mindestens vierzig Minuten bis zum Flughafen benötigte, konnte er ihn nicht mehr schaffen.

Nachdenklich blickte er Jane an. Sie hatte den Fall schon mit einem Rechtsanwalt durchgesprochen. Offensichtlich war sie an einen ziemlichen Stümper geraten. Es gab zahlreiche Möglichkeiten, mit Männern wie Stephen Tremaine fertig zu werden. Schon eine einstweilige Verfügung würde den Verkauf um Jahre verzögern.

Sollte er Jane sagen, wer er war, ihren Fall an seine Partner weiterleiten und versuchen, einen späteren Flug zu bekommen? Jeder in seiner Kanzler würde die Sache ebenso zügig und professionell behandeln wie er. Besondere Tricks waren dazu nicht nötig.

Alex öffnete den Mund, um Jane die Wahrheit zu gestehen. Doch dann sagte er: „Zum Beispiel könnte man sich in die Firma einschleichen. Mit Industriespionage erreicht man eine ganze Menge, wenn man das richtige Gespür dafür hat."

Jane sah ihn mit einer Mischung aus Ehrfurcht und Besorgnis an. „Haben Sie das Gespür dafür?"

„Räumen Sie mir ein paar Hindernisse beiseite, dann komme ich schon zurecht", meinte er fröhlich. „Wie steht es mit Ihren Sekretariatskenntnissen? Könnten Sie eine Stelle als Schreibkraft bei ‚Technocracies' annehmen?"

„Vielleicht – solange ich Onkel Stephen nicht über den Weg laufe."

„Onkel Stephen?"

„Stephen Tremaine ist der Patenonkel von Richard und mir", antwortete Jane düster.

„Ein überaus netter, nehme ich an“, erwiderte Alex. Er merkte, wie sie innerlich mit sich rang. „Natürlich könnte man es auch auf die ehrenwerte Weise versuchen“, fügte er hinzu. „Ich könnte Ihnen einen besseren Anwalt besorgen, als Sie vorher hatten, der Tremaine beherzt in die Speichen greift. Das Verfahren wäre zwar nicht so zügig und fantasievoll, dafür aber ehrenhaft.“

Das letzte Wort gab den Ausschlag. „Mir reicht es, immer ehrenhaft zu sein“, antwortete Jane Dexter. „Ich bin es leid, ständig vernünftig zu handeln, die Interessen anderer zu berücksichtigen und nur das Zweckmäßige und nicht das Richtige zu tun. Mein Bruder hat an gewisse Dinge geglaubt und für diesen Glauben gelitten. Ich lasse nicht zu, dass Stephen Tremaine sein Vermächtnis zerstört, selbst wenn ich dafür ins Gefängnis muss. Wenn Sie mir nicht helfen, zünde ich das Gebäude selbst an.“

Sie schwieg plötzlich und atmete schwer. Geistesabwesend bemerkte Alex, wie sich ihre Brüste unter der graubraunen Wolljacke hoben und senkten. Ihre Augen funkelten vor Entschlossenheit, ihr Mund zitterte vor innerer Bewegung, und sie umklammerte mit beiden Händen ihre Serviette. Plötzlich waren ihm die langbeinigen Blondinen und die Kanarischen Inseln völlig unwichtig.

„Wir werden nicht mit Brandstiftung beginnen ...“, sagte Alex leise und verdrängte die Regungen, die ihn überkamen, „... sondern mit einem Einbruch.“

Jane sah erschrocken auf. Die Angst war ihr deutlich anzumerken.

Dann lächelte sie, und ihre Augen erhielten einen so warmen Glanz, dass Alexanders letzte Bedenken verschwanden. „Ich begebe mich in Ihre Hände“, erklärte sie schlicht, und Alex hoffte inständig, dass sie es wörtlich meinte.

3. KAPITEL

Es war schon nach elf Uhr nachts, als Jane das gebieterische Klopfen an der Tür hörte. Während der letzten Stunden war sie unablässig vom Bett zum Sessel, vom Sessel zum Badezimmer und wieder zum Bett gewandert und hatte keine Ruhe finden können. Sie trug verwaschene Jeans und einen hellbraunen Pullover. Andere Sachen hatte sie für den Einbruch nicht in ihrer Garderobe finden können.

Sie eilte zur Tür und öffnete. Jimmy-the-Stoolie hatte sich ebenfalls umgezogen. Solch einen rauchgrauen Jogginganzug hatte sie bei diesem erfahrenen Gauner allerdings nicht erwartet.

Belustigt betrachtete er sie von Kopf bis Fuß.

Was war denn so komisch? Entschlossen ging Jane zum Angriff über. „Finden Sie, dass Sie für den Einbruch richtig angezogen sind?"

Er schlenderte herein und schloss die Tür hinter sich. „Das hätte ich auch beinahe gefragt. Aber ich wollte nicht unhöflich sein", erwiderte er.

Jane errötete, wich aber nicht zurück. Sie mochte Jimmy-the-Stoolie nicht. Sein markantes Gesicht und seine aristokratischen Manieren, die doch nur gespielt waren, gefielen ihr nicht. „Sie brauchen nicht höflich zu sein", antwortete sie freundlich. „Ich bin der Boss."

„Genau darüber muss ich mit Ihnen reden." Alex setzte sich auf das Bett und schien sich völlig zu Hause zu fühlen. „Wenn Sie heute Nacht mitkommen wollen, werden Sie tun, was ich sage."

„Ich komme mit", antwortete Jane entschlossen. „Aber ich habe keinesfalls die Absicht, mich nach Ihnen zu richten."

„Dann bleiben Sie hier", erklärte er und streckte sich auf dem Bett aus. „Sie scheinen zu vergessen, wer in diesem Geschäft der Fachmann ist. Eine Bibliothekarin wohl kaum."

„Ich lese eine Menge." Jane merkte selbst, wie lächerlich diese Antwort klang.

Alex lächelte gequält. „Lesen allein genügt nicht. Sie müssen mir vertrauen und überzeugt sein, dass ich weiß, was das Beste für uns ist. Sage ich ‚Runter, ducken Sie sich' oder 'Nichts wie weg', rennen Sie los. Keine Frage, keine Widerrede, keine demokratische Abstimmung. Können oder wollen Sie das nicht, lassen wir das Ganze."

Jane biss sich auf die Unterlippe und beobachtete ihn. Was er sagte, klang einleuchtend. Trotzdem wollte sie sich ihm nicht derart ausliefern. Ihre Selbstachtung war viel zu wenig gefestigt, als dass sie sich diesem charmanten Hochstapler anvertrauen durfte.

Andererseits bezweifelte sie nicht, dass Jimmy tatsächlich von dem Einbruch zurücktreten würde, falls sie sich weigerte. „In Ordnung …", sagte sie daher, „… erledigen wir es auf Ihre Weise. Zumindest diesmal."

Alex sprang vom Bett und ging auf sie zu. Erschrocken wich Jane zurück und stieß an die Tür. Rasch ergriff er ihren Arm, damit sie nicht stürzte. „Keine Angst, Jane", sagte er ernst. „Ich tue Ihnen nichts."

Sie richtete sich auf. „Sie haben mich erschreckt. Ist es nicht ganz normal, dass ich nervös bin? Schließlich breche ich zum ersten Mal irgendwo ein."

Er nickte. „Beim ersten Mal ist es immer am schwersten."

Jane sah ihn neugierig an. „Wie war es bei Ihnen?"

Er schüttelte den Kopf, und seine Mundwinkel zuckten erneut. „Darüber reden wir lieber nicht", antwortete er ruhig. „Sie werden also tun, was ich sage?"

„Ja."

„Na, na, nicht so mürrisch, Jane. Vielleicht rette ich auf diese Weise Ihr Leben."

Ihr Herz setzte einen Schlag aus. „So gefährlich wird es doch nicht werden?“ fragte sie.

„Ich habe mich erkundigt. Tremaine setzt bewaffnete Wächter und Hunde zur Bewachung ein.“

„Meine Güte …“

Er lächelte entwaffnend. „Wenn es einfach wäre, machte es doch überhaupt keinen Spaß. Vertrauen Sie mir, Jane. Es wird schon klappen.“

„Und wenn nicht?“ fragte sie trotzig, um seinem Charme nicht zu erliegen.

„Dann weiß ich einen gerissenen Rechtsanwalt für uns.“

Jane erinnerte sich an das undurchschaubare Gesicht auf dem Zeitungsfoto und schnaufte verächtlich, bevor sie Alex alias Jimmy hinaus in die Nacht folgte.

Im blauen MG fuhren sie durch die beinahe leeren Straßen von Princeton. Der Motor war ziemlich laut, und Jane blickte ihren Begleiter zweifelnd an. „Sind Sie sicher, dass dies der richtige Wagen für uns ist? Müssten wir nicht einen zuverlässigeren haben, mit dem wir notfalls rasch fliehen könnten? Mir scheint, mit diesem hier kommen wir nicht weit.“

„Mein Wagen ist zuverlässig und werkstattgepflegt“, antwortete Alex. „Es gibt nur noch wenige Exemplare dieses Modells.“

„Mag sein“, murmelte Jane. „Trotzdem muss die Zündung nachgestellt werden.“

„Sie wurde es erst vor drei Tagen.“

„Das hält wohl nicht lange vor, oder?“

Alex warf ihr einen Seitenblick zu. „Kennen Sie sich mit Autos aus, Madame X?“

„Ich lese eine Menge.“

Er sah sie düster an, dann lachte er so laut auf, dass sich die Spannung legte. „Dies ist nicht der rechte Augenblick, um zu streiten. Wir haben eine spannende Nacht vor uns und sollten uns nicht gegenseitig an die Gurgel gehen."

Ohne Vorwarnung steuerte er nach links, bog in eine schmale Parklücke ein, schaltete den Motor aus und zog den Zündschlüssel ab.

„Darf ich Ihnen eine Frage stellen?"

„Nur zu. Ich brauche blinden Gehorsam, kein Schweigen", antwortete er und holte dunkle Handschuhe aus der Tasche. „Sehen Sie mal ins Handschuhfach, dort müsste noch ein Paar sein."

„Reicht es nicht, wenn ich verspreche, nichts anzufassen?" schlug Jane vor.

„Ziehen Sie sie an." Sein Tonfall ließ keine Widerrede zu. „Tremaines Gebäude liegt direkt hinter diesem leeren Lagerhaus. Wir werden von hier aus einsteigen."

Janc wollte protestieren, schwieg aber. Sie musste sich diesem Fremden anvertrauen und tun, was er verlangte. Erwischt werden durften sie auf keinen Fall. Sollte sie lieber im Wagen bleiben und warten? Oder Jimmy-the-Stoolie sagen, dass sie es sich anders überlegt hätte? Nein, das kam nicht in Frage.

Entschlossen stieg sie aus und atmete einmal tief durch. „Ich bin so weit", erklärte sie und merkte, dass ihr Begleiter sie neugierig beobachtete.

Hätte er bloß nicht so schöne graue Augen, dachte sie. Er lächelte derart umwerfend, dass ihre Knie ganz weich wurden.

„Sehr gut", erklärte er. „Halten Sie den Kopf gesenkt und folgen Sie mir."

Das Gebäude von „Technocracies Ltd." lag an der 206. Straße nördlich von Princeton. Bei Tageslicht fügte es sich gut in die Landschaft ein und bildete einen geräumigen, eleganten Arbeitsplatz. Nachts, vor allem wenn der Mond nicht schien, wirkte es dagegen düster und unheimlich. Dichte Ziersträucher in seltsamen Formen umgaben das Haus und verstärkten Janes Ängste zusätzlich.

Der Parkplatz war leer, aber das beruhigte sie nicht. Irgendwo mussten die Wachmänner, von denen ihr Komplize gesprochen hatte, ihren Wagen ja abgestellt haben.

Sie folgte Alex und verbarg sich in dessen Schatten, während er sich im Schatten des Gebäudes hielt. Zügig ging er voran, erreichte die Vordertüren und blieb davor stehen.

„Wie wollen Sie die öffnen?“ flüsterte Jane. „Etwa mit einer Kreditkarte?“

„Pst …“ Er holte einen Schlüssel aus der Tasche, steckte ihn ins Schloss, öffnete die Tür und gab Jane ein Zeichen einzutreten. Sie gehorchte und blieb wie angewurzelt stehen.

„Woher haben Sie den Schlüssel?“ fragte sie heftig. „Behaupten Sie ja nicht, es wäre ein Dietrich gewesen. Ich habe Sie genau beobachtet.“

„Woher habe ich ihn Ihrer Meinung nach wohl?“ Belustigt blickte Alex zu ihr hinab, und Jane hatte große Lust, ihm eine schallende Ohrfeige zu geben.

„Etwa von meinem Patenonkel? Meinen Sie, Sie können mehr Geld aus der Sache herausschlagen, wenn Sie mich hier fesseln und meinem Onkel ausliefern?“

„Sie besitzen eine ziemlich abwegige Fantasie.“ Alex war nicht gekränkt, sondern bewunderte Jane aufrichtig. „Darauf wäre ich nie gekommen, der Gedanke ist gar nicht so übel. Allerdings hat die Sache einen Haken. Tremaine dürfte meine Hilfe nicht sonderlich schätzen. Vermutlich würde er mich der Polizei übergeben und anschließend sein Sicherheitspersonal verdoppeln. Raten Sie noch einmal.“

Janes Nerven waren aufs Höchste gespannt. „Dies ist nicht der richtige Augenblick für Ratespiele“, erklärte sie.

„Weshalb nicht? Es baut die Spannung ab.“

„Ihre vielleicht, meine nicht."

Alex betrachtete sie mitfühlend und legte die Finger locker unter ihr Kinn. „Machen Sie ein freundlicheres Gesicht, Madame X. Wenn Sie eine Karriere als Kriminelle beginnen wollen, müssen Sie cool bleiben. Der Schlüssel stammt von Ihrem Schlüsselbund."

„Von meinem ..." Er presste ihr die Hand auf den Mund und erstickte ihren Schrei.

„Richtig cool sind Sie wohl nicht", flüsterte er an ihrem Ohr und nahm die Hand wieder fort. „Der Schlüsselbund lag auf dem Frisiertisch, und jeder Schlüssel war gekennzeichnet: Wohnung, Strandhaus, Haus in Vermont, L-1, L-2, Techno. Ich brauchte nicht viel kriminalistischen Spürsinn, um herauszufinden, dass der letzte Schlüssel zu diesem Gebäude gehört."

„Darauf hätte ich auch selbst kommen können", antwortete Jane. Alex stand so nahe, dass sie die Wärme seines Körpers spürte. Er weckte absolut unzulässige Gefühle in ihr, gegen die sie sich nicht wehren konnte, und sie reagierte wie eine Frau, die einen Mann begehrt. Eine geradezu irrsinnige Vorstellung.

„Das war nicht nötig", meinte Alex und rührte sich immer noch nicht. „Es gehört zum Service."

„Zum Service?" fragte sie atemlos. Wenn sie sich ein bisschen vorbeugte, konnte sie „Jimmy" berühren. Der Gedanke war zu verlockend.

„Erledigt alles Jimmys-Gauner-Mietservice für Sie."

Das genügte, um den Bann zu brechen. „Durchsuchen wir endlich das Gebäude?" fuhr sie ihn an.

„Das sollten wir wohl. Es ist jetzt ..." Alex sah auf seine extrem flache goldene Armbanduhr. „Elf Uhr dreiundfünfzig. Tremaine arbeitet mit dem ‚Foxfire Sicherheitsdienst' zusammen. Deshalb werden hier kurz nach eins zwei Männer mit Waffen sowie zwei Dobermännern erscheinen. Also müssen wir spätestens Viertel vor eins wieder draußen sein."

Jane starrte ihn an. „Woher wissen Sie das so genau?"
„Berufsgeheimnis. Gehen wir."

Welch ein Glück, dass Jane so leichtgläubig ist, dachte Alex. Schließlich konnte er ihr nicht erzählen, dass die Auskunft von einem Kollegen stammte, der seinerseits einen Mandanten hatte fragen müssen, der sich wiederum mit einem Freund in Verbindung gesetzt hatte.

Die Schlüssel waren ein Glücksfall gewesen. Wenn seine Informationen stimmten, würden Jane und er diese Nacht unbeschadet überstehen. Was der echte Jimmy wohl getan hätte, wenn Madame X bei ihm aufgetaucht wäre?

Wahrscheinlich hätte er versucht, sie zu verführen. Dieser Gedanke war gar nicht so abwegig. Allerdings gehörte die ernste, seriöse Jane Dexter bestimmt nicht zu jenen Frauen, die mit einem Berufsverbrecher ins Bett stiegen. Ob er, Alex, eine Frau dahin bringen konnte, ihn derart zu begehren, dass sie alle moralischen Bedenken vergaß? Diese Frage hatte sich ihm noch nie gestellt. Seine Begleiterinnen wussten, dass er ein unverheirateter Rechtsanwalt mit anständigen Manieren war. Sie hatten nichts im Geringsten zu befürchten, wenn sie sich mit ihm einließen.

Bei Jane war das anders. Falls sie je mit ihm ins Bett ging, bedeutete das aus ihrer Sicht ein gewaltiges Risiko. Es wäre ein ungeheurer Vertrauensbeweis. Je länger Alex darüber nachdachte, desto stärker wünschte er es sich.

„Hier ist es", erklärte Jane plötzlich.

Einen Moment lang wusste Alex nicht, wovon sie sprach. Dann bemerkte er die schwere Nussbaumtür mit den Bronzebuchstaben, die zu den Räumen der Direktion führte. „Dort wollen wir suchen?"

„Wo sonst? Sie haben selbst gesagt, dass wir in Richards Labor nichts mehr finden werden. Deshalb sollten wir mit Onkel Stephens Büro beginnen."

Onkel Stephens Büro ... dachte Alex düster. Viel lieber hätte er Jane irgendwo in ein leeres Zimmer geschoben.

„In Ordnung", erklärte er.

Der schwere bronzene Türgriff rührte sich nicht.

Jane beobachtete Alex neugierig. „Einen Schlüssel für diese Tür haben Sie wohl nicht dabei?"

„Keinen Spott bitte", murmelte er. „Wir müssen erfinderisch sein." Der Gedanke, mit seiner goldenen Kreditkarte in ein Büro einzubrechen, war ausgesprochen reizvoll. Ob es klappte? Entschlossen zog Alex die dünne Kunststoffkarte aus der Brieftasche, beugte sich vor und tat, als wüsste er genau, wie er es anstellen musste.

Er spürte Janes Atem an seinem Hals und roch den feinen Blumenduft ihres sinnlichen Parfüms. Am liebsten hätte er die junge Frau auf den teuren Teppichboden geworfen und dafür gesorgt, dass sie alle Sorgen um ihren Bruder vergaß.

Das Schloss klickte leise, und Alex konnte kaum glauben, dass alles so einfach war.

„Sie haben es geschafft!" flüsterte Jane, griff an ihm vorbei und drückte die Klinke herunter. Die schwere Tür schwang auf.

„Natürlich habe ich das", erklärte Alex und richtete sich wieder auf. Hoffentlich war es so dunkel, dass Jane nicht merkte, wie erstaunt er selbst war. „Allerdings hat es etwas länger gedauert als sonst."

„Ich übernehme den Schreibtisch der Vorzimmersekretärin", unterbrach sie ihn. „Kümmern Sie sich um Onkel Stephens Büro?"

Sobald Alex die zahlreichen Teakholzschränke sah, wusste er, weshalb Jane ihm diesen Raum überlassen hatte. Ein kurzer Ruck bewies, dass die Schränke verschlossen waren. Vermutlich glaubte sie, dass er mit seiner Kreditkarte wahre Wunder vollbringen konnte.

Aber das war gar nicht nötig. Tremaine hatte seinen Schreibtisch nicht abgeschlossen, und in der oberen Schublade lag ein kleiner goldener Schlüsselring. Entweder hatte der Mann keine Ahnung, was passieren konnte, oder er war unglaublich selbstsicher. Nach dem Wenigen zu schließen, was Alex über Stephen Tremaine erfahren hatte, traf eher Letzteres zu. Alex hatte etwa die Hälfte der Akten durchgesehen, da kam Jane zu ihm. Mit gekreuzten Beinen setzte sie sich auf den Boden, nahm den Ordner, den er ihr reichte, und blätterte ihn durch. Wie ein fleißiges Schulmädchen hielt sie den Kopf gesenkt.

Er beobachtete sie eine ganze Weile. Offensichtlich spürte sie seinen Blick, denn plötzlich hob sie den Kopf und sah ihm gerade ins Gesicht.

„Sie kennen sich wirklich aus“, sagte sie. „Die Aktenschränke waren doch verschlossen, nicht wahr?“

„Selbstverständlich“, antwortete Alex sofort. Er sah keine Veranlassung, ihr weitere Einzelheiten zu erzählen. Sollte sie ruhig glauben, er wäre nahezu allmächtig. „Das bringt die Praxis mit sich“, fügte er bescheiden hinzu.

„Wissen Sie – eigentlich sind Sie gar nicht der Typ.“ Sie klappte ihren Aktenordner zu und ergriff den nächsten.

„Was für ein Typ?“

„Nun, so ein hartgesottener Verbrecher.“

Alex wollte schon einen groben Scherz machen, unterließ es aber. Während er diesen Einbruch eher als ein Abenteuer betrachtete, nahm Jane die Angelegenheit wesentlich ernster. „Wir waren uns doch einig, dass das Äußere täuschen kann“, erklärte er feierlich. „Sie wirken zum Beispiel sehr konservativ. Dabei verbirgt sich unter Ihrer sanften Schale das Herz einer Abenteurerin.“

„Unter meiner sanften Schale verbirgt sich eine Frau, der

vor Angst beinahe schlecht wird", antwortete Jane scharf. „So kommen wir nicht weiter. Richards Name taucht in der Personalakte überhaupt nicht auf. Hier sind weder sein Arbeitsvertrag noch seine Versicherungsunterlagen."

Alex nickte. „Das bedeutet, wir sind auf der richtigen Spur. Selbstverständlich müsste es eine Personalakte über Ihren Bruder geben. Wie lange hat er in der Firma gearbeitet?"

„Siebeneinhalb Jahre."

„Irgendjemand hat sorgfältig alle Spuren von ihm aus den Akten getilgt. Die einzige Möglichkeit, an seine Unterlagen heranzukommen, ist der Computer." Misstrauisch betrachtete er den ausgeschalteten Bildschirm im Vorzimmer. „Uns bleibt nicht viel Zeit. Ich räume hier auf. Sehen Sie inzwischen nach, was der Computer zu bieten hat."

„Was der Computer zu bieten hat?" wiederholte Jane. „Ich habe keine Ahnung von Computern."

„Wie kommt das denn? Ich dachte, Sie lesen eine Menge."

„Nicht über Computer, falls ich es vermeiden kann. Ich räume auf, und Sie übernehmen das Gerät."

Alex seufzte. „Das wäre Zeitverschwendung. Ich habe auch keine Ahnung."

Jane sah ihn sekundenlang aufmerksam an. Dann lachte sie zu seiner Überraschung fröhlich auf. Es war ein tiefes, kehliges Lachen, das gar nicht zu ihrem sittsamen Äußeren passte. „Na, wir sind ja schöne Spione."

„Dafür bin ich ein As im Einbrechen und Einsteigen."

„Sie sind ein As im Aufspüren von Schlüsseln", verbesserte Jane ihn. „Legen Sie Onkel Stephens Bund lieber wieder in die Schublade zurück."

Jane entging nicht viel, das musste Alex zugeben. Wie lange würde sie noch brauchen, bis sie den Irrtum in der Zeitung erkannte und ihr klar wurde, dass er kein gefährlicher Verbrecher, sondern ein angesehener Rechtsanwalt war? Und wie würde sie auf diese Erkenntnis reagieren?

„Wir sollten jetzt lieber verschwinden", sagte Alex plötzlich. „Es ist zwanzig vor eins, die Wachmänner könnten auch früher kommen."

Gemeinsam schlossen sie die Teakholzschränke wieder. Beinahe hätte Alex die Vorzimmertür nicht verriegelt, doch Jane erinnerte ihn im letzten Moment daran. Geräuschlos eilten sie über den dicken Teppichboden den Korridor hinab. Die schweren Glastüren fielen hinter ihnen ins Schloss, dann standen sie in der feuchten Nachtluft.

Ein Wagen bog auf den Parkplatz, und die Scheinwerfer beleuchteten das Gelände. Alarmiert ergriff Alex Janes Hand, hielt sie fest und rannte los. Kurz darauf hatten sie das Firmengelände verlassen und waren auf dem Weg zum Highway.

Die Straßenlampen brannten hell – viel zu hell. Während Jane und er die Böschung hinabglitten und eng umschlungen auf dem Boden landeten, hörte Alex das Zuschlagen der Wagentüren und das wütende Knurren der Hunde.

Sie waren gesehen worden. Scheinwerfer flammten auf und leuchteten in ihre Richtung, und eine raue Stimme rief: „He, Sie da. Was machen Sie hier?"

Die Hunde kamen immer näher, und die starken Lichtkegel kreisten über ihren Köpfen. Rasch streifte Alex die Handschuhe ab, stopfte sie in die Taschen und stellte befriedigt fest, dass Jane seinem Beispiel folgte.

Ein Hund knurrte. Hoffentlich war er fest angeleint. Noch einige Schritte, dann waren die Männer da.

Alex blickte in Janes verängstigtes Gesicht. Ihm blieb keine Wahl. Entschlossen zog er sie auf den Schoß, schob die Hand unter ihren Pullover und presste die Lippen auf ihren Mund.

4. KAPITEL

Das war das Letzte, was Jane erwartet hatte. Ihr Herz hämmerte wie wild, ihr Atem ging stoßweise, und eine Mischung aus Entsetzen und Erregung erfasste ihren Körper. Alex' Hände erregten sie selbst durch den Spitzen-BH, und seine heißen, feuchten Lippen und seine suchende Zunge überwältigten sie derart, dass sie alle Zurückhaltung aufgab. Zu viele widerstreitende Empfindungen durchrieselten ihren Körper, und sie wusste nicht mehr aus noch ein. Hilflos schlang sie die Arme um seinen Nacken, drängte ihre Brüste an seine Hände, erwiderte seine Küsse und wünschte nichts sehnlicher, als dass der Kuss niemals endete.

Wie von fern hörte sie das Gebell der Hunde. Plötzlich wurde es taghell, und einen Augenblick glaubte sie, bei seinen Küssen tausend Sterne zu sehen. Dann gab er ihre Lippen wieder frei, und sie erkannte, dass das „himmlische" Licht von starken Scheinwerferlampen stammte.

„Na, da haben Sie sich ja ein hübsches Plätzchen für die Lady ausgesucht", rief eine Stimme von oben.

Alex sah Jane an. Sein Atem ging ebenso schnell wie ihrer. Endlich hob er den Kopf und blickte in den Lichtstrahl. „Wir waren beim Joggen und haben – äh – eine kleine Pause eingelegt. Würden Sie den Scheinwerfer bitte wieder ausmachen?" Seine Stimme klang, als hätten die Männer ihn aus einer leidenschaftlichen Umarmung gerissen.

„Suchen Sie sich lieber einen anderen Platz", schlug der zweite Mann vor, der die Sache nicht so lustig zu finden schien. „Sie sind über Privatgelände gelaufen."

Langsam machte sich Alex von Jane los, stand auf und schützte sie mit seinem Körper vor dem Licht. „Oh, tut mir Leid."

„Schon gut. Ich bin nur froh, dass wir die Hunde nicht losgelassen haben." Heftiges Knurren begleitete seine Bemerkung, und Jane begann zu zittern.

Alex alias Jimmy-the-Stoolie spielte seine Rolle perfekt zu Ende. Er legte einen Arm um ihre Schultern, zog Jane an sich und ging langsam mit ihr die Straße hinab. Sie spürte beinahe körperlich, wie ihnen die misstrauischen Blicke der Männer folgten.

„Ob wir sie täuschen konnten?" flüsterte sie.

„Ich nehme es an. „Sie hatten den Wagen erreicht. „Jimmy" ließ sie viel zu schnell wieder los, und Jane fiel ein, dass sein Verhalten nur Teil seiner perfekten Verstellung gewesen war.

„Sie begreifen schnell", meinte er anerkennend. „Einen Augenblick fürchtete ich, Sie würden mir eine Ohrfeige geben."

„Ich war nahe daran", log sie. Eine Ohrfeige war das Letzte gewesen, woran sie gedacht hatte. „Was alles an einem einzigen Tag passieren kann …"

Schweigend fuhren sie zum Motel zurück. Es war weit nach ein Uhr nachts, und der Verkehr floss nur spärlich. Janes Herz schlug wieder dumpf und gleichmäßig, und ihre Handflächen waren getrocknet. Nur das seltsame Gefühl in der Magengrube war geblieben.

Verstohlen sah sie zu ihrem Begleiter hinüber. Er schien tief in Gedanken versunken zu sein. Konzentriert blickte er auf die Straße und hielt das lederbezogene Lenkrad locker mit beiden Händen. Mit einer dieser starken Hände hatte er vorhin ihre Brust liebkost. Wahrscheinlich war es unbewusst geschehen, denn inmitten des Hundegebells und mit den bewaffneten Wachmännern über ihren Köpfen hatte er wohl kaum absichtlich eine der Knospen zwischen die Finger nehmen und sie reizen können, bis sie sich aufrichtete.

„Und was jetzt?" fragte Alex, während er vor der abblätternden Tür des Motels anhielt.

Erschrocken fuhr Jane auf. „Wie bitte?"

Als hätte Alex ihre Gedanken gelesen, lächelte er breit. „Was machen wir morgen? Oder wollen Sie die Sache aufgeben?"

„Auf keinen Fall. Auch wenn der heutige Abend ein totaler Fehlschlag war, gibt es noch andere Möglichkeiten."

„Ich würde nicht behaupten, dass der Abend ein Fehlschlag war. Die Tatsache, dass die Personalakte Ihres Bruders fehlt, lässt vermuten, dass Ihr Onkel etwas vorhat."

„Das wusste ich schon vorher."

„Richtig. Aber jetzt haben Sie die Bestätigung dafür. Immerhin hätten Sie sich aufgrund der Trauer um Ihren Bruder irreführen lassen können."

„Verkehren Sie außer mit Rechtsanwälten auch mit Psychiatern?" fragte Jane spöttisch.

Zu ihrer Verblüffung errötete er. „Ich habe nur nachgedacht. Sind Sie immer noch entschlossen weiterzumachen?"

„Ja, mit Ihnen und auch ohne Sie. Zünden wir das Gebäude jetzt an?"

„Nein, das werden wir nicht tun", erklärte Alex erschöpft. „Sie sind ein kleiner Hitzkopf, nicht wahr? Ich habe noch einige Asse im Ärmel."

„Zum Beispiel?"

„Überlassen Sie alles Weitere mir", antwortete er geheimnisvoll. „Ich rufe Sie morgen früh an, dann können wir neue Pläne schmieden."

Das war's für heute, dachte Jane und atmete erleichtert auf. Gleichzeitig war sie enttäuscht, dass sie „Jimmy" nicht einmal abzuwehren brauchte. Zwar hatte sie im Grunde keinen Annäherungsversuch erwartet, aber nach dieser Umarmung im Graben war nichts mehr unmöglich.

Alex wandte sich ihr zu, umfasste mit seinen kühlen Fingern

ihr Kinn und drehte ihr Gesicht zu sich. „Wir sind da, Jane“, sagte er leise.

„Entschuldigung, ich war ganz in Gedanken“, antwortete sie und machte sich los. Er ließ die Hand sofort sinken. „Bis morgen“, erklärte sie und stieg aus.

Alex folgte ihr, und sie sah sich um. „Sie brauchen mich nicht zur Tür zu bringen“, erklärte sie schnell.

„Das tue ich gar nicht. Ich habe das Zimmer neben Ihnen.“

„Seit wann das denn?“

„Seit heute Abend. Ich hatte mein Zimmer schon aufgegeben, als Sie mit Ihrem hübschen Vorschlag kamen. Als ich mich wieder eintrug, habe ich den Raum neben Ihrem gewählt. Ich finde, das ist ganz praktisch.“

Das kann ich mir vorstellen, dachte Jane und verdrängte ihre Gedanken sofort. „Jimmy-the-Stoolie“ hatte nichts gesagt oder getan, das auf echtes körperliches Interesse an ihr schließen ließ. Sie bildete sich bestimmt nur ein, dass er sie begehrte.

„Dann bis morgen“, erklärte sie mit fester Stimme.

„Bis morgen“, stimmte er ihr zu und wartete, bis sie verschwunden war und den Riegel vorgeschoben hatte.

„Meine Güte“, stöhnte er und betrat sein eigenes Zimmer. „Worauf habe ich mich bloß eingelassen?“

Kurz nach halb elf wachte Jane wieder auf. Schlaftrunken blickte sie auf die Armbanduhr und fuhr erschrocken in die Höhe. Rasch sprang sie aus dem Bett und eilte zum Fenster. Erleichtert stellte sie fest, dass der blaue MG noch auf seinem Platz stand. Also hatte „Jimmy-the-Stoolie“ sich nicht heimlich über Nacht davongemacht.

Normalerweise brauchte Jane für ihre Morgentoilette genau siebeneinhalb Minuten. Heute nahm sie sich trotz der Eile zwölf Minuten dafür, damit Mascara und Lidstrich absolut perfekt gelangen. Ja, sie trug sogar etwas Lippenstift auf und tupfte Rouge auf die blassen Wangen. Ihr feuchtes Haar band sie zu einem Zopf und schnitt sich eine Grimasse im Spiegel.

„Natürlich treibe ich diesen Aufwand nicht für Jimmy-the-Stoolie“, redete sie sich ein. Was ihr Partner von ihr hielt, war ihr völlig gleichgültig. Sie brauchte das gepflegte Aussehen für ihre eigene Selbstachtung.

Fünf Minuten vor elf war nebenan immer noch kein Geräusch zu hören. Jane überlegte. Sollte sie an die Wand hämmern? Nein, das war zu persönlich. Da war es schon besser, sie ging hinaus auf den Gang und klopfte an die Tür.

Doch was war, wenn „Jimmy“ tatsächlich noch schlief?. Sie legte keinen Wert darauf, dass er schlaftrunken in einem zerknitterten Pyjama – oder noch spärlicher bekleidet – an die Tür taumelte.

Entschlossen nahm sie den Hörer ab und wählte die Nummer des Empfangs. Wie in aller Welt hieß der Kerl mit Nachnamen? Sie konnte den gelangweilten Angestellten doch nicht bitten, „Jimmy-the-Stoolie“ telefonisch zu wecken.

Calvin, ja so hieß er. James Calvin.

„Wir haben keinen Gast dieses Namens“, erklärte der Portier und legte den Hörer wieder auf.

Jane zählte bis zehn, wählte die Null noch einmal und erklärte so freundlich wie möglich: „Ich weiß genau, dass James Calvin in diesem Motel wohnt. Er hat außerdem das Zimmer neben mir.“

„Dann gehen Sie doch hinaus und klopfen Sie an seine Tür.“ Peng.

Diesmal zählte Jane bis fünfzehn, bevor sie erneut wählte. „Das möchte ich aber nicht. Würden Sie jetzt bitte bei ihm durchläuten?“

Es entstand eine lange Pause, dann sagte die Stimme: „In

4-A wohnt niemand, und der Mann in 6-A heißt nicht James Calvin. Er hat sich als Alexander Caldicott eingetragen."

Ein riesiger Kerl war hinter Alex her. Er tobte und schrie und schlug mit einem gewaltigen Holzhammer auf den Boden ein, so dass ein mittleres Erdbeben entstand. Es war Yosemite Sam mit seinem roten Schnauzbart. Zum Glück kam der Riese nicht so schnell voran wie er, stellte Alex fest, denn er selbst war Bugs Bunny.

Das Hämmern hörte nicht auf. Endlich erwachte Alex und setzte sich erschrocken auf. Er war nicht Bugs Bunny, der durch die Wüste im Südwesten der Vereinigten Staaten floh, sondern Alexander Caldicott. Und er lag im Bett eines Motels in New Jersey.

Die dünne Tür erzitterte unter den Faustschlägen. „Wachen Sie auf!" rief Jane Dexter auf der anderen Seite, und Alex erkannte noch etwas: Er war weder Bugs Bunny noch Alexander Caldicott, sondern Jimmy-the-Stoolie. Stöhnend sank er auf die Kissen zurück.

„Gehen Sie", sagte er müde. Es war noch viel zu früh zum Aufstehen, und er war viel zu verkatert, um sich Jane oder der Wahrheit zu stellen. Denn er musste ihr die Wahrheit sagen, das war ihm seit heute Nacht klar.

„Wachen Sie endlich auf, Jimmy!" rief Jane und hämmerte erneut an die Tür. Das Türblatt vibrierte, und Alex merkte, dass Jane nicht aufgeben würde.

„Ich komme", antwortete er ergeben. Gegen Viertel nach vier war die Whiskyflasche leer gewesen, und selbst dann war er noch nicht eingeschlafen. Wann es so weit gewesen war, wusste er nicht. Doch jetzt hatte er die schlimmsten Kopfschmerzen, die er sich vorstellen konnte. Schwankend ging er zur Tür, riss sie auf und starrte in den hellen Sonnenschein.

Jane sah Alex entrüstet an. „Das wird auch langsam Zeit.“ Verärgert betrat sie sein Zimmer, und er schloss die Tür wieder, weil ihm das grelle Sonnenlicht beinahe den Schädel spaltete. „Ich muss Sie etwas fragen, denn ... „Ihre Stimme erstarb, denn sie registrierte erst jetzt seine Kleidung.

Alex beachtete sie nicht. Mit dem Gesicht nach unten warf er sich auf das Bett und wartete, bis Jane sich wieder gefasst hatte.

Nicht, dass er völlig nackt gewesen wäre. Er hatte in seiner marineblauen Unterhose und einem gleichfarbenen T-Shirt geschlafen. Da Jane verheiratet gewesen war, musste sie mindestens einen erheblich spärlicher bekleideten Mann gesehen haben.

Zum Teufel mit allen Bibliothekarinnen und Leuten, die an seine Tür trommelten, während er die schlimmsten Kopfschmerzen aller Zeiten hatte!

„Weshalb haben Sie sich unter dem Namen Alexander Caldicott im Motel eingetragen?“

Alex' Selbstmitleid verflog sofort. Er starrte auf das zerknüllte weiße Laken und überlegte fieberhaft. Dies war nicht der rechte Augenblick, Jane die Wahrheit zu sagen. Sie war so wütend, dass sie ihm den Stuhl über seinen Brummschädel schlagen konnte.

Er rollte sich auf den Rücken und sah sie ruhig an. Ihr Gesicht war immer noch leicht gerötet, und sie bemühte sich krampfhaft, nicht tiefer als bis zu seinem Hals zu blicken. Einen Moment wünschte Alex boshaft, er hätte nackt geschlafen. Wenn Jane sich schon wie eine prüde alte Jungfer verhielt, sollte sie eigentlich einen Grund zur Aufregung bekommen.

„Ich habe mich als Caldicott eingetragen, weil der Anwalt meine Rechnung übernimmt“, erklärte Alex vergnügt und freute sich, dass er nicht einmal zu lügen brauchte.

„Wieso?“

„Das gehört zum Vertrag, den wir miteinander geschlossen haben. Natürlich zahle ich ihm das Geld anschließend zurück. So ist es einfacher für die Buchhaltung.“

Jane sah ihn erst zweifelnd, dann schuldbewusst an. „Im Grunde müsste ich wohl die Kosten für Ihr Zimmer übernehmen, nicht wahr?“

„Ich lehne es ab, mich aushalten zu lassen“, erklärte Alex feierlich, und sie errötete schon wieder. Ob er sie etwas näher heranlocken konnte? Wenn es ihm gelang, sie auf sein viel zu weiches Bett zu ziehen, reagierte sie vielleicht noch einmal so leidenschaftlich wie gestern Abend.

Vorsichtshalber rollte Alex sich wieder auf den Bauch. Wahrscheinlich hatte Jane noch nichts gemerkt, weil sie ihm eisern ins Gesicht sah. Aber er hatte den Verdacht, dass es sie alle Willenskraft kostete, den Blick nicht tiefer wandern zu lassen.

„Entschuldigung – ich wollte Sie nicht beleidigen. Sie machen sich doch nur über mich lustig, nicht wahr?“

„Ja.“

Erleichtert sank Jane in den puderrosa Kunststoffsessel. Er war der einzige Vorteil, den dieses Zimmer gegenüber dem vorigen besaß. „Ich bin schrecklich naiv.“

Alex lächelte unwillkürlich. „Sehr richtig. Trotzdem brauchen Sie nicht für die Kosten meines Zimmers aufzukommen. Wie gesagt, übernimmt mein Anwalt vorerst die Rechnung. Über das Finanzielle sprechen wir später.“

„Ich weiß ja nicht einmal, ob ich Sie mir leisten kann.“

„So teuer bin ich nicht. Notfalls kann ich ja gratis für Sie arbeiten.“

„Das kommt nicht in Frage“, erklärte sie steif.

„Wir werden uns schon einigen. „Alex wagte immer noch nicht, sich wieder auf den Rücken zu drehen. Jane hatte eine höchst erstaunliche Wirkung auf seine Sinne, und dabei war sie nicht einmal blond.

„Hören Sie, ich werde kurz duschen, dann ziehen wir los."

„Wohin?"

Wieder lächelte er. „Zurück zu ‚Technocracies Ltd.' natürlich. Der Einbruch hat wenig gebracht, deshalb kehren wir zu Plan eins zurück: Treiben wir ein wenig Industriespionage."

5. KAPITEL

„Das ist eine unglaublich dumme Idee", zischte Jane, während Alex und sie denselben Korridor entlang wanderten wie zwölf Stunde zuvor. Im hellen Tageslicht wirkte das Gebäude kühl und sachlich und kein bisschen bedrohlich.

Auch Jane und Alex hatten wenig Ähnlichkeit mit den beiden Einbrechern der vorigen Nacht. Jane erkannte „Jimmy" kaum wieder. Sein blondes Haar war zurückgekämmt und in der Mitte gescheitelt. Eine Brille saß auf seiner Nase, und seine Krawatte war schlecht geknotet. Mit eingesunkenen Schultern ging er weiter. Die Wirkung war erstaunlich.

Jane war nicht sicher, ob ihre eigene Verwandlung ebenso gelungen war, auch wenn „Jimmy" es behauptete. Sie hatte den entgegengesetzten Weg gewählt und sich deshalb furchtbar mit ihm gestritten.

„Haben Sie nichts Flotteres zum Anziehen?" hatte er gefragt und ihr konservatives Kostüm mit der weißen Bluse verächtlich betrachtet.

„Nein."

„Sind die Schulterpolster in der Jacke unbedingt nötig?"

„Ich habe sie extra eingenäht."

Er schnaufte hörbar. „Das glaube ich Ihnen gern. Die müssen wieder raus, damit man zumindest ein bisschen von Ihrer Figur sieht."

„Mir reicht es auch so."

„Hören Sie auf zu streiten." Bevor Jane merkte, wie ihr geschah, hatte Alex die beiden oberen Knöpfe ihrer Bluse geöffnet und den Stoff so weit auseinander geschoben, bis ihn der Anblick befriedigte. „Kein Mensch kommt sonst auf den Gedanken, dass Sie Brüste besitzen", murmelte er.

Jane wusste selbst nicht, ob sie entrüstet oder belustigt sein sollte. Diesmal gewann ihr Humor die Oberhand. „Ich dachte, so viel Vertrauen haben die Leute noch in die Menschheit", meinte sie spöttisch, riss sich von Alex los und holte eine kleine Nagelschere aus der Handtasche. „Danke, den Rest schaffe ich allein."

Sie zog die Jacke aus, sah in den Spiegel und schnitt die Fäden durch, die das Polster hielten. „Hoffentlich sitzt die Jacke jetzt noch", sagte sie.

Alex stellte sich hinter sie und löste mit geschickten Fingern ihren Zopf. „Niemand würde es merken. Alle werden nur auf Ihren Ausschnitt starren."

Langsam breitete er das Haar um ihre Schultern und lockerte es auf.

„Zufrieden?" fragte Jane, drehte sich um und bedauerte es sofort. Wieder stand Alex viel zu nahe.

„Beinahe", erklärte er. „Ziehen Sie noch flottere Schuhe statt dieser Gesundheitssandalen an und legen Sie mehr Lippenstift auf. Außerdem …" Er streckte die Hand aus und nahm ihr die Nickelbrille ab. „Außerdem muss die weg."

„Mr. Calvin!" wehrte Jane sich entrüstet.

„Wie haben Sie mich genannt?"

„Calvin. So heißen Sie doch, nicht wahr?"

Jetzt wurde Alex tatsächlich verlegen. „Das ist nur ein Deckname", erklärte er schließlich. „Jimmy übrigens auch. Nennen Sie mich lieber Alex."

„Alex?" wiederholte sie.

„Ja. Unter diesem Namen habe ich mich doch eingetragen. Die Brille brauchen Sie nicht."

„Ohne kriege ich Kopfschmerzen."

„Willkommen im Klub. Ich habe schon welche." Er setzte die Brille auf die eigene Nase und sah hindurch. Die Veränderung war verblüffend. Plötzlich wirkte Alex ein bisschen naiv und viel zugänglicher.

„Ich glaube nicht, dass wir jemanden täuschen können", erklärte Jane und wollte ihre Bluse wieder schließen. Doch Alex hielt ihre Hand fest. „Wäre mein Onkel nicht dienstlich verreist, würde ich auf keinen Fall mitmachen. Zum Glück habe ich mich in letzter Zeit nur privat mit ihm getroffen, deshalb kann mich niemand in der Firma wieder erkennen."

„Es ist ja nur für ein paar Tage. Mich wird man sicher einstellen. Mir gelingt es fast immer, die Leute zu überreden."

„Das glaube ich Ihnen aufs Wort", murmelte Jane.

„Und Sie sollten an die Akten auf dem Schreibtisch denken, dann wird Ihnen klar, dass das Büro schrecklich mit der Arbeit im Rückstand ist. Man wird Sie mit Kusshand nehmen."

„Sie sind Optimist."

„Jeder weiß, wie schwer heutzutage gute Kräfte zu bekommen sind. Sie brauchen nur reizend zu lächeln und sich weit nach vorn zu beugen."

„Lüstling ..." antwortete Jane leise. „Woher wissen Sie, dass der Personalchef ein Mann ist?"

„Das weiß ich gar nicht. Passen Sie sich der Situation an. Handelt es sich um einen Mann, flirten Sie diskret mit ihm. Zeigen Sie Ihre tollen Beine, die Sie unbedingt verbergen wollen. Müssen Sie dagegen zu einer Frau, ziehen Sie Ihren Rocksaum runter, und geben Sie sich streng und unterwürfig. Appellieren Sie an die weibliche Solidarität und passen Sie auf, dass sie keine Konkurrenz in Ihnen wittert."

Jane freute sich über seine Feststellung, dass sie tolle Beine hätte. Ihre Beine waren wirklich schön, aber sie hatte nicht angenommen, dass Alex es bemerkte. „Sie haben eine ausgesprochen schändliche Fantasie", erklärte sie.

Er hatte sich näher zu ihr gebeugt, und einen kurzen Augenblick hatte Jane das Gefühl gehabt, er wollte sie küssen. Stattdessen zog er nur ihren Blusenkragen glatt. „Danke", hatte er fröhlich geantwortet. „Sie besitzen auch einige viel versprechende Talente."

Im Augenblick hatte Jane durchaus nicht das Gefühl, über besondere Talente zu verfügen. Alex hatte bei „Technocracies Ltd." angerufen und erfahren, dass man dringend eine Aushilfssekretärin benötigte. Von dem, was er über sich erzählte, hatte sie nicht die Hälfte verstanden. Wichtig war nur das Ergebnis: Alex hatte einen Termin beim Personalchef bekommen, und sie, Jane, war zu einem Sachbearbeiter bestellt worden.

„Nur Mut, Madame X", flüsterte er, als sie die Tür zur Personalabteilung erreichten. „Es wird schon klappen."

Zu Janes Erstaunen wurde es tatsächlich nicht schwierig. Charly Pilbin, ein ausgemergelter Mann mittleren Alters, führte das Gespräch mit ihr, und sie schob pflichtbewusst den Rock in die Höhe, beugte sich vor und sprach mit großem Ernst über ihr Interesse an der Textverarbeitung. Natürlich würde sie niemals bei „Technocracies" eingestellt, wenn sie zugab, keine Ahnung von Computern zu haben. Glücklicherweise hatte sie genügend Fachbegriffe in der Stadtbibliothek aufgeschnappt, um glaubhaft zu klingen. Ansonsten konnte sie nur hoffen, dass Alex sie erlöste, bevor es ernst wurde.

Sie waren noch mitten im Gespräch, als sich die Tür öffnete und eine Frau das Personalbüro betrat. Jane wusste sofort, wer sie war. Richard hatte Elinor Peabody nie leiden können und sie äußerst lebhaft beschrieben.

Stephen Tremaines Vizepräsidentin war eine ausgesprochen attraktive Frau von Ende Dreißig. Sie war beinahe einsachtzig groß und strahlte von den Spitzen ihrer teuren Lederpumps bis zum Scheitel ihres silberblonden Haars jene Mischung aus Selbstbeherrschung, Intelligenz und unbarmherziger Entschlossenheit aus, die Jane stets nervös machte. Höflich stand sie auf.

„Ist das die neue Aushilfskraft?“ fragte Miss Peabody.

Jane war sich nicht sicher, weil sie ohne Brille nicht gut sah, aber sie hatte den Eindruck, dass die Frau sie eiskalt betrachtete.

„Ja, das ist sie.“ Charly Pilbin mochte Elinor Peabody nicht, und er war ziemlich verärgert, weil sie ihn bei seiner Besprechung gestört hatte. „Judy Duncan – Elinor Peabody, Mr. Tremaines Assistentin.“

„Vizepräsidentin“, verbesserte Miss Peabody ihn. „Ich wurde letzten Monat befördert. Erinnern Sie sich?“ Sie nickte Jane kurz zu. „Sie kennen sich mit IBM-Computern und der Software aus?“

„Ja“, log Jane.

„Elinor, ich bin noch nicht fertig mit meinem Gespräch …“ wandte Charly ein, doch Miss Peabody schob seine Bedenken beiseite.

„Bei einer Aushilfskraft brauchen Sie nicht die ganze Lebensgeschichte“, meinte sie in einem derart süßlich-herablassenden Ton, dass Jane nur staunen konnte. „Ich bin sicher, dass Judy schnell begreift. Die Kartei können Sie später vervollständigen.“

„Aber …“

„Danke, Charly.“ Miss Peabody legte die Hand auf Janes Arm und schob sie aus dem Zimmer. „Es hat keinen Sinn, darum herumzureden“, erklärte sie. „Wenn Sie länger bei ‚Technocracies Ltd.‘ bleiben, werden Sie bald merken, dass Mr. Tremaine von seinen Mitarbeitern schnelle Entschlüsse verlangt, für deren Folgen sie anschließend allerdings auch einzustehen haben. Sie scheinen halbwegs für den Posten geeignet zu sein. Sie werden schon zurechtkommen.“

Jane wusste nicht ein noch aus, doch Elinor Peabody war zu sehr mit ihren eigenen Gedanken beschäftigt, um es zu merken. Keine fünf Minuten später saß sie vor einem Monitor und betrachtete die blinkenden Zeichen auf dem bernsteinfarbenen Schirm. Kalter Schweiß trat ihr auf die Stirn.

Zum Glück hatte Miss Peabody das Gerät für sie eingeschaltet. Jane beugte sich vor und starrte verzweifelt auf den hin- und herspringenden Buchstaben A. Wenn sie nur wüsste, was sie jetzt machen sollte …

„Sind Sie kurzsichtig, Miss Duncan?" fragte Miss Peabody plötzlich.

Jane starrte weiter auf den Bildschirm und merkte reichlich spät, dass die Frau mit ihr sprach.

„Ich trage neue Kontaktlinsen." Die Lüge kam ihr so leicht über die Lippen, dass Jane selbst erschrak.

„Geben Sie Acht, dass Ihre Eitelkeit nicht die Qualität Ihrer Arbeit beeinträchtigt", meinte Elinor Peabody tadelnd, und Jane schluckte eine bissige Antwort hinunter.

„Ja, natürlich", murmelte sie und drückte vorsichtig auf eine Taste. Das Gerät begann zu piepen, sonst geschah zu Janes Entsetzen nichts.

Wieder hob Elinor Peabody den Kopf. Rasch stand sie auf, kam um den breiten Teakholztisch herum, der ihr als Schreibtisch diente, und blickte Jane über die Schulter. „Oh, tut mir Leid. Ich habe vergessen, Ihnen Zutritt zum Programm zu verschaffen. Dafür benötigen Sie zwei Passwörter, die ich Ihnen allerdings nicht verraten werde." Sie beugte sich vor und begann, etwas in das Gerät zu tippen.

Jane roch ihr Parfüm. „Poison" von Christian Dior, stellte sie fest, ich hätte es wissen müssen. Stumm verwünschte sie Alex, der sie in diese Situation gebracht hatte.

„So, das wäre es", sagte Miss Peabody und richtete sich auf. „Fügen Sie nur jeweils die neue Steuerklasse nach der Liste ein, die ich Ihnen gegeben habe. Es ist ganz einfach."

Haben Sie eine Ahnung, dachte Jane. Hoffentlich gelang es ihr, von einem Namen zum nächsten umzuschalten.

Zum Glück befand sich eine Übersicht mit den wichtigsten Funktionen am oberen Bildschirmrand. Jane hielt die Luft an und drückte erneut eine Taste. Zu ihrem Erstaunen tauchte eine Personalkartei auf dem Schirm auf: Adamson, George …

Sie drückte eine weitere Taste: Allman, Gregory; Astor, Jacob … Ihr Gesicht rötete sich vor Aufregung. Geistesabwesend schob sie ihr Haar zurück und beugte sich vor. Die Arbeit am Computer war viel einfacher, als sie sich vorgestellt hatte. „Bachmann, Joyce; Ballard, Allee; Butler, Charles; Cashill, Patricia; Davis, Alexander; Debrett, Piers; Dunbar, Glenn; Eddison, Larry …"

Jane stutzte. Die Personalakte enthielt die Unterlagen aller früheren und gegenwärtigen Angestellten der Firma. Larry Eddison war vor vier Jahren in Pension gegangen, Alice Ballard hatte 1978 nur drei Monate bei „Technocracies" gearbeitet. Wo waren Richard Dexters Daten? Jemand musste sie absichtlich gelöscht haben.

Sie blickte auf die Kopfzeile, aber diesmal ließ der Bildschirm sie im Stich. Er sagte ihr nur, wie sie vorwärts schalten konnte, und nicht, wie es rückwärts ging. Also musste sie weitermachen und konnte nur hoffen, dass das Programm nach dem Z von vorn begann.

„Xanatos, Grigor; Zallman, Yeshua." Dann blieb der Monitor leer, und das blinkende A tauchte wieder auf.

Jane warf einen kurzen Blick zu Miss Peabody hinüber, doch die Vizepräsidentin hielt den Kopf über die Akten gesenkt, und ihr blondes Haar glänzte golden in der Sonne. Jane seufzte stumm und wandte sich wieder dem Bildschirm zu. Bisher war alles ganz einfach gewesen. Sicher brauchte sie nur einige Tasten zu drücken, dann würde das Programm erneut erscheinen.

Bei Miss Peabody hatte es geklappt. Weshalb sollte sie, Jane, es nicht ebenfalls schaffen?

Der Computer schien anderer Meinung zu sein. Gleichgültig, welche Taste oder Kombination Jane drückte, das A blinkte unablässig weiter. Dann spielte der Monitor plötzlich verrückt, und unzählige Buchstaben, Zahlen und Zeichen, die aussahen, als stammten sie aus dem griechischen Alphabet, drängten sich auf dem Schirm. Der Computer begann zu surren und zu schnarren, als machte er sich über sie lustig. Während Miss Peabody noch erschrocken herbeieilte, gab es einen lauten Knall, und der Bildschirm war dunkel.

Totenstille herrschte im Raum. „Gehen Sie beiseite", forderte Miss Peabody Jane auf, und ihr Tonfall ließ keine Widerrede zu. Sie setzte sich auf den Stuhl, senkte den Kopf wie zu einem stummen Gebet und legte die Finger auf die Tasten.

Gespannt wartete Jane. Aber selbst die unbesiegbare Miss Peabody konnte den störrischen Computer nicht wieder zum Leben erwecken. Nach langem erfolglosem Bemühen gab sie es auf. „Sie haben soeben die Personalakten der letzten dreiundzwanzig Jahre gelöscht, Miss Duncan", erklärte sie trügerisch leise. „Ich fürchte, Ihre Fähigkeiten reichen für ‚Technocracies Ltd.' doch nicht ganz." Ihre Ruhe war geradezu beängstigend.

Jane lächelte mühsam und überlegte, ob sie die Zerknirschte spielen oder sich wehren sollte. „Es tut mir furchtbar Leid", begann sie schließlich.

„Gehen Sie", antwortete Miss Peabody nur und griff zum Telefon. „Marcus …", sagte sie in die Sprechmuschel, „… bringen Sie bitte Ihr neues Computergenie zu mir. Ich habe einen Notfall."

Jane stand immer noch an der Tür. Miss Peabody sah sie kühl an. „Sie können gehen", sagte sie. In diesem Augenblick öffnete sich die Tür. „Da sind Sie ja, Marcus. Hoffen wir, dass Ihr Wunderknabe tatsächlich ein Genie ist."

Marcus war ein Mann mittleren Alters mit Halbglatze und Spitzbauch. Unmittelbar hinter ihm stand Alex. Er hatte eine Ecke ihrer Brille mit einem Pflaster umwickelt und ging leicht nach vorn gebeugt. Sein Jackett hing locker herab, und er kniff Jane in den Po, als er an ihr vorbeiging.

„Worum handelt es sich denn, Madam?“ fragte er näselnd, und Jane musste sich zusammenreißen, um nicht laut zu lachen.

Miss Peabody öffnete den Mund, um Alex zu antworten. Da merkte sie, dass Jane immer noch an der Tür stand. „Raus!“ schrie sie, und Jane machte, dass sie fortkam.

Zum Glück waren sie mit zwei Wagen zu „Technocracies Ltd.“ gefahren. Jane wurde den Verdacht nicht los, dass Alex kein großes Vertrauen in ihre Fähigkeiten setzte und deshalb auf beiden Fahrzeugen bestanden hatte.

Vorsichtig steuerte sie den Escort durch den frühen Nachmittagsverkehr. Ohne Brille sah sie fast gar nichts, und die Fahrt war ziemlich anstrengend.

Endlich erreichte sie das Motel, eilte in ihr Zimmer, zog die Jacke aus und blickte in den Spiegel. Ihre Wangen waren gerötet, und ihr dichtes braunes Haar war völlig zerzaust.

Erschöpft warf sie sich aufs Bett. Sie hatte Hunger, war müde, und ihr Kopf schmerzte. Sicher hätte Richard solch ein Opfer nicht von ihr verlangt.

Aber sie durfte sich nicht vor der Verantwortung drücken. Eines hatte sie heute gelernt: Mit Sanftheit kam sie nicht weiter. Sobald Alex zurück war, würde sie ihn um schwerere Geschütze bitten.

Ihre Füße schmerzten von den hochhackigen Schuhen, die sie unbedingt hatte tragen müssen. Sie schleuderte sie fort, öffnete zwei weitere Blusenknöpfe, legte sich auf die Seite und rollte sich zusammen. Umziehen konnte sie sich später noch.

6. KAPITEL

Jane schlief ungern tagsüber, denn dann durchlitt sie regelmäßig die schlimmsten Albträume. Diesmal träumte sie, ihr Wagen überschlüge sich, rollte eine Böschung hinab und ging plötzlich in Flammen auf. Doch das Feuer duftete nach Peperoni und Zwiebeln, nicht nach Benzin. Und die Helligkeit stammte nicht von einem Feuer, sondern von der armseligen Nachttischlampe.

Alex beugte sich über Jane. Er trug immer noch ihre Brille und hielt eine viereckige Schachtel in der Hand, in der sich eine Pizza befinden musste.

Jane sah zu ihm auf. „Ich frage lieber nicht, wie Sie ohne Schlüssel hier hereingekommen sind", erklärte sie so ruhig wie möglich. „Mich interessiert nur, ob Anschovis auf der Pizza sind."

„Und wenn?"

„Dann bekomme ich einen Schreikrampf."

Lächelnd öffnete Alex den Deckel. „Nein, es sind keine Anschovis drauf."

Müde richtete Jane sich auf. Alex hatte sich inzwischen neben sie aufs Bett gesetzt und nahm sich ein großes Stück Pizza. Sie zog ihm die Brille von der Nase und betrachtete sie. Das Metallgestell war noch warm, und Jane betastete das weiße Klebeband, mit dem er es an einer Stelle umwickelt hatte. „Mussten Sie die Brille unbedingt zerbrechen?"

„Keine Sorge – das Band ist reine Täuschung. Sie haben den Computer ganz schön zugerichtet." Er schluckte seinen letzten Bissen hinunter und griff nach dem zweiten Stück.

Jane hatte den Verdacht, sie müsse sich beeilen, wenn sie nicht verhungern wollte. „Ich habe doch gesagt, dass ich nichts von Computern verstehe. Und Sie haben ebenfalls keine Ahnung. Was ist passiert, als Miss Peabody feststellte, dass Sie das Gerät nicht reparieren konnten?“

„Sie weiß es noch gar nicht. Vermutlich ist der PC jetzt restlos hin. Marcus und sie glauben, dass ich morgen früh als Erstes die Personalakten aus den Eingeweiden heraushole.“

„O je ...“ seufzte Jane.

Alex hatte seine Beine aufs Bett gelegt, die Krawatte abgelegt und sein blondes Haar zu einer flotten Punkfrisur zerzaust.

„Also wird keiner von uns in die Firma zurückkehren.“

„Bestimmt nicht. Ihre kurzfristige Chefin weiß inzwischen, wer Sie sind. Spätestens morgen wird ihr auffallen, dass wir am selben Tag eingestellt wurden.“

Plötzlich lag die Pizza Jane wie Blei im Magen. „Wie in aller Welt hat sie es herausbekommen?“

„Wer anders als Ihr geliebter Patenonkel hätte es ihr sagen können? Er rief an, während ich im Büro war, und sie berichtete ihm von dem Vorfall“, sagte Alex. Er zog seine Schuhe aus und machte es sich bequem. „Essen Sie das letzte Stück, sonst verhungern Sie noch.“

Sehnsüchtig betrachtete Jane die Pizza. „Vielleicht wäre das am besten. Wie ist Onkel Stephen auf den Verdacht gekommen?“

„Er erhielt einen anonymen Hinweis, dass Sie gestern bei ihm eingebrochen haben.“

„Wer in aller Welt hat ihm das verraten?“ fragte Jane entsetzt.

„Ich“, antwortete Alex gelassen.

Jane sah außerordentlich reizend aus mit ihrer halb geöffneten Bluse, der Brille mit dem Klebeband auf der Nase und den Lippen, die vom Tomatenmark auf der Pizza gerötet waren.

„Was haben Sie getan?“ fragte sie ungläubig.

Alex lächelte vergnügt. Er riss das letzte Stück Pizza in zwei Teile und reichte ihr die kleinere Portion. „Ich gab Ihrem Onkel den anonymen Tipp, denn ich wollte feststellen, wie er reagiert. Ob er die Polizei rufen oder so tun würde, als wäre nichts geschehen. Zum Glück hatte ich herausbekommen, wo er sich gerade aufhält."

„Und?"

„Nun, es waren keine Polizisten auf dem Gelände, also hat Tremaine etwas zu verbergen. Es sei denn, er hätte eine Schwäche für Sie und wollte Sie nicht in Schwierigkeiten bringen." Plötzlich runzelte er die Stirn: Dieser Gedanke war ihm gerade erst kommen.

„Onkel Stephen hat für niemanden grundlos eine Schwäche. War das Risiko nicht zu groß? Hätte mein Onkel die Polizei gerufen, wären Sie vielleicht schneller wieder im Gefängnis gewesen, als Ihnen lieb sein könnte."

„Ich war noch nie im Gefängnis!"

„Und was ist mit dem Verdacht auf Brandstiftung und Mitwisserschaft? Wurden Sie deswegen nicht verhaftet?"

Welch ein Glück, dass Alex' Verstand so rasch arbeitete. „Sie vergessen, dass Alexander Caldicott einer der besten Rechtsanwälte der Welt ist. Er bekam mich auf Kaution frei, bevor man mich einsperren konnte." Das stimmte allerdings nicht ganz. Der echte Jimmy-the-Stoolie hatte eine unbequeme Nacht in Untersuchungshaft verbringen müssen.

„Meiner Ansicht nach war unser ganzes Unternehmen viel zu gefährlich", erklärte Jane und schlug die Beine unter. „Ich habe nichts herausgefunden, was ich nicht schon wusste. Richards Personalakte ist gelöscht worden."

„Genauer gesagt: Alle Personalakten sind mit Ihrer Hilfe gelöscht worden."

„Müssen Sie mich unbedingt daran erinnern?"

„Wie standen Sie eigentlich zu Ihrem Bruder?" fragte Alex plötzlich. Hatten Sie ein gutes Verhältnis zueinander?

„Mit Richard war nicht leicht auszukommen. Das gilt wohl für die meisten Menschen mit hohen moralischen Grundsätzen. Von Kompromissen hielt er nicht viel. Auch nicht von Leuten, die ihm geistig unterlegen waren. Und das schloss beinahe alle ein."

„Sie auch?"

„Mich vor allem", versicherte Jane fröhlich. „Ich war ihm ein Gräuel. Eine kleine Friedensstifterin mit nicht mehr Rückgrat als eine Birke, die sich im Sturm biegt, behauptete er einmal. Vermutlich hatte er Recht."

Alex hatte plötzlich das Bedürfnis, diesem Richard Dexter noch nachträglich die Zähne einzuschlagen. „Es klingt, als wäre Ihr Bruder ein intoleranter, aufgeblasener Narr gewesen."

Falls er erwartete, dass Jane heftig gegen diese Bemerkung protestieren würde, irrte er sich gewaltig. „Ich fürchte, das stimmt", gab sie zu. „Aber ich liebte ihn trotzdem. Und ich trauere längst nicht so um ihn, wie ich sollte. Wahrscheinlich stammen meine Schuldgefühle daher. Ich … ich kann mir einfach nicht vorstellen, dass er nicht mehr lebt." Sie seufzte. „Früher oder später wird sich das sicher ändern. Jetzt muss ich erst einmal alles tun, um sein Andenken zu erhalten."

„Hm." Alex merkte, dass er nicht sonderlich überzeugt klang, aber das war ihm egal. Seine Beweggründe waren eindeutig – er musste verhindern, dass Jane Schwierigkeiten bekam, und wollte gleichzeitig als Mitverschwörer seinen Spaß haben.

„Bisher sind wir noch nicht weit vorangekommen", fuhr Jane fort. „Ich habe nachgedacht. Onkel Stephen muss die Formel verkaufen, weil ‚Technocracies' in wirtschaftlichen Schwierigkeiten steckt. Wenn wir seine Firma abbrennen, würde sich die Situation in jedem Fall ändern. Entweder wäre er restlos aus dem Geschäft und könnte niemandem mehr schaden, oder er bekäme so viel Geld von seiner Versicherung, dass sein finanzieller Engpass behoben wäre. Sie können doch ein komplettes Gebäude anzünden, nicht wahr?"

„Seien Sie nicht so ungeduldig", schimpfte er. „Ja, ich kann es, aber ich werde es nicht tun. Sie überlegen schon wieder nicht gründlich. Wenn das Gebäude zerstört wird und Tremaine dadurch aus dem Geschäft ist, wird er den Verlust abschreiben und alles, was sich zu Geld machen lässt, an den Meistbietenden verkaufen. Wir waren uns doch einig, dass wir nicht wissen, wo sich die Formel befindet."

„Ach ja ..." antwortete Jane enttäuscht.

„Außerdem bin ich nicht Ihrer Meinung. Wir haben schon größere Fortschritte gemacht, als Sie glauben. Ich habe nach der vergeblichen Reparatur im Flur gestanden und eine Grafik betrachtet. Ich verstand jedes Wort, da ich die Tür zu Miss Peabodys Büro nicht geschlossen hatte. Ihr Patenonkel hat seine Reise abgebrochen, und zwar aus gutem Grund."

„Und der wäre?"

„Er kann die Formel nicht verkaufen, solange er sie nicht besitzt", erklärte Alex triumphierend.

„Er besitzt sie nicht?" rief Jane aus. „Wer hat sie dann?"

„Niemand. Zumindest hat keiner die kompletten Unterlagen. Ihr Bruder arbeitete nicht nur für ‚Technocracies Ltd.' Tremaine hat nicht die geringste Ahnung, was Ihr Bruder sonst noch so getrieben hat. Er weiß nur, dass bei Richards Tod ein entscheidender Teil der Arbeit fehlte, ohne den der Rest wertlos ist."

Mit einem Freudenschrei stürzte Jane auf Alex zu, warf ihm die Arme um den Hals, küsste ihn heftig auf die Wange und machte sich sofort wieder los. Alex wollte sie festhalten, aber da war es schon zu spät.

„Wunderbar, dann sind wir ja alle Sorgen los", rief sie überglücklich.

„Leider nicht", antwortete er. Es war schade, dass er Jane

enttäuschen musste, aber früher oder später würde sie es doch herausbekommen. „Tremaine gibt nicht auf. Er hat ein Detektivbüro beauftragt, nach Richards Labor zu suchen. Irgendwann wird der fehlende Teil der Formel auftauchen, falls Ihr Bruder ihn nicht vernichtet hat."

„Nein, das hat er sicher nicht getan. Dazu war er viel zu egoistisch."

„Außerdem hätte kein Grund dafür bestanden, nicht wahr?" forschte Alex weiter. „Es ist reiner Zufall, dass ein wichtiger Teil seiner Arbeit fehlt, oder?"

Jane hatte sich nie gut verstellen können. „Nicht unbedingt", gab sie zu.

„Wieso?" fragte er. „Haben Sie mir etwas Wichtiges unterschlagen? Wenn wir Partner sein wollen, darf keiner dem anderen etwas verheimlichen." Dass er selbst ebenfalls längst nicht alles erzählte, störte ihn nicht im Geringsten.

„Ich dachte, es wäre nicht wichtig. Richard litt immer schon an einer Art Verfolgungswahn. Er muss eine Vorahnung gehabt haben. Einige Tage vor seinem Unfall rief er mich an und bat mich, unbedingt dafür zu sorgen, dass Onkel Stephen sein neues Galvanisierungsverfahren nicht missbraucht, falls ihm, Richard, etwas zustoßen sollte."

„War das eine Vorahnung?" fragte Alex. „Oder wusste Ihr Bruder, dass er in Gefahr war?"

Jane rührte sich nicht. „Sie meinen, es war kein Unfall?"

„Ich weiß es nicht. Es geht um viel Geld, und Stephen Tremaine gilt nicht gerade als ein Mann mit moralischen Hemmungen. Sie kennen ihn besser als ich. Trauen Sie Ihrem Onkel einen Mord zu?"

„Unbedingt", antwortete Jane sofort." Zumindest könnte ich es mir vorstellen", fügte sie nachdenklicher hinzu.

„Dann müssen wir besonders vorsichtig sein. Wer einmal

getötet hat, schreckt häufig vor einem zweiten Mord nicht zurück."

Es wurde totenstill im Raum. Nur der Verkehr von der Route 1 schallte herüber. In der Ferne hörte man einen zu laut aufgedrehten Fernseher, und zwei Zimmer weiter lief die Dusche.

Jane atmete schwer.

„Haben Sie schon einmal jemanden getötet?" fragte sie zögernd.

„Nein." Das galt sowohl für ihn als auch für den echten Jimmy-the-Stoolie. Jimmy war zwar ein Krimineller, aber Mord passte nicht zu ihm.

„Wir haben jetzt mehrere Möglichkeiten", fuhr Alex fort. „Entweder lassen wir das Ganze und hoffen, dass Tremaine den fehlenden Teil der Formel niemals findet. Oder wir versuchen, ihn auszutricksen, und treiben die restliche Formel vor ihm auf. Was wir damit anfangen, ist dann unsere Sache. Vielleicht sollten wir sie selbst an den Meistbietenden verkaufen ..."

„Nein!"

„Es war nur ein Gedanke. Wir können sie auch vernichten. Oder sie irgendwo verbergen, bis wir zu einem Entschluss gekommen sind."

„Oder wir brennen das Gebäude doch ab."

Alex schüttelte den Kopf. „Jane, Jane, Sie müssen Ihr Temperament im Zaum halten. Ein Brand würde nichts ändern. Tremaine ist kein Dummkopf – gewiss besitzt er Kopien von der Formel."

„Dann bleibt uns keine Wahl. Wir müssen den Rest finden, bevor er es tut. Auf diese Weise können wir ihn zwingen, das Verfahren nur mit unserer Zustimmung zu verkaufen."

„Ich selbst wäre zwar für den Meistbietenden, aber ich beuge mich Ihren Wünschen." Vorsichtig rückte Alex näher.

Jane war so in Gedanken versunken, dass sie es nicht einmal bemerkte. „Wie viel weiß Onkel Stephen?"

„Keine Ahnung. Er und Miss Peabody waren bald – sagen wir mal – mit etwas anderem beschäftigt, und ich gab meinen Horchposten taktvoll auf."

Jane schniefte verächtlich. „Seit wann haben Sie Skrupel? Wollen Sie mir schonend beibringen, dass Onkel Stephen mit Miss Peabody schläft?"

„Ich glaube kaum, dass sie geschlafen haben."

Jane schüttelte den Kopf. „Dieser Lüstling."

„So sind manche Männer nun mal", erklärte Alex mit unschuldiger Miene und rückte so nahe, dass er seinen Schenkel an Janes pressen konnte.

„Stimmt", klärte Jane. „Wir fahren noch einmal zu Richards Wohnung."

„Jetzt gleich, noch?" Das Bett war zwar nicht besonders bequem, aber sie saßen schon darauf. Das war ein unbestreitbarer Vorteil.

„Nein, morgen. Zwar habe ich neulich alles durchgesehen, trotzdem könnte mir etwas entgangen sein."

Alex nickte. Jane duftete nach Blumen, Pizza und Seife – eine außerordentlich erotische Mischung. „Ein weiterer näherer Blick würde sicher nicht schaden."

„Und Sie sind schon viel zu nahe. Nehmen Sie das Bein weg!"

Alex rührte sich nicht. Stattdessen sah er Jane eindringlich an. Sie hielt seinem Blick stand. Ich warne Sie, schien sie stumm zu sagen. Da konnte er nicht widerstehen.

So rasch, dass Jane keine Möglichkeit hatte, sich zu wehren, zog Alex sie an sich und drückte sie auf das Bett.

„Ich wusste gar nicht, dass Überfälle und Vergewaltigungen auch zu Ihrem Strafregister gehören", zischte Jane. Ihr Gesicht war nur wenige Zentimeter von ihm entfernt, und ihre dunkelbraunen Augen blitzten wütend hinter den Brillengläsern. Angst schien sie nicht zu haben.

„Keine Sorge, ich werde Sie nicht vergewaltigen", sagte Alex so sachlich wie möglich. „Ich möchte Sie nur küssen."

„Das will ich aber nicht."

Er hielt ihre Hände auf der Matratze fest und drückte sie mit den Hüften nieder. Ihre weichen Brüste pressten sich an seinen Oberkörper. „Keine Widerrede. Ich habe eine Belohnung für meine bisherigen Bemühungen verdient. Ganz zu schweigen von den Kosten für die Pizza." Schon senkte er die Lippen auf ihren Mund.

Jane versuchte, ihm auszuweichen. Doch Alex ließ ihre Hände los, umfasste ihr Kinn und hielt es fest. Mit ihren kleinen Fäusten trommelte sie auf ihn ein, aber er kümmerte sich nicht darum, sondern genoss den zarten Kuss. Wütend stieß Jane ihn mit den Hüften weg und wollte ihn fortschieben. Aber dadurch erregte sie ihn nur um so mehr. Trotz ihrer Gegenwehr waren ihre Lippen weich und nachgiebig und öffneten sich endlich.

Jane gab den Kampf auf. Sie legte die Arme um Alex' Nacken und wurde immer anschmiegsamer. Sie stieß einen leisen kehligen Laut aus, eine Mischung aus Stöhnen und Wimmern, die er unbedingt noch einmal hören wollte. Und er wollte das Licht in diesem schäbigen Motelzimmer löschen und sich ganz in Jane Dexters wunderbarem Körper verlieren.

Einen Moment hielt er inne, um Luft zu holen, und blickte in Janes vor Leidenschaft verschleierte Augen. Sie keuchte ein wenig, und ihre Lippen waren von seinen Küssen gerötet. Heiße Tränen rannen ihre Wangen hinab.

Erschrocken wich Alex zurück. „Meine Güte, Jane, das war doch nur ein Kuss!" schimpfte er leise.

Zu seinem Erstaunen lächelte sie plötzlich. „Ein guter Trick, nicht wahr?“ Sie setzte sich auf, knöpfte ihre Bluse fast bis zum Hals zu, sprang vom Bett und blieb vorsichtshalber außerhalb seiner Reichweite. „Zum Glück kann ich jederzeit losheulen.“

Alex starrte sie nur an. Alle Lust, Jane ins Bett zurückzuholen, war verflogen. Wenn er eines nicht ausstehen konnte, dann Tränen. Wie die meisten Männer wusste er nicht, was er mit weinenden Frauen anfangen sollte, und bekam ein schlechtes Gewissen.

„Ich wünschte, ich hätte Ihnen tatsächlich einen Grund zum Heulen gegeben“, fuhr er sie an.

„Das kann ich mir denken.“

„Entschuldigung, so war das nicht gemeint“, murmelte er.

Jane ging zu dem schlierigen Spiegel und wischte sich die Tränen von den Wangen. „Nein, Sie haben ganz Recht. Sie würden mir tatsächlich nichts als Kummer bereiten, und davon hatte ich die letzten beiden Jahre genug. Was Männer betrifft, werde ich keinen Fehler mehr begehen.“

„Und ich wäre solch ein Fehler?“

Sie sah ihn im Spiegel an. „Der größte, den ich mir vorstellen könnte“, antwortete sie. „Belassen wir es also bei geschäftlichen Beziehungen, einverstanden? Ich bin sicher, Sie finden bald eine Frau, die besser zu Ihnen passt. Eine langbeinige Blondine, die keine Forderungen an Sie stellt.“

„Alle wollen etwas von einem“, antwortete Alex düster und versuchte, sich den Schreck nicht anmerken zu lassen. Woher wusste Jane, dass er langbeinige Blondinen bevorzugte? In diesem Augenblick interessierte ihn allerdings nur eine kleine Brünette mit zerzaustem Haar und Augen, in denen immer noch Tränen glitzerten.

Krokodilstränen, erinnerte er sich. „Mir reicht es für heute“, erklärte er. „Ich gehe schlafen.“

„Gute Nacht“, antwortete Jane und rührte sich nicht.

Alex überlegte, ob er die Tür hinter sich zuschlagen oder ihr sagen sollte, was er von ihren falschen Tränen hielt. Endlich siegte sein Humor. „Es wird nicht klappen“, erklärte er und öffnete die Tür.

„Was wird nicht klappen?“

„Sie können einfach nicht verhindern, dass Sie weitere Fehler begehen.“

„Ich kann mich zumindest darum bemühen.“

„Richtig, aber es wird nichts nützen. Wenn ich Sie das nächste Mal küsse, werde ich nicht auf Ihre Tränen reinfallen.“

Jane sah ihn eindringlich an. „Es wird kein nächstes Mal geben.“

„O doch.“ Alex schloss die Tür hinter sich. Durch die dünne Wand hörte er ihre Stimme.

„Wahrscheinlich haben Sie Recht“, sagte Jane laut, und Alex ging vergnügt davon.

Richards Apartment sah noch genauso aus, wie Jane es vor drei Tagen verlassen hatte. Die Kisten, die sie gepackt hatte, waren ordentlich auf dem Flur gestapelt, und die Vorhänge waren zugezogen. Trotzdem wartete sie nur, bis Alex die Tür geschlossen hatte, dann erklärte sie: „Hier ist jemand gewesen.“

„Woher wissen Sie das?“ Alex schlenderte durch das Wohnzimmer. „Fehlt etwas?“

Alex und sie hatten gemeinsam gefrühstückt und sorgfältig Acht gegeben, dass sie einander nicht berührten. Jetzt, in der leeren Wohnung, erinnerte Jane sich wieder an die vergangene Nacht und den kurzen überwältigenden Augenblick auf der durchgelegenen Matratze. Erneut spürte sie Alex’ schlanken, sehnigen Körper, der sich geradezu unerträglich verlockend anfühlte.

Doch sie verdrängte diesen Gedanken rasch. Falls Alex ähnliches empfand, ließ er es sich nicht anmerken. Er war heute Morgen ausgesprochen gut gelaunt. Vielleicht hatte er ja doch noch eine langbeinige Blondine gefunden.

Nein, das hätte sie gehört. Die Wände zwischen den Motelzimmern waren dünn wie Pappe.

„Jane?" schreckte Alex sie auf.

„Ich fühle, dass hier jemand herumgeschnüffelt hat."

Er zuckte achtlos die Schultern. „Entweder sind Sie ebenso wunderlich wie Ihr Bruder, oder Tremaines Detektive haben hervorragende Arbeit geleistet." Er ging zum Fenster und sah hinter den Vorhängen zum Parkplatz hinab. „Wann waren Sie zuletzt hier?"

„Vor drei Tagen."

„Nun, wenn wirklich inzwischen jemand hier war, hat er nicht gefunden, was er suchte."

„Wie kommen Sie darauf?"

Alex ließ den Vorhang fallen und drehte sich zu ihr um. „Weil Stephen Tremaine gerade mit zwei verdächtig aussehenden Männern unten vorgefahren ist. Wenn mich nicht alles täuscht, werden die drei heraufkommen, um noch einmal alles zu durchsuchen."

„Dann müssen wir uns verstecken!"

„O nein. Sie haben jedes Recht, hier zu sein. Ich werde mich allein verstecken, während Sie versuchen, die Männer wieder loszuwerden."

„Soll ich einfach sitzen bleiben und Däumchen drehen, während mein Onkel hier einbricht?"

„Wenn die Männer auch nur einen Funken Verstand haben, werden sie zunächst an der Tür läuten. Grundregel Nr. 1 bei jedem Einbruch lautet: Vergewissere dich, ob die Wohnung leer ist. Sie brauchen also nur zu öffnen und die Leute wieder fortzuschicken."

„Und wenn sie nicht gehen?“

Alex lächelte. „Das entscheiden wir, wenn es so weit ist.“

In diesem Augenblick läutete es tatsächlich, und Jane zuckte erschrocken zusammen.

„Öffnen Sie die Tür, Madame X“, forderte Alex sie auf und verschwand im Schlafzimmer. „Jetzt beginnt der zweite Akt.“

7. KAPITEL

Jane stand vor der Tür, trocknete ihre feuchten Hände an der kakifarbenen Hose und holte tief Luft. Die Glocke läutete erneut, und der Türgriff drehte sich plötzlich verdächtig. Für den Bruchteil einer Sekunde war Jane versucht, ihren Onkel und seine Männer einbrechen zu lassen und abzuwarten, wie sie auf ihren Anblick reagierten. Dann schob sie den Gedanken beiseite. Sie hatte keine Lust, einen Streit mit ihm anzufangen. Während der letzten sechsunddreißig Stunden hatte sie sich auch nicht gerade korrekt verhalten.

„Ich bin schon da!“ rief sie und hörte, wie jemand erschrocken zurücksprang. „Ich muss nur noch das dumme Schloss aufkriegen“, fügte sie fröhlich hinzu und machte so viel Lärm wie möglich. Dann öffnete sie die Tür und strahlte ihren Onkel an.

Stephen Tremaine betrachtete sie eiskalt. „Was machst du denn hier?“ fragte er barsch und schlenderte herein. Er war ein mittelgroßer, rundlicher Mann von Ende Fünfzig mit gepflegtem weißem Haar, gebräunter Haut und kleinen, schieferblauen Augen, die keinerlei Gefühl verrieten. Von Zeit raubenden Liebenswürdigkeiten hielt er nichts. Stattdessen stand er in seinem tadellosen Anzug da, blickte Jane an und tippte mit einem Fuß ungeduldig auf den Boden.

„Schön, dich zu sehen, Onkel Stephen“, gurrte Jane beinahe.

„Wir haben uns erst letzte Woche gesehen“, fuhr er sie an. „Was machst du hier?“

„Ich verpacke Richards Sachen.“

„Das hattest du bereits erledigt.“

Das konnte Stephen Tremaine nur wissen, wenn er schon

einmal in der Wohnung gewesen war. Sie hatte ihn ertappt, ob er es merkte oder nicht. Plötzlich empfand Jane tiefe Befriedigung. Vielleicht entwickelte sie ja langsam einen detektivischen Spürsinn. „Ich musste noch einiges erledigen“, antwortete sie ruhig. „Und weshalb bist du hier? Wer sind diese Männer?“

„Sie sind nur mitgekommen“, erklärte Tremaine, ging an ihr vorüber und betrachtete die aufeinander gestapelten Kisten. „Dir ist hoffentlich klar, dass alles, was Richards Arbeit betrifft, rechtsmäßig der Firma ‚Technocracies‘ gehört.“

„Natürlich“, antwortete Jane sanft. Sie wollte keine weiteren Fragen stellen, sondern abwarten, was kam.

Ihr Onkel tippte mit einem dicken, ordentlich manikürten Finger an eine Kiste und schnaufte hörbar. Wie ein Tier in seinem Käfig schlich er durch die Wohnung, während seine beiden Begleiter stumm an der Tür stehen blieben. Solange er nicht zum Schlafzimmer ging, sollte er ruhig herumsuchen. Fand er tatsächlich etwas Interessantes, konnte es nur von Vorteil für sie sein.

Am Fenster blieb er stehen und drehte sich plötzlich zu ihr um. „Wo warst du gestern?“

Jane zuckte nicht einmal mit der Wimper. „Wieso? Ich war hier. Und du?“

„Ich habe gearbeitet. Wir hatten Ärger mit zwei Aushilfskräften. Eine Frau hat unser ganzes Computersystem durcheinander gebracht, und ein angebliches technisches Genie zerstörte einen Terminal.“ Vorwurfsvoll sah er sie an.

„Es ist wirklich schwierig, heutzutage qualifiziertes Personal zu bekommen“, antwortete Jane mitfühlend.

Tremaine ließ sie nicht aus den Augen. Sie wusste, was er dachte, es war ihm deutlich anzusehen. Doch er nickte nur. „Ja, das stimmt“, sagte er.

„Wir haben alle unsere Probleme“, meinte Jane ausweichend und wünschte, er würde wieder gehen.

Plötzlich tat Tremaine furchtbar besorgt. Er trat auf Jane zu und ergriff ihre beiden eiskalten Hände. „Ich mache mir deinetwegen Sorgen, Jane", erklärte er. „Das ist alles viel zu viel für dich – erst Richard zu verlieren und anschließend hierher zu kommen und seinen Haushalt aufzulösen … Ich weiß, dass du keine sehr schönen Erinnerungen an Princeton hast. Lass mich den Rest erledigen. Ich habe genügend Leute, die sich darum kümmern können. Sie werden alles abholen und dir zusenden. Du hast schon so viel durchgemacht. Fahr unbesorgt zurück nach Wisconsin."

Sehr klug, dachte Jane, während ihr Onkel ihre Hände nicht losließ und sie eindringlich anblickte. „Das ist sehr nett, Onkel Stephen", antwortete sie. „Aber ich habe mir extra freigenommen, und diese Arbeit hilft mir, über den Verlust hinwegzukommen."

Er drückte ihre Hände so fest, dass es wehtat. „Ich glaube, du machst einen Fehler. Du solltest zurückfahren und alles Weitere mir überlassen."

„Nein." Furchtlos sah Jane ihn an und zuckte auch nicht zurück, als seine Augen verärgert aufblitzten.

Er ließ ihre Hände los, trat ein paar Schritte zurück und lächelte erneut. „In Ordnung, Janey", gab er nach. Niemand außer ihm hatte sie je so genannt. „Wie du willst. Ich wollte dir ja nur Kummer ersparen."

„Dafür bin ich dir sehr dankbar."

Er nickte. „Dann gehen wir wieder. Ich muss nur noch rasch für kleine Jungs …" Er wandte sich in Richtung Schlafzimmer.

Jane öffnete den Mund, um etwas einzuwenden, aber ihr fiel nichts Sinnvolles ein. Ergeben schloss sie die Augen und wartete auf Tremaines überraschten Aufschrei.

Doch nur das Geräusch fließenden Wassers war zu hören. Jane blickte auf die beiden Begleiter ihres Onkels, die mit ausdrucksloser Miene warteten, und lächelte unsicher. „Das Badezimmer habe ich noch nicht aufgeräumt", erklärte sie. Doch keiner der beiden antwortete.

Kurz darauf war Tremaine mit wütendem Blick und einem Lächeln auf den Lippen zurück. „Wir gehen jetzt, Janey. Bist du wirklich sicher, dass du keine Hilfe brauchst?"

„Völlig sicher, Onkel Stephen. Du hast schon mehr als genug für mich getan."

Er wurde wieder ernst. „Nicht der Rede wert", meinte er und ging hinaus. Seine beiden Helfershelfer folgten ihm auf dem Fuß.

Jane lehnte sich an die Wand und horchte auf die Schritte, die sich langsam entfernten. Ihre Hände zitterten, und kalter Schweiß bedeckte ihre Stirn. Endlich ging sie zum Fenster und sah gespannt zu, wie ihr Onkel in seinen Mercedes stieg. „Alex?" rief sie, ohne ihren Beobachtungsposten zu verlassen. „Sind Sie noch da?"

„Ihr Patenonkel ist ganz schön neugierig." Er stand unmittelbar hinter ihr. Der dicke Teppich hatte seine Schritte gedämpft.

„Wo hatten Sie sich versteckt?"

„Hinter dem Duschvorhang in der Badewanne. Zum Glück ist er undurchsichtig, und Ihr Onkel vergaß, dahinter nachzuschauen. So konnte ich ihn ungestört beobachten." Alex beugte sich vor und sah aus dem Fenster. Einen Moment betrachtete Jane sein markantes Profil und das zerzauste blonde Haar.

Geistesabwesend seufzte sie. „Sie haben ihn beobachtet? Das ist ja pervers."

„Wieso? Tremaine ging nicht auf die Toilette, sondern guckte in den Arzneischrank und unter das Waschbecken. Ja, er hob sogar den Deckel des Toilettenkastens an."

„Weshalb das denn?"

„Wahrscheinlich suchte er etwas. Gefunden hat er es allerdings nicht."

„Und was bedeutet das für uns?"

Ergeben zuckte Alex mit den Schultern. „Wir müssen weitersuchen."

Viele Stunden später saß Jane niedergeschlagen zwischen Bergen von Akten und war restlos erschöpft. Der Parkplatz vor dem Haus von Richards Wohnung war hell erleuchtet. Zahlreiche Hondas, BMWs und Saabs glänzten im Schein der Laternen und zeugten vom Wohlstand ihrer Besitzer. Etwas Licht fiel auch in das einst so makellos aufgeräumte kleine Apartment.

Alex sah zu seiner Partnerin hinüber und unterdrückte nur mühsam ein Lächeln.

„Ich kann kein Papier mehr sehen", klagte sie müde.

„Wahrscheinlich ist es sowieso vergebliche Mühe", stimmte er ihr zu. „Schade, dass wir beide nicht mehr von Chemie verstehen. Ich habe keine Ahnung, was Richards Aufzeichnungen bedeuten. Glauben Sie wirklich, dass Ihr Bruder die Formel zwischen ganz ähnlich aussehenden Unterlagen versteckt hat, damit niemand sie findet?"

„Nein", antwortete Jane und streckte sich auf den Blättern aus. Ihre kakifarbene Hose brachte die langen Beine und ihren wohlgeformten Po bestens zur Geltung. „Ich bin sicher, er hat sie ordentlich abgelegt. Vielleicht hat er sie in seinem geheimen Labor aufbewahrt, weil sie seiner Ansicht nach dort am sichersten war." Sie setzte sich wieder auf und schob das zerzauste Haar aus dem Gesicht. „Wir müssen unbedingt das Labor finden, Jimmy."

„Alex", verbesserte er sie. „Meinen Sie, dort würden wir die Formel eher erkennen?"

„Nein. Wir fackeln das Labor einfach ab."

„Nicht schon wieder! Der Trick eines kriminellen Lebens besteht darin, erst zur Gewalt zu greifen, nachdem man alle anderen Möglichkeiten ausgeschöpft hat“, sagte Alex vorwurfsvoll. „So weit sind wir noch längst nicht.“

„Was können wir denn noch tun?“ Obwohl sie übermüdet war und furchtbaren Hunger hatte, blitzten Janes Augen so unternehmungslustig, dass Alex sie hingerissen betrachtete.

„Betriebsgeheimnis“, erklärte er und fragte sich, wie lange er Jane noch hinhalten konnte. „Inzwischen werde ich Sie lieber füttern. Sie sind ja richtig garstig, wenn Sie Hunger haben.“

„O ja, gehen wir essen“, antwortete Jane sehnsüchtig. „Irgendetwas, solange es nur heiß und viel ist.“

„Wie wäre es mit einem saftigen Hamburger?“

Sie lächelte glücklich. „Wunderbar!“ Sie wollte aufstehen, rutschte jedoch von dem wackeligen Aktenstapel ab.

Bevor sie sich versah, war Alex bei ihr. Er hätte sie nur zu halten brauchen. Doch er konnte nicht widerstehen, legte die Arme um sie und zog sie in die Höhe.

Erschrocken sah Jane zu ihm auf und erstarrte.

„Weshalb gucken Sie mich so an?“ fragte Alex ruhig und ließ sie nicht los.

„Ich frage mich gerade, weshalb Sie tun, was Sie tun.“

Alex musste unwillkürlich lachen. „Womit sollte ich Ihrer Meinung nach sonst meinen Lebensunterhalt verdienen?“

„Sie könnten als Gigolo auftreten.“

Sofort ließ Alex sie los. „Wie kommen Sie dann darauf?“ fragte er gekränkt.

Jane war so erschöpft, dass sie fast keine Kraft mehr besaß. „Ich weiß nicht recht …“ stammelte sie hilflos. „Sie sehen ausgesprochen gut aus. Beim Anstecken von Häusern können Sie Ihr Äußeres nicht sonderlich in die Waagschale werfen.“

Alex wollte sie wieder an sich ziehen, doch sie wich ihm

aus. Dann später, nahm er sich vor. „Sie vergessen, dass ich ein Hochstapler bin", antwortete er ruhig. „Wegen meines Aussehens kann ich den Leuten beispielsweise weismachen, dass ich die Universität von Princeton oder Harvard besucht habe. Sie nehmen mir alles ab."

Jane nickte. „Das glaube ich Ihnen aufs Wort. Und was wollen Sie mir weismachen?" Sie hatte die Frage wie beiläufig gestellt, doch Alex ließ sich nicht täuschen. Jane traute ihm nicht. Das war auch nicht zu erwarten. Schließlich hatte er alles daran gesetzt, seine Rolle als Gauner möglichst gut zu spielen.

„Nichts, was Sie mir nicht abnehmen würden", antwortete er ernst.

Sie lächelte kläglich. „Genau die passende Antwort für einen Hochstapler."

Wie gern hätte Alex ihr die Wahrheit gestanden, aber dadurch hätte er sich in Janes Augen nur zu einem noch größeren Lügner gestempelt, und sie würde ihm kein bisschen mehr trauen. Deshalb musste er schweigen. „Ich rate Ihnen, seien Sie nett zu mir", warnte er sie scherzhaft. „Sonst nehme ich Sie nicht mit zum Essen."

Offensichtlich hatte er den richtigen Tonfall getroffen, denn sie lächelte plötzlich. „Notfalls würde ich trampen."

„Keine Sorge, Madame X, ich lasse meine Partnerin nicht verhungern." Er hatte sie inzwischen erreicht, berührte sie aber nicht.

„Und was ist damit?" fragte Jane und deutete auf die Unordnung ringsum.

„Können wir die Wohnung nicht ein paar Tage so lassen?"

Sie lächelte breit. „Einverstanden. Vielleicht nehme ich Onkel Stephens Hilfsangebot doch noch an."

„Kommen Sie, Partnerin, essen wir erst mal. Vielleicht wird irgendwo der Film ‚Die Unberührbaren' gespielt. Den sollten wir uns ansehen, um ein paar Tipps zu bekommen, wie echte Kriminelle vorgehen."

„Wieso? Sind Sie kein echter Krimineller?"

Zum Teufel, er musste Acht geben, was er sagte. So erschöpft und hungrig Jane Dexter war, ihr Verstand arbeitete weiterhin messerscharf. „Man lernt nie aus", erklärte er fröhlich und löschte das Licht.

Kurz darauf kletterten sie in den MG und fuhren in Richtung Route 1. Weder Alex noch Jane merkten, dass Stephen Tremaines Helfershelfer sie aus einer unauffälligen Limousine beobachteten. Und sie sahen auch nicht, dass der amerikanische Wagen anfuhr und ihnen in die warme Oktobernacht folgte.

„Aufwachen, kleine Schlafmütze!" Die Worte kamen von einer Stelle, die viel zu nahe an ihrem Ohr war. Jane hob die Hand, schlug danach und drückte das Gesicht tiefer in die Kissen.

Doch die ungeduldige Stimme ließ sich nicht so leicht vertreiben. „Wachen Sie endlich auf!"

Schlaftrunken drehte Jane sich um und erkannte Alex. Er saß neben ihr auf dem Bett!

Erschrocken rutschte sie auf die andere Seite. Eigentlich hatte sie das Laken mitziehen wollen, aber Alex hielt es mit seinem Körper fest. Und sie trug nur ein bequemes Sleepshirt, das ihre Schenkel hinaufgerutscht war. Wütend sah sie ihrem Partner in die rauchgrauen Augen.

„Wie sind Sie hereingekommen? Erzählen Sie mir ja nicht, Sie hätten das Schloss geknackt."

„Unsere Zimmer besitzen eine Verbindungstür", erklärte Alex ungerührt. „Ich habe sie gestern Abend vorsichtshalber aufgeschlossen."

„Sie hätten sie lieber doppelt abschließen sollen", fuhr Jane ihn an. „Und jetzt runter von meinem Bett."

Widerstrebend gehorchte er. Doch seine Augen funkelten fröhlich. „Sie sind ganz schön garstig beim Aufwachen."

„Ich bin garstig, wenn man mich so grob weckt", verbesserte Jane ihn. „Wie spät ist es denn?" Sie betrachtete die Sonnenstrahlen, die durch die fadenscheinigen Vorhänge ins Zimmer fielen. „Wir waren doch nicht verabredet, oder? Sie wollten mit ein paar Leuten aus der Unterwelt Verbindung aufnehmen und versuchen, weitere Einzelheiten herauszubekommen."

Vielleicht lag es an ihrer Kurzsichtigkeit, dass Alex beinahe schuldbewusst wirkte. Jane setzte ihre Brille auf, doch jetzt war sein Gesicht so ausdruckslos wie immer.

„Es ist nach zehn, und die Lage hat sich verändert."

Erschrocken stand Jane auf und wickelte das Laken um sich.

„Was ist passiert?"

„Ihr Patenonkel ist heute Morgen mit unbekanntem Ziel abgereist."

„Woher wissen Sie das?"

„Ich verschlafe nicht den halben Morgen", erklärte Alex hochmütig. „Ich war um sechs Uhr wach, ging joggen und fuhr anschließend zu Tremaines Haus, um die Zeit zu nutzen, bis Sie aufgestanden waren. Dort kam ich gerade rechtzeitig, um mit anzusehen, dass er und seine beiden Helfershelfer zum Flughafen fuhren."

„Wohin ist mein Onkel geflogen?"

„Ich konnte schlecht zu ihm gehen und ihn danach fragen."

„Ich denke, Sie sind ein Hochstapler. Hätten Sie sich nicht etwas Glaubhaftes einfallen lassen und sich an den Fluglotsen heranmachen können oder wer sonst zuständig war?"

„Ich dachte, wir könnten es von Tremaines Frau erfahren."

Jane lehnte sich zurück und strich geistesabwesend mit der Hand durch ihr Haar. „Ja, das könnten wir."

„Was heißt ‚wir'? Ihre Tante kennt Sie doch."

„Nein. Ich habe Annabel noch nie gesehen. Sie ist Tremaines zweite Frau und war neulich nicht zu Hause. Die erste ließ ihn sitzen, als sie von seinen Gespielinnen erfuhr. Ich nehme an, Annabel wird dasselbe tun, wenn sie herausbekommt, was er mit Elinor Peabody treibt. Umso mehr, weil sie während seiner Ehe mit Tante Alice seine Assistentin war."

„Das klingt ja wie bei ‚Dallas'", meinte Alex breit.

„So ähnlich. Das Wort Moral kennt Onkel Stephen nicht. Wie wollen wir bei Annabel vorgehen? Versuchen wir es als Vertreter oder als religiöse Fanatiker?"

Alex schüttelte abwehrend den Kopf. „Damit kämen wir nicht einmal über ihre Schwelle. Wie wäre es mit Tierschutz? Zum Beispiel für weißköpfige Seeadler?"

„Seeadler ...", wiederholte Jane, „... das gefällt mir. Die beiden haben ein Sommerhaus am See. Dort brühten im Frühling Seeadler. Das Thema dürfte Annabel interessieren. Sobald wir im Haus sind, können Sie ihr dann die Auskünfte entlocken."

„Weshalb ich?"

„Sie sind doch der Profi, nicht wahr?"

Aus einem unerklärlichen Grund blickte Jimmy-the-Stoolie, genannt Alex, plötzlich fassungslos drein.

„Ja, das stimmt", erklärte er endlich und machte ein Gesicht, als wäre ihm gerade eine Erkenntnis gekommen. „Das stimmt."

8. KAPITEL

Kurz nach eins hielten Jane und Alex in einem gemieteten Wagen vor Tremaines Haus in der Cleveland Lane im Herzen des alten Princeton an. Jane blieb noch einen Moment am Steuer sitzen und bewunderte das stattliche alte Haus mit dem Buchsbaum, der hübschen Gartenanlage und dem schönen Steinplattenweg, der zu der breiten Vordertür führte.

Beim näheren Hinsehen erkannte sie jedoch erste Anzeichen eines Verfalls, den sie bei ihrem letzten Besuch nicht bemerkt hatte. Der Buchsbaum musste geschnitten werden, die rote Farbe der Haustür war verblichen und begann abzublättern. Laub lag auf dem Rasen, der lange nicht gemäht worden war. Die Anzeichen waren nicht auffällig, doch wiesen sie diskret darauf hin, dass es mit den Finanzen der Tremaines nicht zum Besten stand.

„Hübsches Haus“, meinte Alex gleichmütig.

Jane zuckte achtlos mit den Schultern. „Ich bin in einem ganz ähnlichen Haus aufgewachsen. Es war ein bisschen kleiner und nicht ganz so durchdacht, besaß aber denselben Stil.“

„War Ihr Vater ebenfalls Industrieller?“

„Nein, meine Eltern waren College-Professoren.“

„Ich wusste gar nicht, dass die Professoren in Princeton so gut bezahlt werden, dass sie sich solch einen Lebensstandard leisten können.“

„Das werden sie bestimmt nicht.“ Jane sah aus dem Fenster und versuchte, das alte Unterlegenheitsgefühl zu verdrängen, das sie erneut erfasst hatte. „Vater und Mutter stammten aus gut situierten Familien und hatten genügend geerbt, um sich eine Tätigkeit in Lehre und Forschung leisten zu können. Die beiden waren so unpraktisch, dass sie niemals von ihren Gehältern hätten leben können.“

„Ihr Bruder scheint auch nicht sehr praktisch veranlagt gewesen zu sein.“

„Nein, das war er nicht. Aber ich bin es“, fügte sie trotzig hinzu.

„Haben Sie sich gut mit Ihren Eltern verstanden?“

„Ich glaube nicht, dass wir jetzt über sie reden sollten“, antwortete Jane leise.

„Vielleicht doch“, meinte Alex.

Sie seufzte ergeben. „Also gut. Das Verhältnis zu meinen Eltern war so ähnlich wie das zu meinem Bruder: Auch sie übersahen mich meistens.“

„Weshalb?“

„Richard erfüllte alle ihre Erwartungen. Er war schon als Kind hochbegabt. Mit drei Jahren konnte er lesen, mit fünf Algebraaufgaben lösen und mit acht Mutters Scheckbuch führen, was beinahe einem Weltwunder glich. Dagegen war ich ein ganz normales unscheinbares Mädchen. Ich begann zu laufen und zu sprechen, als ich das richtige Alter dafür hatte, spielte mit Puppen und blätterte in Bilderbüchern.“

„Es gibt oder gab also die drei brillanten Dexters und die kleine unscheinbare Jane.“

Es klang, als wollte Alex sie aufziehen, und Jane fuhr wütend herum. „Wie können Sie es wagen ...“

„Haben Sie sich nicht selbst so genannt? Überlegen Sie doch mal. Obwohl die Geringschätzung, unter der Sie als Kind gelitten haben, jahrelang zurückliegt, kleiden Sie sich immer noch wie die unscheinbare Jane, denken wie sie und verhalten sich auch so. Sie sollten langsam lernen, etwas selbstbewusster aufzutreten.“

„Und Sie sollten lernen ...“ Jane schluckte ihre scharfe Bemerkung hinunter und fuhr etwas milder fort: „Sie sollten lernen, sich um Ihre eigenen Angelegenheiten zu kümmern. Ich bin, wer ich sein will.“

„Richtig. Sie haben beschlossen, die unscheinbare Jane zu bleiben."

Janes Entrüstung verwandelte sich langsam in Wut. „Und was ist mit Ihnen?" fragte sie bissig. „Sie haben sich für eine kriminelle Laufbahn entschieden, nennen sich Jimmy-the-Stoolie und besitzen vermutlich noch eine ganze Reihe weiterer Decknamen."

Alex zuckte unmerklich zusammen. „Das bringt zumindest Abwechslung in mein Leben."

„Mir sind Ruhe und Beständigkeit lieber."

„Meinen Sie, dass Sie die je finden werden?"

„Bestimmt nicht bei einem Kerl wie Ihnen", fuhr sie ihn wütend an.

„Suchen Sie denn jemanden dafür?"

Jane schwieg verlegen. Alex saß regungslos auf dem Beifahrersitz des Fords. Sein dichtes, blondes Haar fiel ihm über die Stirn, und sein gebräuntes Gesicht verriet nur einen Anflug von Neugierde. Sein teurer Anzug war viel zu konservativ und passte weder zu einem Spendeneintreiber noch zu einem Ganoven. Trotzdem musste sie zugeben, dass Alex fantastisch aussah. Für sie kam er allerdings nicht in Frage. Er ist ein Betrüger, ermahnte sie sich. Er nutzt die Menschen nur aus und ändern wird er sich nicht.

„Diese Unterhaltung führt zu nichts", erklärte Jane plötzlich. „Gehen wir jetzt zu Annabel Tremaine?"

Alex lächelte so charmant, dass sie kaum noch Luft bekam. „Jawohl. Genauer gesagt, ich werde mit ihr reden. Sie bleiben mit ernstem Gesicht neben mir und schweigen. Schaffen Sie das?"

„Ich schaffe alles, was Sie aushecken."

Sein Lächeln wurde noch breiter. „Darauf komme ich gelegentlich zurück."

Es dauerte eine ganze Weile, bevor sich die Tür öffnete. Eine große, gertenschlanke Frau stand in der dunklen Halle und blickte in die strahlende Herbstsonne hinaus. Fasziniert beobachtete Jane, wie Alex sich gegenüber Annabel Tremaine verhielt. Er trat weder zu forsch noch zu unterwürfig auf, sondern fand genau den richtigen Ton, um sie aus der Reserve zu locken.

„Guten Tag“, sagte er mit leiser, sympathischer Stimme. „Mein Name ist Ashley Wilkes, und dies ist meine Frau Melanie. Wir arbeiten für die Gesellschaft zur Rettung der weißköpfigen Seeadler. James MacDougal meinte, Sie würden unser Anliegen vielleicht unterstützen. Eigentlich wollten wir uns telefonisch anmelden, bekamen aber keine Verbindung.“

Jane betrachtete die zweite Frau ihres Patenonkels verstohlen. Sie hatte keine Ahnung, wer James MacDougal war, aber Annabel schien den Mann zu kennen. Sie öffnete daraufhin die Tür weit, strahlte Alex an und übersah dessen vermeintliche Ehefrau völlig.

„Tut mir Leid, Sie haben einen ziemlich unglücklichen Zeitpunkt erwischt“, sagte sie und fuhr sich mit der schlanken Hand durch das sorgfältig frisierte silberblonde Haar. „Mein Mann ist verreist, und ich habe zur Zeit kein Hausmädchen. Wenn sie trotzdem hereinkommen möchten …“

„Sehr gern“, antwortete Alex entschlossen, umfasste Annabels Ellbogen und kümmerte sich nicht weiter um seine geliebte „Melanie“. Jane folgte ihm und streckte ihm hinter seinem schönen Rücken die Zunge heraus. Annabel Tremaine musste schon eine ganze Weile kein Mädchen mehr haben. Es war ziemlich dunkel, denn die Vorhänge waren zugezogen. Übertrieben vorsichtig stieg die Hausherrin über Stapel von Kleidern, Zeitschriften und Geschirr und ließ sich auf ein Damastsofa fallen.

„Darf ich Ihnen etwas zu trinken anbieten? Dann lässt es sich besser plaudern, nicht?“ fragte sie liebenswürdig.

Da begriff Jane. Schon um elf Uhr morgens war Annabel Tremaine betrunken.

„Dafür ist es wohl noch etwas zu früh", antwortete Jane. Sie wollte sich in einen Sessel setzen, sprang jedoch erschrocken wieder auf und entfernte ein leeres Weinglas.

„Dafür ist es nie zu früh", antwortete Annabel fröhlich und blinzelte den beiden zu. „Wie ist es mit Ihnen, Mr. Wilkes?"

„Nein, danke, im Moment nicht", sagte Alex.

„Hätten Sie etwas dagegen, wenn ich mich selbst bediene?" gurrte Annabel.

„Wie wäre es mit einer Tasse Kaffee?" schlug er vor.

„Mr. Wilkes, ich trinke schon seit acht Uhr. Zu diesem Zeitpunkt ging mein Mann aus dem Haus. Weshalb sollte ich meinen mühsam erreichten glückseligen Zustand mit Kaffee wieder zerstören?"

„Sehr glücklich wirken Sie nicht", meinte Alex freundlich.

Annabel sah ihn verblüfft an, und plötzlich rannen Tränen ihre hübschen Wangen hinab. Sie war eine tadellos gepflegte Frau mit großen, etwas verschleierten Augen, sorgfältig frisiertem Haar, eleganter Kleidung und einem perfekt aufgetragenen Make-up. Die Trunkenheit änderte nichts an ihrer äußeren Schönheit. Eine Gewohnheitstrinkerin war sie sicher nicht.

„Ich bin auch nicht glücklich", stimmte sie Alex kläglich zu. „Bitte halten Sie mich nicht für eine Trinkerin. Ich greife nur zum Glas, wenn mein Mann auf Dienstreise geht. Allerdings tut er das etwas zu oft, und ich weiß, dass er sich dann mit ihr trifft. Aber das ist mir egal – völlig egal", fügte sie trotzig hinzu.

„Das glaube ich Ihnen gern. Wie wäre es mit etwas Kaffee?" fragte Alex.

„Wie wäre es mit etwas Wodka?"

„Es ist keiner mehr da."

„So was Dummes." Annabel war zur Seite gerutscht, richtete sich aber gleich wieder auf und kreuzte ihre wohlgeformten Füße. „Ich muss eine neue Flasche besorgen. Hoffentlich habe ich noch Kredit beim Spirituosenhändler. Stephen hat meine Konten gesperrt und zahlt mir das Wirtschaftsgeld in bar aus. Können sie sich so etwas vorstellen? Ich wette, Miss Goodbody braucht ihn nicht um jeden Pfennig zu bitten."

„Miss Goodbody?" fragte Alex. Er stand immer noch auf der Schwelle, und Jane merkte plötzlich, was in ihm vorging: Er wollte den Zustand der Frau nicht ausnutzen. Ein weiteres Glas aus der Wodkaflasche, die in Wirklichkeit noch halb voll war, hätte genügt, und er hätte jede Auskunft von Annabel bekommen. Dieser Mann besaß tatsächlich ein Gewissen.

„Die Geliebte meines Mannes", erklärte Annabel unter Tränen. „Offiziell ist sie natürlich seine Vizepräsidentin, aber ich lasse mich nicht täuschen. Was meinen Sie, wie ich mir Stephen geangelt habe? Allerdings machte man damals seine Geliebte nicht zur leitenden Angestellten. Sie blieb Sekretärin, bis sie ausgedient hatte."

„Er hat Sie nicht fallen gelassen", sagte Jane.

Annabel sah sie verschwörerisch an. „Ich war zu schlau für ihn. Auch für diese Miss Goodbody bin ich zu schlau, selbst wenn sie es noch nicht ahnt." Plötzlich kniff sie die Augen zusammen. „Wer sind Sie eigentlich? Und was wollen Sie?"

„Wir sind hier, um die weißköpfigen Seeadler zu retten", erklärte Jane, weil Alex sich nicht rührte.

„Damit werden Sie nicht viel Erfolg haben", meinte Annabel. „Mein Mann hat vor zwei Jahren einen Seeadler abgeschossen und wäre dafür beinahe ins Gefängnis gekommen. Er kann sie nicht ausstehen."

Sieh mal an, Onkel Stephen schießt auf gefährdete Tiere, dachte Jane. „Wann kommt Ihr Mann zurück? Vielleicht möchte er sein Gewissen durch eine Spende erleichtern."

„Mein Mann besitzt kein Gewissen", erklärte Annabel verächtlich. „Außerdem habe ich nicht die geringste Ahnung, wann er wiederkommt."

„Wohin ist er denn gereist?"

Annabel sah Jane misstrauisch an. „Was geht Sie das an?" fragte sie kämpferisch und aufgebracht. „Und was wollen Sie von ihm?"

„Wir vertreten die Gesellschaft zur Rettung der weißköpfigen Seeadler", sagte Alex endlich und trat näher. „Ich glaube, wir sollten wiederkommen, wenn Ihr Mann zurück ist."

„Er ist irgendwo nördlich im Staat New York. Keine Ahnung, weshalb. Allerdings kann ich mir denken, wer bei ihm ist. Elinor Goodbody."

„Peabody", verbesserte sie eine melodische Stimme hinter Alex. Elinor Peabody war ebenso perfekt gekleidet und beherrscht wie vor zwei Tagen.

Mühsam stand Annabel auf und schwankte ein wenig. „Elinor", sagte sie freundlich. „Was führt Sie zu mir?"

„Ich hatte Stephen versprochen, nach Ihnen zu sehen. Er fürchtete, Sie könnten sich langweilen. Aber Sie haben ja schon Gesellschaft." Spöttisch sah sie Jane an.

Jane erwartete, dass ihre Tarnung jeden Moment auffliegen würde.

„Die beiden sind … Woher kommen Sie noch?" fragte Annabel unsicher.

„Von der Gesellschaft zur Rettung der weißköpfigen Seeadler", antwortete Alex.

Elinor ließ den Blick über seine elegante Gestalt gleiten, und Jane beobachtete sie mit einem seltsamen Gefühl in der Magengrube. „Ich nehme an, Sie sind deren örtliches Computergenie", meinte Miss Peabody seidenweich.

„Mit Computern kenne ich mich nicht besonders gut aus",

gestand Alex so entwaffnend, dass Jane heimlich die Hände zu Fäusten ballte. „Der Umgang mit Menschen liegt mir mehr."

„Das glaube ich Ihnen aufs Wort."

Jetzt reichte es Jane, und sie stand auf. „Gehen wir lieber", erklärte sie entschlossen. „Wir kommen wieder, wenn Mr. Tremaine von seiner Reise zurück ist."

„Das wäre sehr nett", antwortete Annabel unsicher.

Miss Peabody sah Jane belustigt an. „Vielleicht könnten die beiden Naturschützer mir inzwischen einen kleinen Besuch abstatten. Ich bin sehr an der Rettung der Seeadler interessiert."

Während Jane sie nur anstarrte, antwortete Alex liebenswürdig wie immer: „Wir würden uns mehr als glücklich schätzen, Ihre Hilfe anzunehmen, Miss Goodbody." Eindringlich betrachtete er ihre elegante Erscheinung, und Jane hätte ihm am liebsten eine Ohrfeige gegeben.

„Peabody", verbesserte die Vizepräsidentin ihn freundlich. „Wie wäre es mit heute Abend um acht Uhr? Ich bin sicher, wir können uns gegenseitig eine große Hilfe sein."

„Wir kommen bestimmt."

Elinor verzog befriedigt die Lippen. „Überlassen Sie Mrs. Tremaine ruhig mir. Sie trinkt von Zeit zu Zeit, um ihren Mann zu bestrafen."

Jane sah wieder zu Annabel und stellte entsetzt fest, dass die Frau ihres Onkels eingeschlafen war und leise schnarchte. „Vielleicht hat er es verdient", meinte sie.

Miss Peabodys Lächeln wurde noch eine Spur strahlender. „Mag sein. Bis heute Abend um acht. Meine Adresse steht im Telefonbuch. Ich nehme an, zwei so tüchtige Leute wie Sie werden sie finden."

9. KAPITEL

Es war ein klarer kühler Oktoberabend. Der Geruch von brennendem Laub lag in der Luft, und die Feuchtigkeit des letzten Regens mischte sich mit den Gerüchen des Herbstes.

Elinor Peabodys hübsches kleines Haus war pfirsichfarben gestrichen und lag in einem sorgfältig gepflegten Garten mit einem Swimmingpool auf der Rückseite. Einst hatten in diesem Stadtteil überwiegend junge Paare in eher bescheidenen Häusern gelebt. Das hatte sich inzwischen geändert. Alex hatte erfahren, dass Miss Peabody ihr Haus verkaufen wollte und vierhundertfünfzigtausend Dollar dafür verlangte. Vermutlich würde sie die Summe bekommen.

Stotternd kam der MG vor dem gepflegten Steinplattenweg zum Stand. „Soll ich im Wagen warten?“ fragte Jane.

Alex’ Gesicht verfinsterte sich. „Das könnte sehr lange dauern“, meinte er. „Miss Peabody macht einen ausgesprochen gierigen Eindruck. Wenn ich ohne Sie hineingehe, könnte meine Tugend ernsthaften Schaden erleiden.“

Zum Glück sah Alex ihre angewiderte Miene nicht. „Nun …“, sagte Jane steif, „… wenn Sie dieses Opfer um der Sache willen auf sich nehmen möchten, will ich Ihnen nicht im Weg stehen.“

Er beugte sich zu ihr. Sein Gesicht war nur wenige Zentimeter von ihrem Kopf entfernt, und sein warmer Atem strich über ihren Mund. „Nein, das möchte ich nicht“, erklärte er leise.

Jane lächelte erleichtert, und diesmal bemerkte er es. Aufmerksam sah er sie an und kam so nahe, dass sein Mund ihre Lippen streifte. Dann richtete er sich wieder auf.

„Wir waren uns doch einig, dass ich trotz meines guten Aussehens kein Gigolo bin. Und dies wäre bestimmt nicht der rechte Augenblick, um damit zu beginnen. Oder wollen Sie mir dabei helfen?“ Ohne ihre Antwort abzuwarten, kletterte Alex aus dem niedrigen Wagen, ging vorn um das Fahrzeug herum und öffnete Jane die Tür.

Elinor Peabody ließ sich nicht anmerken, ob sie enttäuscht war, dass Jane mitgekommen war. Freundlich bot sie ihr einen harten Stuhl an und sorgte dafür, dass Alex sich neben sie auf das weiche Sofa setzte. Sie hatte sich für den Abend gut gerüstet und trug einen weichen aquamarinblauen Overall, der ihren Brustansatz freigab. Ihr seidiges blondes Haar fiel offen den Rücken hinab. Auch das Make-up war anders als im Büro.

Miss Peabody war auf der Pirsch. Und sie würde nicht zulassen, dass sich ihr jemand wie Jane in den Weg stellte.

Jane hörte nur mit halbem Ohr auf die unverbindliche Unterhaltung über das milde Herbstwetter und den Verkehr in Princeton. Diesmal würde sie nicht kampflos aufgeben. Entschlossen stand sie auf, durchquerte das Zimmer, setzte sich graziös in den weichen Sessel auf der linken Seite des Sofas und streckte ihre Beine aus. Ihre Beine waren schöner als Miss Peabodys, das hatte sie längst bemerkt.

„Weshalb haben Sie Annabel nicht gesagt, wer wir sind?“ fragte sie ohne Umschweife und unterbrach das höfliche Gespräch der beiden. Statt sich über ihre voreilige Frage zu ärgern, sagte Alex kein Wort, lehnte sich zurück und wirkte äußerst zufrieden.

„Annabel war nicht in der richtigen Verfassung, um irgendetwas zu begreifen, Miss Dexter“, antwortete Elinor freundlich. „Ich wollte sie nicht stärker verwirren als nötig.“

„Sie waren der eigentliche Grund für diese Verfassung“, fuhr Jane kämpferisch fort.

„Nein, das stimmt nicht.“ Elinor beugte sich vor und vergaß Alex für einen Moment. „Es ist allein Annabels Schuld, wenn sie trinkt. Mag sein, dass Stephens Verhalten mit dazu beiträgt. Übrigens trinkt sie nur alle paar Monate, wenn sie wütend auf ihn ist und sich selber Leid tut. Sie ist keine Alkoholikerin."

„Trotzdem", antwortete Jane.

„Ich habe Sie nicht eingeladen, um mit Ihnen über Annabels häusliche Probleme zu streiten." Sorgfältig nahm Elinor ihre lässige Haltung wieder ein. „Genauer gesagt, ich hatte Sie überhaupt nicht eingeladen, Miss Dexter."

Endlich rührte Alex sich. „Ich gehe nirgendwohin ohne meine Chefin", erklärte er ruhig.

„Ihre Chefin? Ich hatte mich schon gefragt, was Sie beide zusammengeführt haben mochte. Als Liebespaar kann ich Sie mir nämlich nicht vorstellen."

Jane unterdrückte die bissige Bemerkung, die ihr auf der Zunge lag. Dann beugte sie sich vor, setzte eine lauernde Miene auf, die Miss Peabody alle Ehre gemacht hätte, und legte besitzergreifend die Hand auf Alex' Knie. Sie spürte, dass er überrascht zusammenzuckte. Dann fasste er sich wieder und beobachtete sie neugierig.

„Sie scheinen keine allzu ausgeprägte Fantasie zu besitzen, Miss Peabody", flötete sie. „Alex ist – mein Partner. Wir tun alles gemeinsam – in jeder Hinsicht." Alex zuckte erneut zusammen, und Jane hatte den Verdacht, dass sie später für diese Bemerkung büßen müssen würde.

Miss Peabody nickte nur und benahm sich plötzlich trotz ihrer aufreizenden Kleidung ganz sachlich. „Ich bin bereit, Ihnen zu helfen", verkündete sie.

„Weshalb und wobei?"

Sie lächelte geradezu gefährlich. „Sagen wir: Ich habe mit Stephen Tremaine noch ein Hühnchen zu rupfen. Im Übrigen gehen Sie meine Beweggründe nichts an. Ich nehme an, Sie möchten wissen, was mit Ihrem Bruder passiert ist."

Janes Selbstbeherrschung geriet erheblich ins Wanken. „Wie kommen Sie denn darauf?"

„Irre ich mich etwa? Ich dachte, all diese Spielchen hätten etwas mit dem Tod Ihres Bruders zu tun."

Jane hatte das ungute Gefühl, jeden Moment die Kontrolle über sich zu verlieren. „Onkel Stephen möchte Richards Galvanisierungsverfahren für Titan an den Meistbietenden verkaufen. Das muss ich in Richards Sinn mit allen Mitteln verhindern."

„Und wie wollen Sie Stephen davon abhalten?"

„Meinem Onkel fehlt ein Teil der chemischen Formel", erklärte Jane. „Das wissen Sie ebenso gut wie ich. Finde ich die Unterlagen, bevor er sie in die Hände bekommt, werde ich die Formel vernichten."

„Und damit gleichzeitig das Lebenswerk Ihres Bruders? Das kann nicht Ihr Ernst sein, Miss Dexter."

„Er hätte die Formel ebenfalls eher vernichtet, als sie für militärische Zwecke missbrauchen zu lassen", sagte Jane überzeugt.

„Wahrscheinlich haben Sie Recht. Ihr Bruder war ein Romantiker."

Elinor stand auf, durchquerte das Zimmer und schenkte sich ein Glas Wodka pur ein, ohne ihren Gästen ebenfalls etwas zu trinken anzubieten. „Leider kann ich Ihnen nicht sagen, wo sich der fehlende Teil der Formel befindet. Ich weiß darüber nicht mehr als Stephen. Er glaubt, dass die Unterlagen in Richards Privatlabor sind. Allerdings hat er keine Ahnung, wo dieses Labor sein könnte."

„Wir auch nicht", antwortete Alex und griff endlich in die Unterhaltung ein. „Wohin ist Tremaine heute gefahren?"

„In den nördlichen Teil des Staates New York, wo Richard seinen Unfall hatte."

„Da will er nach einem Hinweis suchen?" fragte Jane. „Richard war auf der Fahrt nach Vermont, als sein Wagen von der Straße abkam. Ich glaube kaum, dass mein Onkel dort etwas erfährt."

„Vielleicht nicht. Ich kann Ihnen nur versichern, dass er mit seinen Untersuchungen nicht weiter ist als Sie. Auch seine Privatdetektive konnten ihm nicht helfen. Ich nehme an, Sie sind ebenfalls Detektiv, Mr. …" Elinor beendete den Satz nicht, sondern sah Alex über das Wodkaglas hinweg fragend an.

„Nennen Sie mich Alex", sagte er bescheiden. „Nein, ich bin kein Privatdetektiv."

„Was sind Sie dann?"

Es ist an der Zeit, dass ich mich wieder in das Gespräch einmische, überlegte Jane und stand auf. „Vielen Dank für Ihre Hilfe", erklärte sie.

Elinor zuckte die Schultern. „Viel war es ja nicht."

„Sie könnten mit uns in Verbindung bleiben und uns mitteilen, ob Tremaine etwas herausgefunden hat."

„Das könnte ich, bin mir aber nicht sicher, ob ich es auch möchte."

Jane ging den Korridor hinab, und Alex schlenderte neben ihr her. Plötzlich drehte sie sich noch einmal um. „Ich wünschte, ich wüsste, weshalb Sie uns wirklich helfen wollen."

Elinor lächelte eiskalt. „Sagen wir mal, ich möchte nichts mit einem Mord zu tun haben."

„Richard ist bestimmt nicht ermordet worden", versicherte Jane wohl zum zwanzigsten Mal. Mit gekreuzten Beinen saß sie auf dem Motelbett. Ihre Brille war auf die Nase hinuntergerutscht, und ihre Bluse stand weiter offen, als ihr bewusst war. Alex betrachtete sie hingerissen.

„Weshalb nicht?" fragte er. „Glauben Sie, Stephen Tremaine wäre keines Mordes fähig?"

„Das ist es nicht. Ich kann mir einfach nicht vorstellen, dass er ihn gewagt hätte. Dafür war der Einsatz nicht hoch genug. Wie konnte diese Frau so etwas sagen, ohne ihren Verdacht näher zu begründen?“ schimpfte sie und trommelte erregt auf das Bett.

„Miss Peabody weiß genau, was sie tut. Sie will Sie so verwirren, dass Sie nicht mehr klar denken können.“ Alex lehnte an der Wand neben der Verbindungstür und überlegte verzweifelt, wie er neben Jane auf das Bett kommen sollte, ohne eine schallende Ohrfeige einstecken zu müssen.

„Dann hat sie ihr Ziel erreicht. Können Sie sich vorstellen, dass die Bemerkung zu Onkel Stephens Plan gehört, damit wir tausend Spuren nachgehen, die alle zu nichts führen?“ Janes Augen brannten von den Tränen, die sie nicht mehr zurückhalten konnte.

„Zumindest ist es nicht ausgeschlossen“, antwortete Alex, schlenderte zum Fenster und tat, als sähe er auf den beleuchteten Parkplatz hinaus. Auf diese Weise kam er Jane einen guten Meter näher, ohne dass sie Verdacht schöpfte. Wenn sie doch richtig weinen würde, dann hätte er einen Grund, sie zu trösten! Er begehrte sie unwahrscheinlich, seit sie vorhin so getan hatte, als wären sie ein Paar, und spürte noch immer ihre Hand auf seinem Knie. Richtig besitzergreifend war sie gewesen.

Jane schüttelte den Kopf. Ihr dichtes braunes Haar löste sich aus dem Zopf, und ihre Brille rutschte noch tiefer. „Nein, das glaube ich nicht. Miss Peabody klang ausgesprochen feindselig, als sie von Onkel Stephen sprach. Mir scheint, sie will ihm eins auswischen. Mir ist nur nicht klar, ob sie gelogen hat.“

Alex ging zu ihr, beugte sich über sie und stemmte die Hände zu beiden Seiten neben sie auf die weiche Matratze. „Wenn Miss Peabody die Wahrheit gesagt hat und Richard tatsächlich ermordet wurde, ist dies kein Spiel mehr, sondern eine Sache für die Polizei.“

„War es bisher ein Spiel für Sie?" fragte Jane verärgert und merkte in ihrer Entrüstung nicht, wie nahe Alex plötzlich war. Sie wehrte sich auch nicht, als er sich neben sie setzte.

„Nein", antwortete er und strich ihr eine Haarsträhne aus dem geröteten Gesicht. „Aber es war auch keine Angelegenheit um Leben oder Tod."

„Ich vergesse es immer wieder", flüsterte Jane verbittert und rührte sich nicht.

„Was vergessen Sie?" erkundigte er sich und schob ihre Brille langsam wieder in die Höhe. Viel lieber hätte er sie Jane abgenommen, aber er wollte nichts überstürzen.

„Dass Sie ein unmoralischer Krimineller sind und Ihre Erfahrung an den Meistbietenden verkaufen."

Alex zuckte nicht einmal mit der Wimper. Lächelnd sah er sie an. „Mein Körper kostet aber nichts", erklärte er und küsste Jane auf den Mund.

Sie reagierte nicht viel anders, als er erwartet hatte. Einen Moment lang wurden ihre Lippen weich, und ihr Körper bebte vor Verlangen. Im nächsten Augenblick stieß sie ihn zurück und schlug ihm heftig ins Gesicht.

Jane richtete sich auf, hielt ihre Hand und blickte angewidert zu Alex hinab. Die Hand muss ganz schön weh tun, dachte er, denn sein Gesicht brannte wie Feuer.

„Seit meinem achten Lebensjahr habe ich niemanden mehr geschlagen", sagte sie verwirrt.

Alex sah sie einen Moment fest an, dann lächelte er breit. „Vielleicht hätten Sie Ihrem Exmann gelegentlich eine runterhauen sollen", meinte er. „Gar nicht zu reden von Ihrem egoistischen Bruder."

„Spotten Sie nicht. Er ist tot. Haben Sie nie gelernt, dass man Verstorbenen nichts Schlechtes nachgesagt?"

„Das ändert nichts an der Tatsache, dass ihm eine ordentliche Tracht Prügel wahrscheinlich gut getan hätte“, meinte Alex freundlich.

Jane betrachtete ihn eine ganze Weile schweigend. „O Alex, was soll ich als Nächstes tun?“

Den Vorschlag, die Polizei einzuschalten, hatte er bereits gemacht. Das kam für Jane nicht in Frage. Auch die anderen Maßnahmen gefielen ihr nicht. Blieb nur der richtige Jimmy-the-Stoolie mit seinen umfangreichen Verbindungen zur Unterwelt.

„Ich weiß, was wir jetzt tun werden: Wir schlafen erst einmal richtig aus. Ich werde noch ein paar Telefongespräche führen und sehen, was ich erreichen kann. Morgen fahren wir nach New York.“

„Weshalb?“

„Wenn Stephen Tremaine tatsächlich schuld am Tod Ihres Bruders ist, gehe ich jede Wette ein, dass er die Tat nicht selbst ausgeführt hat. Er muss jemanden gedungen haben. In New York werden wir erfahren, wer es war.“

„Und wie?“

„Ich habe Freunde an den entsprechenden Stellen“, erklärte Alex bescheiden. „Übernachten können wir in der Wohnung meines Anwalts.“

„Ihr Rechtsanwalt bezahlt Ihre Motelrechnung und leiht Ihnen seine Wohnung?“ fragte Jane verblüfft. „Weshalb tut er das?“

Alex zuckte die Schultern. „Was soll ich dazu sagen? Er mag mich.“

„Erpressen Sie ihn?“

Als Krimineller zu gelten, hat auch Nachteile, dachte Alex und schluckte seinen Protest hinunter. Entrüstung war jetzt nicht am Platz. „Nein, ich erpresse ihn nicht“, antwortete er geduldig. „Wir sind uns gegenseitig einige Gefallen schuldig. Das gleicht sich aus.“

„Der berühmte Alexander Calderwood ist einem Gangster etwas schuldig“, meinte Jane nachdenklich. „Erinnern Sie mich daran, damit ich ihn nicht mit meiner Verteidigung beauftrage, falls wir geschnappt werden, wenn wir ‚Technocracies‘ abbrennen.“

„Caldicott heißt er“, korrigierte Alex sie verärgert. „Einen besseren Anwalt als ihn finden Sie nicht.“

„Aber sicher einen ehrenhafteren.“

Alex konnte sich nur noch mühsam beherrschen. „Außerdem bin ich kein Gangster, sondern ein ganz kleines Licht.“

„Stimmt. Sie kriegen ja kaum ein Schloss auf.“

Jetzt reichte es Alex. Seine romantische Stimmung war verflogen, und seine Augen funkelten vor Zorn. Dabei wurde Jane immer fröhlicher. „Morgen geht's nach New York.“

„In Ordnung“, antwortete Jane und legte sich wieder zurück. Sie merkte nicht, dass ihr Rock bis zu den Oberschenkeln hinaufgerutscht war und ihre hübschen Beine freigab. So verärgert Alex im Moment auch war, er fand Jane immer noch entzückend. „Allerdings glaube ich nicht, dass wir dort etwas herausfinden werden.“

„Sind Sie inzwischen zu der Überzeugung gekommen, dass Tremaine Ihren Bruder nicht getötet hat?“

„Ich besitze eine ziemlich gute Menschenkenntnis und müsste es daher spüren. Ich glaube einfach nicht, dass Onkel Stephen es getan hat. Es muss ein Unfall gewesen sein.“

Alex war schon an der Verbindungstür und blieb einen Moment stehen. „Und was sagt Ihnen diese Menschenkenntnis über mich?“

Er hätte wer weiß was gegeben, um Janes Gedanken lesen zu können. Ihre Augen wurden riesengroß, und ihre Lippen wurden weich und zitterten ein wenig. Wie gern wäre er zu ihr geeilt und hätte sich neben sie auf das Bett gelegt! Aber das hätte sie niemals zugelassen.

Im nächsten Moment verschwand der verräterische Blick. „Meine Menschenkenntnis sagt mir, dass man nichts als Ärger mit Ihnen hat", erklärte sie. „Gute Nacht."

Stimmt, dachte Alex. Trotzdem hätte er gern gewusst, was ihr durch den Kopf gegangen war, bevor sie die Maske wieder aufsetzte. „Träumen Sie etwas Schönes", sagte er und hoffte, es wären lustvolle Träume.

Seine würden es garantiert sein.

10. KAPITEL

„Ich traue Elinor Peabody nicht über den Weg“, sagte Jane und rutschte tiefer auf den Ledersitz des MG. Sie waren auf dem Weg nach New York.
„Ich auch nicht“, stimmte Alex ihr zu. „Trotzdem kann sie uns nützlich sein.“

Jane blickte angewidert an sich hinab. Ihre kunstvoll zerschnittenen und eingerissenen Jeans hatten bessere Tage gesehen, und das Feder-Top passte eher zu einem Popstar als zu ihr. Darunter trug sie einen metallbeschlagenen Leder-BH, den Alex ihr vergnügt überreicht hatte. Sie hätte das aufreizende Kleidungsstück niemals angezogen, wären nicht Öffnungen an äußerst unpassenden Stellen in dem Top gewesen.

Ihre Frisur war noch unmöglicher. Sie hatte unbedingt den entsprechenden Stil für diese Kleidung finden wollen, und nun standen die Strähnen mit Hilfe eines Gels nach allen Seiten ab.

Jetzt, während der langen, unbequemen Fahrt nach New York, kamen Jane erhebliche Bedenken. Jedes Mal, wenn sie in den Innenspiegel blickte, zuckte sie innerlich zusammen. Die blauen, dunkelroten und rosa Strähnen über der Stirn waren auch ohne ihre Brille zu erkennen, die auf geheimnisvolle Weise verschwunden war, und mit dem schwarzen Lippenstift sah sie aus wie Frankensteins Braut. Hoffentlich blieb ihr linker Ohrring nicht an den Federn hängen. Sie hatte die Augen fest geschlossen, während Alex ihr die riesige Sicherheitsnadel durch das Ohr zog, und konnte immer noch nicht richtig hinschauen. Nur gegen das aufdringliche Parfüm hatte sie sich erfolgreich gewehrt.

Es wurde langsam dunkel, und die herbstliche Kühle drang durch die Fenster des kleinen Wagens.

„Jane, Sie hätten ebenso gut auch zu Hause bleiben können“, meinte Alex bestimmt.

„Ich würde das Motel nicht gerade als mein Zuhause bezeichnen“, antwortete Jane. Verstohlen betrachtete sie Alex’ stacheligen blonden Haarschopf und sein zerrissenes T-Shirt. Während sie selbst wie ein Flittchen wirkte, sah Alex aus wie Don Johnson als Punk. Manches im Leben war wirklich ungerecht.

„Was ist denn Ihr Zuhause?“ fragte er.

„Der erste Stock eines heruntergekommenen viktorianischen Hauses in Baraboo, Wisconsin. Vorher habe ich in einem winzigen Apartment gewohnt, aber dort wurde ich fast verrückt.“

„Wie eine Frau aus der Zeit Königin Viktorias kommen Sie mir nicht vor.“

„Nein? Man hat mich schon oft prüde genannt.“ Jane hörte, wie rau ihre Stimme klang, und hoffte, Alex würde es nicht merken. Doch ihm entging nichts.

„Wer hat Sie als prüde bezeichnet? Ihr Exmann?“

„Ja.“

„Hat er etwas mit Ihrem Lebensstil zu tun?“

Jane seufzte. „Ich wünschte, Sie wären nicht so neugierig. Wechseln wir lieber das Thema.“

„Schönes Wetter heute“, gehorchte Alex sofort.

Sie schwiegen eine ganze Weile. „Wollen Sie wirklich etwas über meine Ehe hören?“ fragte Jane endlich.

„Nur wenn Sie darüber sprechen möchten.“

„Dann hätte ich selber davon angefangen.“

„Also gut, ich würde gern etwas über Ihre Ehe erfahren“, antwortete Alex und ließ alle Verstellung beiseite.

„Es ist sowieso schnell erzählt“, begann Jane. „Ich lernte Frank an der Universität von Wisconsin kennen. Ich hatte einen Abendkursus in Linguistik belegt, und er litt noch entsetzlich unter einer unangenehmen Scheidung.“

„Linguistik?“ wiederholte Alex verblüfft. „Weshalb in aller Welt hatten Sie solch ein trockenes Fach gewählt?“

„Ich fand es an der Zeit, etwas Neues auszuprobieren. Kunst und Philosophie hatte ich schon hinter mir. Interessiert Sie meine akademische Laufbahn, oder wollen Sie etwas über meine Ehe wissen?"

„Gleich kommt die Ausfahrt. Was geht schneller?"

„Eindeutig meine Ehe. Frank hielt die Vorlesungen, die wirklich schrecklich langweilig waren. Er war gerade nach fünfjähriger Ehe geschieden worden. Seine Exfrau wollte sich selbst verwirklichen, und er hielt sie angeblich davon ab. Deshalb weinte er sich eine Weile in meinen Armen aus. Dabei stellte er vermutlich fest, dass ich ansonsten harmlos war, und machte mir einen Heiratsantrag. Und ich war so dumm, ihn anzunehmen."

„Weshalb?"

Das war eine Frage, über die Jane lange nicht mehr nachgedacht hatte, und sie sah Alex ernst an. „Weil ich ihn liebte", erklärte sie.

Alex ließ sich nicht beirren. „Tatsächlich?" fragte er.

„Mehr kann ich nicht dazu sagen", fuhr Jane fort. „Vielleicht habe ich Frank geheiratet, weil er wie Dustin Hoffmann aussah und weinen konnte. Ich hätte wissen müssen, dass man niemals einen Mann heiraten darf, der um eine andere Frau weint."

„Was ist denn passiert?"

„Franks Exfrau verwirklichte sich, und er überwand seine Krise und kehrte zu ihr zurück. Alles ging sehr zivilisiert und diskret zu. Ich musste mir damals eingestehen, dass ich nur ein Trostpflaster für ihn war."

„Haben Sie nicht um Ihren Mann gekämpft?"

„Soll das ein Witz sein? Dafür bin ich viel zu vernünftig und kann mich zu gut in die Lage anderer Menschen hineinversetzen. Die beiden hatten einen Fehler begangen und litten furchtbar darunter. Also zog ich mich taktvoll zurück und flog nach Mexiko, um mich so schnell wie möglich scheiden zu lassen, damit die beiden an ihrem alten Hochzeitstag wieder vor den Altar treten konnten."

„Wie nett. Und was haben Sie ihnen zur Hochzeit geschenkt?"

Verblüfft sah Jane Alex an. „Wie kommen Sie auf den Gedanken, dass ich ihnen etwas geschenkt haben könnte?"

„Sie haben sich derart unklug verhalten, dass das sicher noch nicht alles war. Ich wette, Sie haben auf Unterhalt verzichtet."

„Selbstverständlich."

„Und was ist aus dem gemeinsamen Eigentum geworden?"

„Hören Sie auf, wie ein Rechtsanwalt zu reden. Wir waren nur siebzehn Monate verheiratet und hatten keine Zeit, viel mehr als einen neuen Wagen und einen Timesharing-Anteil an jenem Apartment auf den Bermudas zu kaufen, in dem wir unsere Flitterwochen verbracht hatten."

„Was ist damit geschehen?"

„Beides überließ ich Frank. Den Saab konnte ich nicht leiden, und auf die Bermudas wollte ich nie wieder zurück."

„Hat Frank Ihnen dafür etwas zum Ausgleich gezahlt?"

„Alex …"

„Hatten Sie denn keinen Anwalt? Kannten Sie Ihre Rechte nicht?" Alex war ehrlich entrüstet.

„Doch, natürlich. Ein Freund von Frank regelte alles."

„Dieser Freund hat Sie reingelegt."

„Ich wollte gar nichts", antwortete Jane gepresst. Ihre Stimme war vor Verärgerung hart geworden. „Nur meine Freiheit."

„Mehr haben Sie ja auch nicht bekommen." Alex sah sie nicht an, sondern konzentrierte sich auf den Verkehr in Richtung Lincoln-Tunnel. „Nicht einmal genügend Selbstachtung ist Ihnen geblieben."

Jane bedauerte, dass sie Alex keine weitere Ohrfeige geben

konnte, solange er am Steuer saß. Deshalb schluckte sie ihren Ärger hinunter und sagte: „Meine Selbstachtung beruht nicht auf materiellem Besitz."

„Sehr gut. Ich hoffe nur, sie wurde nicht von Menschen zerstört, die Ihnen einmal viel bedeutet haben und die Sie anschließend reinlegten", antwortete Alex derart bitter, dass Jane sich kaum noch beherrschen konnte.

„Was geht es Sie an, wie ich von anderen behandelt werde? Wenn es mir nichts ausmacht, braucht es Sie erst recht nicht zu interessieren."

„Ist es Ihnen wirklich gleichgültig?" entgegnete er.

Jane dachte eine ganze Weile nach und erinnerte sich an den bohrenden Schmerz, den sie empfunden hatte. „Ich ärgere mich höchstens über mich selbst, weil ich mich so dumm verhalten habe. Ansonsten ist die Geschichte aus und vorbei."

Alex' skeptischer Blick sprach für sich. Betont gleichgültig schob Jane die Hand durch ihr kunstvoll zerzaustes Haar, doch ihre Finger blieben in der dichten Mähne stecken. „Eines ist sicher", fügte sie seidenweich hinzu. „Ich werde dafür sorgen, dass mich kein Mann je wieder zum Narren hält."

Seine spöttische Miene verschwand. „Sehr gut", sagte er und wandte seine Aufmerksamkeit der Straße zu.

Ich werde immer tollkühner, schalt Alex sich, während er den Wagen durch die engen Straßen der Lower East Side steuerte. Wie oft hatte er Gelegenheit gehabt, Jane die Wahrheit zu gestehen, sich zurückzuziehen und anderen diese unglaubliche Sache zu überlassen! Stattdessen befand er sich in einem Stadtteil von New York, in dem er lieber nicht gesehen werden sollte, und war auf dem Weg zu Leuten, von deren Existenz er eigentlich nichts wissen durfte.

Gleich zu Beginn seiner Arbeit hatten seine Partner in der

Anwaltskanzlei ihm einen Fall überlassen, der ihnen selber zu schmutzig gewesen war. Damals hatte er keine Ahnung gehabt, wer Gregory Matteo war. Der Mann trug einen Anzug, der mindestens tausend Dollar gekostet haben musste, besaß ein Einkommen und einen akademischen Titel, der keinesfalls zu seiner geringen Intelligenz passte, und tyrannisierte die Leute derart, dass Alex sich näher für ihn zu interessieren begann. Angeklagt war er, weil er einen Polizisten angegriffen hatte. Außerdem hatte er seine Freundin verprügelt, aber die hatte sich geweigert, ihn anzuzeigen.

Alex hatte einen Freispruch erreicht. Dafür hatte er sich nicht einmal besonders anstrengen müssen, doch Gregory war ihm außerordentlich dankbar gewesen. Sollte Alex je ein besonderes Anliegen haben, bräuchte er sich nur an seinen Vater, den großen Mario Matteo, persönlich zu wenden, schon werde sein Wunsch erfüllt.

Mario Matteo war so mächtig, so gefährlich und so reich, dass seine Existenz beinahe geheim blieb. Selbst die Presse, die sich nicht scheute, Affären um den Präsidenten ausführlich zu kommentieren, nannte diesen Namen äußerst selten. Auch Alex kannte das gesamte Ausmaß von Mario Matteos Aktivitäten nicht. Er wusste nur, dass der Mann unter anderem mit Waffen handelte – und ihm einen Gefallen schuldig war.

Es war gar nicht so einfach gewesen, mit Mario Matteo Verbindung aufzunehmen. Alex hatte dieses Problem auf seine Weise gelöst. Drei Blocks weiter in einem Café wartete der richtige Jimmy-the-Stoolie und stopfte sich in diesem Augenblick vermutlich mit Erdbeerkuchen voll. Er sollte ihr Führer in die Unterwelt sein.

„Wie kommt es, dass Ihr Anwalt sich mit solchen Kerlen abgibt?“ fragte Jane, während Alex den Wagen vor dem Café parkte. „Ich hätte nicht gedacht, dass Alexander Caldicott ein

Handlanger des organisierten Verbrechens ist. Dieser Anwalt ist absolut unehrenhaft."

„Das ist er keineswegs. Er kennt jemanden, der seinerseits wieder jemanden kennt. Wenn jemand in New York über den Waffenhandel Bescheid weiß, dann Mario Matteo. Er dürfte auch wissen, ob Ihrem Bruder – sagen wir – etwas Unangenehmes zugestoßen ist."

„Es ist ihm etwas sehr Unangenehmes zugestoßen – er ist umgekommen", erwiderte Jane tonlos.

„Ich weiß", sagte Alex rasch und betrachtete fasziniert ihr stark geschminktes Gesicht. Die angeblich unscheinbare Jane war mit dem leuchtenden Lidschatten, dem abstehenden zerzausten Haar und der Punk-Verkleidung kaum wieder zu erkennen. Wie gern hätte er die dunkel geschminkten Lippen und noch einiges mehr geküsst! Auch was sich unter dem metallbeschlagenen Leder-BH befand, reizte ihn ungemein. Leider musste er sich im Moment voll und ganz auf das Geschäftliche konzentrieren.

Er hatte dem echten Jimmy die Situation erklärt, und die kleine Ratte hatte ihm die Zusammenarbeit gegen den Erlass seiner Kosten zugesagt. Doch Alex machte sich keine Illusionen. Wenn Jimmy einen Vorteil aus dieser Sache ziehen konnte, würde er ihn nutzen. Die nächsten Stunden würden außerordentlich heikel werden.

„Ist das nicht Ihr Anwalt?" fragte Jane und drückte den Griff nieder.

Jimmy-the-Stoolie schlenderte mit einem schmierigen Lächeln in seinem Wieselgesicht heran. „Vergessen Sie nicht, dass wir uns ab sofort duzen müssen", raunte Alex ihr zu und betrachtete Jimmy verächtlich. Er hatte seinem ehemaligen Mandanten vorgeschlagen, sich einen Anzug aus seinem Kleiderschrank zu holen, der Portier würde ihn einlassen. Natürlich hatte Jimmy das Modell von Giorgio Armani genommen, seinen teuersten Anzug, den Alex nur bei besonderen Gelegenheiten trug. Jetzt befand sich ein Erdbeerfleck auf dem Aufschlag, und das Weiß neben der linken Tasche stammte vermutlich von Schlagsahne.

„Da sind Sie ja, Jimmy", sagte der richtige Jimmy und lächelte breit. „Sie stecken doch nicht schon wieder in Schwierigkeiten, alter Junge?"

„Nein, durchaus nicht", zischte Alex. „Vielen Dank, dass Sie Zeit für uns haben."

„Keine Ursache, keine Ursache. Schließlich haben Sie dafür gesorgt, dass ich die letzten Jahre nie arbeitslos wurde. Deshalb helfe ich Ihnen gern, wenn ich kann." Er streckte seine frisch manikürte Hand in den Wagen und blickte Jane lüstern an. „Sie müssen Jimmys kleine Freundin sein. Wissen Sie eigentlich, mit was für einem Kerl Sie sich abgeben, Miss …"

„Keine Namen!" fuhr Alex ihn an. Er stieg aus und tat, als schlösse er seinen Wagen sorgfältig ab. Der MG ließ sich seit 1981 nicht mehr verschließen, aber das brauchte niemand zu wissen.

Jimmy-the-Stoolie sah sehr genau hinüber und wusste nicht, was er mehr bewundern sollte: Janes sexy Kostümierung oder den MG. Galant öffnete er die Wagentür und betrachtete ungeniert Janes hübsche Beine. Die zerschnittenen Jeans verbargen nichts.

Alex hätte ihn am liebsten beiseite gestoßen.

„Weshalb tun Sie ihm all diese Gefallen?" erkundigte Jane sich freundlich.

„Welche Gefallen?" fragte Jimmy verwirrt.

„Sie übernehmen die Kosten für sein Motel und bezahlen seine Rechnungen", fuhr sie ahnungslos fort. „Haben Sie keine Angst, dass er eines Tages spurlos verschwinden könnte?"

„Gar nicht zu reden von der Wohnung“, kam Alex Jimmy zur Hilfe. „Es war sehr nett, dass Sie uns Ihr Apartment an der Park Avenue überlassen, solange Sie auf Reisen sind.“

„Wissen Sie ...“, meinte Jimmy nachdenklich, beugte sich vor und versuchte, einen noch deutlicheren Blick von Janes Beinen zu erhaschen, „... vielleicht bleibe ich doch in der Stadt. Meine Wohnung ist groß genug für alle. Ich könnte eine Weile den Gastgeber für Sie spielen.“

Alex ging um den Wagen herum, legte seinen Arm um Jimmys Schultern und quetschte die Knochen so heftig, dass sein Komplize blass wurde. „Das wäre furchtbar nett, Alexander“, erklärte er. „Aber wir wissen beide, wie wichtig die Sache in Baltimore ist. Deshalb müssen wir leider ohne Sie auskommen.“

Jimmy lächelte kläglich. In Baltimore gab es tatsächlich allerlei unangenehme Geheimnisse, von denen Alex etliche kannte. „Sie haben Recht, Jimmy“, sagte er. „Ein andermal also.“

Alex schob ihn beiseite und nahm Janes Arm. „Wo ist Mario?“ fragte er. „Weiß er, dass wir kommen?“

„Er weiß es“, antwortete Jimmy unbehaglich. „Meinen Sie, Ihrer kleinen Freundin wird die Gesellschaft gefallen?“

„Ich heiße Jane“, erklärte sie, und Alex spürte, wie sich ihr Körper unter dem Feder-Top straffte. „An Jimmys Gesellschaft bin ich gewöhnt. Schlimmer dürfte es wohl kaum kommen.“

Jimmy betrachtete Alex, der den eleganten Herrn nur mühsam verleugnen konnte, und lachte anzüglich. „Sie haben ja keine Ahnung, Schätzchen.“

„Was meinst du, Alex?“ fragte Jane, und er hörte den beschwörenden Ton in ihrer heiseren Stimme. Deshalb drückte er ihren Arm.

„Du brauchst nicht mitzukommen“, antwortete er und wünschte, er fände eine glaubhafte Begründung, um Jane meilenweit von Mario Matteo fortzuschaffen. Doch Jane Dexter war eine entschlossene Frau. Auch die seltsame Kleidung, die er ihr besorgt hatte, hielt sie nicht zurück.

„Ich komme mit“, erklärte sie nach kurzem Zögern.

Alex bemerkte den finsteren Blick in ihren Augen. Jane traute ihm nicht, und zwar aus gutem Grund. Doch auf eines konnte sie sich verlassen: In seiner Gegenwart würde ihr nichts passieren.

Deshalb zuckte er mit den Schultern und sagte: „Wie du willst. Vergiss aber nicht, die Augen niederzuschlagen und den Mund zu halten. Wir kommen in eine reine Männergesellschaft. Von Gleichberechtigung hält man dort nicht viel. Verstanden?“

„Verstanden.“ Jane wollte sich von ihm losmachen, aber er ließ es nicht zu. Je stärker sie zerrte, desto fester hielt er ihren Arm. Hätte Jimmy nicht rechtzeitig eingegriffen, wären sie im nächsten Moment buchstäblich in einen Ringkampf verwickelt gewesen.

Alex erschrak derart, dass er Jane losließ. Jimmy fing sie geschickt auf. „Ich kümmere mich um sie, alter Junge“, erklärte der angebliche Anwalt. „Passen Sie lieber auf sich selber auf.“ Schon führte er Jane den verschmutzten Gehsteig hinab.

Einen Moment rührte sich Alex nicht, sondern betrachtete fasziniert Janes langen Beine und ihren punkig zerzausten Haarschopf.

Finstere Blicke, typisch für das kriminelle Milieu, folgten Jimmy und Jane und richteten sich anschließend auf Alex und den hübschen blauen MG, der sich nicht abschließen ließ. Alex sah seinen alternden, immer falsch eingestellten Wagen wehmütig an. Er liebte dieses Fahrzeug und wurde das Gefühl nicht los, dass es nicht mehr da sein würde, wenn er von Matteo zurückkehrte.

Aber es ging um Jane, da hatte er keine Wahl. Einen neuen Wagen konnte er jederzeit kaufen.

11. KAPITEL

Worauf lasse ich mich nur ein? dachte Jane, während sie den rissigen Gehweg entlang lief. Sie war in einem Teil von New York, vor dem ihre Eltern sie immer gewarnt hatten, und würde gleich mit Leuten zusammentreffen, deren Existenz sie sich kaum vorstellen konnte. Ihr einziger Schutz waren ihr nicht sehr ausgeprägtes Schauspielertalent sowie ein Ganove, der wie ein Filmstar aussah, und ein Rechtsanwalt, der ebenso gut ein Ganove hätte sein können. Besäße sie auch nur einen Funken Verstand, wäre sie im Motel geblieben, statt in diesem Aufzug durch die Lower East Side zu ziehen.

Janes Unbehagen hatte im Laufe des Tages ständig zugenommen. Etwas an Alex stimmte nicht, und sie wusste nicht recht, was es war. Doch immer, wenn sie das Gefühl hatte, der Wahrheit ganz nahe zu sein, lenkte er sie mit seinen Küssen ab. Und die vernebelten ihr den Verstand. Das durfte nicht noch einmal geschehen. Bisher hatte sie sich beherrschen können, das nächste Mal gelang es ihr vielleicht nicht mehr.

Mit dem Rechtsanwalt neben ihr war ebenfalls nicht alles in Ordnung. Sein Anzug musste zwar ein Vermögen gekostet haben, aber die Schuhe passten nicht dazu. Sie glänzten zu stark, und das schwarz-weiße Muster hob sich auffallend von der gedämpften Farbe des Stoffes ab. Sein Haar war schlecht geschnitten. Und der Diamantring an seinem dicken Finger war zu protzig für einen Mann, der zur besseren Gesellschaft von Princeton gehörte.

„Es ist nicht mehr weit", sagte der seltsame Rechtsanwalt und führte Jane um die Ecke in eine spärlich beleuchtete Gasse, wo der Unrat noch dicker auf dem Boden lag. Der Mann duftete nach teurem Aftershave. Doch es war eine Marke, die sie noch nie leiden konnte. Alex folgte ihnen. Einen Moment bedauerte Jane, dass sie sich mit ihm gestritten hatte. Viel lieber hätte sie sich von ihm führen lassen. Er würde sie nicht derart widerlich betatschen.

Die Straße war eine Sackgasse. Vor ihnen befand sich eine Backsteinmauer, zu beiden Seiten standen fenster- und türlose Gebäude. Abfall häufte sich um einen altersschwachen, riesigen Müllcontainer.

Der Rechtsanwalt ließ Jane los und ging direkt darauf zu.

Alex schloss zu ihr auf. „Bedenken?“ fragte er leise, und seine sanfte Stimme passte kein bisschen zu seinem derzeitigen Aussehen.

Misstrauisch sah Jane zu, wie sich eine Seitentür in dem Metallbehälter öffnete und Licht und Lärm herausdrangen. Sie wollte eine ausweichende Bemerkung machen, aber dazu kannte Alex sie inzwischen viel zu gut. „Und wie“, antwortete sie. „Muss ich wirklich mit in diesen Container?“

Der wieselhafte Rechtsanwalt winkte sie zu der schmalen Treppe, die in den als Müllcontainer getarnten Bau führte. Die Täuschung war perfekt. Es stank entsetzlich nach verrottendem Abfall.

„Jetzt ist es zu spät zum Umkehren“, antwortete Alex und umfasste ihren Ellbogen. Es war eine tröstliche Geste, und Jane duckte den Kopf und betrat die enge Treppe.

Langsam stieg sie die Stufen hinab und folgte dem Mann in dem teuren Armani-Anzug. Alex war direkt hinter ihr. Der Müllgestank verschwand und wurde vom Duft schweren, moschusreichen Parfüms sowie Whisky und menschlichen Ausdünstungen abgelöst.

Der Raum glich einer Mischung aus einem chinesischen Bordell, einem teuren Nachtklub und einem Loft im New Yorker Soho. Er war voller Menschen, auch wenn Jane niemanden entdeckte, dessen Bekanntschaft sie gern gemacht hätte. Überall lagen Ketten, Lederriemen und sogar Waffen. Mit gesenktem Kopf, wie Alex es von ihr verlangte, ging sie hinter dem Rechtsanwalt durch die dichten Rauchschwaden.

„He, Jimmy", rief eine Männerstimme. Statt Alex antwortete der Rechtsanwalt.

„Wo ist Mario, Crystal?"

„Erwartet er Sie?"

„Wäre ich sonst hier?"

„Wer weiß?" fragte die raue Stimme fröhlich. „Haben Sie ein neues Talent dabei? Wer ist Ihre kleine, gefiederte Freundin?"

„Fragen Sie Mario", antwortete der angebliche Anwalt vergnügt, während Jane ihre Angst nur mühsam unterdrücken konnte.

„Fragen Sie ihn selber. Er ist hinten. Ich sage ihm, dass Sie da sind."

Jane warf einen kurzen Blick auf den Mann und bemerkte einen schwarz gekleideten Schlägertypen mit Nagelstiefeln, der in der Dunkelheit verschwand.

„Toller Kerl", erklärte der Anwalt begeistert. „Gut, dass er gerade hier ist. Sonst hätte es lange dauern können, Mario aufzutreiben."

„Ich dachte, es wäre alles vorbereitet", antwortete Alex scharf, und Jane sah ihn erstaunt an. Ihr stets liebenswerter Partner wirkte plötzlich geradezu gefährlich, und sein Anwalt wurde nervös.

„Das ist es auch – soweit dies bei Mario möglich ist. Ich habe den Leuten erklärt, worum es geht", erwiderte er. Sein Adamsapfel hüpfte vor Erregung auf und nieder.

„Das möchte ich Ihnen auch geraten haben", sagte Alex drohend. Er bemerkte Janes faszinierten Blick und lächelte sofort. „Du siehst aus, als hättest du einen Geist gesehen."

Jane fuhr sich mit der Zunge über die Lippen und antwortete zitternd: „Mir ist gerade klar geworden, wie gefährlich du sein kannst."

Alex erschrak. „Nur gegenüber so einer kleinen Ratte", versicherte er. „Niemals dir gegenüber."

Jane lächelte kläglich. „Du bezeichnest einen Anwalt als Ratte? Was bist du dann?"

Seine Miene verfinsterte sich augenblicklich. „Ein Unternehmer. Und dein Partner in dieser Sache, falls du es vergessen haben solltest."

„Nein, das habe ich nicht." Jane war zu kurzsichtig, um festzustellen, ob sie beobachtet wurden. Aber sie hatte das unbehagliche Gefühl, jede ihrer Bewegungen würde von unzähligen feindseligen Blicken verfolgt. „Alex, ich habe furchtbare Angst", sagte sie leise.

Alex ließ sich von den Blicken nicht stören. Er zog Jane an sich und schloss sie fest in seine Arme. Sie lehnte sich an seine Brust, legte die Wange an seine Schulter und vergaß für einen Moment den Lärm und die Lichter ringsum. Langsam gewann sie die Sicherheit zurück. Alex hielt sie nur so lange, wie es nötig war, dann ließ er sie los.

„Geht es wieder besser?" fragte er so unbekümmert wie möglich.

„Ja."

„Keine Sorge. Ich lasse nicht zu, dass diese Kerle dich zu fassen kriegen."

„Sie wollen doch nichts von mir, oder?" fragte sie ernst.

„Sie wären schön dumm, wenn nicht."

„Hier entlang." Der vermeintliche Anwalt kehrte zurück, und sein starkes Aftershave überlagerte die verdächtigeren Gerüche. Jane hatte keine Gelegenheit, Alex zu antworten. Jimmy ergriff ihre Hand und zog sie zwischen den plaudernden Leuten hindurch zu einer rückwärtigen Tür, während Alex dicht hinter ihr blieb.

Die Stille im nächsten Raum war beinahe beängstigend nach dem Stimmengewirr im vorderen Raum. Jane sah in dem gedämpften Licht ohne Brille noch schlechter als sonst. Alex ging jetzt neben ihr und hielt ihre andere Hand. Langsam hob sie den Kopf und bemerkte eine hünenhafte Gestalt.

Noch nie hatte sie so einen großen Mann gesehen. Er füllte das Ende des schmalen Raumes beinahe aus. Das trübe Licht betonte seinen massigen Körper und verlieh ihm etwas beinahe Unmenschliches. Er trug einen grauen Anzug, aus dem das Fleisch herausquoll, seine Haut war teigig grau, und seine kleinen dunklen Augen glichen Rosinen in einem Kuchengesicht. Der rosa Mund war schmal und grausam. Er lächelte ihnen zu und winkte mit seiner fetten, aufgedunsenen Hand zum Gruß.

„Willkommen, Freunde", sagte er.

Jane hatte eine tiefe, polternde Stimme erwartet. Stattdessen war die Stimme hoch und flach und trug kaum durch die gesamte Länge des Raums.

Beim zweiten Blick stellte sie fest, dass sie keineswegs allein waren. An geschickt ausgewählten Positionen standen Männer an den nackten Wänden, unter deren losen Jacketts sicher Waffen verborgen waren. Jane erschauderte innerlich, und sie merkte, dass die Hände, die sie hielten, feucht geworden waren. Sowohl Alex als auch der schändliche Anwalt hatten ebenso viel Angst vor Mario Matteo wie sie.

„Nett, Sie endlich wieder zu treffen, Mr. Caldicott", sagte Matteo, und die Belustigung war seiner Stimme deutlich anzuhören. „Ich warte schon lange auf eine Möglichkeit, Ihnen den Gefallen, den Sie mir und den Meinen getan haben, zu vergelten. Und das ist sicher Jimmy-the-Stoolie. Kommen Sie näher, junger Mann, und sagen Sie mir, womit ich Ihnen und dieser erstaunlichen, jungen Lady helfen kann."

Alex fasste Janes Hand fester, doch sein Gesicht blieb ausdruckslos. Der Mann zu ihrer Linken wurde dagegen blass und schwitzte entsetzlich. Gut, dass sie sich vor Gericht nicht auf ihn verlassen musste. Alex behielt zumindest einen kühlen Kopf, wenn die Lage heikel wurde.

„Wir sind Ihnen sehr dankbar, dass Sie uns empfangen, Mr. Matteo", antwortete Alex mit täuschend ruhiger Stimme. „Caldicott hat Ihnen unser Problem sicher schon erklärt."

„Ja, Ihr Rechtsanwalt erwähnte etwas. Bitte nennen Sie mich Mario. Alte Freunde wie wir sollten auf Förmlichkeiten verzichten. Also, Jimmy, bring die kleine Lady etwas näher."

Jane erschrak entsetzlich. Gegen Alex' ausdrücklichen Wunsch hob sie den Kopf und sah Mario trotzig an. Die Schweinsäuglein des riesigen Mannes funkelten bösartig.

„Wir möchten etwas über Stephen Tremaine erfahren", erwiderte Alex und drehte seinen Körper unmerklich zu Jane, um sie zu schützen. „Sie kennen sich im Waffenhandel aus. Was hat Tremaine vor?"

Mario kicherte boshaft. „Nicht nur im Waffenhandel. Ich weiß alles, was sich zu wissen lohnt, oder bekomme es innerhalb von Minuten heraus. Stephen Tremaine versucht, ein völlig neues Galvanisierungsverfahren für Titan an den Meistbietenden zu verkaufen. Libyen hat bereits einen Rückzug gemacht, der Preis war zu hoch. Chile ist interessiert, hat aber noch kein Angebot abgegeben, der Tschad möchte es haben, ist aber ebenfalls zu arm, und der Iran will nicht länger warten. Im Moment sieht es so aus, als ginge das Verfahren an den Präsidenten von Sambia."

„Das ist doch ein Verrückter!" rief Jane entsetzt.

Mario lächelte sie mit seinen kleinen Augen an. „In der Tat, meine Dame. Ein sehr reicher Verrückter und einer meiner besten Kunden. Urteilen Sie nicht zu hart über ihn, meine Liebe. Ihr Leben ist bisher viel zu behütet verlaufen."

„Halt den Mund", zischte Alex ihr zu und zerquetschte ihr fast die Hand.

„Lassen Sie die kleine Frau ruhig weiterreden, Jimmy-the-Stoolie." Mario betonte den Namen, als teilten sie beide ein lustiges Geheimnis. „Ich bin solch ein unschuldiges Wesen nicht gewohnt, und es macht mir Spaß. Sie ist es, die mehr über Tremaine wissen möchte, nicht wahr? Lassen Sie sie doch selber fragen."

Jane beachtete Alex' warnenden Händedruck nicht. Sie löste sich von ihm und sah Matteo so furchtlos wie möglich an. Ihre Knie zitterten. Ihr Magen drehte sich beinahe um, und sie hoffte inständig, dass sie ihre Fragen stellen und wieder verschwinden konnte, bevor sie auf dem roten Orientteppich umkippte.

„Besitzt Tremaine die gesamte Formel?" erkundigte sie sich. „Oder fehlt ihm der entscheidende Teil?"

„Das ist also der Grund", antwortete Mario und fächelte sich mit einer Zeitschrift frische Luft zu. „Mir war nicht klar, weshalb sich der Verkauf verzögert. Interessant. Tremaine hat all die Mühe auf sich genommen, um Ihren Bruder zum Schweigen zu bringen, und jetzt hat er nichts davon. Vielleicht interessiert er sich deshalb so für ein gewisses Gebäude in Bay Head. Ironie des Schicksals, meinen Sie nicht auch, Miss Dexter?"

Es war totenstill im Raum. Jane kümmerte sich nicht um Alex, der sie zurückhalten wollte, und sie merkte auch nicht, dass der angebliche Anwalt sie entsetzt anstarrte. Sie trat so weit vor, bis sie die Hitze und die Gefahr, die dieser Fleischberg ausstrahlte, beinahe körperlich spürte. „Hat Stephen Tremaine irgendetwas mit dem Tod meines Bruders zu tun?" fragte sie erregt und verlor plötzlich jede Angst.

Mario grinste anzüglich. „Das weiß ich nicht, mein Kind. Ich kann Ihnen nur versichern, dass er bis gestern noch nie einen professionellen Killer angeheuert hat. Das hätte ich erfahren. Ob er einen Amateur damit beauftragte, entzieht sich meiner Kenntnis. Der Mann ist verzweifelt, und der Tod Ihres Bruders kam ihm gerade recht."

Jane starrte Mario an, der ausgesprochen hatte, was sie lieber nicht erfahren hätte. „Was heißt bis gestern?" fragte sie.

Mario gluckste vernehmlich. „Es heißt, dass er einen hervorragenden Messerwerfer namens Lenny-the-Rip in seine Dienste genommen hat. Ich habe die Nachricht nicht nachgeprüft. Falls sie zutrifft, werden Sie es schon merken." Er kümmerte sich nicht weiter um Jane, sondern wandte sich wieder an Alex. „Noch einen Wunsch?"

Alex sah Jane an und schüttelte den Kopf. „Das war es wohl."

„Damit wären meine Ehrenschulden also bezahlt", erklärte Mario. „Ich werde dafür sorgen, dass mein Sohn keine weiteren macht."

Alex antwortete nicht, sondern nickte nur liebenswürdig.

„Ich finde, Sie sollten mir nun Ihrerseits mit einer kleinen Geste Ihren guten Willen und Ihre Besonnenheit beweisen."

Jane spürte die Spannung ringsum geradezu körperlich. Wieder hatte sie deutlich den Eindruck, dass alle Blicke auf sie gerichtet waren.

Alex nickte erneut, diesmal allerdings nicht ganz so freundlich. „Stets zu Diensten."

Mario kicherte widerlich. „Das dachte ich mir. Wie wäre es, wenn Sie mir Miss Dexter für heute Nacht überließen? Ich versichere Ihnen, sie wird einige interessante Stunden bei mir verbringen, und wir werden sie Ihnen unbeschadet zurückgeben."

Der angebliche Anwalt neben Jane schimpfte leise und warf

Alex einen hilflosen Blick zu. Die Männer an der Wand richteten sich auf, als erwarteten sie eine gewalttätige Reaktion. Alex' Gesichtsausdruck war steinhart geworden. Jane sah seinen grauen Augen an, dass er verzweifelt nach einem Ausweg aus der entsetzlichen Lage suchte, und sie widerstand dem Drang, sich schreiend zu wehren.

Endlich zuckte Alex mit den Schultern und sagte: „Sehr gern, Mario. Soll ich wiederkommen und sie abholen, oder schicken Sie Miss Dexter mit dem Wagen zurück?"

Mario lachte dröhnend und übertönte Janes wütendes Schnauben. „Ich werde sie nach Hause schicken, sobald ich mit ihr fertig bin. Es ist lange her, dass wir solch ein Unschuldslamm bei uns hatten. In diesem Aufzug wirkt sie sogar noch naiver."

„Mir gefällt er ebenfalls sehr", erklärte Alex, hob eine Feder an und ließ sie wieder sinken. „Ich darf doch darauf vertrauen, dass Sie Miss Dexter nicht anrühren werden, nicht wahr?"

„Vertrauen Sie mir ruhig", antwortete Mario und zwinkerte ihm zu.

„Sonst müsste ich Sie nämlich warnen. Sosehr ich die junge Lady auch mag, sie ist – nicht ganz gesund." Die ausdrucksvolle Pause besagte alles. „Es ist nichts Lebensgefährliches, aber die Folgen könnten ziemlich unangenehm sein – falls Sie verstehen, was ich meine."

Mario wich unmerklich zurück, und sein Lächeln erstarb. „Ich glaube Ihnen kein Wort", zischte er.

Alex lächelte vielsagend. „Vielleicht stimmt es nicht", meinte er. „Aber wie wollen Sie das feststellen?"

Mario sah erst sie, dann Alex an. Jane wagte kaum zu atmen und fürchtete jeden Moment, dass einer der Männer die Waffe ziehen und auf sie schießen würde.

Endlich begann Mario zu lachen. Es war ein tiefes, polterndes

Lachen, das seinen gewaltigen Körper erschütterte. Tränen rollten seine rosigen Wangen hinab und sammelten sich in den Falten seines Kinns, und seine Goldzähne glitzerten im Lampenlicht.

„Das hätte der gerissenste Rechtsanwalt von Princeton nicht besser machen können", stieß er atemlos hervor. „Meine Ehre ist schon angeschlagen genug. In diesem Punkt soll sie unangetastet bleiben."

„Ich dachte mir, dass Sie es so betrachten", antwortete Alex ruhig.

„Allerdings schlage ich vor, dass Sie durch die Hintertür verschwinden", fuhr Mario fort. „Es würde meinem Ruf schaden, wenn sich herumspräche, dass ich Sie habe gehen lassen, ohne einen besonderen Zoll von Ihnen zu verlangen. Ich könnte mir vorstellen, dass Sie ebenfalls keinen Wert auf besondere Aufmerksamkeit legen."

„Ein Ganove kann nicht vorsichtig genug sein", stimmte Alex ihm zu.

Mario lachte erneut und betastete sein tränenüberströmtes Gesicht. „Wenn Sie ein Ganove sind, wie bezeichnen Sie dann die junge Dame an Ihrer Seite?"

Alex sah Jane besitzergreifend an. „Sie ist meine Partnerin", erklärte er. „Was sonst?"

Jane taumelte blindlings hinter Alex durch die dunklen Straßen und hatte viel zu viel Angst, um an irgendetwas zu denken. Ihr Herz pochte heftig, und ihr Atem ging so laut, dass sie nicht einmal hörte, ob sie verfolgt wurden. Sie hatte keine Ahnung, wie weit sie schon gekommen waren.

Plötzlich blieb Alex stehen, ließ ihr schmerzendes Handgelenk los, lehnte sich an eine Hauswand und rang nach Luft. Der kühle Abendwind trocknete den Schweiß auf ihrer Stirn, und sie spürte noch immer die Angst, die in ihrem Rücken gelauert hatte. Am ganzen Körper begann sie zu zittern.

„War es das wert?“ jammerte der angebliche Anwalt, der nur mühsam mitgehalten hatte. Der teure Armani-Anzug hatte auf der Flucht einen Riss bekommen.

„Nein“, sagte Jane.

„Ja“, antwortete Alex gleichzeitig. „Wir wissen jetzt, dass Tremaine gefährlich ist.“

„Das wussten wir schon vorher“, stellte Jane fest.

„Aber wir hatten keine Ahnung, mit wem er derzeit verhandelt. Außerdem steht fest, dass er noch meilenweit von dem fehlenden Teil der Formel entfernt ist. Dadurch haben wir etwas mehr Zeit.“

„Fragt sich nur, wie viel“, gab Jane zu bedenken.

„Zumindest so viel, dass wir heute Nacht noch ein bisschen schlafen können.“

„Außerdem wissen wir, wohin wir morgen früh fahren müssen.“

Alex sah sie eindringlich an. „Wohin denn?“

„Nach Bay Head. Mein Bruder hatte dort ein Haus. Sicher glaubt Tremaine, dass sich die Formel da oben befindet.“

„Und was meinst du dazu?“ fragte Alex.

„Es ist gut möglich. Richard war häufig dort und hat sich immer geweigert, jemanden aus der Familie einzuladen. Das Haus hätte sich ausgezeichnet als Labor geeignet, denn es liegt keine Autostunde von Princeton entfernt.“

„In Ordnung“, sagte Alex erschöpft. „Fahren wir morgen nach Bay Head. Jetzt gehen wir erst mal in Caldicotts Wohnung.“

„Ich würde mich gern anschließen“, bat der angebliche Anwalt. „Mario hat mich ziemlich geschafft …“

„Tut mir Leid, alter Knabe“, erwiderte Alex bestimmt und winkte einem Taxi, das sofort hielt. „Sie müssen zur Polizei und einen Autodiebstahl melden.“

„Doch nicht den des MG?“

„Leider ja“, sagte Alex mit einem wehmütigen Blick auf die leere Straße. Er glitt neben Jane auf die Rückbank und schlug seinem Komplizen die Tür vor der Nase zu.

Der echte Jimmy-the-Stoolie blickte dem Taxi bedauernd nach und rührte sich nicht von der Stelle. Endlich tauchte eine magere Gestalt aus dem Schatten auf.

„Hier ist der Schlüssel, Jimmy“, raunte der Junge ihm zu. „Aber eins sage ich Ihnen gleich: Lassen Sie bloß die Zündung einstellen!“

12. KAPITEL

Alexander Caldicott ist zwar ein widerlicher Kerl, aber er lebt nicht schlecht, stellte Jane fest. Das Taxi setzte sie an der East 66th Street ab, wo ihnen ein diskreter Portier in Uniform öffnete. „Nett, Sie wiederzusehen, Sir“, sagte er und ließ Alex ein.

„Bist du oft in dieser Wohnung?“ flüsterte Jane, während sie zu dem ebenso höflichen Liftboy gingen.

„Häufiger als der Anwalt selbst“, antwortete Alex mit unschuldiger Miene. „Die meisten Leute hier halten mich für Alexander Caldicott.“

„Ich nehme an, dass da jemand ziemlich nachgeholfen hat.“

Alex lächelte nur.

„Willkommen zu Hause, Mr. Caldicott“, sagte der Liftboy, als sie die kleine, mit Nussbaumholz verkleidete Kabine im sechsten Stock wieder verließen. Trotz ihrer Erschöpfung entging Jane nicht, dass Alex dem Jungen einen Geldschein zusteckte.

Die Luft in der Wohnung war trocken und roch, als wären die Räume lange unbewohnt gewesen. Benommen betrat Jane die elegante Diele. Gern hätte sie Alex gefragt, wo der Anwalt die letzten Tage gewohnt hatte, aber dafür war sie zu müde.

„Wo ist die Dusche?“ erkundigte sie sich nur.

„Am Ende des Flurs. Außerdem brauchst du etwas zum Anziehen. Leider sind unsere Koffer mit dem MG gestohlen worden. Ich hoffe, ich finde etwas Passendes.“

„Egal, was es ist“, stimmte Jane ihm zu.

„Ich hänge die Sachen draußen an die Tür“, versprach Alex. „Obwohl der Leder-BH mir eigentlich ganz gut gefällt.“

„Dann trag ihn doch selber“, schlug Jane vor und lief in Richtung Badezimmer.

Auf halbem Weg blieb sie stehen, drehte sich um und sah Alex neugierig an. Er stand noch an der Tür und blickte ihr nach.

„Ist noch etwas?“ fragte er leise.

„Mario hat doch geblufft, nicht wahr? Er wollte mich in Wirklichkeit gar nicht.“

Alex schüttelte den Kopf. „Im Gegenteil. Du warst in größter Gefahr.“

„Und wenn er nicht nachgegeben hätte? Hättest du mich bei ihm gelassen?“

Das gedämpfte Licht in der Diele warf weiche Schatten auf sein Gesicht. Jane erinnerte sich, wie drohend Alex seinem Rechtsanwalt und später auch Mario gegenübergetreten war. „Was glaubst du?“ fragte er ausdruckslos.

Jane überlegte einen Moment. „Ich glaube, Mario kann froh sein, dass er mich gehen ließ“, sagte sie schließlich und verschwand im Badezimmer.

Die Sonne ging schon über New York auf, als Jane aus der Dusche kam. Das handtuchtrockene Haar fiel locker über ihre Schultern, und sie trug einen schwarzen Jogginganzug, der wahrscheinlich dem Anwalt gehörte. Zum Glück roch der Stoff nicht nach diesem schrecklichen Aftershave.

Die herrliche Altbauwohnung war großzügig geschnitten. Sie bestand aus einem Wohnzimmer, einem Esszimmer und drei Schlafzimmern, jedes von der stattlichen Größe eines Einzimmerapartments. Alex war gerade in der Küche und verteilte dicke Sandwiches sowie dunkles Importbier.

Irgendwo musste es noch eine zweite Dusche geben, denn Alex hatte sein Haar ebenfalls gewaschen. Er trug inzwischen ausgeblichene Jeans. Den Reißverschluss hatte er hochgezogen, aber die Gürtelschnalle nicht geschlossen. Sein Oberkörper und seine Füße waren nackt.

Offensichtlich fand er zwischen seinen kriminellen Unternehmungen genügend Zeit für sportliche Aktivitäten. Da er erzählt hatte, dass er sich die Hände nicht mit körperlicher Arbeit beschmutzte, konnten seine glatte, muskulöse Brust und seine kräftigen Schultern nur von einem systematischen Training stammen.

„Möchtest du etwas essen?“ fragte Alex und lief barfuß auf dem Fliesenboden hin und her.

„Ehrlich gesagt, ich will nur noch schlafen“, antwortete Jane kleinlaut und wich zurück, als er näher kam. Sie hatte keine Kraft mehr, um seine Annäherungsversuche abzuwehren, und war außer Stande, das eigene Verlangen zu leugnen. Alex’ Körper war verlockender denn je, und sie hätte am liebsten losgeheult.

Plötzlich flossen die Tränen tatsächlich, und Alex blieb wie angewurzelt stehen. „Gehört das wieder zum Spiel?“ fragte er misstrauisch. „Oder weinst du richtig?“

„Das kannst du leicht feststellen“, antwortete Jane schluchzend. „Wenn ich heule, wird meine Nase rot, und ich bekomme einen Schluckauf.“ Ein lautes „Hick“ unterstrich diese Erklärung.

„Das war Beweis genug“, sagte Alex, trat dicht an sie heran und zog sie in seine Arme.

Jane konnte nicht mehr denken, ihr war alles egal. Willig sank sie an Alex’ starke Brust, hörte sein Herz schlagen und schmiegte sich an den warmen männlichen Körper, der sie beschützt hatte. Wut, Angst, Entrüstung und Entschlossenheit hatten sie während der letzten Stunden erschüttert. Jetzt waren die quälenden Gefühle verschwunden. Geblieben war nur ein heimliches Verlangen.

Heute Nacht wollte sie sich trösten lassen und alles ringsum vergessen. Und dafür war ihr krimineller Partner genau richtig. Ergeben legte sie die Arme um Alex’ Taille und spürte seine glatte, warme Haut. Langsam hob sie den Kopf und wartete darauf, dass er die Lippen auf ihren Mund presste.

Alex strich mit den Händen durch ihr feuchtes Haar und hielt ihren Kopf fest, kam aber nicht näher. Sein angespannter Körper zeigte ihr, wie sehr er sie begehrte, doch er gab seinem Verlangen nicht nach. Widerstrebend öffnete sie die Augen.

„Nein", sagte er freundlich.

Erschrocken sah Jane ihn an. „Nein – was?"

Lächelnd verzog Alex den Mund, den er lieber auf ihre Lippen legen sollte. „Nein, danke."

Sie wollte sich von ihm losmachen, aber er ließ es nicht zu. „Mir ist jetzt nicht zum Scherzen zumute, Alex", sagte sie heiser. „Lass mich los."

„Ich will aber nicht."

„Dann entscheide dich endlich", rief sie und wehrte sich verzweifelt.

Alex umfasste ihre Schultern und schüttelte sie sanft. „Hör zu, Jane, ich weiß, dass ich dich heute Nacht haben könnte. Und du bist nicht so naiv, um nicht zu merken, dass ich dich will. Seit du zum ersten Mal in mein Zimmer kamst und mich batest, eine Brandstiftung für dich zu begehen, möchte ich mit dir schlafen. Früher oder später werde ich dich bekommen, und ich hoffe um meiner selbst willen, dass es bald sein wird. Aber nicht heute Nacht. Nicht wenn du so müde, verängstigt und verletzlich bist wie jetzt und nur mit mir ins Bett gehen würdest, um die Schrecken der letzten Tage zu vergessen. Wenn wir miteinander schlafen, soll es bewusst geschehen. Du sollst mir so vertrauen, dass du dich mir restlos hingeben kannst. Dir soll klar sein, dass du mit mir schläfst und nicht mit einem x-Beliebigen. Hast du verstanden?"

Alex ließ sie immer noch nicht los, sondern drückte die Finger in ihre zarten Schultern.

Jane war zutiefst beschämt. Sie merkte, wie heftig Alex sie begehrte. Der Verstand riet ihm zu dieser Antwort, doch sein Körper wehrte sich verzweifelt dagegen.

Endlich konnte sie wieder klar denken. „Weshalb bist du so sicher, dass es geschehen wird? Woher willst du wissen, dass du nicht gerade deine letzte Chance vergeben hast?“

„Hör zu, Jane“, antwortete er müde. „Ich gehe nicht mit jeder Frau ins Bett. Wenn ich mit einer Frau schlafe, dann, weil ich etwas für sie empfinde, und nicht, um einen neuen Strich auf meiner Liste hinzuzufügen.“

Jane trat einen Schritt zurück, und diesmal ließ Alex sie los. „Eine Lektion in Sachen Moral war das Letzte, was ich von dir erwartet hätte“, sagte sie. Doch ihre Stimme klang beinahe belustigt.

„Jeder Mensch hat gewisse Grundsätze“, erklärte er.

Selbst so erschöpft sah Alex noch fantastisch aus, und Jane sehnte sich nach seinem schlanken, festen Körper. Aber sie musste vernünftig sein. „Also, wo kann ich schlafen?“

„Du hast die Wahl. Hinten ist es am ruhigsten, im vorderen Zimmer ist das Bett am bequemsten.“

„Hast du sie alle ausprobiert?“

„Ich bin oft hier.“

„Weshalb hat dein Anwalt so eine große Wohnung, wenn er sie fast nie benutzt?“ fragte Jane neugierig.

„Es ist eine Eigentumswohnung, die er von seinen Eltern geerbt hat. Vermutlich ist sie billiger als manches Apartment.“

„Und er kann es sich leisten, die Wohnung irgendwelchen Gaunern zu überlassen?“

„Ja, wenn er will.“

„Weshalb sollte er es wollen?“

„Frag ihn das nächste Mal doch danach.“

„Werde ich ihn denn wiedersehen?“

„Jane ...“, sagte Alex müde, „... es ist Viertel vor fünf am Morgen, und wir haben eine schreckliche Nacht hinter uns. Hör auf mit dem Kreuzverhör.“

„Ich versuche nur, dich in Übung zu halten, falls wir geschnappt werden. Du bist nicht zufällig anderen Sinnes geworden?“ Sie hatte sich inzwischen wieder unter Kontrolle und wollte Alex ein bisschen necken. Er begehrte sie ebenso wie sie ihn, und trotzdem hatte sie nichts von ihm zu befürchten.

„Mach, dass du ins Bett kommst“, schimpfte er. „Ich könnte es mir sonst anders überlegen.“

Der Gedanke war verlockend, aber sie hatte ohnehin Oberwasser. „Ich nehme das Hinterzimmer“, erklärte Jane. „Wir sehen uns in rund sechs Stunden.“

„In acht Stunden.“

„Nein in sechs. Wir müssen in Bay Head sein, bevor es dunkel wird.“

„Dann in sechs Stunden“, stöhnte er. „Ich hätte dich doch bei Mario lassen sollen.“

Alex lehnte sich an die Wand und atmete erleichtert auf. Das war knapp gewesen. Zum Glück war Jane beinahe eine halbe Stunde unter der Dusche geblieben. Die Wohnung, in der er aufgewachsen war, war angefüllt mit Erinnerungen an die Familie. Von einem Zimmer ins andere war er geeilt und hatte die Fotos in den Schubladen, unter den Betten und zwischen den Matratzen versteckt. Wenn er vernünftig gewesen wäre, hätte er Janes stummes Angebot angenommen, sie in sein Bett getragen und dafür gesorgt, dass sie alles um sich herum vergaß.

Aber das konnte er ihr nicht antun. Er durfte ihre Angst und ihre Erschöpfung nicht ausnutzen. Außerdem wollte er nicht mit Jane schlafen, solange er mit dieser Lüge lebte.

Er musste unbedingt mit ihr reden. Und er musste den Dieb

seines geliebten Wagens anrufen, denn er konnte sich denken, wer den MG gestohlen hatte. Doch merkwürdigerweise war ihm der widerspenstige Sportwagen plötzlich gar nicht mehr so wichtig. Es war sowieso kein Fahrzeug für einen verheirateten Mann.

Was ist denn mit mir los? dachte Alex verblüfft. Das war ja ein völlig neuer Gedanke. Offensichtlich stieg ihm die Aufregung zu Kopfe. Er brauchte dringend acht Stunden Schlaf. Aber Jane hatte ihm nur sechs Stunden zugestanden, also mussten sie reichen.

Einen Moment überlegte er ernsthaft, ob er den Flur entlang schleichen und nach Jane sehen sollte. Gern hätte er sie im Schlaf beobachtet und ihr junges, verletzliches Gesicht betrachtet. Vielleicht war sie ja noch wach, und er könnte seine edlen Grundsätze aufgeben und zu ihr ins Bett steigen.

Einmal hatte er schon geduscht. Hoffentlich bot eine zweite eiskalte Dusche der Versuchung stärker Einhalt.

Weshalb bin ich bloß so anständig? fragte er sich.

Jane schlief ausgesprochen unruhig in dem fremden Bett. Seltsame wilde Träume voller Sehnsucht und Verzweiflung quälten sie die ganze Nacht lang. Kein Mensch erschien darin, wie er in Wirklichkeit war. Mario nahm die Gestalt seines Gegenspielers aus dem Film „Der Krieg der Sterne“ an, Alex und der schäbige Rechtsanwalt tauschten die Rollen, Stephen Tremaine war mal ihr Vater und mal ihr Onkel und tadelte sie unablässig.

Bei ihr selbst war es am verwirrendsten. Jane erlebte die Träume abwechselnd als Märtyrerin oder Racheengel, als Jungfrau oder Hure, als Kriminelle oder deren Opfer. Endlich wachte sie schweißüberströmt auf.

In ihrem Zimmer war keine Uhr, und die Armbanduhr hatte Alex ihr zusammen mit der Brille abgenommen. Jane hatte keine Ahnung, wie spät es war und wo Alex schlief. Sie musste ihn unbedingt finden und sich von ihm trösten lassen. Dass er sie vorhin abgewiesen hatte, störte sie nicht. Wahrscheinlich bedauerte er seinen Edelmut längst. Ein einziger Blick würde genügen, und er würde alle edlen Vorsätze vergessen.

Alex hatte das mittlere Schlafzimmer genommen, aber das französische Bett war leer. Die Laken waren zerknüllt und die Kissen überall verstreut. In der Dusche rauschte das Wasser, und Jane kniff die Augen zusammen, um die Digitaluhr zu lesen: Es war halb zehn – sie hatte gerade erst vier Stunden geschlafen.

Ob Alex kalt duschte? Falls ja, wäre es überflüssig. Jane überlegte, ob sie den schwarzen Jogginganzug ausziehen und nackt in sein Bett klettern sollte. Aber dazu fehlte ihr der Mut. Also behielt sie die Sachen an, rutschte zwischen die marineblauen Laken und wartete.

Alex blieb lange unter der Dusche, und Jane wurde langsam nervös. Sie nahm eine Zeitschrift vom Stapel neben dem Bett. „Princeton Alumni Weekly", stellte sie fest, eine wöchentliche Studentenzeitung. Schon wollte sie das Blatt wieder zurücklegen, da fiel ihr Blick auf das Titelbild. Es zeigte Alex, umgeben von drei Männern, die aussahen, als wären sie Absolventen der Universität von Princeton. Janes Neugier wuchs. Weshalb hatte sich Alex mit einigen Yuppies für die Zeitschrift fotografieren lassen?

Sie kniff die Augen zusammen und las. Die Männer auf dem Titelblatt waren Gregory MacDougal, Elroy „Max" Sullivan, Alexander Caldicott und Jonathan Cohen, – allesamt Partner der Kanzlei „MacDougal und Sullivan".

Jane starrte die Bildunterschrift an und betrachtete das Foto noch einmal. Alex trug den Armani-Anzug, der in der letzten Nacht zerrissen worden war.

Die Erkenntnis kam ihr nicht schlagartig. Eher war es, als

würde ihr benommener Kopf plötzlich klar denken. Die Wahrheit traf Jane wie ein Schlag, und sie saß eine Weile starr da.

Alex' Brieftasche lag auf der Kommode. Das Bild in seinem Führerschein war nicht sehr schmeichelhaft, ließ aber keinen Zweifel zu. Und die obere Schublade war voll gestopft mit alten Fotos von ihm und seiner Familie. Sie zeigten Alex in Princeton und beim Skilaufen: ein deutlicher Beweis für ein privilegiertes Leben fern von den Niederungen New Yorks und einem Dasein mit Brandstiftungen und kleineren Verbrechen.

Jane wurde so wütend, dass sie kaum noch an sich halten konnte.

Eine komplette Närrin hatte er aus ihr gemacht. Umbringen konnte sie ihn zwar nicht, dazu war sie zu kultiviert. Aber sie würde es ihm heimzahlen.

Alex war immer noch unter der Dusche. Jane stellte sich auf die Schwelle und wartete gefährlich ruhig. Endlich wurde das Wasser abgestellt.

Alex sah sie nicht sofort. Als er sie entdeckte, zuckte er sichtbar zusammen und lächelte. „Ich konnte nicht schlafen", erklärte er und kam näher. „Wahrscheinlich lag es an dem fremden Bett."

„Sicher", antwortete Jane freundlich und bemühte sich verzweifelt, nicht auf seinen durchtrainierten Körper zu achten, auf dem noch die Wassertropfen glitzerten.

„Geht es dir gut?" fragte er besorgt und betrachtete ihre abweisende Miene.

„Ausgezeichnet", antwortete Jane. „Ich will nur so schnell wie möglich nach Bay Head."

Langsam senkte er den Kopf. Jane merkte, dass er sie küssen wollte, und überlegte einen Moment, ob sie ihn gewähren lassen sollte. Doch unmittelbar, bevor sein Mund ihre Lippen berührten, duckte sie sich und wich ihm aus.

„Können wir irgendwo unterwegs Kaffee trinken?“ fragte sie.

Verblüfft sah Alex sie an. „Sicher“, antwortete er. „Ich bin in ein paar Minuten angezogen. Kannst du solange warten?“

„Oh, ich bin sehr geduldig, wenn ich ein Ziel vor Augen habe“, erklärte Jane und stellte sich vor, dass man ihr Alex’ Kopf auf einem Silberteller brachte. „Lass dir nur Zeit.“

Drei Minuten später war Alex fertig und kehrte mit nachdenklicher Miene zurück.

13. KAPITEL

Alex hatte keine Ahnung, wie er Jane den Kauf des funkelnagelneuen Wagens erklären sollte, aber seltsamerweise stellte sie keine Fragen. Sie machte immer noch ein verkniffenes Gesicht und wollte ihm nicht in die Augen sehen. Ihr schlanker Körper war so angespannt, dass Alex instinktiv die Hände zu Fäusten ballte.

Es war ein herrlicher Spätherbsttag in New York, und die Stadt war praktisch leer. Alex fuhr durch den Central Park und freute sich über das kühle Grün nach der Hitze und dem Schmutz der vergangenen Nacht. Eigentlich hatte er Jane zu einem Brunch in einem seiner Lieblingsrestaurants überreden wollen, doch nach einem Blick in ihr abweisendes Gesicht verzichtete er darauf. Vielleicht war es ganz gut so. In den meisten Restaurants kannte man seinen Namen, und er hatte schon eine Menge riskiert, als er Jane in seine Wohnung brachte. Sie war eine intelligente Frau. Es war reiner Zufall, dass sie noch nichts gemerkt hatte.

„Ich würde wer weiß was dafür geben, wenn ich wüsste, was du gerade denkst", sagte Alex, während er in den Lincoln-Tunnel einfuhr.

Mit undurchdringlicher Miene drehte sich Jane zu ihm. „Freu dich, dass du es nicht weißt", antwortete sie.

„So schlimm ist es? Welch ein Glück, dass ich nicht Stephen Tremaine bin. Es muss schrecklich sein, deinen Zorn auf sich zu ziehen."

Sie lächelte kühl. „Oh, ich kann sehr beherrscht und vernünftig sein und lasse mich nicht von meinen Gefühlen mitreißen."

„Und was ist, wenn wir feststellen, dass Stephen Tremaine deinen Bruder tatsächlich hat umbringen lassen? Möchtest du ihn dann nicht rächen?"

„Eins nach dem anderen“, sagte Jane. Bevor Alex um eine nähere Erklärung für diese rätselhafte Bemerkung bitten konnte, fuhr sie fort: „Ich war seit Jahren nicht mehr da oben.“

„Viel wird sich nicht verändert haben. Die Küste war immer schon völlig zugebaut. Was wirst du mit dem Haus tun? Willst du es verkaufen?“

„Wieso?“ fragte Jane freundlich. „Möchtest du es haben?“

„Mit meinen kleinen Gaunereien dürfte ich wohl kaum genügend Geld dafür verdienen.“

„Vielleicht kann Alexander Caldicott dir das Haus kaufen. Allem Anschein nach ist er ja steinreich.“

Sie blickte hinaus in den frühen Nachmittagsverkehr, deshalb konnte Alex ihr Gesicht nicht sehen. Ihre Stimme klang ausgesprochen spöttisch. Hatte Jane am Ende doch herausbekommen, dass ... Nein, das war nicht anzunehmen. Sie hätte diese Entdeckung niemals für sich behalten, sondern gewütet und getobt. Oder?

„Magst du Alexander nicht?“ forschte er vorsichtig nach.

Sie sah ihn aus ihren braunen Augen arglos an, und er atmete erleichtert auf. „Doch, weshalb nicht? Immerhin sorgt er dafür, dass du nicht im Gefängnis landest.“

„Würde es dir etwas ausmachen, wenn ich ins Gefängnis müsste?“

„Ohne einen erfahrenen Gauner wie dich käme ich mit meinen kriminellen Machenschaften wohl nicht sehr weit.“

Irgendetwas stimmt mit Jane nicht, überlegte Alex. Vielleicht war ihre schlechte Laune nur eine verspätete Reaktion auf die vergangene Nacht. Oder der Kummer um ihren Bruder und die lange Zeit, die es dauerte, bis sie eine konkrete Spur fanden, machten ihr zu schaffen. Doch das würde er erst erfahren, wenn sie sich beruhigt hatte und es ihm von sich aus sagen würde.

„Wahrscheinlich nicht“, antwortete Alex daher nur. Ohne

ein weiteres Wort schaltete Jane das Radio an und drehte Bruce Springsteens Song so laut, dass jede Unterhaltung unmöglich wurde.

Alex hatte Recht. An der Küste von New Jersey hatte sich während der letzten fünfzehn Jahre nicht viel verändert. Jetzt während der Nebensaison waren die Straßen zum Glück nicht allzu voll.

Auch das alte Haus am Meer war noch beinahe wie früher. Nur war es im Gegensatz zu den Nachbarhäuser nicht frisch gestrichen. Die Schindel waren streifig und verwittert, und Unkraut drang durch die Risse in dem Plattenweg zur Eingangstür. Nichts wies darauf hin, dass Richard kürzlich hier gewesen war.

Jane öffnete als Erstes die Fenster und vergewisserte sich anschließend, ob der Strom und das Telefon angeschlossen waren. Die Lampen brannten, die Telefonleitung war tot. Aber für eine Nacht spielte das keine Rolle. Es sei denn, sie, Jane, wollte Alex ermorden und sich anschließend der Polizei stellen. Es gelang ihr immer noch nicht, den Rechtsanwalt und nicht den kleinen Verbrecher in ihm zu sehen.

„Bleiben wir über Nacht hier?“ fragte Alex, als sie die Treppe wieder herunterkam.

Jane drehte den verrosteten Wasserhahn zu und sah Alex an. „Fahr meinetwegen zurück in die Wohnung deines Anwalts“, schlug sie vor. „Ich schlafe hier.“

„Natürlich bleibe ich ebenfalls, obwohl es mir ein Rätsel ist, was du hier zu finden hoffst. Es sieht aus, als wäre jahrelang niemand hier gewesen.“

„Richard war kein Mensch, der sich irgendwo häuslich einrichtete. Wahrscheinlich hat er immer auswärts gegessen. Er wollte von Vermont hierher, das muss einen Grund gehabt haben.“

„Ich finde keinerlei Anzeichen für ein Labor. Es sei denn, es wäre hinter einer Tarnwand verborgen." Alex schob die Ärmel seines Jeanshemds bis zu den Ellbogen hinauf und blickte in den leeren Kühlschrank.

„Die Elektroleitungen sind nicht erneuert worden, das sieht man genau. Deshalb kann hier kein Labor sein. Richard brauchte für seine Arbeit Präzisionsinstrumente und eine gleichmäßige Stromzufuhr."

Alex schloss den Kühlschrank wieder, lehnte sich dagegen und sah aus dem schmutzigen Küchenfenster zu der baufälligen Garage. „Also stecken wir in einer Sackgasse."

„Nicht unbedingt. Das kommt davon, wenn man auf der anderen Seite des Rechts steht, Jimmy", antwortete sie beinahe boshaft. „Du setzt deine Intelligenz nicht für Nachforschungen ein, sondern um deine Spuren zu vertuschen. Bei jemandem wie mir ist das anders. Mir fällt auf, dass der Papierkorb gefüllt ist, und auf dem Schreibtisch liegen Briefe und Umschläge, die noch keine zwei Monate alt sind. Auch Verpackungsmaterial eines Schnellrestaurants ist vorhanden. Daran können wir feststellen, ob Richard allein war oder ob der Abfall von zwei Personen stammt."

„Du bist ganz schön schlau", antwortete Alex und bewunderte sie aufrichtig.

„Wahrscheinlich eigne ich mich besser für ein kriminelles Leben als du, Jimmy."

„Nenn mich Alex", forderte er sie verärgert auf.

„Alex klingt zu harmlos", antwortete Jane. „Jimmy-the-Stoolie ist mir lieber. Nach unserem Treffen mit Mario Matteo gestern Abend bezweifle ich nicht mehr, dass sich unter deinem täuschenden Äußeren die Seele eines gerissenen Lügners verbirgt. Das könnte ich leicht vergessen und glauben, du wärst ein seriöser, anständiger Bürger."

Alex wusste nicht, was er antworten sollte. Er konnte unmöglich abstreiten, dass er ein notorischer Lügner war – nachdem er sich solche Mühe gegeben hatte, Jane genau davon zu überzeugen. Ja, er durfte nicht einmal behaupten, dass er tatsächlich Alex hieß.

„Gut zu wissen, was der kriminelle Partner von einem hält“, antwortete er endlich, stieß sich vom Kühlschrank ab und ging langsam auf Jane zu.

Sie beobachtete ihn misstrauisch. So zornig und wütend sie auf Alex war, sie konnte sich seiner Anziehungskraft nicht entziehen. „Besorgst du uns etwas zu essen und zu trinken, während ich hier aufräume?“ fragte sie schließlich.

„Der Vorschlag ist gar nicht so übel“, antwortete Alex und blieb stehen. „Oder wollen wir auswärts essen?“

„Ich möchte lieber gleich anfangen zu suchen. Je länger wir warten, desto größer wird die Gefahr, dass Onkel Stephen den fehlenden Teil der Formel vor uns findet. Wir haben schon viel zu viel Zeit verloren.“

Alex ging nicht auf den indirekten Vorwurf ein. „Hast du einen besonderen Wunsch?“

„Guck mal, ob du gebratene Muscheln findest. Außerdem brauchen wir Instant-Kaffee und etwas zum Frühstück.“

„Nein, keinen Instant-Kaffee. Entweder bekomme ich Filterkaffee, oder wir gehen in ein Restaurant. Außerdem werde ich versuchen, eine Flasche Scotch aufzutreiben. Ich habe nämlich den Verdacht, dass es hier heute Nacht sehr kalt wird.“

„Wir haben Spätherbst“, stellte Jane fest.

„Ich meine nicht die Temperatur. Brauchst du noch etwas?“

Einen langen Strick, um dich aufzuhängen, dachte Jane. „Was immer dir sonst noch einfällt, Jimmy.“

„Lassen wir es bitte bei dem unpassenden Alex, ja?“ grollte

er. „Ich habe mich so schön daran gewöhnt." Er ging hinaus und schlug die Tür hinter sich zu. Kurz darauf schoss der Wagen aus der Einfahrt.

Jane stand an der Küchentür und versuchte verzweifelt, die brennenden Tränen zurückzuhalten, die ihr seit dem frühen Morgen in die Augen steigen wollten. „Du verdammter Kerl, Alexander Caldicott", flüsterte sie. Natürlich passte der Name sehr gut zu ihm. Weshalb hatte sie das nicht längst gemerkt?

Sie hatte Alex absichtlich nicht gesagt, dass sich gewiss eine Flasche Whiskey im Haus befand. Die einzige Schwäche ihres sonst so enthaltsamen Bruders war die Liebe zu bestem schottischem Whiskey gewesen. Und davon brauchte sie jetzt selbst ein Glas.

Jane fand die Flasche unter dem Spülbecken. Sie goss sich den Whiskcy pur ein und ging mit dem Glas hinaus auf die Veranda. Dort setzte sie sich auf einen alten Liegestuhl, legte die Füße hoch und trank einen großen Schluck.

Nach dem ungewöhnlich warmen Herbsttag war der Wind aufgefrischt, und die Luft roch salzig. Die Sonne ging langsam unter, ihre letzten dunkelroten und goldenen Strahlen spiegelten sich im Meer.

Langsam trank Jane den lauwarmen Whiskey aus und dachte nach. Sie musste Richards Labor ohne die Hilfe ihres so genannten kriminellen Partners finden. Allerdings verlor sie langsam das Interesse daran. Richard hatte sehr hohe Maßstäbe an sein Leben gesetzt. Sie selbst war sich daneben ganz klein vorgekommen. Das bedeutete aber nicht, dass sie Wochen und Monate seinen Spuren folgen musste.

Entschlossen stellte Jane das leere Whiskeyglas auf den staubigen Glastisch. Zum Teufel mit allen Männern! Besonders mit Alex, diesem infamen Lügner.

Noch wusste Jane nicht, wie sie sich an ihm rächen sollte. Aber sie musste einen Plan fassen, sonst fand sie keine Ruhe. Außerdem musste sie langsam anfangen zu arbeiten. Der alte Papierkorb in der Küche war ziemlich voll. Sie würde den Inhalt auf den Boden kippen und gründlich durchsehen. Zwischendurch konnte sie vielleicht noch ein zweites klitzekleines Glas Whiskey trinken.

14. KAPITEL

So fand Alex Jane, als er nach einer ganzen Weile von dem einzigen offenen Lebensmittelgeschäft zurückkehrte. Er hatte vergessen, dass Sonntag war, und daher keine Flasche Scotch auftreiben können.

Die Sonne war beinahe untergegangen, als er in die Einfahrt bog. Im Haus brannte kein Licht, und erneut überkam ihn das unbehagliche Gefühl, dass etwas nicht stimmte.

Jane saß auf dem Boden und war von lauter Abfall umgeben. Ein Schmutzfleck prangte auf ihrer Wange, und die Brille war hinabgerutscht. Mit beiden Händen hielt sie eine Papiertüte.

Sie sah Alex an, und zum ersten Mal seit heute Morgen war ihr Blick nicht misstrauisch oder trotzig. Tränen liefen ihre Wangen hinab, und ihre Lippen zitterten.

„Onkel Stephen hat Richard tatsächlich getötet", sagte sie mit bebender Stimme.

Ohne zu zögern eilte Alex zu ihr, setzte sich neben sie und zog sie in seine Arme.

Sein warmer, starker Körper war so tröstlich, dass Jane sich einen verzweifelten, schwachen Augenblick ganz der liebevollen Umarmung hingab. Dann kam sie wieder zu sich.

Mit aller Kraft stieß sie Alex von sich, so dass er rückwärts auf den Inhalt des Papierkorbs stürzte, und stand rasch auf.

Verblüfft blieb Alex liegen und blickte nachdenklich zu Jane hoch. „Ich nehme an, du hast endlich herausbekommen, wer ich bin", sagte er ruhig.

Das Wort „endlich" erinnerte Jane daran, was für eine Närrin sie schon wieder gewesen war. Alle Enttäuschungen der letzten Jahre machten sich Luft, und sie ergriff den erstbesten Gegenstand und schleuderte ihn Alex entgegen. Es war der Zinnkrug, der als Blumenvase gedient hatte.

Alex duckte sich, aber schon kamen die Lebensmitteltüte und die Flasche Whiskey hinterher. Halb lachend, halb erschrocken stand Alex auf und hielt die Hände schützend vor sich.

„Beruhige dich, Jane“, sagte er und floh ins Wohnzimmer. „Wenn du in Ruhe über alles nachdenkst, wirst du feststellen, dass es eigentlich ganz lustig war.“

Jane folgte ihm. „Wahnsinnig lustig!“ schrie sie und schleuderte eine Keramiklampe in seine Richtung. „Geradezu komisch!“ Ihre Brille war wieder hinuntergerutscht, und ihr Zopf hatte sich gelöst.

„Hör mal, Jane, es war nicht meine Schuld“, rief Alex und versteckte sich hinter einem Stuhl. „Schließlich warst du der Meinung, ich sei ein Gauner.“

„Du bist ein Gauner! Ein ganz gemeiner, hartherziger, eiskalter Lügner bist du.“ Eine vollständige Ausgabe von Shakespeares Dramen, drei Kristallaschenbecher und eine Schachtel Streichhölzer flogen durch die Luft.

„Jane, ich habe dir die ganze Zeit geholfen – auch wenn ich dir nicht gesagt habe, wer ich bin“, begann er erneut. „Wenn du das Ding da einen Moment hinlegen und mir zuhören könntest, würde dir klar …“ In diesem Moment traf ihn die Sturmlampe aus Messing, und er sank zu Boden.

Als Nächstes ergriff Jane den Schürhaken. Da merkte sie plötzlich, wie still es im Haus geworden war. Durch die offenen Fenster hörte sie das gedämpfte Rauschen der Brandung und das Brausen des nicht enden wollenden Verkehrs. Doch drinnen rührte sich nichts.

Reue und Entsetzen erfassten sie. „Alex?“ fragte sie leise und ließ den Schürhaken auf den alten staubigen Teppich fallen. „Sag doch was“, bat sie. „Schimpf meinetwegen oder stöhne entsetzlich.“

„Nichts war zu hören, nicht einmal das Rascheln von Kleidung. Janes letztes Fünkchen Misstrauen verschwand. Sie schob den Stuhl beiseite und kniete sich neben Alex' reglosen Körper. Er blutete an der Stirn. Sein Gesicht war blass, und seine spöttischen grauen Augen waren geschlossen.

„Tu bloß nicht so, als ob du tot wärst!" schimpfte Jane und ergriff seine schlaffe Hand.

Alex rührte sich nicht. Als sie sein Gesicht betastete, zuckte er nicht einmal mit den Wimpern. Seine Haut fühlte sich eiskalt an, und Jane fiel ein, was sie über Kopfverletzungen gelesen hatte. Sie musste seine Lider öffnen und nachsehen, ob seine Pupillen ungewöhnlich geweitet waren. Außerdem musste sie seinen Puls fühlen und horchen, ob sein Herz noch schlug.

Letzteres war am einfachsten. Jane drückte ihren Kopf auf Alex' Brust, so dass sich ihr Haar fächerförmig auf seinem Oberkörper ausbreitete, und hörte den leicht beschleunigten Schlag sofort. Also lebte Alex noch.

Erleichtert setzte sie sich wieder auf und merkte nicht, dass er sie gerade hatte streicheln wollen. Liebevoll nahm sie seinen schlaffen Oberkörper in die Arme und barg seinen blutenden Kopf in ihrem Schoß.

„Bitte, Alex, wach auf", flehte sie. „Ich wollte dich nicht umbringen. Du solltest nur ein bisschen verletzt werden. Stirb bloß nicht, Alex. Du darfst nicht sterben, denn ich kann nicht mehr ohne dich leben."

Plötzlich erkannte Jane, dass sie die Wahrheit gesagt hatte. Sie wollte nicht mehr ohne diesen Mann leben.

Der „sterbende" Alex schlug die Augen auf und sah sie neugierig an. „Und weshalb nicht?" fragte er ruhig.

Jane wollte seinen Kopf schon auf den harten Dielenboden fallen lassen, besann sich aber anders. Für heute Abend reichte es. „Du stirbst also nicht", stellte sie erstaunlich unbekümmert fest.

„Nein, ich bin nur schwer verwundet. Weshalb kannst du nicht mehr ohne mich leben?“

„Ist die Frage nicht etwas zu dreist? Der Schürhaken liegt ganz in der Nähe.“ Sie wollte sich losmachen, aber irgendwie war es Alex gelungen, den Arm um sie zu legen.

„Du wirst mich schon nicht blutig schlagen, Jane“, meinte er leise. „Vergiss nicht: Du kannst nicht ohne mich leben.“

Jane sah ihn eine ganze Weile an. Es wurde immer dunkler im Raum. Nur das Licht aus der Küche sorgte für etwas Helligkeit. Der Wind war aufgefrischt. Er kam durch die offenen Fenster herein und brachte Feuchtigkeit und die Gerüche des Ozeans mit. „Du blutest jetzt schon“, antwortete sie heiser, berührte vorsichtig die offene Wunde und zog erschrocken die Finger zurück.

Alex zuckte heftig zusammen. „Dann küss die Stelle, damit sie schnell heilt“, schlug er mit sinnlicher Stimme vor.

Jane überlegte einen Moment. Endlich beugte sie sich vor und küsste ihn zärtlich auf den Mund. Er öffnete die Lippen, legte einen Arm um ihren Nacken und zog sie zu sich hinab. Alex presste Jane an sich, küsste sie fordernd und ließ keine Gegenwehr zu.

Im nächsten Augenblick lag Jane auf dem Boden, und er hielt sie mit seinem schlanken, harten Körper fest. Alex war nicht mehr der merkwürdige Gauner oder ihr krimineller Partner, auch nicht der erschöpfte, urlaubsreife Rechtsanwalt, sondern ein außerordentlich sinnlicher Mann, der die Schatten der Nacht vertrieb und Jane alle Ängste und Befürchtungen vergessen ließ. Er wollte sie und begehrte sie, und genau das brauchte sie jetzt.

Mit seinen geschickten Händen strich Alex ihre Beine hinauf und glitt unter das kakifarbene Shirt. Jane war längst nicht so erfahren wie er. Sie zerrte und riss an den Knöpfen seines

Jeanshemds, bis er ihr zur Hilfe kam und das Hemd selbst über den Kopf zog. Dann drückte er seine nackte Brust an sie. Sein Oberkörper, den sie viel zu oft heimlich sehnsüchtig betrachtet hatte, war glatt und fest. In der Mitte zog sich ein feiner blonder Haarstreifen hinab. Seine warme Haut unter ihren Fingerspitzen erregte Jane geradezu unerträglich. Sie hielt es vor Verlangen kaum noch aus, und er erstickte ihr Stöhnen, indem er den Mund gierig auf ihre Lippen presste.

Während sie mit seinem Hemd solche Mühe gehabt hatte, streifte Alex ihr den Rock und das Shirt ab, ohne dass sie es richtig merkte. Als er den Kopf hob und ihr in die Augen sah, wurde ihr plötzlich klar, dass sie nur noch einen winzigen Slip und einen kleinen Spitzen-BH trug. Ihre Haut prickelte vor Lust, wie sie es noch nie erlebt hatte. Von ganzem Herzen und ganzer Seele begehrte sie diesen Mann, auch wenn ihr Verstand noch so sehr dagegen war.

„Ich will das nicht“, erklärte sie entschlossen. „Ich möchte nicht so empfinden.“

Lange rührte Alex sich nicht. „Wenn ich nur einen Funken Anstand besäße, würde ich dich jetzt freigeben“, sagte er endlich. „Aber wir wissen ja bereits, dass mein Ehrgefühl und mein Anstand in deinen Augen nichts gelten. Schade, dass du nicht so empfinden möchtest, verhindern kannst du es nämlich nicht. Du begehrst mich ebenso sehr wie ich dich. Und diesmal werde ich dir keine Gelegenheit zu einem Dutzend halbherziger Ausreden geben. Darunter haben wir beide die letzten Tage genug gelitten.“

Erneut presste Alex die Lippen auf ihren Mund und küsste Jane derart verzehrend, dass ihr schwindelte und sie kaum noch Luft bekam.

Endlich hob er den Kopf und sah sie besitzergreifend an. Gewand stand er auf und zog Jane mit sich in die Höhe. Sie schwankte einen Moment und wollte sich nicht wieder in seine Arme ziehen lassen. Aber sie konnte nicht gleichzeitig gegen ihn und das eigene tiefe Verlangen kämpfen. Deshalb schloss sie ergeben die Augen und ließ sich hingebungsvoll von Alex die Treppe hinauftragen.

„Bitte nicht“, murmelte sie, während er die Tür zum Schlafzimmer aufstieß und sie auf das breite Bett legte. Schon öffnete er seine Gürtelschnalle.

„Nenn mir einen guten Grund, weshalb wir dies nicht tun sollten, Jane“, antwortete er und zog seine Schuhe aus. „Einen einzigen.“

Jane versuchte gar nicht erst, aus dem Bett zu flüchten. Alex hätte es doch verhindert, und sie wollte es im Grunde auch nicht. „Wenn du mir Zeit lässt, lerne ich vielleicht, dir zu vertrauen und dich zu respektieren.“

Er öffnete den Reißverschluss und streifte seine Hose ab. „Tut mir Leid, Jane, heute will ich weder Vertrauen noch Respekt. Ich möchte Liebe.“

Sie versuchte es ein letztes Mal. „Ist das nicht eine sehr beschönigende Beschreibung für das, was du willst?“

„Vielleicht für dich, junge Lady, nicht für mich.“ Das war beinahe eine Liebeserklärung.

Alex legte sich neben Jane und zog sie an sich. Er hatte die Tür offen gelassen, und das einzige Licht im oberen Stockwerk des alten Hauses fiel vom Flur herein. Niemand sah zu, niemand hörte sie, und niemand würde sie verurteilen. Heute Nacht würde sie endlich einmal tun, was sie wollte.

Zärtlich streichelte Alex ihren Körper, schob die Hände unter zarten Stoff ihres Slips und streifte ihn ab. Ihr BH folgte und landete ebenfalls auf dem Fußboden. Dann lag Jane nackt neben Alex.

Sie hatte das Gefühl, meilenweit gelaufen zu sein, und wünschte, es würde stockdunkel im Raum. Sie wollte nichts sehen und nichts hören, sondern allein sein mit diesem Mann, den sie begehrte, obwohl sie es nicht sollte.

Jane schloss die Augen, ließ sich von Alex küssen und genoss es, wie er mit geschickten Händen ihren Körper liebkoste und erregte. Ganz still lag sie auf dem Rücken und war froh, dass jemand anders die Kontrolle über sie übernommen hatte. Sie war für nichts mehr verantwortlich.

Alex gab ihren Mund frei, und sie wartete darauf, dass er besitzergreifend zu ihren Brüsten gleiten würde und dort mit seinen Verführungskünsten fortfuhr.

Doch nichts geschah. Endlich öffnete Jane widerstrebend die Augen und merkte, dass Alex sie aus seinen grauen Augen argwöhnisch betrachtete.

„Ich dachte, ich hätte es dir bereits gesagt", erklärte er mit vor Beherrschung rauer Stimme. „Ich bin kein sexuelles Ruhekissen, auf dem man von einem Augenblick zum anderen alles vergessen kann. Mit der Rolle des Traumliebhabers, bei dem du nur mit geschlossenen Augen dazuliegen brauchst, kann ich nicht dienen. Dies ist ein Spiel für zwei, junge Dame. Also tu was."

Alex hatte sich halb auf sie geschoben und hielt Jane mit seinem Körper fest. Diesmal war er auf Gegenwehr gefasst und hatte nicht die Absicht, sie gehen zu lassen.

„Hör mal, ich will dies hier überhaupt nicht", erklärte Jane heftig.

„Lügnerin."

„Ich will dich nicht."

„Lügnerin."

Sie wollte ihn wegschicken, doch er ergriff ihre Hände, drückte sie auf die Matratze und hielt sie dort fest.

„Du bist der Lügner", antwortete Jane wütend. Dass sie jeden Zentimeter seiner Haut spürte und ihr Verlangen ein geradezu unerträgliches Ausmaß annahm, ging ihn nichts an.

„Mag sein", gab er zu. „Und wer von uns beiden wird jetzt ehrlich?"

Es wurde ganz still im Raum. Jane hörte das Brechen der Wellen am Strand, das Pfeifen des Windes durch die alten Fenster und das gleichmäßige Pochen von Alex' Herz, der sich immer noch an sie drängte. Beide atmeten sie schwer und hielten es kaum noch aus, ihr Verlangen zu unterdrücken.

Endlich sah Jane Alex tief in die Augen, um in seiner Seele zu lesen. Und sie fand die Antwort, auf die sie hoffte. „Lass meine Handgelenke los", bat sie leise.

Spöttisch betrachtete er sie. „Damit du mich wieder schlagen kannst?"

„Bitte lass meine Handgelenke los."

Er zögerte nur einen Moment. Sobald Jane die Hände frei hatte, legte sie die Arme um Alex' Hals, zog seinen Körper zu sich herab und presste seine Lippen auf ihren Mund.

Alex rollte sich auf den Rücken und zog Jane mit, und sie überschüttete ihn mit heißen Küssen. Er presste den Mund auf ihre Brüste, und sie warf verzückt den Kopf zurück. Endlich schob er eine Hand zwischen ihre Schenkel, und sie erschauerte schon bei der ersten zärtlichen Liebkosung.

„Langsam, langsam", flüsterte er. Aber Jane konnte nicht mehr an sich halten. Sie erbebte, hilflos gab sie sich ganz den Gefühlen hin und war unfähig, noch ein einziges Wort zu sagen.

Das war auch nicht nötig. Alex hob ihren zitternden Körper an, setzte ihn rittlings auf sich und ließ ihn vorsichtig hinunter, bis seine Männlichkeit ihre intimste Stelle berührte.

Stöhnend vor Erwartung sank Jane hinab, und Alex legte die Hände um ihre Hüften und führte sie, bis er sie ganz ausfüllen konnte. Vor Überraschung stieß sie einen erstickten Schrei aus, und er gab ihr Zeit, sich an das neue Gefühl zu gewöhnen. Einen Moment senkte sie den Kopf, um zu begreifen, was geschehen war. Dann öffnete sie die Augen wieder und bemerkte Alex' leidenschaftlichen Blick.

„Ich traue dir immer noch nicht", flüsterte sie und gab keinen Zentimeter nach.

Er lächelte sinnlich, presste die Finger in ihre Hüften und zog sich etwas zurück. „Das macht nichts", erklärte er, hob sich an und drang tiefer in sie ein.

Jane beugte sich vor und hielt sich an seinen starken Schultern fest. Sie wiegte sich vor und zurück und genoss es, ihn zu umschließen.

Liebevoll legte er eine Hand hinter ihren Nacken, zog ihren Kopf zu sich herab und drückte die Lippen auf ihren Mund. Die andere Hand schob er zwischen ihre Schenkel und streichelte sie dort.

Plötzlich konnte Jane nicht mehr klar denken, und die Welt um sie herum versank. Ihr Körper, die Nacht, die Luft, die vom Meer hereinwehte – nichts zählte. Sie war nur noch ein Bündel von Gefühlen. Vage merkte sie, dass Alex sich unter ihr straffte. Sie hörte, wie er heiser aufschrie, und sank schließlich erschöpft auf ihn hinab.

Eine ganze Weile später strich Alex ihr sanft das Haar aus dem Gesicht. Seltsam träge und dennoch gespannt erwartete sie, dass er erklären würde: *Ich habe es dir ja gesagt.*

Aber Alex sprach kein Wort. Zärtlich legte er Jane neben sich und strich mit den Lippen über ihren Mund, ihre Augenlider und die Wangen. Er schmiegte seinen warmen, starken Körper an sie und hielt sie mit beiden Armen schützend fest. Kurz darauf merkte Jane an seinem gleichmäßigen Atem, dass er eingeschlafen war. Da gab sie nach, kuschelte sich an ihn und schlief ebenfalls ein.

Als Jane viele Stunden später wieder erwachte, war ihr kalt. Irgendwann in der Nacht hatte Alex zwar eine Wolldecke über sie beide gebreitet, aber durch das offene Fenster blies ein steifer Nordwestwind vom Meer herein. Der schöne Herbst war vorbei.

Langsam wurde es hell. Einen Wecker gab es in diesem Zimmer nicht. Vermutlich hätte sie die Ziffern ohnehin nicht lesen können, denn irgendwann gestern Abend war ihre Brille abhanden gekommen. Die Welt ringsum verschwamm.

Jane wünschte, es würde ewig so bleiben, aber die Wirklichkeit kehrte zurück. Alex schlief und wehrte sich nur wenig, als sie sich vorsichtig aus seinen Armen löste. Eine dicke Beule hatte sich auf seiner Stirn gebildet, und Jane bekam ein schlechtes Gewissen. Geräuschlos sammelte sie ihre Unterwäsche ein, schlich die Treppe hinunter, durchquerte das verwüstete Wohnzimmer und betrat die Küche. Mit gemischten Gefühlen betrachtete sie das Ergebnis ihrer unsäglichen Wut. Einerseits war sie entsetzt darüber, was sie angerichtet hatte. Andererseits war sie froh, dass sie endlich ihren Gefühlen hatte freien Lauf lassen können.

Jane nahm die zerrissene Papiertüte mit den Lebensmitteln, vergewisserte sich, dass die Sahne über Nacht nicht sauer geworden war, und entdeckte den frisch gemahlenen Kaffee, den Alex gekauft hatte.

Ihre Brille lag auf der Anrichte. Erleichtert setzte sie sie auf und war froh, dass sie die Welt wieder klar erkannte. Vielleicht klärte sich alles andere jetzt ebenfalls auf.

Mit einer Tasse starken Kaffees in der einen und einem Stapel Papiere in der anderen Hand betrat sie die Veranda. Sie öffnete die Glastür und ging hinaus an den Strand. Ihre nackten Füße sanken tief in den Sand. Der Wind peitschte die Wellen zu Schaumkronen auf. Der Tag begann grau und stürmisch im frühen Dämmerlicht und passte genau zu ihrer Stimmung. Langsam setzte sie sich auf die untere Stufe, trank einen wärmenden Schluck und nahm das erste Blatt, um noch einmal nachzulesen, was Stephen Tremaine unternommen hatte, um ihren Bruder zu töten.

So fand Alex sie zwei Stunden später.

15. KAPITEL

Alex hatte Jeans und einen Wollpullover gegen die Morgenfrische angezogen und sich das Blut von der Stirn gewaschen, sah aber noch ziemlich verschlafen aus. Er hielt eine Tasse Kaffee in der Hand, und Jane hätte ihn gern gebeten, ihr noch etwas nachzuschenken. Aber sie hatte gerade beschlossen, ihn nie wieder um etwas zu bitten.

Alex erkannte, was in ihr vorging. Argwöhnisch kam er näher und setzte sich mit gekreuzten Beinen in den Sand. Es war inzwischen wärmer geworden, doch der graue Dunst hing immer noch in der Luft. Der Winter nahte.

Jane wartete nervös, dass Alex etwas sagte. Er würde wohl kaum kommentarlos über die letzte Nacht hinweggehen.

Er trank einen Schluck Kaffee, und seine Miene entspannte sich ein wenig. „Du hast gestern gesagt, Stephen Tremaine hätte Richard tatsächlich getötet“, begann er und blickte zum Horizont. „Wie hast du das festgestellt?“

Jane war gleichzeitig erleichtert und verletzt. Zwar war sie entschlossen, die letzte Nacht als einmalige Verirrung ihrer Gefühle innerhalb ihres ansonsten wohlgeordneten Lebens zu betrachten, aber das sollte von ihr ausgehen und nicht von ihm.

„Im Papierkorb befand sich ein Brief von Richard an seinen Rechtsanwalt. Er hat den Brief nicht abgeschickt, sondern den Anwalt stattdessen wohl anrufen wollen. Dazu ist er aber nicht mehr gekommen.“

„Was stand in dem Brief?“

„Dass er Tremaine nicht traute. Richard schrieb, es hätte bereits einen Unfall bei ‚Technocracies‘ gegeben, der kein Zufall gewesen sein könne, und er würde sich nicht wundem, wenn Tremaine es erneut versuchte.“

Schweigend beugte Alex sich vor und goss die Hälfte seines heißen Kaffees in Janes leere Tasse. Sie trank ihn normalerweise schwarz, während Alex Sahne und Zucker hineintat. Trotzdem war sie ihm dankbar.

„Darf ich den Brief einmal sehen?“ fragte er und trank seine Tasse aus.

Sie reichte ihm das zerknüllte Blatt. „Es hat eine Weile gedauert, bis ich ihn entziffern konnte. Richard schreibt, dass er seinen Rechtsanwalt aus Vermont anrufen wolle. Er würde dort eine Weile arbeiten und sich überlegen, wie er Tremaine einen Strich durch die Rechnung machen könne. Damit ist unsere Frage beantwortet: Das Labor muss sich auf dem Grundstück meiner Großmutter in Newfield befinden.“

„Das klingt logisch“, antwortete Alex.

„Richard ist nicht bis Vermont gekommen. Ich habe nach seinem Tod mit dem Rechtsanwalt gesprochen. Bennett sagte, er hätte seit Monaten nichts von meinem Bruder gehört.“

„Wie ist Richard genau ums Leben gekommen?“

Jane sah Alex kurz an, wandte sich ab und blickte wieder auf die wogende See. „Seine Bremsen versagten. Der Wagen stürzte die Klippen hinab und wurde erst ein ganzes Stück weiter unten geborgen.“

„Waren die Bremsen defekt?“

„Darauf gehe ich jede Wette ein. Niemand hat es nachgeprüft. Alle betrachteten Richards Tod als tragischen Unfall. Sein Wagen war über drei Jahre lang nicht in der Inspektion gewesen. Es war also sehr gut möglich, dass Bremsflüssigkeit fehlte und die Bremsen daher nicht mehr funktionierten.“

„Wie lautet die offizielle Todesursache?“

„Wie bitte?“ Alex hatte einen roten Knutschfleck unter dem Kinn, der nur von ihren gierigen Küssen stammen konnte.

„Was hat man bei der Autopsie festgestellt?“ fragte Alex geduldig. „Hatte Richard sich das Genick gebrochen? Oder könnte er schon tot gewesen sein, bevor er die Klippen hinabstürzte? Wir haben bessere Chancen, Tremaine etwas anzuhängen, wenn wir einen Unfall ausschließen können."

„Ich dachte, du wüsstest es", antwortete Jane leise und blickte auf ihre Zehen. „Richards Leiche wurde nie gefunden. Sie war abgetrieben worden, bevor man den Wagen entdeckte."

„Schade", murmelte Alex. „Dann können wir Tremaine leider nicht vor Gericht bringen."

Verlegen rutschte Jane hin und her. „Mich interessiert nicht, ob mein Onkel angeklagt wird oder nicht – er würde sowieso freigesprochen. Ich gebe es nur ungern zu, aber an meinen Plänen hat sich nichts geändert. Als Rechtsanwalt brauche ich dich dabei nicht. Wollte ich mit einem Anwalt zusammenarbeiten, würde ich zu Bennett gehen. Dem kann ich zumindest trauen."

„Wenn dein geliebter Bennett etwas von seinem Fach verstünde, hätte er als Erstes eine einstweilige Verfügung erwirkt, um Tremaine am Verkauf des Verfahrens zu hindern", antwortete Alex heftig.

„Mein geliebter Bennett ist einer der besten Rechtsanwälte von Princeton. Schon meine Eltern arbeiteten mit ihm zusammen. Inzwischen ist er ein glücklicher siebenundsechzigjähriger Großvater."

Alex entspannte sich ein wenig. „Das erklärt doch alles: Er ist zu alt."

„Er ist besser als mancher Jüngling wie du."

Jane hoffte, dass Alex sich über diese Bemerkung ärgern würde, aber er lächelte nur. „In Ordnung", sagte er. „Wir werden also keine rechtlichen Schritte unternehmen. Was machen wir dann?"

„Wir …", antwortete Jane betont, „… tun überhaupt nichts. Ich brauche einen Gauner, keinen erschöpften Rechtsanwalt."

„Ich dachte, wir hätten letzte Nacht ziemlich gut zusammengepasst", sagte er leise.

Jane merkte, dass sie rot wurde. „Vergiss die letzte Nacht."

„Selbst wenn ich es wollte, könnte ich es nicht."

„Sie war ein Fehler, ein Ausrutscher, und wird sich nicht wiederholen", erklärte sie heftig und sah ihn trotzig an.

Alex ließ sich von Janes Feindseligkeit nicht beirren. Er streckte sich im Sand aus und betrachtete sie neugierig. „Natürlich wird sie sich wiederholen, Jane", sagte er freundlich. „Das weißt du ebenso gut wie ich. Vielleicht wird es nicht sofort passieren – vorher müssen wir noch einiges klären. Aber früher oder später werden wir eine feste Beziehung eingehen."

„Früher oder später werde ich das Labor meines Bruders niederbrennen und unmittelbar darauf nach Baraboo in Wisconsin zurückkehren."

„Das werden wir ja sehen."

„Nichts werden wir sehen. Ich brauche deine Hilfe nicht mehr, und ich will sie auch nicht …"

„Dein Pech", unterbrach er sie. „Ich bin schon viel zu tief in diesen Fall verwickelt und werde ihn gewiss nicht niederlegen, bevor ich das Ergebnis kenne. Außerdem: Wenn du auf einem ungesetzlichen Ausweg bestehst, wirst du anschließend einen hervorragenden Strafverteidiger an deiner Stelle benötigen."

„Du scheinst mir nicht gerade ein Abbild von Redlichkeit zu sein. Schließlich war es deine Idee, bei ‚Technocracies' einzubrechen." Sie stutzte plötzlich. „Was wäre dir passiert, wenn man uns gefasst hätte?"

Alex zuckte unbekümmert mit den Schultern. „Ich hätte aus der Anwaltskammer ausgeschlossen werden können. Vermutlich wäre es aber bei einem Verweis geblieben."

Sie schwieg eine ganze Weile. „Meinetwegen hast du deine Karriere aufs Spiel gesetzt?"

„Nun werde bitte nicht sentimental“, meinte Alex entsetzt. „Ich habe aus demselben Grund mitgemacht, aus dem ich die Verwechselung mit Jimmy-the-Stoolie nicht sofort aufgeklärt habe: Mein Leben war entsetzlich langweilig geworden. Hätte man mich gefasst und mir verboten, meinen Beruf weiter auszuüben, wäre es eine willkommene Herausforderung für mich gewesen.“

„Sicher“, meinte Jane ausdruckslos. „Wie dumm von mir anzunehmen, du hättest vielleicht edle Motive gehabt.“

„Jane …“

Entschlossen stand sie auf. „Falls du gleich zurückkehren möchtest – ich kann auch einen Wagen mieten.“

„Ich komme mit und werde anschließend gemeinsam mit dir nach Vermont fahren, um festzustellen, ob sich Richards Labor tatsächlich dort befindet.“

„Und wenn ich mich weigere, dich mitzunehmen?“

„Dann gehe ich zu Tremaine und erzähle ihm, was du vorhast. Wenn ich nicht bei dir bleibe, bringst du dich bestimmt in größte Schwierigkeiten. Nur dein Onkel kann dich davon abhalten, eine andere Möglichkeit wüsste ich nicht. Du hast also die Wahl: er oder ich.“

Jane legte die Hand auf den rostigen Türgriff und dachte einen Moment nach. „Eine schwierige Wahl.“

„So schwierig ist sie gar nicht, Jane. Gib schon nach. Ich komme mit nach Vermont, ob es dir gefällt oder nicht.“

„Es gefällt mir nicht“, erklärte sie. Doch beide wussten, dass es nicht stimmte.

Während die Stimmung am Vorabend feindlich und gereizt gewesen war, herrschte auf der Rückfahrt eine unterschwellige sexuelle Spannung. Alex hatte angenommen, dass sich sein Verlangen nach der stürmischen Nacht gelegt hätte, aber es war noch heftiger geworden.

Jane war äußerlich ruhig und gelassen. Sie hielt ihn freundlich auf Abstand und tat, als hätte es die Stunden oben in dem alten Haus nicht gegeben. Allerdings stellte Alex fest, dass sie von Zeit zu Zeit errötete und ihn immer wieder verstohlen betrachtete.

Trotz ihrer gut einjährigen Ehe war Jane längst nicht so erfahren wie er. Das hatte er an ihrem Zögern, ihrer anfänglichen Passivität, vor allem aber an ihrem unverhohlenen Staunen über die eigene Reaktion deutlich gemerkt.

Dieses Staunen hatte ihn tiefer angerührt, als er zugeben wollte. Zwar hatte er nur von einer künftigen Beziehung gesprochen, aber er wollte mehr. Zum ersten Mal in seinem Leben hatte Alex das Bedürfnis, eine Frau ganz und gar für sich zu haben. Er wollte morgens zusammen mit ihr aufwachen, er wollte mit ihr streiten, Kinder mit ihr großziehen und gemeinsam mit ihr alt werden. Verblüfft erkannte Alex, dass er Jane heiraten wollte.

Einfach würde es allerdings nicht werden, denn sie traute ihm immer noch nicht, und das aus gutem Grund. Er musste ihr Zeit lassen. Sobald sie wieder im Motel waren, würde er kalt duschen, ein paar Meilen joggen und anschließend noch einmal unter die Dusche gehen. Vielleicht war er dann so müde, dass er vergaß, wie es war, wenn Jane ihre schönen Beine um seinen Körper schlang.

Das „Princeton Pike Sleep-a-While-Motel" wirkte bei dem trüben Wetter noch schäbiger als vorher. Der Parkplatz war nie besonders voll gewesen, doch heute schienen Jane und Alex die einzigen Gäste zu sein. Diese Vorstellung machte Jane beinahe trübsinnig.

„Ich schlafe erst einmal ein bisschen", sagte sie vor ihrer Tür und wich zurück, damit Alex ihr nicht zu nahe kam. Das machte sie nervös, und sie wurde sich seiner maskulinen Ausstrahlung noch stärker bewusst.

„Jane, du bist gestern Abend um halb sieben eingeschlafen und hast bis mindestens sechs Uhr früh geschlafen. Weshalb bist du schon wieder müde? Habe ich dich derart überanstrengt?"

„Wir können nur weiter zusammenarbeiten, wenn du mich nicht ständig an die letzte Nacht erinnerst", erklärte Jane wütend. „Ich dulde nicht, dass du mir meinen Fehler immer wieder vorhältst. Noch ein Mal, und wir trennen uns." Sie war beinahe genauso erbost wie gestern Abend, nur war leider kein Wurfgeschoss in der Nähe. Außerdem zuckte sie beim Anblick der Verletzung auf Alex' Stirn immer noch zusammen.

„In Ordnung, Madam", sagte er bescheiden. Doch sie merkte seinen grauen Augen die Belustigung an. Deshalb schwieg sie vorsichtshalber.

„Vielleicht mache ich stattdessen eine kleine Fahrt", meinte sie dann.

„Du warst gerade zwei Stunden unterwegs."

„Ja, aber mit dir. Davon habe ich jetzt noch Platzangst."

Jane wandte sich ab und wollte zu ihrem eigenen Wagen gehen. Doch Alex ergriff ihren Arm und berührte sie zum ersten Mal, seit sie aus dem Bett gestiegen war.

Wütend riss sie sich von ihm los und starrte ihn an. Doch er ließ sich nicht beirren. „Hör zu, Darling, hier geht es um Mord. Wenn Tremaine auch nur einen Funken Verstand besitzt, ist ihm inzwischen klar geworden, dass du der Wahrheit schon viel zu nahe gekommen bist. Deshalb werde ich dich nicht mehr aus den Augen lassen. Wenn du noch mal raus willst, fahre ich den Wagen."

„Ich fahre selbst. Meinetwegen komm mit."

16. KAPITEL

Der Verkehr war noch ziemlich dicht, als Jane auf die Route 1 fuhr. Sie drückte das Gaspedal durch, und der Mietwagen beschleunigte brav auf hundert. Sie raste die Fernstraße entlang, bog hinter der Mercer Mall wieder ab, und die Tachonadel zeigte auf einhundertzwanzig. Verstohlen betrachtete Jane ihren Begleiter, doch der schien sich von ihren Manövern nicht beirren zu lassen. Alex hatte sich angeschnallt und presste die Hände zu beiden Seiten auf den Sitz, behielt aber seine heitere Miene bei.

„Ich wette, du bist ein guter Pokerspieler", sagte Jane und brachte den Wagen auf hundertdreißig. Die Straße wurde schmaler und machte in Höhe des Delaware-Kanals eine Biegung. Jane kannte die Strecke. Sie war sie jahrelang gefahren und bezweifelte keinen Moment, dass sie die Kurve nach einem kurzen Druck auf die Bremse nehmen konnte.

Alex war nicht so sicher. „Da vorn kommt eine ziemlich scharfe Kurve", gab er zu bedenken.

Jane lächelte nur. „Ich weiß."

„Vielleicht solltest du lieber etwas langsamer fahren."

„Vielleicht." Sie beschleunigte den Wagen noch mehr. Die Straße war völlig leer – die meisten Fahrer wählten die Fernstraße oder nahmen eine Abkürzung durch die Außenbezirke von Princeton.

„Verflixt – fahr langsamer! Es wird hier wirklich gefährlich!" fuhr Alex sie an.

Er hatte Recht. Sie verhielt sich wirklich kindisch und schämte sich plötzlich. „Jawohl, Sir", antwortete sie und drückte auf die Bremse.

Jane trat das Pedal bis zum Boden durch, doch der Wagen raste weiter die verlassene Straße hinab.

„Verdammt, das ist kein Spaß mehr!“ schimpfte Alex, während sie um die erste flache Kurve schleuderten.

„Die Bremsen funktionieren nicht!“ schrie Jane. Verzweifelt versuchte sie, den Schalthebel in den niedrigeren Gang zu schieben, und das Getriebe knirschte entsetzlich. Das Gefälle war nicht sehr groß, aber sie näherten sich mit viel zu hoher Geschwindigkeit der scharfen Rechtskurve.

Jane hatte die Wahl: Entweder riss sie das Steuer herum und hoffte, dass alles gut ging. Oder sie durchbrach die dünne Leitplanke am Ende der geraden Strecke und schoss in den Delaware-Kanal.

Beide Möglichkeiten waren nicht sonderlich reizvoll, aber das Wasser war nicht so hart wie die Eichenstämme zu beiden Seiten der Straße. „Mach dich zum Sprung bereit“, rief sie, hielt mit einer Hand das Steuer und griff mit der anderen zur Tür.

Im nächsten Augenblick durchbrach der Escort das splitternde Holz. Jane war draußen, bevor der Wagen ins Wasser stürzte, und landete klatschend in den braunen Fluten.

Einen Moment lang schlug sie wie benommen um sich und merkte nicht einmal, dass das Wasser eiskalt war. „Alex!“ wollte sie rufen, aber es wurde nur ein Krächzen daraus. Entsetzt beobachtete sie, wie der Escort unterging. Einige Sekunden waren die Scheinwerfer noch zu sehen, dann legte sich der Wagen auf die Seite und versank. Jane spürte den Sog und musste alle Kraft aufwenden, um nicht mitgerissen zu werden.

„Alex!“ schrie sie erneut durch die Stille.

Unvermittelt tauchte Alex neben ihr auf. „Gott sei Dank, dass du lebst“, schluchzte Jane und warf die Arme um seinen Nacken. Gemeinsam gingen sie unter und kehrten heftig prustend an die Oberfläche zurück.

Mit sanfter Gewalt löste Alex ihre Arme und schob Jane in Richtung Ufer. „Machen wir, dass wir rauskommen, bevor wir zu Tode frieren“, forderte er sie auf, und sie gehorchte wortlos. Mit letzter Kraft kroch sie die steile Böschung hinauf und fiel ins Gras. Alex warf sich neben sie. Eine ganze Weile hörte man nur ihren keuchenden Atem, in den sich das Rauschen des Windes über ihren Köpfen mischte. Dann begannen dicke, eisige Tropfen zu fallen.

Jane setzte sich auf und nieste. Alex rührte sich nicht. Er war bis auf die Haut durchnässt und mit braunem Schlamm bedeckt. Sie selbst sah nicht besser aus. Der Wind war mit dem Regen aufgefrischt. Wenn sie nicht bald ins Warme kamen und sich abtrocknen konnten, würden sie sich eine Lungenentzündung holen.

„Wie lange willst du noch so liegen bleiben?“ fragte Jane ziemlich streng. „Ich weiß, es war meine Schuld. Ich bin viel zu schnell gefahren. Aber deshalb kannst du ruhig noch mit mir reden. Wäre ich nicht so wütend gewesen und hätte nicht die schmale Straße gewählt …“

„… wärst du im dichten Verkehr auf der Route 1 geblieben und an der ersten roten Ampel mit einem anderen Wagen zusammengestoßen. Und dabei hätte es Tote geben können. Nein, es war nicht deine Schuld.“ Alex setzte sich auf und schüttelte sich das Wasser aus dem Haar.

„Wessen Schuld war es dann?“

„Musst du das noch fragen?“

Entsetzt schloss Jane die Augen. „O nein“, flüsterte sie. „Onkel Stephen.“

„Du hast selbst gesagt, er könne sehr grausam sein. Wahrscheinlich hat er deinen Bruder ermordet, und es sieht ganz danach aus, als solltest du die Nächste sein.“ Alex stand auf, reichte ihr die Hand und zog Jane auf die Füße. „Machen wir, dass wir aus dem Regen herauskommen.“

„Und wie?“

„Indem wir per Anhalter fahren. Irgendjemand wird schon kommen und Mitleid mit uns haben."

Es dauerte volle dreiundfünfzig Minuten, wie Alex auf seiner immer noch funktionierenden Rolex feststellte, bis ein alter Lastwagen anhielt. Inzwischen regnete es ununterbrochen, und es war noch kälter geworden.

Jane saß zusammengekauert in einer Ecke des Wagens, während Alex die Richtung angab und sich mit dem Fahrer unterhielt, als säße er beim Nachmittagstee.

Als der Wagen hielt, kletterte sie heraus und folgte Alex. Erst als sie unter dem Vordach eines Hauses standen und darauf warteten, dass jemand auf ihr Läuten antwortete, fragte sie, wo sie waren.

„Dies ist das Haus meiner Ehefrau", antwortete Alex fröhlich. „Es lag am nächsten."

Jane starrte ihn entgeistert an und wünschte einen Moment, er wäre nicht wieder aus dem Kanal aufgetaucht. Gerade wollte sie ihm gründlich ihre Meinung sagen, da öffnete sich die schwere Nussbaumtür, und eine ausgesprochen gut aussehende hochschwangere Frau sah sie neugierig an.

„Alex!" rief sie erfreut und fiel ihrem Exmann um den Hals. „Was in aller Welt machst du hier? Und wie siehst du aus?" Sie zog ihn ins Haus und redete unablässig weiter. „Was hast du dieser armen Frau angetan?" Freundlich lächelte sie zu Jane hinüber.

„Darf ich bekannt machen: Das ist Jane Dexter", sagte Alex und löste sich vorsichtig. „Und dies ist meine Schwägerin Margery Caldicott."

Erleichtert atmete Jane auf, denn sie fand Margery beinahe sympathisch.

„Ich dachte schon, Sie wären seine Exfrau", stieß sie unbedacht hervor und hätte sich am liebsten auf die Zunge gebissen.

„Das bin ich auch“, antwortete Margery vergnügt.

„Aha ...“ sagte Jane hilflos.

„Ich glaube, die junge Dame braucht dringend eine sehr heiße Dusche, ein Glas Scotch und frische Kleider“, kam Alex Jane zur Hilfe und legte ihr schützend den Arm um die zitternden Schultern. „Wir sind zu dir gekommen, weil wir wussten, dass du das weichste Herz von Princeton hast.“

„Abgesehen davon, dass dich dein Bruder Peyton nachträglich umbrächte, wenn du in die Stadt kämst und uns nicht besuchen würdest. Also, wir haben drei Duschen, jede Menge Kleider und genügend Scotch im Haus, um einen Ozeanriesen damit zu fluten, vor allem jetzt, wo ich keinen Alkohol trinken darf. Nachdem du wieder sauber und trocken bist, musst du mir unbedingt erzählen, was passiert ist.“

„Später“, versprach Alex und führte die benommene Jane den Flur entlang. „Jetzt muss ich mich erst einmal um meine junge Lady kümmern.“

Jane öffnete den Mund und wollte sich gegen diese Bezeichnung wehren. Aber sie hatte keine Kraft mehr, um zu kämpfen. Sollte Alex ruhig für sie sorgen. Später würde sie ihm schon beibringen, dass sie eine unabhängige Frau war.

Jane ließ sich Zeit in der riesigen Dusche. Als sie wieder heraustrat, hatte Margery einen Hausanzug für sie bereitgelegt. Die Hose bauschte sich an ihren Fersen, und die Ärmel reichten bis über ihre Finger, so dass sie sie aufrollen musste. Aber der Anzug war weich und warm und wunderbar bequem. Sie fühlte sich wieder richtig wohl.

Sie hörte Alex’ und Margerys Stimmen und ging darauf zu. Als Jane das Wohnzimmer betrat, spürte sie plötzlich einen Stich in der Brust. Alex und seine Exfrau saßen nebeneinander auf dem weißen Ledersofa und schienen sich besser zu verstehen, als es bei einem geschiedenen Paar erlaubt sein durfte. Als beide aufstanden und sie erfreut willkommen hießen, kam sie sich wie ein Eindringling vor.

„Sie haben sich also mit Stephen Tremaine angelegt“, stellte Margery fest und goss Jane ein Glas Whisky ein. „Der gehört zu jenen Leuten, denen ich nachts lieber nicht in einer dunklen Gasse begegnen würde.“

Jane trank einen großen Schluck und warf Alex einen verstohlenen Blick zu.

„Ich habe Margery erzählt, dass Tremaine versucht, an eine Erfindung deines verstorbenen Bruders heranzukommen“, erklärte er gelassen.

„Ja. Es tut mir sehr Leid, dass Sie diesen Unfall hatten“, fügte Margery mitfühlend hinzu, und Jane gab es auf, die Frau zu verabscheuen. Margery konnte ja nichts dafür, dass sie bildhübsch war und das Kind eines Mannes erwartete, den sie liebte. Außerdem hatte sie die Kraft besessen, Alex abzuweisen, was ihr, Jane, eindeutig nicht gelang.

„Ich habe Margery gesagt, dass ich ihr keine Einzelheiten mitteilen kann“, ergänzte Alex. Er legte Jane beide Hände auf die Schultern und drückte sie zärtlich in einen weichen Sessel. „Trink deinen Whisky, während ich die Polizei verständige. Ich bin gleich wieder da.“

„Ruf auch gleich die Autovermietung an“, bat sie, lehnte sich zurück und schlug die Beine unter.

Nachdenklich setzte sich Margery in den Sessel neben sie. Sie wartete, bis sie Alex’ gedämpfte Stimme am Telefon hörte, dann erklärte sie: „Er liebt Sie sehr.“

Jane verschüttete vor Schreck den Whisky auf dem geliehenen Hausanzug. „Wie bitte?“

„Ich sagte, Alex liebt Sie sehr“, wiederholte Margery und trank einen Schluck Mineralwasser mit Zitrone.

„Hat er das etwa gesagt?“ Die Vorstellung war so überwältigend, dass Jane ganz vergaß, die eiskalte Flüssigkeit auf ihrem Schenkel fortzuwischen.

„Natürlich nicht. Ich bin nicht einmal sicher, ob er es selbst schon weiß. Allerdings nehme ich es an. Begriffsstutzig war Alex nie."

Jane begann, auf ihrem Schenkel zu reiben. „Ich muss ja wie eine Kneipe riechen", sagte sie.

„Sie glauben mir nicht?"

Jane sah Margery hilflos in die großen blauen Augen. „Ehrlich gesagt, nein."

„Ich kenne Alex besser als jeder andere auf der Welt. Seine Eltern mit eingeschlossen, die zu höflich und zurückhaltend sind, um ihm persönliche Fragen zu stellen. Vielleicht kenne ich ihn sogar besser als er sich selbst. Mich hat er nie geliebt, obwohl er sich dazu verpflichtet fühlte. Sie liebt er dagegen bestimmt."

Jane ging nicht auf die letzte Bemerkung ein. „Weshalb hat er Sie geheiratet, wenn er Sie nicht liebte?" fragte sie unverblümt und trank den restlichen Whisky aus. Wenn Margery so freimütig war, durfte sie es auch sein.

„Wir galten als ideales Paar", antwortete Margery und blickte aus dem Fenster in den Regen. „Wir mochten uns tatsächlich sehr, aber wir liebten uns nicht. Dass das nicht genügte, stellten wir erst fest, als Alex' Bruder Peyton aus Südamerika zu Besuch kam. Alex merkte es viel früher als ich. Als Peyton zurück musste, wusste ich nicht ein noch aus."

„Und was passierte dann?"

„Ohne jemandem ein Wort zu sagen, flog Alex nach Haiti und wurde innerhalb von vierundzwanzig Stunden geschieden. Sechs Monate später heirateten Peyton und ich. Das ist jetzt fünf Jahre her."

„Eine Scheidung mit Happy End", flüsterte Jane. „Aber wie kommt Alex damit zurecht?"

„Er freut sich auf die Geburt seines Neffen.“ Sie tätschelte ihren gewölbten Leib.

„Er bedauert seinen Schritt nicht?“

„Nein“, antwortete Margery überzeugt. „Ich will nicht behaupten, dass es nicht schmerzlich für ihn war. Niemand gibt gern zu, dass er gescheitert ist und jemand anders den Vorzug vor ihm erhält. Manchmal war ich richtig gekränkt, weil Alex nicht um mich kämpfte, obwohl ich ihn gar nicht mehr wollte. Seltsam, nicht wahr?“

„Ein bisschen.“

Margery lächelte kläglich. „Ich habe nie behauptet, übermäßig intelligent zu sein. Aber ich besitze eine gewisse Menschenkenntnis. Und diese Menschenkenntnis sagt mir, dass Alex Sie liebt.“

Jane hätte gern ein weiteres Glas Whisky getrunken, widerstand aber dem Wunsch, darum zu bitten. „In diesem Fall irren Sie sich“, erklärte sie mit fester Stimme.

„Und Sie lieben ihn selbstverständlich auch.“

Jane starrte Margery verblüfft an und wollte gerade eine bissige Bemerkung machen, da kehrte Alex ins Wohnzimmer zurück. „Ich habe uns ein Taxi bestellt. Die Polizei kommt später ins Motel. Vielen Dank für deine Hilfe, Margery.“

„Gern geschehen.“ Margery stand auf und ging zu ihrem Exmann hinüber. „Wollt ihr nicht lieber hier übernachten?“

„Danke für das Angebot, aber im Motel sind wir unabhängiger.“ Er warf Jane einen fragenden Blick zu, und sie stand auf. „Gib Acht auf den Junior“, fügte er an seine Exfrau gewandt hinzu.

Margery nickte. „Peyton wird es sehr Leid tun, dass er dich verpasst hat.“

„Wir kommen wieder, wenn das Baby da ist.“ Alex schob Jane hinaus in den Regen, denn das Taxi hupte bereits.

„Ihre Sachen …“ sagte sie zu Margery.

„Bringen Sie sie mit, wenn Sie mich das nächste Mal besuchen“, schlug Margery fröhlich vor. „Bis dahin passe ich vielleicht schon wieder hinein. Und tauche Jane nicht noch einmal in einen Kanal“, schalt sie Alex. „Dein Neffe möchte sicher Cousinen und Cousins haben.“

Jane eilte schon zu ihrem Zimmer, während Alex noch das Taxi bezahlte. Beinahe hätte sie es geschafft und ihm die Tür vor der Nase zugeschlagen. Doch er schob sie hinein und folgte ihr.

„Ich habe dich nicht eingeladen“, erklärte Jane und holte ein weißes Handtuch aus dem Badezimmer, um ihre nassen Füße zu trocknen.

„Ich will mich mit dir abstimmen“, antwortete Alex und ließ sich von ihrer Feindseligkeit nicht beirren. Er schlenderte zu der Verbindungstür und schloss sie auf. „Wie viel wollen wir der Polizei erzählen? Alles?“

Jane blickte argwöhnisch zur Tür und beschloss, sie erst wieder zu verschließen, nachdem Alex gegangen war. „Was meinst du? Du bist doch der Rechtsanwalt.“

„Ja. Aber in diesem Fall bin ich auch dein Mitverschwörer“, stellte er fest. „Ich finde, wir sollten der Polizei die Wahrheit sagen. Sie muss wissen, dass dein Bruder vor zwei Monaten bei einem ähnlichen Unfall ums Leben gekommen ist und dass du keine Ahnung hast, wer an deinem Wagen herumgefingert hat – falls das tatsächlich der Fall war. Wen wir verdächtigen, sagen wir lieber nicht. Die Polizei ist nicht dumm und kann zwei und zwei zusammenzählen.“

„Weshalb sollen wir ihr denn nichts von unserem Verdacht verraten?“

„Erstens könnten wir uns der Verleumdung schuldig machen. Zweitens lässt die Polizei dich morgen niemals nach Vermont fahren, wenn sie weiß, dass du vielleicht das Opfer eines Mordversuchs warst. Lass sie eine Weile allein arbeiten, sonst kommt Tremaine uns zuvor, und das Labor ist leer, wenn wir es endlich gefunden haben."

„Das leuchtet mir ein", stimmte Jane ihm zögernd zu.

„Gut, dann bleiben wir ausschließlich bei den Tatsachen", sagte Alex und ging zur Tür. „Ich werde versuchen, dir die Polizei vom Hals zu halten. Vielleicht genügt ihr meine Aussage."

„Das wäre sehr nett." Jane gähnte und rekelte sich auf dem Bett. Plötzlich stellte sie fest, dass ihr die seltsamsten Stellen wehtaten, und erinnerte sich errötend an die vergangene Nacht. „Ich werde ein heißes Bad nehmen und schlafen gehen", fügte sie so gleichmütig wie möglich hinzu. „Der Sprung in den Kanal hat mich ganz schön geschafft."

„Nicht nur der", meinte Alex und öffnete die Tür zu dem vom Neonlicht beleuchteten Gang. Der Regen hatte endlich nachgelassen. Dafür war der Wind aufgefrischt, und es war kühl geworden.

Alex zögerte und sah sie noch einmal an. Erst jetzt merkte Jane, wie müde er war. Tiefe Falten standen zwischen seinen hellgrauen Augen, auf der Stirn und neben den Mundwinkeln. Die letzten sechsunddreißig Stunden waren auch an ihm nicht spurlos vorübergegangen.

„Eine letzte Frage", begann er. „Was hatte Margery gerade gesagt, als ich ins Wohnzimmer zurückkehrte?"

Jane merkte, dass ihre Wangen rot wurden. Daher antwortete sie das Erstbeste, was ihr einfiel. „Sie fragte mich, ob du immer noch gut im Bett wärst", sagte sie und schlug erschrocken die Hand vor den Mund.

Alex lachte leise. „Ich glaube dir kein Wort, Darling", antwortete er, und seine Augen hellten sich ein wenig auf. „Aber was hättest du in diesem Fall geantwortet?"

Jane fielen eine ganze Menge Antworten ein. Doch bei allen hätte Alex sofort die Tür geschlossen und wäre zu ihr ins Bett gesprungen. Deshalb riss sie sich zusammen und erklärte: „Das erzähle ich dir, wenn wir mit Stephen Tremaine fertig sind."

Erschöpft gab Alex es auf. „Ich habe heute Abend keine Kraft mehr, die Antwort aus dir herauszulocken, Jane. Gute Nacht."

Jane wartete, bis Alex seine eigene Zimmertür öffnete, dann sprang sie aus dem Bett, verriegelte die Zwischentür und stellte zusätzlich einen Stuhl unter den Griff.

Während sie in der Badewanne lag, hörte sie die Polizisten nebenan. Alex' Aussage genügte ihnen wohl, denn sie kamen nicht zu ihr herüber. Gerade hatte sie ein Bigshirt übergezogen und kletterte ins Bett, da merkte sie, dass Alex den Türgriff hinunterdrückte.

Sie lächelte selbstgefällig. „Lass mich in Ruhe, Alex. Ich will schlafen!"

Alex schimpfte lautstark und rüttelte mit aller Kraft an der Tür. Im nächsten Moment krachte es entsetzlich. Der morsche Rahmen zersplitterte, und der Stuhl flog quer durch das Zimmer.

Wütend stand Alex auf der Schwelle. „Verriegele nie wieder die Tür", sagte er täuschend ruhig.

Jane hob den Kopf und antwortete ebenso gelassen: „Das dürfte jetzt wohl kaum noch möglich sein."

„Wir fahren morgen früh um sechs Uhr los, einverstanden?" Er machte keinen Versuch, näher zu kommen.

„In Ordnung. Darf ich die Tür wenigstens zumachen?"

„Sicher", erwiderte er ausgesprochen höflich. „Ich tue es sogar für dich." Damit verließ er sie.

Jane lag regungslos da und hörte, wie ihr Komplize nebenan leise und besonnen vor sich hin pfiff. Offensichtlich war er sehr mit sich zufrieden.

Solche Probleme wie Margery werde ich bestimmt nie bekommen, überlegte Jane. Bei ihr würde Alexander Caldicott nicht kampflos aufgeben. Sie stellte sich vor, was Alex alles unternehmen würde, um sie zu beschützen. Mit diesen Gedanken schlief sie zufrieden ein.

17. KAPITEL

Das erste kühle graue Licht der Morgendämmerung drang durch die hellgrünen Vorhänge des Motelzimmers, als Jane wieder erwachte. Sie warf einen Blick auf ihre Armbanduhr, gähnte und schloss erneut die Augen. Es war erst Viertel vor fünf, zu früh, um aufzustehen, selbst wenn sie gegen sechs Uhr losfahren wollten. Ihr Koffer war noch gepackt. Sie brauchte sich nur zu waschen und in Alex' unglaublich bequemen neuen Wagen zu klettern. Nichts hinderte sie daran, noch eine Weile zu schlafen.

Doch der Gedanke, dass ihr Onkel Stephen Richard ermordet haben könnte, ließ ihr keine Ruhe. Sie wollte einfach nicht wahrhaben, dass ihr Bruder durch einen Anschlag ums Leben gekommen war. Was mochte er empfunden haben, als sein Wagen über die Böschung flog?

Kein Wunder, dass ich bei solchen Gedanken nicht wieder einschlafe, dachte Jane. Sie stieg aus dem Bett und zog den hässlichen Nylonvorhang ein wenig beiseite. Auf dem Auto lag Raureif. Lastwagen ratterten die Route 1 entlang. Sonst war noch alles ruhig.

Jane überlegte. Sie konnte in ihrem Zimmer bleiben und weitergrübeln oder die letzte Gelegenheit ergreifen und sich etwas Bewegung verschaffen, bevor sie wieder acht oder neun Stunden im Auto saß. Joggen gefiel ihr nicht. Aber sie vermisste die frühen Morgenspaziergänge, mit denen sie in Baraboo den Tag begann. Der Parkplatz des Motels war zwar nicht sonderlich reizvoll, aber besser als gar nichts. Die frische Luft würde ihr trotz der Abgase gut tun.

Jane zog Margerys Hausanzug wieder an. Er war das bequemste Kleidungsstück, das sie seit Jahren getragen hatte. Sie schlüpfte in ihre Nike-Laufschuhe, band ihr langes Haar mit einem Tuch zurück und trat hinaus. Sorgfältig verschloss sie die Tür, holte tief Luft und sah zu, wie sich beim Ausatmen weiße Atemwolken bildeten. Sie schob die Schlüssel in die Tasche, lief an Alex' Wagen vorüber und betrat den rissigen Asphalt.

Nur das Knirschen von Kies warnte sie. Doch es war zu spät. Schon legte sich ein Arm um ihren Hals, und eine Hand verschloss ihren Mund und erstickte ihren Schrei. Gleichzeitig spürte sie etwas Scharfes an den Rippen. Das konnte nur ein Messer sein.

Einen flüchtigen Moment hoffte Jane, Alex wollte sie erschrecken. Doch der kräftige Körper hinter ihr war viel größer und der Arm um ihren Hals dicker und stämmiger als der ihres Komplizen.

„Halt den Mund", schnarrte eine heisere Stimme an ihrem Ohr. „Wenn du schreist, wirst du unfreiwillig zur Herzspenderin. Verstanden?"

Jane nickte und versuchte, sich die Angst nicht anmerken zu lassen. Vielleicht verringerte der Mann dann den Druck des Messers.

Leider hoffte sie vergeblich. Energisch zog der Mann sie in den Schatten des Motels. Was hatte er vor? Wollte er sie vergewaltigen? Oder töten? Oder einfach ausrauben? Sie hatte ihre Brieftasche nicht dabei, sondern war nur mit den Schlüsseln nach draußen gegangen. Doch selbst wenn sie sich von dem Kerl losreißen konnte, bekam sie das Schloss niemals auf, bevor er sie wieder eingefangen hatte.

Der Mann nahm die scharfe Messerspitze von ihren Rippen, und Jane atmete erleichtert auf. Doch zu ihrem Entsetzen spürte sie den kalten, scharfen Stahl gleich darauf an der empfindsamen Unterseite ihres Kinns.

„Sehr gut, Schätzchen. Du weißt, dass ich es ernst meine, nicht wahr? Mario hat dir von Lenny-the-Rip erzählt. Aber sehr schnell lernst du nicht, stelle ich fest. Erst der Wagen deines Bruders, dann deiner, und du gibst immer noch nicht auf und redest sogar mit der Polizei. Das gefällt meinem Auftraggeber gar nicht. Er möchte, dass du dich aus seinen Geschäften heraushältst. Das wirst du doch tun, nicht wahr?“ Er schüttelte Jane grob, und die Messerspitze strich über ihre Haut. „Nicke einmal, wenn du einverstanden bist.“

Jane blieb keine Wahl. Vorsichtig senkte sie den Kopf, um das Kinn nicht in die Messerspitze zu bohren. „Sag also deinem Rechtsanwaltfreund, dass du nicht mehr an der Sache mit deinem Bruder interessiert bist. Er soll nach New York zurückkehren und sich von Orten fernhalten, wo er nichts zu suchen hat. Und du gehst wieder nach Nebraska, oder wo du sonst herkommst. In ein paar Monaten wirst du einen hübschen kleinen Scheck erhalten. Ist das nicht besser, als einen Wagen mit defekten Bremsen zu fahren? Nick noch einmal.“

Jane nickte, aber der Mann nahm das Messer immer noch nicht weg. „Ich bin froh, dass wir diese kleine Unterhaltung führen konnten. Falls nötig, könnte ich noch einiges mehr dazu sagen, aber ich glaube, du hast verstanden, worum es geht. Nicht wahr, Schätzchen?“

Wieder nickte sie.

Da zerrte der Mann sie plötzlich rückwärts den Gang entlang zu ihrem Zimmer. „Hol sofort die Schlüssel aus der Tasche, Lady ...“, raunte er ihr zu, „... und schließ die Tür auf.“

Janes Hände zitterten derart, dass sie die Schlüssel kaum halten konnte. Noch schwieriger war es, das Schloss zu finden, ohne hinzusehen. Doch sobald sie den Kopf senkte, drückte sich die Messerspitze tiefer in ihr Kinn.

„Vorwärts, Lady. Ein so kluges Kind wie du wird doch blind ein Schloss öffnen können“, meinte er spöttisch.

Den Schlüssel einzuschieben, war erst der Anfang. Das

Schloss war alt und verrostet, und man musste geduldig daran rütteln. Geduld hatte sie bestimmt nicht, wenn jemand wie Lenny-the-Rip sie mit dem Rücken an sich presste. Endlich gab die Mechanik nach, und die Tür öffnete sich.

Jane rührte sich nicht, denn sie hatte Angst vor dem, was nun kommen würde. Wollte der Kerl ihr folgen, um ihr außer Sichtweite möglicher Zeugen seinen Standpunkt noch deutlicher zu machen?

„Wir sind uns doch einig, nicht wahr, Lady?" flüsterte er an ihrem Ohr. „Du wirst nach Kansas zurückkehren?" Er lockerte seine Hand ein wenig, war aber jederzeit bereit, ihren Mund wieder zu verschließen, falls sie einen falschen Ton von sich gab. Noch hatte er das Messer nicht von ihrem Hals genommen.

„Ja", krächzte Jane hilflos.

„Wunderbar", sagte er fröhlich. Gleichzeitig stieß er sie nach vorn, sodass Jane der Länge nach auf den schäbigen Teppich stürzte, und schloss die Tür.

Zitternd blieb Jane liegen. Sie hörte, wie ein Motor angelassen wurde und ein Wagen davonfuhr. Dann flog die Zwischentür auf, und sie war nicht mehr allein.

Alex setzte sich neben sie auf den Boden, zog sie an sich und strich zärtlich ihr Haar zurück. Erst als sie seine schützenden Arme um sich fühlte, begann sie zu weinen und schluchzte heftig als Reaktion auf den Schreck.

Alex hielt Jane fest umschlungen, sprach tröstend auf sie ein und streichelte ihr Gesicht. Sie sah die dunklen Streifen an seiner Hand und begriff, dass es nur ihr Blut sein konnte. Statt sich langsam zu beruhigen, nahm ihre Erregung noch zu, und sie hatte das Gefühl, jeden Moment verrückt zu werden.

Da sagte Alex plötzlich: „Bin ich froh, dass der Kerl verschwunden ist. Ich fürchtete schon, ich müsste eingreifen."

Augenblicklich versiegten Janes Tränen. Verblüfft lehnte sie sich zurück und blickte in Alex' ausdrucksloses Gesicht. „Du wusstest, dass ich überfallen worden war?"

„Ich habe genauso schlecht geschlafen wie du und jedes Geräusch durch die dünne Wand gehört. Als ich merkte, dass du aufgestanden warst und nach draußen gingst, wollte ich mitkommen. Ich zog mich gerade an, als Lenny dich packte."

Jane sah ihn verständnislos an. „Nur mit einer Unterhose bekleidet, konntest du mir wohl nicht helfen?"

„Erstens ist es draußen ziemlich kalt", gab er zu bedenken. „Zweitens – und das ist viel wichtiger – besitzt Lenny große Erfahrung mit seinem schrecklichen Messer, und ich hatte überhaupt keine Waffe. Außerdem ist er mindestens fünfzehn Zentimeter größer und fast hundert Pfund schwerer als ich. Ich hätte nicht die geringste Chance gegen ihn gehabt."

Jane konnte vor Entrüstung kaum noch an sich halten. „Der Kerl hätte mich vergewaltigen können", erklärte sie wütend. „Oder ermorden."

„Das war ziemlich unwahrscheinlich. Lenny ist homosexuell. Und für Mord verlangt er einen Menge Geld. Ich glaube kaum, dass Tremaine bereit wäre, so viel zu zahlen, nur weil ihm jemand lästig ist."

Jane riss sich los, kroch auf allen vieren aus Alex' Reichweite und begann zu schimpfen, wie sie es seit ihrem vierzehnten Lebensjahr bei einem heiklen Baseball-Spiel der Mädchenmannschaft auf der High School nicht mehr getan hatte. „Du gemeiner, degenerierter, erbärmlicher Feigling! Du verdammter egoistischer Angsthase. Du …"

„Egoistischer Angsthase?" wiederholte Alex kein bisschen beeindruckt. „Verwechselst du nicht die Begriffe? Degeneriert bin ich ebenfalls nicht, wie du inzwischen wissen solltest. Ich habe äußerst gesunde Triebe und Begierden. Vielleicht bin ich ein Feigling, aber sicher kein Dummkopf. Es wäre sinnlos gewesen, den Helden zu spielen und am Ende selbst mit dem Messer verletzt zu werden.“

Jane spürte das klebrige Blut an ihrem Hals. „Du meinst, stattdessen sollte er lieber mich erstechen“, sagte sie ruhig.

„Werde nicht melodramatisch, Jane“, antwortete Alex ungeduldig. „Er hat dich nicht verletzt, dazu ist Lenny viel zu gewitzt.“

„Und was hast du an deiner Hand? Etwa Ketchup?“

Alex erstarrte. Er sprang auf und schaltete die Nachttischlampe ein. Jane war insgeheim richtig stolz auf ihre Schimpftirade. Aber das war nichts im Vergleich zu dem, was Alex jetzt ausstieß. Bevor Jane sich ducken konnte, hatte er sie auf die Arme gehoben und eilte mit ihr zur Tür.

„He, lass mich wieder runter“, forderte Jane ihn auf und wehrte sich vergeblich. Alex war wirklich unwahrscheinlich stark. „Wohin willst du mit mir?“

„Ich bringe dich ins Krankenhaus.“

„So schlimm ist es doch nicht. Er hat mich nur gekratzt.“ Auf keinen Fall wollte sie jetzt in eine Notaufnahme und dort eine Menge lästiger Fragen beantworten. Verzweifelt rammte sie Alex den Ellbogen in den Magen.

Schlagartig ließ er sie runter und rang nach Luft. Jane versuchte, irgendwelche Schuldgefühle gar nicht erst aufkommen zu lassen, und verschwand in Richtung Badezimmer.

„Ich will nicht ins Krankenhaus“, erklärte sie, schaltete das Neonlicht ein und betrachtete ihr blasses, blutverschmiertes Spiegelbild. „Es ist nicht halb so schlimm, wie es aussieht.“ Vorsichtig begann sie, ihren Hals mit einem nassen Waschlappen zu säubern, und zuckte vor Schmerz zusammen. Zwei lange, dünne Kratzer, die nur noch wenig bluteten, liefen über die Haut.

Mühsam richtete Alex sich auf, schwankte durch das Zimmer und ließ sich auf das ungemachte Bett fallen. „Das hättest du auch gleich sagen können", stöhnte er und hielt sich weiter den Magen.

So schlimm habe ich doch gar nicht zugestoßen, überlegte Jane und schnitt ihrem Spiegelbild eine Grimasse.

„Betrachte den Schlag als meinen Dank dafür, dass du so ritterlich zu meiner Rettung herbeigeeilt bist." Die Kratzer bluteten nicht mehr. Jetzt, nachdem die erste Reaktion auf den Schreck vorüber war, wurde Jane erst richtig wütend.

„Tut mir Leid", antwortete Alex, rutschte höher und legte den Kopf auf die Kissen. „Das nächste Mal werde ich mich als tapferer Jüngling deinen blutrünstigen Besuchern opfern."

Für Heldentaten als tapferer Jüngling ist es wohl etwas zu spät, meinst du nicht?" fragte Jane und lehnte sich an den Türrahmen.

„Die Antwort kannst du dir selber geben", meinte Alex breit und wurde plötzlich ernst. „Hätte ich gewusst, dass Lenny dir wehtun würde, wäre ich sofort rübergekommen."

Jane überlegte einen Moment, dann zuckte sie mit den Schultern. Das war ein Fehler, denn die Bewegung tat ziemlich weh. „Wenn du eingegriffen hättest, hätte er mich vielleicht umgebracht", gab sie zu bedenken. „Wahrscheinlich war es richtig, dass du abgewartet hast. Das war zwar nicht so romantisch, dafür aber vernünftig. Mir ist es lieber, ich bin wütend und habe nur zwei winzige Kratzer am Hals, als jetzt auf der Intensivstation zu liegen – oder auf dem Friedhof."

„Zum Ritter in glänzender Rüstung eigne ich mich nicht sehr gut."

„Den wollte ich auch gar nicht."

Alex setzte sich auf. „Stimmt", erklärte er und war plötzlich wieder fröhlich. „Du warst auf der Suche nach einem erbärmlichen Gauner. Vielleicht war deine Wahl doch nicht so schlecht."

Jane sah ihn eine ganze Weile nachdenklich an. Alex hatte sich auf ihrem Bett ausgestreckt. Seine Hände waren immer noch blutig, und obwohl er unbekümmert lächelte, merkte sie, dass der Überfall nicht spurlos an ihm vorübergegangen war. Das schlechte Gewissen und der Kummer waren ihm deutlich anzusehen.

„Vielleicht wirklich nicht", sagte sie leise. Bevor Alex reagieren konnte, verschwand sie im Badezimmer und schloss sich vorsichtshalber ein. „Es ist fast sechs Uhr", rief sie und spülte den blutigen Waschlappen rasch aus. „Können wir gleich losfahren?"

Es entstand eine kleine Pause. „Gib mir zehn Minuten", antwortete Alex endlich. Kurz darauf hörte sie, wie er die Verbindungstür zwischen ihren beiden Zimmern schloss.

Jane betrachtete sich im Spiegel. Ihr braunes Haar umgab als wilde Mähne ihren Kopf, ihre Augen waren riesengroß, und ihre blassen Lippen zitterten noch immer. Vielleicht sah sie wieder etwas normaler aus, wenn sie ihr Haar zu einem Pferdeschwanz zurückband, etwas Make-up auflegte und ihre Brille aufsetzte. Aber selbst damit konnte sie die Wahrheit nicht verbergen.

Margery Caldicott hatte Recht. Sie, Jane, liebte ihren Komplizen. Alle Vernunftgründe der Welt änderten nichts daran.

Eine Viertelstunde später saßen Alex und Jane im Wagen. Unterwegs hielten sie kurz an, frühstückten und tranken jeder drei Tassen Kaffee. Dann fuhren sie auf die Autobahn.

Die Luft war immer noch kühl. Alex schaltete die Heizung ein und ließ leise eine Kassette laufen. „Bist du sicher, dass du nicht zur Polizei willst?" fragte er, während sie die George-Washington-Brücke überquerten.

„Absolut", erklärte Jane schläfrig und lehnte sich zurück. „Das würde uns nur aufhalten. Wir wissen nicht, wo mein Onkel in diesem Moment ist. Falls er sich noch nicht auf den Weg nach Vermont gemacht hat, wird er es garantiert bald tun. Du hast doch selbst gesagt, dass wir nur einen Verdacht haben und keine Beweise."

„Wir könnten noch einmal in Gefahr geraten", gab Alex zu bedenken. Er hatte ein furchtbar schlechtes Gewissen. Jedes Mal, wenn er die langen, dünnen Kratzer an Janes Hals sah, schnürte es ihm die Kehle zu.

„Ich weiß", antwortete Jane leise.

„Hast du keine Angst?"

„Nein." Sie lächelte träge. „Du wirst die bösen Männer schon in Schach halten. Dein schlechtes Gewissen reicht mindestens für zehn Jahre."

„Sieht man es mir so deutlich an?"

„Und wie. Es geschieht dir ganz recht."

„Diese Großherzigkeit liebe ich besonders an dir, Jane", antwortete er liebenswürdig.

„Fahr weiter, Alex", sagte sie und schloss die Augen wieder. „Eines versichere ich dir, mein Freundchen: Wenn Elinor Peabody sich das nächste Mal an dich ranmacht, kannst du nicht mit meiner Hilfe rechnen."

„Lauter leere Versprechungen", murmelte er. Aber Jane war schon längst eingeschlafen.

18. KAPITEL

Die Luft, die in New Jersey schon ziemlich frisch gewesen war, wurde im nördlicheren Connecticut richtig kühl. Heftiger kalter Regen fiel, als sie die Grenze zu Vermont erreichten, und gegen Abend bildete sich Glatteis.

Die herrlichen Herbstfarben Vermonts waren längst verblasst. Die Bäume waren kahl, der Boden war braun und hart und der Himmel freudlos grau. Der Wagen schwankte ein wenig von den Böen auf dem verlassenen Highway, und Jane zitterte innerlich bei dem Gedanken an das alte Haus der Großmutter am Meer.

„Ich hoffe, du hast etwas Warmes zum Anziehen dabei“, sagte sie und brach das lange Schweigen, das erstaunlich heimelig gewesen war.

Alex sah sie kurz an. „Wie kommst du darauf? Funktioniert die Heizung im Sommerhaus nicht?“

„Großmutters Haus hat überhaupt keine Heizung.“

„O je … Gibt es wenigstens ein paar ordentliche Motels in der Nähe?“

„Kein einziges. Aber keine Sorge, es gibt einen riesigen Kamin im Haus. Wenn wir unsere Schlafsäcke davor ausbreiten, frieren wir sicher nicht.“

„Schlafsäcke?“ Alex klang ehrlich entsetzt. „Erwartest du etwa, dass ich in einem Schlafsack übernachte? Gemütlich klingt das gerade nicht.“

„Das Haus ist um diese Jahreszeit in mancher Beziehung nicht besonders gemütlich.“

„Meinst du, ich könnte meinen Schlafsack mit jemandem teilen?“ fragte Alex hoffnungsvoll.

„Na ja …“, antwortete Jane, „… manchmal kommen Eichhörnchen ins Haus und bauen sich dort ein Nest. Vielleicht leistet dir eines Gesellschaft."

„Danke, ich verzichte. Schlafsäcke sind vorhanden, nehme ich an?"

Jane dachte an das große Messingbett oben unter dem Dach, auf dem Berge von Steppdecken und handgewebten Wolldecken lagen. Nein, sie durfte ihren Gefühlen nicht nachgeben. Deshalb nickte sie und erklärte: „Ja, Schlafsäcke sind auf jedem Fall vorhanden."

Ungefähr fünfzehn Meilen südlich von Newfield, in Harwick, begann es zu schneien. Jane wunderte sich nicht darüber. Falls das Wetter sich verschlechterte, würde die letzte Strecke schwierig werden. Schon jetzt war die Steigung, die aus der geschäftigen kleinen Stadt hinausführte, mit feinem, rutschigen Schnee bedeckt. Als sie die erste Senke erreichten, verwandelten sich die Flocken in harte weiße Brocken, die einem Eisregen nicht unähnlich waren.

„Meine Güte, das sind ja entsetzliche Straßenverhältnisse", schimpfte Alex. „Wir haben doch erst Oktober."

„Der erste Schnee fällt hier häufig um den zehnten Oktober. Dies ist allerdings ein bisschen viel für die Jahreszeit", verkündete Jane. Sie blickte durch die wirbelnden Flocken. „Wir hätten den Wetterbericht hören sollen, bevor wir losfuhren. Schade, dass ich nicht daran gedacht habe."

In diesem Augenblick rutschte der Wagen bedenklich und bewies ihnen, wie schlecht die Straßenverhältnisse waren. Doch Alex erwies sich als guter Fahrer und brachte das Auto mühelos wieder unter Kontrolle. Der Schnee wurde dichter und blieb zwischen jedem Schwenk der Scheibenwischer auf der Windschutzscheibe liegen.

Alex verringerte die Geschwindigkeit. „Herrliches Wetter", murmelte er.

Sie erreichten die Kuppe eines weiteren vereisten Hügels und fuhren auf der anderen Seite wieder hinunter. Zum Glück konzentrierte sich Alex völlig auf die Fahrbahn und bemerkte Janes entsetzte Miene nicht. „Hat der Wagen etwa keine Winterreifen?“ fragte Jane.

„Nein“, bestätigte er. „Betrachte es einmal so: Du wolltest doch ein Abenteuer.“

„Ich wollte kein Abenteuer, sondern Gerechtigkeit. Und dir war das Leben zu langweilig geworden.“

„Nun ja ...“, meinte Alex, während der Wagen seitwärts in Richtung Böschung glitt, „... im Moment langweile ich mich bestimmt nicht.“ Er drückte aufs Gaspedal, lenkte gegen und konnte die Katastrophe noch einmal verhindern.

Jane lehnte sich zurück und schloss die Augen. Während der letzten zweiundsiebzig Stunden hatte sie die Begegnung mit gefährlichen Gangstern, einen Sturz in den Kanal und einen Überfall mit dem Messer überstanden. Mehr als diese Fahrt im Schnee durfte nicht mehr kommen. „Ich langweile mich ebenfalls nicht“, antwortete sie kläglich. „Ich wünschte, wir wären endlich da.“

Newfield hatte sich nicht sehr verändert, seit Jane vor drei Jahren zum letzten Mal hier gewesen war. Der Schneefall ließ etwas nach, als sie kurz nach fünf Uhr das Dorf erreichten, und die leichten Flocken verstärkten den Charme Neuenglands. Von der weißen Kirche mit dem spitzen Turm bis zu dem entzückenden altmodischen Lebensmittelgeschäft, von der roten Mühle, die in einen Souvenirladen verwandelt worden war, bis zu den langen Reihen weißer Schindelhäuser bot der Ort zahlreiche hübsche Fotomotive. Jane und Alex hatten gerade noch Zeit, etwas zum Abendessen einzukaufen. Dann bogen sie in die Straße zum alten Sommerhaus der Familie Dexter.

In Newfield hatte es seit dem frühen Nachmittag geschneit, doch die Einfahrt zum Haus war nicht geräumt worden. Vergeblich versuchte Alex, den gewundenen Weg hinaufzufahren. Beim zweiten Mal verlor er endgültig die Kontrolle über das Fahrzeug. Er gab Gas und nahm Anlauf, doch der Wagen rutschte in den flachen Graben.

„Zum Glück sind wir ja da", meinte Jane kleinlaut. Alex schimpfte nur vor sich hin, während sie aus dem schräg stehenden Auto kletterten und die kleine, verschneite Böschung nach oben stiegen.

Das Sommerhaus war seit beinahe fünfundsiebzig Jahren unverändert. Es besaß verwitterte Schindeln, eine dreiseitige Veranda, zierliche Giebel sowie Sprossenfenster, die dunkel in den verschneiten Abend schauten. Alex stand bis zu den Knöcheln im Schnee und blickte nicht gerade zuversichtlich zu dem alten Gebäude hinauf.

„Hat es tatsächlich keine Heizung?" fragte er düster.

„Je eher wir Feuer im Kamin anzünden, desto schneller wird es warm." Jane stieg die breite Vordertreppe hinauf und blieb einen Moment stehen. War jemand hier gewesen? Sie hatte den Eindruck, undeutlich die Abdrücke von Männerstiefeln unter dem frisch gefallenen Schnee zu erkennen.

Draußen war es knapp unter null Grad, im Haus höchstens zehn Grad. Die hohen Decken und die vorhanglosen Fenster hielten die Luft nicht warm. Alex stellte seinen Koffer auf den Boden und ging geradewegs zum Kamin, während Jane durch das Haus lief und das Licht einschaltete. Zum Glück hatte Richard genügend Holz und Späne zum Anzünden dagelassen.

Als sie mit Schlafsäcken und Kissen beladen ins Wohnzimmer zurückkehrte, hatte Alex schon ein munteres Feuer entfacht. Die Wärme strahlte in den eisigen Raum, und Alex schien sehr zufrieden mit sich und seinem Werk zu sein. Der

Schein der Flammen zuckte über sein Gesicht. Neugierig sah er Jane an. „Weshalb nehmen wir denn nicht den elektrischen Heizofen? Es wird lange dauern, bis das Feuer das Zimmer erwärmt hat."

„Wir haben hier keine Elektroöfen. Die Leitungen sind zu alt und halten die Belastung nicht aus. Wir wollten sie zwar modernisieren, sind aber nie dazu gekommen. Richard und ich haben das Haus zu gleichen Teilen geerbt, doch keinem von uns war es wichtig genug, um den ersten Schritt zu tun."

Alex stand auf und reckte sich. „Und was ist das dort in der Ecke?"

Jane sah hinüber. „Wo kommt der denn her?" fragte sie unsicher.

„Mir scheint, auch einige Leitungen sind neu. Wollen wir es riskieren?" Schon lief er hinüber und holte den tragbaren Heizlüfter herbei.

Jane erschauerte – ob vor Kälte oder aus einem anderen Grund, wusste sie selber nicht. „In Ordnung", sagte sie nur und packte die Lebensmittel aus.

„Was hast du?" fragte Alex.

„Ich weiß nicht recht. Der Heizlüfter dürfte nicht hier sein. Außerdem hatte ich vorhin den Eindruck, auf der Vordertreppe wären Fußspuren gewesen. Und der Kühlschrank ist eingeschaltet, obwohl Richard ihn bei seinem letzten Besuch bestimmt ausgemacht hat. Ich habe das ungute Gefühl, hier war jemand."

„Tremaine?"

Sie zuckte die Schultern. „Wer sollte es sonst gewesen sein? Allerdings kann ich mir kaum vorstellen, dass Onkel Stephen in einem so kalten, unbequemen Haus übernachtet hat. Er pflegt in erstklassigen Hotels abzusteigen."

„Tu mir einen Gefallen, Jane", sagte Alex plötzlich gepresst. „Tremaine scheint ein gewissenloser Mörder zu sein, der nicht nur deinen Bruder getötet hat, sondern sich auch alle Mühe gibt, dich umzubringen oder zu Tode zu erschrecken. Nenn ihn bitte nicht Onkel."

„Ja, du hast Recht", sagte Jane und rieb ihren schmerzenden Hals.

„Und damit hör bitte ebenfalls auf", fuhr Alex fort.

„Womit?"

„Reib nicht ständig deinen Hals. Ich habe sowieso schon ein schrecklich schlechtes Gewissen – du brauchst mich nicht ständig an meine Unterlassung zu erinnern."

„Tut mir Leid, großer Alexander, ich reibe den Hals nicht, damit du ein schlechtes Gewissen bekommst. Er tut scheußlich weh!"

Alex' Mund wurde schmal. „Müssen wir uns dauernd streiten?"

„Wahrscheinlich."

Er sah sie eindringlich an. Dann begann er plötzlich zu lächeln – erst mit den Augen, anschließend auch mit den Lippen, die sich langsam entspannten. „Nun, lieber streite ich mich mit dir, als mit jemand anderem hier friedlich herumzusitzen."

„Mit jemand anderem?" fragte Jane misstrauisch.

„Ja", antwortete er nur. „Was gibt es zum Abendessen?"

„Steak, Bratkartoffeln und Salat. Allerdings graut mir davor, in die Küche zu gehen und die Sachen zuzubereiten. Dort ist es eiskalt."

„Wir könnten das Steak über dem Feuer grillen, falls du einen Rost hast. Und die Kartoffeln lassen sich in der Asche garen. Einer von uns muss allerdings frieren, um den Salat anzumachen." Er lächelte ein bisschen zu schlau.

Jane nickte ergeben. „Keine einigermaßen intelligente Frau kocht gern auf einem offenem Feuer. Das mussten wir jahrtausendelang tun. Ich kümmere mich um den Salat."

„Whisky gibt es wohl nicht in diesem Haus?“

„Sei ganz nett zu mir, dann finde ich vielleicht welchen. Ich möchte das Steak praktisch roh.“

„Wie eine Wilde. Und ich trinke meinen Scotch praktisch pur.“

Als Jane mit einem hastig angemachten Salat, zwei Gläsern und einer halb vollen Flasche Whisky zurückkehrte, war sie bis auf die Knochen durchgefroren. Im Wohnzimmer duftete es nach gegrillten Steaks und brennendem Holz, und die Wärme hatte endlich auch den entferntesten Winkel des Raums erreicht.

Alex hatte die Schlafsäcke übereinander auf den Boden gelegt. Jane betrachtete sie skeptisch, bevor sie sich mit gekreuzten Beinen darauf setzte. Es war sicher nicht die weichste Unterlage, auf der sie je geschlafen hatte. Und nachdem sie Alex dazu gebracht hatte, mit seinem Schlafsack ein ordentliches Stück weiterzurutschen, würde es noch härter werden. Einen Moment überlegte sie, ob ihr Vorsatz richtig war. Aber sie durfte sich nicht noch enger an Alex binden, als sie es schon getan hatte. Dazu musste sie ihm erst mehr vertrauen und sichere Anzeichen dafür bekommen, dass er sich nicht nur aus Langeweile mit ihr abgab. Die Meinung seiner Exfrau genügte nicht.

Jane kehrte noch einmal in die eisige Küche zurück, um Teller und Bestecke zu holen, doch das Steak war es wert. Die Kartoffeln waren zwar nicht gleichmäßig gar, schmeckten mit der frischen Butter aber herrlich. Der Scotch ohne Eis und mit ganz wenig Wasser tat ein Übriges, so dass Jane und Alex bald Waffenstillstand schlossen.

„Wo wollen wir nach dem Labor suchen?“ fragte Alex, nachdem sie alles aufgegessen und das Geschirr nicht gerade hygienisch unter das Sofa geschoben hatten. „Hier im Haus dürfte es nicht sein.“

„Nein. Das Haus ist nicht warm zu bekommen, sobald es draußen noch kälter wird. Das Labor kann überall sein. Meine Familie besitzt ein Bootshaus am See, eine Werkstatt, einige Heuschober und sogar ein Kühlhaus unten am Teich. Uns bleibt nichts übrig, als eine Stelle nach der anderen abzusuchen.“ Erneut wollte sie ihren schmerzenden Hals reiben, bemerkte aber Alex’ Blick und schob stattdessen das Haar aus dem Gesicht.

Alex sagte kein Wort. Mit dem zweiten Glas Scotch streckte er sich auf den Schlafsäcken aus und betrachtete Jane aufmerksam. Er trug ausgeblichene Jeans, die seine langen Schenkel eng umspannten. Den Pullover hatte er schon vor einer Stunde ausgezogen. Sein marineblaues Cordhemd sah aus, als wäre es wunderbar weich. Jane musste sich zusammenreißen, um nicht hinüberzulangen.

„In einer Schublade oben liegt lange Winterunterwäsche“, sagte sie und merkte, dass sie etwas stotterte. „Selbst im Sommer ist es hier manchmal so kalt, dass man sie braucht. Wir sollten sie anziehen, bevor wir uns auf die Suche machen.“ Jane hatte ihren Pullover ebenfalls ausgezogen und die oberen Knöpfe ihrer Bluse geöffnet, damit der Stoff nicht an der schmerzenden Wunde scheuerte.

„Ich habe nichts dagegen.“

Alex’ Stimme klang tief, ein wenig schläfrig und beinahe sinnlich.

Reiß dich zusammen, befahl Jane sich. „Ich könnte mir vorstellen, dass Richard einen der Heuschober zum Labor ausgebaut hat“, fuhr sie fort und fasste erneut an ihren Hals. Die Wunde brannte, und sie hätte gern einen nassen Waschlappen daraufgelegt. Aber Alex sollte es nicht merken, sonst bekam er erneut ein schlechtes Gewissen.

Jane ließ die Hand sinken und legte sie auf den Schlafsack.

Die Stelle, an der ihr Ehering gesessen hatte, war schon lange nicht mehr zu erkennen. Von jener kurzen unerfreulichen Zeit war keine Spur geblieben.

Die Beule auf Alex' Stirn war dagegen noch nicht zurückgegangen, und Jane bekam selber ein schlechtes Gewissen. Außerdem hätte er bei dem Sturz in den Kanal umkommen können. Ohne sie läge er jetzt irgendwo auf den Kanarischen Inseln in der Sonne.

Falls Lenny-the-Rip herausfand, dass sie seine Warnung in den Wind geschlagen hatte, folgte er ihnen vielleicht und machte ihr seinen Standpunkt noch deutlicher klar. Und wenn Alex diesmal dazwischenfuhr ...

Jane erschauderte innerlich. „Vielleicht solltest du lieber nach New York zurückkehren", sagte sie plötzlich. „Ich kann mir ja einen Wagen mieten."

„Ich dachte, du hättest mir verziehen, dass ich nicht zu deiner Rettung herbeigeeilt bin."

„Darum geht es nicht. Ich möchte verhindern, dass du meinetwegen verletzt wirst. Oder sogar getötet." Sie zog ihre Bluse höher und legte den Kragen auf die Wunde.

Alex hielt ihre Hand fest. „Niemand wird mich töten", sagte er ruhig. „Und dir wird auch keiner was tun. Sollte sich noch einmal jemand an dich heranwagen, werde ich ihn umbringen."

Jane rührte sich nicht. Sie sah Alex in die Augen und erkannte, wie ernst es ihm war.

„Inzwischen ...", fuhr er mit leiser, sinnlicher Stimme fort, „... lass uns erst mal deine Wunde versorgen. Du hast den ganzen Tag an dem Kragen gezogen." Geschickt schob er die Finger unter ihre Bluse.

„Die Wunde ist völlig in Ordnung." Jane wollte Alex zurückstoßen. Doch er war schneller. Er umfasste ihre Hand und drückte sie auf den Schlafsack.

„Wir können auch einen Ringkampf daraus machen“, meinte er und beugte sich über sie. Seine Augen funkelten fröhlich. „Ich hätte nichts dagegen. Sonst lass mich gewähren. Ich hätte dich heute Morgen doch ins Krankenhaus bringen sollen. Aber sicher gibt es hier auch eines …“

„Es ist dreißig Meilen entfernt“, antwortete Jane. „Einverstanden, sieh dir die Kratzer mal an“, fuhr sie fort. „Ich gebe es ungern zu, aber sie brennen wahnsinnig.“

Alex schob ihre Bluse von den Schultern, damit er die langen Schnitte besser sehen konnte. Plötzlich zog er die Luft ein, und Jane fuhr erschrocken auf.

„Was ist?“ fragte sie ängstlich. „Haben sich die Kratzer entzündet?“

„Stell dich nicht so an, es geht nicht um den Hals“, antwortete er und drückte sie wieder hinunter.

Zu spät erkannte Jane, dass ihr BH, den er interessiert betrachtete, nur aus zwei Spitzendreiecken bestand.

Sie wollte die Bluse wieder schließen, aber er schob ihre Hände sanft beiseite. „Hör auf, mich derart lüstern anzusehen“, schimpfte sie.

„Ich sehe dich nicht lüstern an, sondern bewundere dich. Dein Hals scheint tatsächlich ziemlich wehzutun. Womit hast du ihn behandelt?“

„Vorhin? Nur mit Wasser.“

„Ich glaube, er muss desinfiziert werden.“ Alex setzte sich auf und griff nach der Scotch-Flasche. „Etwas Besseres habe ich im Moment nicht. Bleib ganz ruhig, Jane. Dir wird es stärker wehtun als mir.“ Er goss Whisky auf ein Geschirrtuch, das Jane als Serviette benutzt hatte, und drückte ihr den Stoff vorsichtig seitlich an den Hals.

Jane schrie auf, allerdings eher vor Schreck als vor Schmerz. Der Whisky brannte nicht stärker als die Schnitte selbst.

„So schlimm kann es doch nicht sein“, meinte Alex und goss noch etwas Whisky nach. Die kühle Flüssigkeit rann ihren Hals hinab, lief über ihre Schultern und zwischen ihre Brüste. „Na, wer ist nun der Feigling?“

Jane holte tief Luft und sah Alex in die Augen. „Ich“, antwortete sie. Beide wussten, dass sie nicht den Schmerz meinte.

19. KAPITEL

Lange rührte Alex sich nicht. Der flackernde Schein der Flammen zuckte über sein Gesicht. Nur das Knistern und Zischen der brennenden Kiefernscheite war zu hören. Endlich beugte er sich zu Jane hinab, und sein warmer Atem strich zärtlich über ihre Haut. „Es wäre unsinnig, den Whisky derart zu vergeuden, meinst du nicht auch?" flüsterte er und nahm das Tuch fort. Federleicht küsste er ihren Hals und leckte die Flüssigkeit ab.

Jane legte die Hände auf Alex' Schultern und wollte ihn zurückschieben. Stattdessen presste sie die Finger in den weichen Hemdenstoff und fühlte seine Muskeln, spürte seine Wärme. Da brach ihr Widerstand zusammen und sie vergaß plötzlich all ihre Vorsätze.

Mit der Zunge strich Alex über ihre Wange hinab zu ihrem Hals und glitt zwischen die Brüste. Plötzlich öffnete er den Vorderverschluss ihres BHs, und Janes Widerstand regte sich ein letztes Mal. So sachlich wie möglich fragte sie: „Willst du das wirklich tun?"

Alex' Antwort kam ziemlich atemlos, denn er befasste sich schon intensiv mit der festen Brustspitze zwischen seinen feuchten Lippen.

Einen Moment hob er den Kopf, und seine Augen glänzten dunkel im Feuerschein. „Ja", sagte er. „Es sei denn, du hättest etwas dagegen einzuwenden."

Eine ganze Menge sprach dagegen. Doch im Augenblick fiel Jane nur eines ein: Sie lag im Wohnzimmer ihrer Großeltern auf dem Rücken und ließ sich ausgerechnet in jenem Raum verführen, in dem sie als Kind gespielt hatte. Der Schlafsack, auf dem es geschah, hatte bei unzähligen Teenagerpartys gute Dienste geleistet.

„Keine Einwände, Herr Rechtsanwalt", erklärte sie, und Alex küsste sie erneut.

Sie legte die Arme um seinen Nacken, zog seinen Kopf zu sich hinab, öffnete die Lippen und erwiderte seine zärtlichen Küsse mit all der Leidenschaft, die sie in sich spürte. Alex reizte und lockte sie, knabberte mal hier, mal dort und überschüttete sie mit unzähligen Liebkosungen. Jane erwiderte seine Küsse, fühlte sich plötzlich ungeheuer frei und genoss den herrlichen Augenblick so sehr, dass sie kaum merkte, wie Alex geschickt ihren Reißverschluss öffnete und die Jeans über ihre Hüften hinabschob. Er unterbrach seinen Kuss einen Moment, schleuderte das Kleidungsstück in die Ecke und zog ihr ebenso rasch die Bluse und den BH aus.

Anschließend setzte er sich auf die Fersen und öffnete das eigene Hemd. Seine Augen waren dunkel vor Verlangen, und er blickte äußerst selbstgefällig drein. Eigentlich konnte Jane diesen Gesichtsausdruck nicht leiden, doch jetzt fand sie ihn geradezu reizend. Schwungvoll warf Alex sein Hemd und seine Jeans zu den übrigen Kleidern, dann glänzte seine nackte Haut golden im Feuerschein und glühte vor innerer Hitze und Begierde.

Er streckte sich neben ihr aus, nahm ihre beiden Hände und legte sie auf seine glatte, muskulöse Brust, und Jane streichelte ihn sinnlich mit den Fingerspitzen.

„Du wirst es dir doch nicht noch anders überlegen?" fragte Alex heiser. „Das hielte ich nämlich nicht aus."

„Du könntest mich ja wieder umstimmen", schlug Jane vor und strich mit den Händen seinen Oberkörper hinab.

„Ich will dich nicht überreden. Ich möchte, dass du mich von allein begehrst." Alex rührte sie nicht an, sondern überließ ihr alles Weitere. Er genoss es, wie Jane mit den Fingerspitzen seine gebräunte Haut streichelte, seine festen Muskeln erforschte, das feine Haar auf seiner Brust nachzog, über seine Rippen strich und unermüdlich tiefer glitt.

Vorsichtig umschloss Jane seine Männlichkeit und hörte befriedigt, wie Alex scharf die Luft einsog. „Ich begehre dich ja", antwortete sie und erregte den empfindsamsten Teil seines Körpers ebenso zärtlich. „Etwas anderes habe ich nie behauptet. Ich war nur der Meinung, dass ich es nicht dürfte."

„Und weshalb nicht?" keuchte Alex.

Sie schüttelte den Kopf. „Das habe ich vergessen. Vielleicht fällt es mir später wieder ein."

„Lieber nicht", flüsterte er. „Denk nicht mehr daran. Überlass dich ganz deinen Gefühlen." Mit seinen starken Händen zog Alex Jane an sich, umschloss ihre vollen Brüste und erregte die Spitzen mit den Lippen.

Widerstrebend ließ Jane ihn los, legte sich auf den Schlafsack und bog sich ihm verzückt entgegen. Hatte sie je im Leben eine derartige Lust empfunden? Die Wärme des Feuers, der Geruch des brennenden Holzes und des Whiskys, die zuckenden Flammen und der weiche, alte Schlafsack unter ihrem Körper – alles trug dazu bei, dass ihr beinahe schwindelte. Sie öffnete die Augen, blickte über Alex' blonden Kopf zum Fenster und sah, dass die Schneeflocken draußen wirbelten. Zufrieden schloss sie die Augen wieder, denn in Alex' starken Armen war sie sicher und geborgen.

Lange hielt diese tröstliche Sicherheit allerdings nicht an, denn Alex reizte und lockte sie unablässig mit den Lippen. Fast unerträglich sinnliche Empfindungen durchströmten sie, während er vorsichtig an den rosigen Spitzen ihrer Brüste sog. Er schob eine Hand zwischen ihre Schenkel und liebkoste die intimste Stelle ihrer Weiblichkeit, bis Jane vor Verlangen stöhnte. Sie umfasste seine Hand und wollte ihm gleichzeitig Einhalt gebieten und ihn antreiben, doch Alex ließ es nicht zu. Sinnlich strich er mit den

Lippen ihren Körper hinab zu ihrem Bauch, hob den Kopf und betrachtete das dunkle Dreieck zwischen ihren Schenkeln.

„Alex!" keuchte Jane und versuchte, sich aufzurichten. Doch er drückte sie wieder auf die weiche Unterlage und umschloss ihre Hüften.

„Einspruch zur Kenntnis genommen und abgelehnt", murmelte er und küsste das Zentrum ihrer Lust.

Jane erschauerte vor Wonne. Sie legte die Hände auf Alex' Schultern und wollte ihn fortschieben. Stattdessen presste sie die Nägel tiefer in seine Haut, warf sich hilflos hin und her und überließ sich ganz seinen erfahrenen Lippen. Ihr Herz raste, als wollte es jeden Moment zerspringen. Jane konnte nicht mehr klar denken und fühlte nur noch Alex' Mund auf ihren Lippen und seine liebkosende Zunge. Eine solche Lust durchströmte ihren Körper in immer neuen Wellen, dass Jane sich ihr schließlich kampflos überließ.

Hilflos begann sie zu schluchzen, während Alex sich auf sie legte und tief in sie eindrang. Im zuckenden Schein des Feuers klammerten sie sich aneinander und erlebten eine ekstatische Vereinigung.

Jane merkte, dass sie weinte. Ihr Gesicht war ganz nass von den Tränen, doch sie spürte nur Alex in sich, der Empfindungen in ihr hervorrief, die sie bisher nicht einmal geahnt hatte.

Plötzlich spannte sich sein Körper an. Alex hob den Kopf und blickte ihr in die Augen. Im nächsten Moment schien die Welt um sie herum zu zerbersten, und sie erreichten gemeinsam den Höhepunkt.

Eine Welle der Lust nach der anderen durchrieselte Jane. Denken konnte sie schon lange nicht mehr. Einen Moment hatte sie das Gefühl, in eine andere Welt hinüberzugleiten, in der alles gut war. Dann löste sich ihre Spannung, und sie sank befriedigt auf die Daunen.

Das Knistern und Zischen des Feuers brachte Jane in die Wirklichkeit zurück. Sie schlug die Augen auf und merkte plötzlich, weshalb sie so träge und warm dalag. Alex drückte sie mit seinem vollen Gewicht nieder.

Er merkte, dass sie wieder in die Realität eintauchte, hob den Kopf von ihrer Schulter und sah zu ihr hinab.

Jane wartete, dass er etwas sagen würde, doch er blickte sie nur mit einem seltsamen, unergründlichen Gesichtsausdruck an. Ihr Körper bebte immer noch von den Nachschauern der Lust.

Ich kann dieses Schweigen ruhig beenden, überlegte sie. Alex ahnt sowieso, was mit mir los ist.

„War ich eben im Himmel?" flüsterte Jane heiser.

Alex lächelte wehmütig. „Ich weiß nicht recht", antwortete er. „Ich selber war irgendwo auf einer Wolke. Warst du nicht bei mir?"

„Auf einer Wolke waren wir?" meinte sie träge. „Ich war mir nicht ganz sicher." Alex war immer noch sehr ernst, während sie ständig lebhafter wurde. Mühsam widerstand sie der Versuchung, ihn zu kitzeln. Stattdessen legte sie die Hände auf seinen Rücken und streichelte ihn.

Als Alex erschauerte, lächelte sie ein wenig. „Ich warne dich", meinte er und rührte sich nicht. „Das nächste Mal könnte es uns umbringen."

Sinnlich strich Jane mit den Fingerspitzen seine Seiten hinab. „Es könnte das Risiko wert sein."

Mit beiden Händen umschloss er ihr Gesicht und hielt ihren Kopf fest. „Wir haben noch viel Zeit."

„Wirklich?"

„Ja, unser ganzes Leben."

„Meinst du?" Atemlos wartete Jane, ohne recht zu wissen, worauf. Sicher nicht auf einen förmlichen Heiratsantrag. Nein, sie hoffte auf ein Versprechen, auf eine stärkere Bindung.

Doch Alex rückte nur beiseite und legte sich neben sie. Obwohl Jane einerseits froh war, dass sein Gewicht sie nicht mehr drückte, war ihr plötzlich kalt, und sie kam sich ein bisschen verlassen vor.

„Ja“, sagte er endlich und zog sie schützend in die Arme.

Einen Moment wollte Jane sich wehren, aber sie war zu müde und zu gesättigt, um zurückzuweisen, wonach sie sich sehnte. Dieses Ja musste ihr für heute genügen.

Als Jane wieder aufwachte, fror sie entsetzlich. Irgendwann in der Nacht hatte Alex den Schlafsack um sie gewickelt. Außerdem musste er mindestens einmal das Feuer geschürt haben. Doch jetzt kroch die Morgenkälte in der weißgrauen Dämmerung durch die Fenster, und die Holzkohle glühte nur noch orange. Jane konnte sogar ihren Atem sehen.

Außerdem war sie nackt, und selbst Alex' starker Körper reichte nicht aus, um sie zu wärmen. Entschlossen kroch sie unter der Decke hervor und suchte nach ihren Kleidern. Es dauerte viel zu lange, bis sie alles auf dem Boden gefunden hatte. Außerdem hatte Alex ihren Pullover als zusätzliches Kopfkissen genommen. Deshalb zog sie seinen Pullover über, schlüpfte mit bloßen Füßen in seine Schuhe und ging zur Tür.

Sobald Jane auf die große Vorderveranda trat, erkannte sie, weshalb das Licht so seltsam war. Es dämmerte gerade erst, und das Dorf lag unter einer beinahe dreißig Zentimeter dicken frischen Schneeschicht.

„Meine Güte ...“, sagte Jane erschrocken in die Stille hinein, „... es ist doch erst Oktober!“

In der Ferne stieg Rauch aus den Schornsteinen der Häuser und der Farmen an den Hängen der Hügel.

Wir brauchen unbedingt ein ordentliches Feuer, überlegte sie, stapfte durch den Schnee und trug einen Arm voll Holzscheite ins Haus. Außerdem musste sie Wasser zum Waschen und zum Spülen aus dem See holen, denn die Leitungen waren schon für den Winter abgestellt worden. Das bisschen Mineralwasser, das gestern übrig geblieben war, reichte nicht aus.

Alex besaß einen beneidenswert festen Schlaf. Er rührte sich kaum, als Jane zurückkehrte und das Feuer entzündete. Er drehte sich nur um und begann leise zu schnarchen. Jane erwärmte zwei Eimer Wasser, wusch sich umständlich und zog frische Wäsche an. Erst als sie auf Zehenspitzen an Alex vorbeischlich und überlegte, was sie zum Frühstück zubereiten sollte, packte Alex sie plötzlich am Knöchel und zog sie zu sich auf den Schlafsack hinunter.

„Sieh mich nicht so skeptisch an, Partner“, brummte er, drehte Jane auf den Rücken und beugte sich über sie.

„Tue ich das?“

„Ja“, erklärte er. „Als wüsstest du nicht recht, was du mit mir machen solltest, hättest aber nichts Gutes im Sinn.“

„Stimmt“, erklärte sie. Sie zog seinen Kopf herunter und küsste Alex derart sinnlich auf den Mund, dass er seinen Schlafsack zurückschlug und sie zu sich holen wollte.

Jane wich ihm aus. „Du hast viel zu lange geschlafen. Wenn du keine weitere Nacht in diesem Eiskasten verbringen willst, solltest du dich lieber anziehen. Es wird eine Weile dauern, bis wir Richards Labor gefunden haben, und noch länger, bis es niedergebrannt ist.“

„Ich hätte nichts dagegen, hier noch einmal zu übernachten“, sagte Alex und setzte sich auf. „Vorausgesetzt, wir machen es wie vorige Nacht.“

„Ich glaube kaum, dass ich das überleben würde“, antwortete Jane. Sie beschäftigte sich mit dem Feuer, um Alex nicht ansehen zu müssen.

Erst als er die Arme um sie legte und sie gefangen hielt,

merkte sie, dass er aufgestanden war. „Wollen wir bei diesem Wetter tatsächlich raus?“ flüsterte er an ihrem Mund.

Die Versuchung war groß. Alex war splitternackt, und Jane erkannte auch ohne Brille, wie stark er sie begehrte. Wie gern wäre sie zu ihm in den Schlafsack gekrochen und hätte abgewartet, bis der Schnee geschmolzen war. Aber das ging nicht. Sie wollte ihren Bruder rächen, deshalb musste sie alle persönlichen Wünsche zurückstellen.

Trotzdem schmiegte sie sich an Alex' warmen Körper und erwiderte seine Küsse hingebungsvoll und leidenschaftlich. Sie wehrte sich auch nicht, als er sie vorsichtig auf den Boden drückte. Vielleicht war die Rache doch nicht so wichtig, denn das Einzige, was wirklich zählte, war Alex.

Der Schnee fing an zu schmelzen, als Jane und Alex endlich mit der Suche nach Richards Labor begannen. Bei Tageslicht stellte sich heraus, dass ihr Wagen nicht weit von der Straße abgekommen war. Durch geschicktes Schaukeln und mit Janes Hilfe, die kräftig schob, brachte Alex den Wagen rasch auf die Fahrbahn zurück.

„Und wohin jetzt?“ fragte er und stieg aus. Seine Joggingschuhe versanken tief im Schneematsch.

„Sehen wir als Erstes im Bootshaus nach“, schlug Jane vor. „Ich habe zwar nichts Ungewöhnliches bemerkt, als ich das Wasser holte, aber so genau habe ich nicht darauf geachtet. Anschließend könnten wir uns die Heuschober vornehmen. Sobald die Geschäfte geöffnet sind, sollten wir außerdem Gummistiefel für dich kaufen und ein paar Kanister Petroleum besorgen.“

„Wir werden das Labor nur abbrennen, wenn es unbedingt nötig ist, Jane.“

„Es ist nötig“, erwiderte sie unbeirrt und ging in Richtung

See. Ihre Schuhe reichten ebenfalls nur bis zu den Knöcheln und waren längst nass, aber das machte ihr nichts.

„Brandstiftung ist eine Straftat“, rief Alex und eilte ihr nach.

„Dann hole ich mir eben eine Genehmigung.“

„Kein Mensch wird dir so kurzfristig eine Genehmigung zum Abbrennen eines intakten Gebäudes geben“, wandte er ein.

„Also muss ich das Gesetz doch brechen.“

„Jane, als dein Rechtsanwalt …“

Jane blieb stehen und fuhr herum, so dass Alex beinahe mit ihr zusammengestoßen wäre. „Du bist nicht mein Anwalt …“, erklärte sie nachdrücklich, „… sondern mein Komplize. Wenn du nicht mehr mitmachen willst, geh zurück zum Haus.“

Alex sah sie einen Moment schweigend an. Seine Augen glänzten in der kühlen Luft, und seine Wangen hatten sich gerötet. Plötzlich bekam Jane größte Lust, ihn umzuwerfen und sich im Schnee mit ihm zu wälzen.

Er lächelte träge. „Ich weiß genau, woran du jetzt denkst.“

„Lassen wir es lieber“, antwortete sie barsch. „Wir müssen arbeiten.“

Alex seufzte ergeben. „Ja, wir müssen arbeiten. Geh voran. Deine Verteidigung vor Gericht wird wirklich ganz schön schwierig werden.“

Im Bootshaus fanden sie nur Boote, Angeln, alte Außenbordmotoren und Vogeldreck. Der Schuppen war schon immer ein beliebter Nistplatz der Schwalben gewesen, und soweit Jane feststellen konnte, waren es im Lauf der Jahre noch mehr Vögel geworden.

In den Heuschobern war nichts als Heu. Die Familie hatte die Gebäude an einen Farmer im Ort verpachtet, der sie einigermaßen in Ordnung hielt. Sauber gestapelte Ballen lagen für die Winterfütterung bereit. Und die Werkstatt enthielt nur uraltes verrostetes Werkzeug, das kein Mensch mehr benutzte.

Richards außergewöhnliche Fähigkeiten hatten sich nicht auf handwerkliche Verrichtungen bezogen. Vermutlich hatte schon längst kein Mensch mehr in der Werkstatt gearbeitet.

Blieb das Kühlhaus. Es war ein Holzgebäude und stand nahe der Grenze zum Nachbargrundstück am Teich. Seit Newfield 1922 an das Stromnetz geschlossen worden war und die Bevölkerung die Vorzüge moderner Kühlschränke kennen gelernt hatte, war es ein beliebter Spielplatz der Kinder und Treffpunkt der Jugendlichen gewesen.

Solange Jane sich erinnerte, hatte der Eingang aus einer brüchigen Kieferntür mit einer einzigen verrosteten Angel bestanden. Sie waren noch gut zehn Meter entfernt, da entdeckte sie die neue Stahltür mit den Schlössern. „Da ist es“, sagte sie leise und lief schneller.

Jetzt sah sie auch das neue Stromaggregat neben dem Haus. Richard hatte Licht und Wasser in das alte Gebäude legen lassen und es mit rustikalen Zedernschindel neu gedeckt.

Nachdenklich betrachtete Alex das Haus. „Verlang bitte nicht, dass ich die Schlösser knacke“, bat er. „Dass es bei ‚Technocracies‘ geklappt hat, war reiner Zufall.“

„Das glaube ich dir gern.“ Jane machte einen halbherzigen Versuch, die Tür zu öffnen, und trat zurück. „Wir fahren zum Supermarkt und besorgen uns Petroleum.“

„Nein.“

„Doch“, erklärte sie entschlossen. „Sieh dir mal den Boden an. Jemand ist kürzlich hier gewesen. Ein Mann mit großen Füßen und Stiefeln, wie man sie in teuren Einkaufspassagen findet, und nicht im einzigen Schuhladen von Newfield. Ich kenne nur einen Menschen, der Interesse an diesem Haus haben könnte, und das ist Stephen Tremaine. Zerstören wir es nicht, wird er gewinnen, und das kommt nicht in Frage. Ich brenne das Haus ab – mit deiner Hilfe oder ohne sie.“

Alex schwieg eine ganze Weile. „Dann lieber mit mir“, sagte er endlich. „Ich hoffe nur, ich finde vorher ein paar ordentliche Schuhe.“

Jane fiel ihm um den Hals und strahlte ihn an. „Danke“, sagte sie leise.

„Stets zu Diensten“, antwortete er und wurde beinahe wieder froh. „Deshalb hast du mich schließlich angeheuert.“

Worauf habe ich mich da nur eingelassen? überlegte Alex, als er eine Stunde später um das alte Gebäude herumging und das Petroleum an die Grundmauern spritzte. Brandstiftung war ein schweres Vergehen, und es würde ihn alle Überzeugungskraft kosten, Jane doch noch davon abzubringen.

Allerdings gehörte ihr das Haus, denn sie war Richards einzige Erbin, und sie hatte nicht vor, eine Versicherung zu betrügen. Der Brand würde keine Gefahr darstellen, denn der langsam schmelzende Schnee verhinderte ein Ausbreiten der Flammen. Außerdem war das nächste Gebäude, eine Farm, weit weg und zwischen den Baumstämmen kaum zu erkennen. Eine Witwe lebte dort mit ihren Zwillingssöhnen, hatte Jane erzählt. Hoffentlich hielten die Kinder die Frau auf Trab, sodass sie keine Zeit hatte, aus dem Fenster zu schauen.

Jane betrachtete das Holzdach des Kühlhauses und überlegte, wie sie ihre fünf Liter am besten verwenden könnte. Das Haus lag an einem Hang. Deshalb kletterte sie nach oben und tränkte das gesamte Dach. Die Schindeln waren vom Schneewasser durchnässt, und Alex bezweifelte, dass sie brennen würden. Wenn er Glück hatte, musste Jane sich etwas Vernünftigeres ausdenken.

Sie sprang wieder hinunter, trocknete sich die Hände an den Jeans und blickte zu dem Haus hinauf. Es war inzwischen Nachmittag geworden, und die Sonne stand längst nicht mehr so hoch. Die Luft stank entsetzlich nach Petroleum.

„Gibst du mir bitte die Streichhölzer?“ bat sie fröhlich.

Alex reichte ihr eine Schachtel, trat ein paar Schritte zurück – und stieß im selben Moment mit einer Gestalt zusammen. Erschrocken fuhr er herum und blickte in zwei eiskalte braune Augen.

Der Mann vor ihm sah aus wie eine Mischung aus einem Einsiedler und einem alternden Hippie. Er hatte eine hohe Stirn und langes strähniges Haar, das ihm bis auf die Schultern hing. Außerdem trug er einen Vollbart und eine Nickelbrille, deren rechte Ecke von einem Klebeband zusammengehalten wurde.

„Was zum Teufel machen Sie da?“ rief er erbost.

Alex sah zu Jane hinüber. Sie hielt das brennende Streichholz in der Hand und starrte die Erscheinung mit offenem Mund an.

„Sie sind Richard Dexter, nicht wahr?“ wandte sich Alex an den Neuankömmling.

20. KAPITEL

Alex erwartete, dass Jane ihrem Bruder vor Freude und Erleichterung um den Hals fallen würde. Doch sie rührte sich nicht, sondern sah Richard wie unter Schock an.

Endlich fasste sie sich und drehte sich zu Alex. „Du hast es gewusst!“ rief sie vorwurfsvoll.

Er schüttelte den Kopf. „Nein, woher denn? Allerdings habe ich diese Möglichkeit nicht ausgeschlossen.“

„Und hast kein Wort davon gesagt.“

„Ich wollte dir keine falschen Hoffnungen machen“, antwortete Alex so sachlich wie möglich. Doch Jane wurde immer wütender.

Zum Glück lenkte Richard sie ab. „Was in aller Welt hast du mit dem Petroleum vor?“ fragte er seine Schwester entsetzt.

„Ist dir klar, dass du beinahe das Ergebnis meiner jahrelangen Arbeit vernichtet hättest?“

„Was hätte es dir ausgemacht? Du ... du bist doch tot!“ fuhr sie ihn an.

Richard schien nicht übermäßig beeindruckt. „Tut mir Leid, falls dir der Gedanke an meinen Tod Kummer bereitet hat. Wir haben uns nie besonders nahe gestanden ...“

„Was hat das damit zu tun?“ schrie Jane ihn an. „Ich dachte, du wärst ermordet worden!“

„Das denkt Stephen Tremaine auch“, stellte Richard befriedigt fest.

Janes Verärgerung legte sich augenblicklich. „Er hat versucht, dich umzubringen, Richard.“

„Nein, das glaube ich nicht“, antwortete ihr Bruder und machte eine abwehrende Handbewegung. „So kaltblütig ist Stephen nicht. Ich nehme an, er wollte mich nur für eine Weile außer Gefecht setzen. Er wusste, dass ich nicht sehr schnell fahre, und nahm vermutlich an, dass mich meine Verletzungen von seinem Vorhaben mit Sambia ablenken würden. Er konnte ja nicht wissen, dass ich für solch einen Fall vorgesorgt hatte."

„Inzwischen weiß er es", fiel Alex ein. „Besitzen Sie den fehlenden Teil der Formel?"

Richard sah ihn mit seinen braunen Augen, die Janes sehr ähnlich waren, misstrauisch an. „Wer ist das?" fragte er seine Schwester mürrisch. „Und weshalb wollte er mein Labor abbrennen?"

Alex hatte das Gefühl, dass Jane ihn unter einem ganz neuen Gesichtspunkt betrachtete. „Oh ...", erklärte sie wie beiläufig, „... das ist nur mein Rechtsanwalt."

„Schöner Anwalt", schnaubte Richard, während Alex sich mühsam das Lachen verkniff. „Macht er zurzeit ein Praktikum als Brandstifter?"

„Nur in meiner Eigenschaft als Partner der Frau, die ich liebe", antwortete Alex ruhig und betrachtete befriedigt Janes erschrockenes Gesicht. Mehr sagte er nicht. Falls Jane immer noch nicht begriffen hatte, dass er sie liebte, würde er es ihr später näher erklären. Sobald sie wieder allein waren – mit oder ohne Schlafsack unter sich.

„Steck die Streichhölzer weg, Jane", sagte Richard ernst, und sie gehorchte ihrem Bruder sofort. „Und komm mit nach Hause, damit wir über unseren gemeinsamen Patenonkel reden können. Muss der unbedingt dabei sein?" fügte er hinzu und deutete mit dem Kinn auf Alex.

„Das ist Alexander Caldicott", erklärte Jane. „Und er kommt mit."

„Kannst du ihm vertrauen?" fragte Richard seine Schwester, und Alex wartete gespannt auf die alles entscheidende Antwort.

„Mehr als dir, mein lieber verstorbener Bruder", antwortete

sie spitz. Das war zwar nicht ganz das, was Alex erhofft hatte, aber für den Moment musste es ihm genügen.

Richard lief mit hängenden Schultern in Richtung Wald.

„Wo willst du hin?" fragte Jane. „Unser Haus liegt genau entgegengesetzt."

„Das Sommerhaus meine ich nicht", erklärte Richard. „Dort bin ich seit Wochen nicht mehr gewesen. Im Oktober ist es da viel zu kalt." Unbeirrt lief er weiter durch den Schnee.

„Das finde ich nicht", meinte Alex. „Uns ist es dort letzte Nacht ziemlich warm geworden."

Jane wollte ihm einen wütenden Blick zuwerfen, aber es gelang ihr nicht ganz. „Was wolltest du damit sagen?" fragte sie leise und blieb stehen.

„Na, mit dem Kamin und dem überlegten Einsatz unserer Körperwärme ..."

„Das meine ich nicht", unterbrach sie ihn hartnäckig. „Weshalb hast du zu Richard gesagt, ich bin die Frau, die du liebst?"

Jane würde nicht aufgeben, bevor er ihr geantwortet hatte, das war Alex klar. Langsam nahm er eine Hand voll Schnee und ging auf sie zu.

Sie betrachtete ihn argwöhnisch, wich aber nicht aus. „Bloß nicht meinen Hals hinab", warnte sie ihn.

„Auf solch einen Gedanken wäre ich nie gekommen", antwortete Alex gedehnt, drückte ihr den Schnee auf den Mund und presste die Lippen darauf, bis die Flocken geschmolzen waren. Janes Mund war erst köstlich kalt und wurde anschließend glühend heiß.

Liebevoll legte sie die Arme um seinen Körper.

„Kommt endlich, ich habe nicht den ganzen Tag Zeit", rief Richard ihnen missbilligend zu.

Widerstrebend ließ Alex Jane los. „Wohin gehen wir eigentlich?" fragte er und nahm ihre Hand.

„Keine Ahnung. Richard wird es uns erst sagen, wenn er es für richtig hält. Wenn wir mehr erfahren wollen …“

„Was ist denn das?“ unterbrach Alex Janes Wortschwall. Sie näherten sich einer hell erleuchteten Farm, die dringend einen neuen Anstrich benötigte. Auch das Dach musste repariert werden. An einem Haken auf der Vorderveranda hing eine Lumpengestalt. Zwei kleine Rowdys tanzten um die schauerliche Gestalt herum und schlugen wie wild auf sie ein. Richard ging an ihnen vorüber, ohne sich um sie zu kümmern, und verschwand im Haus.

Auch Jane betrachtete die makabre Szene einen Moment entsetzt. Dann atmete sie erleichtert auf. „Ach so, das ist ein Guy Fawkes“, verkündete sie. „Ich hatte ganz vergessen, dass wir beinahe Allerheiligen haben. In dieser Gegend stopft man zum Gedenken an Guy Fawkes’ Schießpulververschwörung vom fünften November alte Kleider mit Laub aus und legt sie auf den Rasen im Vorgarten oder hängt sie irgendwo auf. Ein unheimlicher, aber harmloser Brauch.“

„Das erklärt aber nicht die Anwesenheit der beiden kleinen Teufel.“ Sie hatten die baufällige Veranda erreicht, und Alex erkannte, dass es sich tatsächlich um eine Puppe handelte. Die kleinen Teufel entpuppten sich als zwei rothaarige Jungen, die einander so ähnlich waren, dass sie Zwillinge sein mussten. Sie waren ungefähr sechs Jahre alt und machten einen Lärm wie ein Dutzend Kinder.

Jane lächelte ihnen fröhlich zu und ließ sich von dem blutrünstigen Treiben nicht beirren.

Alex lächelte eher gequält. Zumindest wusste er jetzt, dass Jane eine großartige Mutter werden würde. Nur jemand, der Kinder aufrichtig mochte, konnte so ungezwungen auf diese beiden Monster reagieren.

Draußen war es inzwischen kalt geworden. Auch wenn Jane

und Alex entsprechend gekleidet waren, freuten sie sich über die Wärme im Haus. Sie ließen sich von den Geräuschen und dem Licht leiten und gelangten durch einen schmalen Flur in eine riesige alte Küche. Eine Frau stand am Spülbecken und blickte ihnen freundlich entgegen.

Richard hatte sich schon an den Tisch gesetzt. Er trank eine Tasse Kaffee und las in einer Zeitschrift für ökologischen Gartenanbau. Seine Vorstellung geriet reichlich kurz. „Das ist meine Schwester“, verkündete er nur.

Die Frau, eine stämmige dunkelhaarige Enddreißigerin, lächelte warmherzig. Sie reichte Jane ihre raue, abgearbeitete Hand und warf Richard einen fröhlich-verächtlichen Blick zu. „Das zeugt nicht gerade von besonderen gesellschaftlichen Manieren, nicht wahr?“ sagte sie. „Aber das kennen Sie sicher besser als ich. Ich bin Hazel Dexter, und die beiden kleinen Jungen draußen – Derek und Erik – sind meine Söhne.“

„Dexter?“ wiederholte Jane zögernd.

„Ja, wir haben letzten Monat geheiratet“, erklärte Richard und stand auf. „Ich hatte es dir schreiben wollen, nachdem ich mit Tremaine fertig war.“

Jane sah ihren Bruder verblüfft an. Plötzlich ließ sie Hazels Hand los und umarmte die neue Schwägerin herzlich. „Willkommen in unserer Familie“, sagte sie. „Allerdings bin ich nicht sicher, wer von euch beiden das größere Los gezogen hat.“

„Oh, Richard und ich verstehen uns bestens. Und die Jungen haben großen Respekt vor ihm. Mir tanzen sie dagegen ständig auf der Nase herum.“

„Tatsächlich?“ fragte Jane skeptisch. „Als guten Pädagogen kann ich mir meinen Bruder wirklich nicht vorstellen.“

„Reine Selbstverteidigung“, meinte Richard.

„Und Sie sind Janes Ehemann?“ wandte sich Hazel an Alex.

Bei dieser Bemerkung hob Richard den Kopf und sah seine

Schwester an. „Ja, was ist mit deinem Mann, Jane? Hat Frank nichts dagegen, dass du mit einem Brandstifter durch die Gegend ziehst?"

„Ich bin seit über einem Jahr geschieden, Richard", antwortete Jane geduldig. „Das habe ich dir damals mitgeteilt."

„Ich kann mich doch nicht an jede Kleinigkeit bei dir erinnern", meinte er hochmütig und legte seine Zeitschrift beiseite. „Komm an den Tisch und erzähl, was Stephen Tremaine seit meinem unglücklichen Dahinscheiden unternommen hat."

Jane setzte sich auf einen Eichenstuhl und ließ sich von Hazel eine Tasse Kaffee reichen. „Abgesehen davon, dass er nach dem fehlenden Teil der Formel sucht?"

„Die findet er nie", verkündete Richard. „Sie ist nämlich hier."

„Nur zu Ihrer Information, Dexter: Wir haben Grund zu der Annahme, dass Tremaine ebenfalls in Newfield ist", wandte Alex ein. Sein Instinkt hatte ihn nicht getrogen: Er mochte Richard Dexter nicht. Je länger er zusah, wie dieser Mann seine Schwester behandelte, desto größer wurde sein Bedürfnis, ihm eine Lektion zu erteilen. Dankbar nahm er ebenfalls eine Tasse Kaffee. Sie wärmte ihm nicht nur die Hände, sie hielt ihn auch davon ab, Richard tätlich anzugreifen.

Diesmal erschrak Richard heftig. „Du Dummkopf", fuhr er seine Schwester an. „Du hast ihn hergelockt. Wärst du nicht gewesen …"

Alex setzte seine Kaffeetasse ab und trat langsam auf Richard Dexter zu. „Ihre Schwester hat Himmel und Hölle in Bewegung gesetzt, damit Stephen Tremaine Ihren Nachlass nicht missbraucht", erklärte er. „Ich würde Ihnen raten, etwas dankbarer für das zu sein, was sie Ihretwegen durchgemacht hat."

„Was sollte das wohl sein?" fragte Richard. Er bemerkte Alex' drohenden Blick und fügte rasch hinzu: „Das soll nicht heißen, dass ich deine Bemühungen nicht zu schätzen wüsste, Jane. Aber ich kann selbst für mich sorgen."

„Ich glaube, Sie können sich nicht einmal gegen eine Fliege wehren, geschweige denn gegen einen Skorpion wie Stephen Tremaine", fuhr Alex ihn an.

„Wo hast du diesen Kerl aufgetrieben, Jane? Bist du sicher, dass er ein Rechtsanwalt ist? Auf mich wirkt er eher wie ein Gangster."

„Benimm dich, Richard", sagte Hazel vorwurfsvoll und rührte einen herrlich duftenden Eintopf um, der auf dem Herd köchelte.

Zu Alex' und Janes Erstaunen gab Richard sofort nach. „Ist ja gut, Liebling", antwortete er versöhnlich.

„Was sollen wir wegen Onkel Stephen unternehmen?" fragte Jane. „Jemand hat sich bei unserem Sommerhaus herumgetrieben, bevor wir dort eintrafen. Tremaine hat einen ganzen Stab von Gangstern angeheuert, neben denen Alex wie ein harmloses Unschuldslamm wirkt. Ich würde ihm nicht über den Weg trauen."

„Du hast Recht", gab Richard zu. „Wenn man auf dem Lande lebt und versucht, ein gesundes Leben zu führen, vergisst man leicht, dass es in der Welt draußen Zahn um Zahn geht. An deiner Stelle würde ich von Michigan fortziehen und hierher nach Vermont kommen, wo die Luft noch sauber ist und Männer noch Männer sind."

„Ich wohne in Wisconsin", verbesserte Jane ihren Bruder. „Und ich habe keine Lust, in einer Gegend zu wohnen, wo im Oktober schon Schnee liegt. Außerdem suche ich keinen Mann."

„Ich finde, du solltest deinen derzeitigen Freund abservieren", schlug Richard vor. Dass Alex anwesend war, störte ihn nicht. „Und an den Schnee wirst du dich schon gewöhnen."

„Nein, danke."

„Meide wenigstens New York. Das ist der reinste Sündenpfuhl mit all den Gefahren, der Verderbtheit und der Umweltverschmutzung."

„Ich lebe in New York", verkündete Alex drohend.

„Du hast gehört, was ich gesagt habe." Richard lächelte Jane freundlich an, und Alex fragte sich, ob sie so leichtgläubig war, darauf hereinzufallen.

„Ich weiß deine Sorge zu schätzen", antwortete sie. „Woran arbeitest du zurzeit? Ist es etwas, was Stephen Tremaine interessieren könnte? Vergiss nicht, dass du bei ihm unter Vertrag stehst."

„Ich bin tot. Der Vertrag ist null und nichtig."

„So einfach ist das nicht", wandte Alex ein.

Richard beachtete ihn nicht. „Auf jeden Fall habe ich mein Interessengebiet gewechselt. Ich glaube kaum, dass unser Onkel Gebrauch von meinen neuesten Forschungen machen würde, obwohl sie die Welt verändern könnten."

Jane sah ihren Bruder mit großen Augen an. „Worum handelt es sich?" fragte sie sichtbar beeindruckt.

„Um Karotten", antwortete Richard triumphierend.

„Karotten?"

Seine Schwester war zwar nicht so begeistert, wie er gehofft hatte, trotzdem fuhr er strahlend fort: „Eine ganz neue Sorte, die Rüsselkäfern, Kronfäule und Schorf widersteht."

„Pfui Teufel", sagte Jane. „Ich esse nie wieder Karotten."

„Ich glaube, doch. Hazel kocht gerade einen Karotteneintopf. Außerdem gibt es Karottenbrot, Karottensalat und als Nachtisch Karottenkuchen. Alles schmeckt vorzüglich. Darüber hinaus besitzt die neue Karottensorte ausgesprochen viel Protein, Kalzium und Vitamin A. Gar nicht zu reden von der Tatsache, dass sie natürlich abführend wirkt."

Hazel rührte immer noch ihr Gericht auf dem Herd um, das plötzlich eindeutig nach Karotten roch. „Hatten Ihre Söhne von Anfang an rotes Haar, oder sind Richards Forschungen dafür verantwortlich?“ fragte Alex scherzhaft.

„Ihr Vater war rothaarig“, antwortete Hazel. „Übrigens können die beiden Jungen Karotten nicht ausstehen.“

„Das wird sich ändern“, meinte Richard zuversichtlich. „Tatsache ist, dass man in Sambia keine Karotten anbauen kann, nicht einmal meine Sorte. Außerdem werfen sie nicht genügend Gewinn ab, um den alten Stephen um den Schlaf zu bringen. Ihm bleibt nichts anderes übrig, als dazusitzen und abzuwarten, bis ‚Technocracies‘ Konkurs anmelden muss. Geschieht ihm recht.“

„Er wird nicht kampflos aufgeben“, gab Alex zu bedenken.

Richard nickte widerstrebend. „Ich weiß genau, wie unbarmherzig mein Onkel sein kann, und habe viel zu lange gewartet. Ich hätte die Formel schon vor Wochen vernichten sollen.“ Er stand auf und ließ die Zeitschrift auf dem gescheuerten Holztisch liegen. „Das werde ich sofort nachholen.“

„Das Abendessen ist beinahe fertig“, sagte Hazel ruhig. „Ihr beiden bleibt natürlich hier“, fuhr sie an Alex und Jane gewandt fort. Das war eine Feststellung, keine Frage.

„Es dauert bestimmt nicht lange, Liebling“, versicherte Richard seiner Frau. „Ich muss nur kurz ins Labor.“

Sie nickte. „Einverstanden. Aber lass die Jungen hier. Du bekommst sie sonst vor morgen früh nicht wieder heraus.“

„Wir gehen mit“, verkündete Alex.

„Wie nett von Ihnen, dass Sie so besorgt um mich sind“, antwortete Richard und sah ihn voller Abneigung an. „Oder trauen Sie mir nicht?“

„Sie sind mir völlig gleichgültig. Meinetwegen soll Stephen Tremaine Sie selbst als Geheimwaffe nach Sambia verkaufen. Mir geht es nur um Jane.“

„Jane hatte noch nie einen Aufpasser nötig“, erklärte Richard boshaft.

Jeder braucht von Zeit zu Zeit die Hilfe eines anderen Menschen. Wenn Sie etwas über Ihre Nasenspitze hinwegsehen würden ...“

„Gehen wir zum Labor und sehen wir zu, wie Richard die Formel verbrennt“, unterbrach Jane ihn rasch. „Oder soll ich dir helfen, Hazel?“

„Nein, danke. Ich muss nur noch die Würstchen für die Jungen heiß machen. Geht ihr mit Richard und gebt Acht, dass er nicht in einer Schneewehe versinkt oder mit einem neuen Projekt beginnt. Dann vergisst er nämlich gewöhnlich, weshalb er ursprünglich ins Labor gegangen ist. Wie oft saß ich hier und habe mit dem Essen auf ihn gewartet.“

„Das kann ich mir gut vorstellen“, meinte Alex.

„Inzwischen beziehe ich das Bett für Sie. Sie schlafen natürlich hier. Heute Nacht gibt es sicher Frost, dann ist es in dem alten Sommerhaus zu kalt.“

„Die Betten, wolltest du wohl sagen“, verbesserte Richard seine Frau. „Und zwar in getrennten Zimmern. Ich lasse nicht zu, dass meine Schwester unter meinem Dach mit einem fremden Mann in einem Bett schläft.“

„Das ist mein Haus“, antwortete Hazel ruhig. „Und wir haben ebenfalls schon vor der Hochzeit zusammen geschlafen.“

„Das war etwas anderes.“

„Durchaus nicht“, widersprach Hazel ihm. „Verbrenn die Formel. Wenn ihr zurückkommt, steht das Abendessen auf dem Tisch.“

„Jawohl, Liebes.“

Es war noch kälter geworden, als die drei wieder auf die Veranda traten. Die Zwillinge waren verschwunden, und aus dem

Haus ertönte der Lärm einer turbulenten Fernsehsendung. Es schneite leicht, und Jane begann zu zittern.

„Ein wunderbares Klima", meinte Alex. Er nahm ihren Arm und stieg mit ihr die ausgetretenen Stufen hinab.

Jane sah zu ihm auf. Alex las jede Regung von ihren Augen ab: ihren Zorn, ihre Erleichterung, die Sorge um ihren Bruder und die Angst vor dem Unbekannten. Auch ihre Liebe zu ihm.

„Ja, wirklich", antwortete sie und kuschelte sich an ihn. „Baraboo ist mir lieber."

„Und was hältst du von dem Sündenpfuhl New York mit seinen Gefahren, seiner Verderbtheit und seiner verschmutzten Umwelt?" fragte er leise und legte beide Arme um ihren schlanken Körper.

Jane rührte sich nicht. „Wieso?"

„Ich lebe dort."

„Das weiß ich, Jimmy", sagte sie, und Alex zuckte bei ihrer Neckerei unwillkürlich zusammen.

„Ich lebe gern dort. Die Upper East Side ist wunderschön. Die Wohnung dort habe ich geerbt, und mir gefällt das pulsierende Leben der Stadt."

„Mir auch."

„Allerdings ist New York wohl kein geeigneter Ort für Kinder", meinte er nachdenklich. „Vielleicht sollten wir in ein paar Jahren in einen eleganten, aufstrebenden Vorort ziehen und dort ein Haus mit einem großen Garten und einigen Apfelbäumen kaufen. Würde dir das gefallen?"

Jane rührte sich immer noch nicht, sondern sah ihn nur an.

„Ich weiß, ich bin nicht sehr geschickt in solchen Dingen", fuhr Alex fort. „Schließlich fehlt mir in diesem Fall die Praxis. Hör zu: Ich möchte wissen, ob du mit einem gemeinen, verlogenen Gauner von Rechtsanwalt glücklich werden könntest."

„Nein“, erklärte Jane. „Aber mit dir könnte ich glücklich werden.“

Alex strahlte vor Freude und Erleichterung. „Du willst mich also heiraten? Ich weiß nicht, ob dein schießwütiger Bruder uns in einem Bett schlafen lässt, wenn wir nicht mindestens verlobt sind.“

„Im Bett gut zusammenzupassen, reicht nicht für eine Ehe“, gab Jane zu bedenken und schob ihn mit beiden Händen zurück, damit er sie jetzt nicht küsste.

„Das ist richtig“, stimmte Alex ihr zu. „Vielleicht reicht es auch nicht, dass ich dich von ganzem Herzen liebe, dass wir zahlreiche gemeinsame Interessen haben oder uns großartig verstehen. Aber alles zusammen sollte eine solide Grundlage ergeben.“

„Stimmt, Herr Rechtsanwalt.“ Jane schob nicht mehr ganz so energisch. „Aber bist du nicht etwas zu selbstsicher? Vielleicht sieht meine Gefühlslage ganz anders aus, als du denkst! Wie kommst du darauf, dass ich dich ebenfalls liebe?“

Alex lachte leise. „Du ahnst nicht, wie leicht du zu durchschauen bist, Jane. Natürlich liebst du mich.“

Sie schob wieder stärker. „Dann brauche ich es dir ja nicht mehr zu bestätigen“, meinte sie freundlich. „Beeilen wir uns. Richard ist schon weit vorn.“

Plötzlich merkte Alex, dass er einen schweren Fehler begangen hatte. Er war so glücklich und seiner Sache so sicher gewesen, dass er zu schnell vorgegangen war. „Jane ...“

„Gehen wir.“ Sie gab ihm einen Stoß, so dass er rücklings in den Schnee fiel. „Wir sehen uns im Labor.“

Jane eilte ihrem Bruder nach, und Alex blieb einen Moment auf dem Boden sitzen und sah ihr in einer Mischung aus Bewunderung und Verzweiflung nach. „Heißt das, du willst mich nicht heiraten?“ rief er ihr nach.

„Keineswegs“, antwortete sie lachend. „Ich werde dich heiraten, aber vorher werde ich dir das Leben noch eine Weile zur Hölle machen.“

Mühsam stand Alex auf und wischte den nassen Schnee von seinen Jeans. „Darauf wette ich“, murmelte er und eilte ihr nach.

21. KAPITEL

Am Rand des Waldes holte Jane ihren Bruder ein. Die Umrisse des alten Kühlhauses zeichneten sich nur undeutlich in der Dunkelheit ab.

„Streit unter Liebenden?" fragte Richard fröhlich.

„Mach dir keine Hoffnungen, wir haben uns gerade verlobt."

Mit langen Schritten kam Alex näher. Sehnsüchtig blickte Jane ihm entgegen. Früher oder später musste dieser Mann lernen, wie man einer Frau eine richtige Liebeserklärung machte.

Sie rochen das Petroleum schon auf halbem Weg über das Feld, und Richard zog die Nase kraus. „Ich wünschte, ich wäre euch Brandstiftern etwas früher in die Quere gekommen. Es wird Wochen dauern, bis der Gestank verflogen ist, gar nicht zu reden von ..." Er beendete den Satz nicht, sondern fluchte plötzlich vernehmlich.

Jane erschrak. „Was ist los?"

„Siehst du es nicht? Jemand ist in das Labor eingebrochen", rief Richard und rannte über das Stoppelfeld.

Die schwere Metalltür stand offen. Ohne zu zögern, eilte Richard ins Innere, und Alex und Jane folgten ihm.

Obwohl es stockdunkel war, merkte Jane sofort, dass das Labor verwüstet worden war. Sie stolperte über Berge von Papier und starrte ins Nichts, während Richard nach dem Lichtschalter suchte.

„Glaubst du, er hat sie gefunden?" fragte Jane besorgt.

Plötzlich wurde es taghell im Raum, und die drei bemerkten Stephen Tremaine, der in einem makellosen Anzug vor der Tür stand und ihnen den Rückweg versperrte. In der Hand hielt er einen hässlichen schwarzen Revolver.

„O ja, das habe ich", erklärte er ruhig. „Tut mir Leid, dass ich zu dieser Maßnahme greifen muss“, fuhr er fort und ging rückwärts in Richtung Tür. „Normalerweise bin ich etwas höflicher. Aber du warst schon immer eine Plage, mein lieber Richard. Wie kann man nur so rücksichtslos sein, zu sterben, obwohl ich dich nur verletzen wollte, und anschließend nicht einmal tot zu sein? Wahrscheinlich wäre ich auf meinem ungesetzlichen Weg nie so weit gegangen, wenn ich nicht sicher gewesen wäre, bereits einen Mord begangen zu haben.“

„Das hast du aber nicht“, stellte Jane fest und starrte wie hypnotisiert auf den Revolver.

„Noch nicht“, sagte Tremaine. „Doch in diesem Fall gibt es kein Zurück. Mein Kunde zahlt bar, und ich benötige das Geld dringend. Ihr drei seid dagegen ziemlich entbehrlich. Sogar Sie … Entschuldigung, ich weiß Ihren Namen nicht“, fuhr er an Alex gewandt fort.

„Das ist Alexander Caldicott“, kam Jane ihm freundlich zur Hilfe. „Du wirst doch keinen Fremden erschießen!“

„Meine liebe Jane, du bist beinahe ebenso lästig wie dein Bruder“, erklärte Tremaine verächtlich. „Wenn du es genau wissen willst: Ich werde keinen von euch erschießen. Bekanntlich kann die Polizei die Herkunft einer Kugel ermitteln. Ich fürchte, ihr drei werdet in dieser Feuerfalle verbrennen. Der Kaufmann wird sich erinnern, wer heute Morgen mehrere Kanister Petroleum gekauft hat – falls man Nachforschungen anstellt. Vielleicht verdächtigt man auch die beiden kleinen Monster, die immer mit Steinen nach mir warfen, wenn ich hier herumspionierte. Mir ist es egal.“

„Stimmt, man wird Derek und Erik beschuldigen“, gab Richard düster zu. „Die beiden haben im letzten April auch die alte Farm in Brand gesteckt.“

„Richard!“ warnte Jane ihren Bruder.

Tremaine lächelte nur. „Merkst du, wie gut alles zusammenpasst? Außerdem: Glaub einem Geschiedenen, der seine Erfahrungen gemacht hat, und sei froh, dass du diesen Mann nicht zu heiraten brauchst. Auf diese Weise bleiben dir schlimme Enttäuschungen erspart.“ Damit ging er hinaus.

„Das kannst du doch nicht tun!“ schrie Jane.

„Doch, meine Liebe, ich kann.“ Er schloss die Tür, und Alex stützte sich dagegen. Aber Tremaine hatte das Schloss bereits verriegelt.

Mit aller Kraft begann Jane zu schreien und trommelte gegen den Stahl. Schon roch es nach Rauch, und die ersten bösartigen Flammen züngelten unter der Tür hindurch.

„Wir haben eine ziemlich gute Chance, mit dem Leben davonzukommen“, erklärte Richard. Er hatte sich auf einen Hocker an die Werkbank gesetzt und blätterte in seinen Papieren. „Petroleum eignet sich nicht besonders für eine Brandstiftung. Benzin wäre besser gewesen. Außerdem war der Herbst sehr feucht. Das Holz ist zwar alt, aber der Schnee liegt schon seit einigen Tagen darauf. Außerdem könnte jemand den Rauch bemerken, bevor die Flammen richtig auflodern.“

Er nahm einen Stift, machte sich einige Notizen und las dann weiter.

Jane hustete ein paar Mal, und ihre Augen begannen zu brennen. Alex reichte ihr ein Taschentuch, damit sie es vor den Mund presste.

„Normalerweise soll man sich bei Rauch auf den Boden legen“, sagte er leise. „Aber von dort kommt das Übel ja. Das Labor ist zu klein, um ihm zu entgehen.“ Er hustete ebenfalls, und Tränen liefen ihm die Wangen hinab.

Erneut trommelte Jane an die Tür. „Onkel Stephen, du kommst in Teufels Küche“, schrie sie zwischen den Hustenanfällen. „Du darfst uns nicht einfach sterben lassen. Mach die Tür auf. Mach endlich die verdammte Tür auf!“

Wieder wurde sie von heftigen Hustenanfällen geschüttelt und sank erschöpft zu Boden.

„Vielleicht kann ich sie aufbrechen“, schlug Alex vor. „Geh bitte aus dem Weg.“

„Meine Güte, Richard, hilf ihm doch!“ flehte Jane ihren Bruder an.

Richard hob kurz den Kopf. „Lass ihn ruhig den Helden spielen“, erklärte er. „Vielleicht lässt Stephen sich erweichen. Wenn nicht, sind wir verloren. Das ist eine Sicherheitstür. Dein Verlobter bekommt sie niemals auf.“ Er hustete ein bisschen und nahm seine Brille ab.

„Außerdem bist du an diesem Feuer selber schuld, Jane“, fuhr er ernst fort. „Hättest du das Haus nicht mit Petroleum getränkt, wäre Stephen vermutlich gar nicht auf die Idee gekommen, uns zu verbrennen. Er hat nie viel Fantasie besessen, sondern ist in erster Linie ein ausgezeichneter Geschäftsmann.“

„Onkel Stephens Fähigkeiten interessieren mich nicht!“ schrie Jane. „Ich will hier raus!“

„Dann warte ab“, sagte Richard und setzte seine Brille wieder auf, während Alex sich weiter gegen die Tür warf.

„Ich soll einfach warten?“ heulte Jane. „Worauf? Dass das Feuer in der Hölle gefriert? Dort wirst du nämlich in einigen Minuten landen, mein Bruderherz. Und ich kenne niemanden, der dies mehr verdient hätte als …“

„Pst, mal ruhig“, sagte Alex plötzlich und gab seine nutzlosen Ausbruchsversuche auf. „Jemand macht sich an der Tür zu schaffen.“

Im nächsten Moment öffnete sich die Tür, und der kleine Raum füllte sich mit beißendem Rauch. Alex ergriff Janes Hand, taumelte gemeinsam mit ihr ins Freie und stürzte in den Schnee. Jane landete auf seinem warmen Körper, blieb darauf liegen und atmete die frische, kühle Nachtluft ein.

Es dauerte eine Weile, bis sie wieder richtig sehen konnte. Stephen Tremaine stand neben ihnen und machte ein verächtliches Gesicht. „Ich bringe es nicht fertig“, sagte er. Seiner Stimme war deutlich anzuhören, wie Leid ihm die eigene Schwäche tat. „Ich konnte euch nicht töten, dazu fehlt mir wohl doch einiges.“

„Richard ist noch drin!“ krächzte Jane.

„Wie könnte es anders sein“, meinte Tremaine. Ohne zu zögern eilte er durch die Flammen ins Haus und kam unmittelbar darauf mit dem halb ohnmächtigen Richard über der Schulter zurück. Er warf seinen Patensohn in den Schnee und rieb sich die Hände, als hätte er sie Ekel erregend beschmutzt.

„Du bist und bleibst eine Plage“, erklärte er.

Richard antwortete nichts darauf, und Tremaine sah wieder zu Jane. Sie hatte sich nicht gerührt, denn Alex' Körper war viel zu warm und tröstlich, um sich davon zu trennen.

„Ich nehme an, ihr wollt die Polizei holen“, meinte Tremaine resignierend. „Ich werde alles zugeben, etwas anderes bleibt mir nicht übrig. Dies war meine letzte Chance, und ich habe sie verspielt. Mir scheint, ich bin zu zivilisiert für einen Mord“, fügte er kläglich hinzu.

Zögernd stand Jane auf, denn ihre Knie waren immer noch weich von dem überstandenen Schreck. „Wollen wir die Polizei holen?“ fragte sie Alex und reichte ihm die Hand, um ihm aufzuhelfen. Sein Rücken war vom Schnee ganz nass.

„Vielleicht können wir uns anders einigen“, antwortete Alex, dem der unglückliche Unterton in ihrer Stimme nicht entgangen war.

„Die Polizei?“ rief Richard und hob den Kopf. „Ich will nichts mit der Polizei zu tun haben. Komm mit mir nach Hause, Stephen. Hazel hat für alle genug zum Abendessen. Außerdem geschieht es dir recht, wenn du einige Stunden mit meinen Stiefsöhnen verbringen musst. Ich bin sicher, wir finden eine für alle annehmbare Lösung, die Sambia nicht mit einbezieht."

„Was hast du gesagt? Die Zwillinge sind deine Stiefsöhne?" fragte Stephen. „Ich glaube, ich ziehe das Gefängnis vor."

„Um Ihre Wünsche geht es hier nicht", erklärte Alex streng. „Mir ist kalt, und ich bin klatschnass. Außerdem habe ich solch eine Wut, dass ich meinen Ärger gern an jemandem auslassen würde, der es reichlich verdient hätte. Also los, zum Haus. Und zwar sofort."

Richard stand auf, ging zu seinem Onkel und nahm ihm den Revolver ab. „Scheußliches Ding", stellte er fest und warf Alex die Waffe zu. Der verfehlte sie, und sie landete im Schnee. Achtlos trat Alex darüber und hakte Jane unter.

„Ich glaube, ich weiß, woher dein anormales Verhalten stammt, Onkel Stephen", meinte Richard nachdenklich. „Meiner Ansicht nach hat es zwei Gründe: Erstens musst du als Kind Kriegsspielzeug besessen haben, das deine Streitlust förderte. Und zweitens isst du zu viel Fleisch. Es bringt die Eingeweide durcheinander und macht aggressiv. Weniger Fleisch, Stephen, das ist die Lösung. Magst du Karotten?"

Tremaine und Richard setzten sich in Bewegung.

Alex und Jane sahen ihnen nach. „Meinst du, Stephen bleibt wirklich zum Abendessen?"

Alex beugte sich hinab, um den Revolver aufzuheben. „Wahrscheinlich bleibt er sogar über Nacht, wenn ich Hazels Gastfreundschaft richtig einschätze", antwortete Alex.

„Lass uns bloß früh schlafen gehen."

„Mir soll's recht sein. Ich liebe dich, vergiss das nicht. Auch dein verrückter Bruder ändert nichts daran, dass ich dich heiraten möchte."

Jane legte den Kopf auf die Seite und sah ihn an. „Ich werde jetzt nicht sagen, was du angeblich ohnehin schon weißt", antwortete sie leise. „Abgesehen davon, bist du auch kein Heiliger. Vielleicht hast du keinen verrückten Bruder, dafür bist du ein notorischer Lügner und …

„Jane …

„Nein, lass mich ausreden", schimpfte sie. „Du nimmst einfach an, dass ich dich liebe, obwohl ich es bisher mit keinem Wort gesagt habe. Jetzt musst du warten, bis ich dazu bereit bin."

„Jane, mir ist kalt. Würdest du bitte …"

„Nein. Aber ich kann dich ins Haus bringen, dir deine Kleider ausziehen und dich wärmen."

Alex lächelte vielsagend. „Damit wäre ich schon zufrieden. Zumindest fürs Erste."

Es war spät, als sie endlich schlafen gingen. Hazel hatte ein altes viktorianisches Bett im Dachgeschoss für sie hergerichtet. Die Matratze hing in der Mitte durch, aber die Laken waren gebügelt, und die Decken bestanden aus reiner Schafwolle. Jane trug ein Flanellhemd von Hazel, dessen Ärmel ihr bis über die Handgelenke reichten. Der Saum stieß auf den Boden, und der Halsausschnitt war viel zu weit. Aber der Stoff war weich und warm und ihr in diesem Moment wesentlich lieber als die zarteste Spitze.

Alex musste sich mit langer Winterunterwäsche begnügen. Als Richard sie ihm anbot, hatte er sich geweigert, so etwas anzuziehen. Doch nach fünf Minuten auf dem eisigen Dachboden hatte er seine Meinung geändert.

„So hatte ich mir diese Nacht eigentlich nicht vorgestellt", sagte er, während er mit klappernden Zähnen in das hohe Bett kroch. „Ich glaube, mir wird nie wieder warm."

„Du hättest bei Richard und Onkel Stephen bleiben sollen. Als ich nach oben ging, zogen die beiden gerade ihre Pullover aus."

„Dafür gibt es zwei Gründe", erklärte Alex, zog Jane an sich und schmiegte seinen zitternden Körper an sie. „Erstens sitzen sie unmittelbar am Holzofen und bekommen die volle Wärme ab, die höchstens bis zur Küche reicht. Zweitens haben sie schon eine ganze Flasche Scotch getrunken und leeren inzwischen die zweite."

Jane rieb ihr Gesicht an seiner Schulter. Trotz der eiskalten Dusche, auf der er bestanden hatte, roch Alex immer noch nach Rauch, und sie war plötzlich besorgt. „Wir sind hier doch sicher, nicht wahr? Onkel Stephen wird uns heute Nacht nicht in unseren Betten umbringen?"

„Nein, dein Onkel Stephen hat aufgegeben. Er hat sich schriftlich mit unseren Bedingungen einverstanden erklärt und kann nichts mehr unternehmen, ohne dass alles herauskommt. Ob es ihm gefällt oder nicht, er muss das Galvanisierungsverfahren an einen friedlichen Staat verkaufen. Und den wird Richard aussuchen. Weder Tremaine noch dein Bruder werden viel dabei verdienen. Aber zumindest wird Richards Entdeckung zum Besten der Menschheit verwendet werden."

„Am besten gefällt mir, dass Onkel Stephen sich selbst die Zukunft verbaut hat", gab Jane zu und schob ihre Hand unter Alex' Hemd. „Er hatte gehofft, seine Firma zu retten, indem er Elinor Peabody zur Vizepräsidentin machte. Dabei verständigte sie hinter seinem Rücken die Treuhandverwaltung und zettelte eine Palastrevolution an. Onkel Stephen wurde mit einem Tritt an die Luft gesetzt, und Elinor leitet jetzt die Firma. Geschieht ihm recht. Er hat die Treuhänder nie ernst genommen."

„Vor allem hätte er Elinor nicht unterschätzen dürfen", sagte Alex und stöhnte vor Lust, während Jane ihn unter dem Hemd liebkoste. „Ich habe sofort gemerkt, dass sie eine Männermörderin ist."

„Müssen wir unbedingt über Elinor Peabody reden?"

„Weshalb nicht?" fragte Alex, schob ihr dichtes Haar beiseite und liebkoste ihr Ohr. Jane zitterte ein wenig, und er merkte, dass es nicht an der Kälte lag. „Worüber möchtest du denn sonst reden? Über die künftigen Reisepläne deines Patenonkels, der mit seiner Frau, die so lange unter ihm gelitten hat, um die ganze Welt fahren will?"

„Wahrscheinlich wird sie ihn irgendwo über Bord stoßen", meinte Jane und strich mit der Hand seinen flachen Bauch hinab. „Vielleicht in Australien, weil es dort riesige weiße Haie gibt."

„Ich dachte, ich hätte dir deine blutrünstigen Neigungen ausgetrieben."

„Kein Mensch treibt mir etwas aus."

„Nein, zum Glück nicht."

Sie schob die Finger unter das Gummi seiner langen Hose, doch bevor sie ihr Ziel erreicht hatte, fing Alex ihre Hand ab.

„Warte einen Moment", bat er sie.

„Keine Sorge, Alex, spätestens morgen früh lasse ich dich in Ruhe", versicherte sie und lächelte schelmisch.

„Wir haben bereits Morgen", stellte er fest. „Es ist nach zwei, und ich bin todmüde."

„Zu müde für mich? Das klingt ja nicht gerade viel versprechend für den Beginn eines gemeinsamen Lebens. Vielleicht bin ich mit dem richtigen Jimmy-the-Stoolie besser dran."

„Hör auf, mich ständig zu necken, Jane", schimpfte Alex. Er ließ ihre Hand los, umfasste ihre Schultern und zog sie so weit nach oben, bis ihr Gesicht in seiner Höhe war.

„Das macht doch Spaß", erwiderte sie unbekümmert und wartete gespannt.

„Aber nicht um zwei Uhr nachts, nachdem wir vorher durch die Hölle gegangen sind. Du bist mir noch eine Antwort schuldig, junge Dame."

„Welche Antwort bin ich dir schuldig?"

Alex umfasste ihr Gesicht, strich mit den Daumen über ihre hohen Wangenknochen und sah ihr in die Augen. „Irgendeine. Gleichgültig, was du sagst, ich akzeptiere es“, flüsterte er.

Jane wollte Alex nicht länger aufziehen. Die letzten Spuren ihrer Empörung oder ihres verletzten Stolzes schwanden dahin, und eine unendliche Liebe zu diesem Mann durchströmte sie. „Also gut, du hast gewonnen“, sagte sie. „Ich liebe dich.“

Alex schüttelte den Kopf. „Wir haben beide gewonnen, Jane“, antwortete er leise und küsste sie zärtlich auf den Mund. „Alle beide.“

Es war nach Mitternacht, als Jane und Alex zwei Tage später in die Wohnung in New York zurückkehrten. Alex bestand darauf, Jane über die Schwelle zu tragen, obwohl sie noch nicht verheiratet waren, und Jane ließ ihn gewähren. Schon in der Diele schleuderte sie ihre Schuhe fort und zog ein Kleidungsstück nach dem anderen aus. Auf halbem Weg zum Schlafzimmer blieb sie stehen, nur mit einem winzigen Spitzenslip und ihrer Brille bekleidet, und drehte sich zu Alex um.

Er hatte sein Oberhemd ausgezogen und den Reißverschluss seiner Hose geöffnet. Gerade hüpfte er auf einem Fuß und versuchte, die zweite Socke abzustreifen. Da begann das Telefon zu läuten, und der Anrufbeantworter schaltete sich ein.

„Sind dir die Anrufe etwa wichtiger als ich?“ fragte Jane, weil Alex zum Apparat eilte. „Wer immer um diese Zeit anruft, er soll warten.“

„Stimmt“, antwortete Alex und wollte den Ton abschalten. Da ertönte Jimmy-the-Stoolies näselnde Stimme.

„Hören Sie, Caldicott, ich rufe vom zwölften Polizeirevier an. Man hat mich wegen schweren Diebstahls verhaftet, und Sie müssen mich so schnell wie möglich wieder herausholen. Ein alter Freund von mir sitzt hier, der keinen Grund hat, besonders nett zu mir zu sein. Außerdem ist da ein Mensch von unbestimmbaren Geschlecht, der sich in mich verliebt hat. Holen Sie mich raus, Caldicott, dann verrate ich Ihrer kleinen Lady auch nicht, wer Sie in Wirklichkeit sind. Das mit dem Auto ist zwischen Freunden doch nicht so schlimm, oder? Der MG war längst Schrott. Tut mir Leid, dass ich ihn einkassiert habe. Aber Sie waren mir etwas schuldig, nachdem ich den Kontakt zu Mario für Sie hergestellt hatte. Retten Sie mich, alter Knabe." Der Anrufbeantworter schaltete sich aus.

Jane sah Alex an. „Willst du den armen Kerl im Gefängnis verrotten lassen? Immerhin hat er uns zusammengebracht."

Alex streifte seine Hose herunter. „Muss er deshalb gleich unser Trauzeuge werden?"

„Zumindest brauchen wir die Kirche jetzt nicht in einem MG zu verlassen", erklärte Jane fröhlich. „Mit dem wären wir keine zwei Blocks weit gekommen."

„Sprich nie schlecht über einen Toten", warnte Alex sie und führte Jane den dunklen Flur hinab. „Sonst kaufe ich mir einen neuen MG."

„Wie wäre es mit einem Porsche? Oder einem hübschen kleinen Alfa Romeo? Auch der Ferrari hat ein gewisses Etwas ..."

Alex hob Jane auf die Arme und trug sie ins Schlafzimmer. „Wir könnten ja Taxi fahren", schlug er vor. „Oder laufen." Vorsichtig legte er sie auf das französische Bett und beugte sich über sie.

„Oder wir bleiben einfach hier liegen und gehen nie wieder weg."

„Das ist der beste Vorschlag, den ich seit langem gehört habe", antwortete Alex.

„Und wenn es mir zu langweilig wird, brenne ich die Wohnung ab. Ich hatte immer noch keine Gelegenheit, ein richtiges Verbrechen zu begehen. Du hast mich ständig daran gehindert."

„Jemand muss ja auf dich aufpassen. Dazu sind Komplizen schließlich da."

„Ich dachte, sie sollen einem helfen und einen unterstützen."

„Das auch." Alex bedeckte ihren Hals mit federleichten Küssen. „Zumindest werde ich dir Rabatt gewährend falls ich dich einmal wegen Brandstiftung verteidigen muss."

„Wie großzügig von dir."

„Das finde ich auch."

„Du bist ganz schön frech, weißt du das?"

„Ich gebe mir große Mühe."

„Und du erreichst fantastische Ergebnisse", erklärte sie glühend.

„Was soll ich dazu sagen?" wehrte er bescheiden ab.

„Sag Gute Nacht, Alex."

„Gute Nacht, Alex."

„Frechdachs", keuchte Jane äußerst befriedigt.

Dann war alles still. Nur das Telefon läutete, und Jimmy-the-Stoolies klagende Stimme hallte gedämpft durch den Flur.

– ENDE –

Jennifer Crusie

Der Mörder hinter der Maske

Roman

Aus dem Amerikanischen von
M. R. Heinze

MIRA®

PROLOG

„Judith?“ Die Stimme war tränenerfüllt, rau und zitterig. Judith stöhnte genervt ins Telefon. „Lacey, es ist drei Uhr morgens!“

„Ich weiß, ich weiß, Judith. Es ist nur …“ Laceys Stimme erstickte in einem Schluchzen. „Ich habe Angst, und ich weiß nicht, was ich machen soll.“

Judith war zu müde, um einen langen, leidenden Seufzer zu unterdrücken. „Lacey, du bringst dich doch immer selbst in Schwierigkeiten. Ich will nichts davon hören. Ich will nicht hören, wie gut Ryan Smith im Bett ist. Ich will nichts von seiner wütenden Frau hören. Ich will nichts davon hören, wie du wieder einen Fehler begangen hast und willst, dass ich dich heraushole.“

„Du irrst dich völlig.“

„Ach ja?“

„Erst einmal, Ryan Smith war nicht verheiratet. Zweitens ist er lausig im Bett.“

„Hört sich trotzdem an, als hättest du wieder einen Fehler begangen.“

„Judith, ich glaube, er versucht mich umzubringen.“

Langsam zählte Judith bis zehn. „Ich glaube nicht, dass er das tut“, sagte sie geduldig.

„Nein, ich meine es ernst. Jemand hat mich beobachtet und ist mir überallhin gefolgt …“

„Nun, dann verschwinde von da. Fahr zurück nach Manhattan. Wenn Ryan Smith im Bett nichts taugt, verpasst du auch nichts.“ Judith wurde allmählich ärgerlich.

„Ich kann noch nicht weg.“

Schon wieder ein Neuer in Wartestellung, dachte Judith. „Was willst du dann von mir?“

„Ich habe nicht gesagt, dass ich etwas von dir will ..."

„Lacey, du rufst mich nie an, es sein denn, du willst etwas. Also schön, Ryan Smith versucht, dich umzubringen." Und wer sollte ihm das schon verdenken, fügte Judith in Gedanken hinzu. „Was soll ich dagegen machen?"

„Du hast doch Verbindungen bei deiner Zeitung in Philadelphia. Könntest du nicht ein paar Fäden ziehen, ein Interview mit ihm arrangieren? Auf diese Weise könntest du hier auftauchen, die Lage überprüfen und feststellen, ob ich mir etwas einbilde."

„Ich brauche nicht ins Hudson River Valley hinaufzufahren, um zu wissen, dass du dir etwas einbildest, Lacey. Und Leute, die Reparaturtipps-Kolumnen schreiben, interviewen keine weltberühmten Puppenspieler. Tut mir Leid, ich kann dir nicht helfen."

Judith, hast du nicht gehört, was ich gesagt habe? Ich glaube, er will mich umbringen!" Lacey klang mehr beleidigt über den Mangel an Mitgefühl ihrer Freundin als wirklich ängstlich.

„Dann verschwinde von dort", wiederholte Judith. „Ruf mich morgen an. Und zwar zum ersten Mal in deinem Leben vor Mitternacht."

„Judith ..."

Behutsam legte Judith den Hörer auf. Mit einem ermatteten Seufzer sank sie wieder in ihr Bett zurück, zog die Decken über ihren Kopf und überantwortete die letzte melodramatische Fantasie einer ihrer ältesten Freundinnen dem imaginären Müllhaufen, den sie verdiente. Jemand war immer hinter Lacey her. Ihre Anfälle von Verfolgungswahn waren fast so zahlreich wie die von Größenwahn, und Judith hatte schon vor langer Zeit gelernt, beides nicht zu beachten. Das tat sie auch jetzt und betete, Lacey würde nicht noch einmal anrufen und den ersten richtigen Schlaf stören, den sie seit Wochen genoss.

Lacey rief nicht noch einmal an. Zwölf Stunden später wurde ihre Leiche gefunden, zermalmt von der Turbinenanlage in Ryan Smiths „Puppet Factory“ am Ufer des Hudson River. Und Judith fragte sich, ob sie jemals wieder eine Nacht würde durchschlafen können.

1. KAPITEL

Für Mitte Mai war es viel zu heiß. Die Sonne knallte vom Himmel herunter und verwandelte Judith Daniels' 1957er Flügeltüren-Mercedes in einen Backofen. Sie öffnete das Fenster, überließ ihre Haare dem Wind und presste ihren Fuß tiefer auf das Gaspedal. Ihr Magen war ungewohnt verkrampft, der Schweiß auf ihren Handflächen stammte von ihren Nerven und nicht von den fast vierzig Grad, und in ihrem Kopf wälzten Bedenken.

Wie kam sie auf den Gedanken, in die geheiligten Hallen der „Puppet Factory" – der Puppenfabrik – einzudringen und ein Geheimnis zu lüften, das wahrscheinlich bloß ein Unfall war und nicht der Mord, den nur sie vermutete? Und was hatte sie davon, wenn sie die Wahrheit erfuhr? Waren ihre Motive vollständig sauber? Wollte sie wirklich herausfinden, was mit einer ihrer besten Freundinnen passiert war, oder wollte sie nur die Schlagzeile, hinter der sie schon so lange her war?

Sie hatte sich immer damit gebrüstet, brutal ehrlich zu sein, nicht wankend, wenn es um ihren Ehrgeiz ging. Auch jetzt standen Lacey Hollisters Tod und die mögliche Berichterstattung in ihren Gedanken an erster Stelle, und sie war zu sehr Journalistin, um das Potenzial zu ignorieren, sollte sich ihr Verdacht bestätigen.

Das Hudson River Valley stand in voller Blüte, die zusammen mit dem frischen Grün neuer Blätter den zweispurigen Highway in einen gewundenen Tunnel aus Farben verwandelte. Noch fünf Meilen bis Miller's Junction, der winzigen Stadt auf der Ostseite des Hudson. Noch fünf Meilen, bis sie die umgebaute Mühle erreichte, in der jetzt die „Puppet Factory" untergebracht war. Noch etwa sechs Minuten, in denen Judith ihre Meinung ändern konnte.

Sie und Lacey hatten einander seit Jahren nicht mehr nahe gestanden. Weshalb sollte sie ihr also etwas schulden? Es waren nur Nostalgie und schlechtes Gewissen, die an ihrem Gewissen nagten. Und morbide Neugier.

Während der letzten paar Jahre hatte ihre Beziehung aus nächtlichen Anrufen bestanden, in denen Lacey sich jedes Mal bei Judith beklagt hatte, wenn eine Liebesaffäre in Rauch aufgegangen war. Drang man zum Kern der Sache vor, musste Lacey die Schuld nur bei sich selbst suchen. Ihre sexuellen Gewohnheiten waren geradezu gefährlich gewesen. Immer wieder hatte Lacey ihren Blick auf einen unerreichbaren Mann gerichtet, und nichts hatte sie aufhalten können, bis sie ihn doch bekam. Aber hatte sie ihn erst einmal, verlor das begehrte Objekt seinen Reiz. Dann weinte sie wieder an Judiths Schulter, ohne sich um die zerbrochenen Ehen und den mörderischen Zorn zu kümmern, den sie hinter sich gelassen hatte. Früher oder später musste sie auf den falschen Mann, auf die falsche Beziehung stoßen, und es sah so aus, als wäre dies geschehen.

Diesmal hatte sie sich Ryan Smith ausgesucht, den zurückgezogen lebenden brillanten Puppenspieler, hatte ihn aufs Korn genommen, sich in die weltberühmte „Puppet Factory“ eingeschlichen, sich in sein Bett eingeschlichen. Und wie üblich war sie mit dem Ergebnis nicht glücklich gewesen.

Man hatte ihre Leiche in der komplizierten Turbinen-Anlage der umgebauten Mühle gefunden. Es hatte eine Untersuchung gegeben, und Judith hatte ihre Quellen beim „Philadelphia Mirror“ eingesetzt, um den Fortgang genau zu verfolgen. Doch am Ende war Laceys Tod als Unfall eingestuft worden, und Ryan Smith war makellos aus der Sache herausgekommen. Und Judith wurde den Verdacht nicht los, dass sein Geld und seine Macht bei der Untersuchung zu diesem angenehmen Urteil geführt hatten.

Sie hatte nicht viel, worauf sie ihren Verdacht begründete. Aber ein hysterischer Anruf spät nachts und ihr Reporterinstinkt sagten ihr, dass es nicht den Unfall gegeben hatte, an den der Rest der Welt glaubte. Lacey hatte Höhen gehasst und das Alleinsein verabscheut. Weshalb also hatte sie sich mitten in der Nacht mit niemandem an ihrer Seite zu weit über einen Balkon gebeugt? Ausgeschlossen, dass Lacey ohne einen Zeugen abgestürzt war.

Das alles war zu nebulös, als dass Judith es irgendjemandem gegenüber auch nur erwähnt hätte. Judith wollte ihrer Spürnase folgen und versuchen, eindeutige Beweise zu finden. Falls Laceys paranoide Hysterie richtig gewesen war, falls Ryan Smith wirklich geplant hatte, sie umzubringen, wollte Judith ihn nicht davonkommen lassen.

Ihre Reparaturtipps-Kolumne im „Mirror" erschien vorerst nicht, ihr Job war ausgesetzt. Es war nicht so, dass jedermann wusste, was sie tat. Was die Leute in der Zeitungsredaktion anging, machte Judith Daniels ihren lange verdienten zweimonatigen Urlaub. Und wenn sie mit der Exklusivstory in der Hand zurückkam, konnte sie der Kolumne einen Abschiedskuss geben und sich auf das konzentrieren, was sie schon immer gewollt hatte: die Arbeit einer Reporterin.

Die Idee hatte anfangs so einfach gewirkt. Lacey hatte es geschafft, als eine Art gehobenes Botenmädchen in der „Puppet Factory" eingestellt zu werden, eine Kreuzung zwischen Schreibkraft und Puppenspielerlehrling. Wenn sie Lacey eingestellt hatten, die keine andere Qualifikation besessen hatte als ihre üppige Figur und ihre quirlige, gutmütige Natur, dann konnten sie auch Judith einstellen. Sie hatte ihren ersten Test schon bestanden. Ihr Einstellungsgespräch war für diesen Vormittag vorgesehen. Sie brauchte nur Mrs. Elvira Carter – und vermutlich Ryan Smith selbst – davon zu überzeugen, sie einzustellen.

Judith war nie bei einer Stellenbewerbung abgewiesen worden. Nur die luftigen Höhen der aktuellen Reporterin waren ihr entgangen, und dieser Zustand würde auch nicht mehr lang anhalten.

Sie fuhr den Mercedes auf den Parkplatz der „Puppet Factory“, stellte ihn neben die Flotte japanischer und schwedischer Importe und schaltete den Motor aus.

Die umgebaute Mühle – eigentlich eine ehemalige Textilfabrik – war am Flussufer errichtet und ragte fünf Etagen über das Wasser auf. Die alte Holzbalkenkonstruktion bestand aus warm getöntem Mahagoni, die neuen Fenster und Rahmen verschmolzen mit der Originalstruktur.

Vom Parkplatz aus waren nur zweieinhalb Stockwerke sichtbar. Vielleicht ein Dutzend Autos stand hier, keiner aufregender als ein alter Toyota. Judiths exotischer Mercedes war mit Abstand das auffälligste Fahrzeug, und sie bereute, keinen durchschnittlichen amerikanischen Wagen gemietet zu haben.

Wenigstens konnte Ryan Smith nicht hier sein. Ein Mann mit seinem zweifellos reichlich vorhandenen Geld würde bestimmt etwas Besseres als einen Datsun fahren. Zum Teufel, wahrscheinlich hatte er einen Rolls und einen Chauffeur! Judith brauchte also nur Mrs. Carter dazu zu bringen, sie einzustellen. Das müsste doch funktionieren.

Das cremefarbene Leinenkostüm war trotz der langen Fahrt kaum verknittert, und als sie die Stufen zum Eingang der Fabrik hinaufstieg, war Judith sicher, wie eine normale, gut gekleidete Jobbewerberin auszusehen.

Ihr Aussehen hatte ihr mehr als einmal den Weg geebnet, obwohl sie es sich lieber verdient hätte, hatte die Räder zum Laufen gebracht und Leute etwas Falsches von ihr erwarten lassen. Aber sie konnte nicht viel dagegen tun.

Judith Kennedy Daniels stammte aus einer extrem alten,

extrem wohlhabenden irisch-katholischen Familie aus Philadelphia, und jeder Zoll ihres hoch gewachsenen Körpers mit den langen Beinen, ihre makellose Haut, ihre sehr, sehr blauen Augen, ihre seidigen blonden Haare und ihre perfekten Züge kündeten von dieser Herkunft. Sie ähnelte der jungen Grace Kelly, elegant und unberührbar. Bis jemand tiefer in ihre Augen blickte und einen Funken Mutwillen fand ... bis sie Seide und Leinen auszog und in ihre übliche Jeans und ein T-Shirt schlüpfte, ihre Haare zu einem Pferdeschwanz zusammenband und einen Schmutzfleck auf einer ihrer Wangen hatte.

Aber jetzt wirkte sie wie dem Jetset entsprungen, und sie betrat das auf der vierten Etage gelegene Büro, als wäre sie Mitglied eines Königshauses.

Zwei Frauen hielten sich in dem gut beleuchteten, großen Büro auf. Die eine war ein unscheinbares Wesen mit Brille in der Grauzone zwischen vierzig und sechzig, vor einem Computerbildschirm kauernd, kaum wagend, einen verstohlenen, neugierigen Blick in Judiths Richtung zu werfen, bevor sie ihre Aufmerksamkeit wieder auf den Apparat lenkte. Damit blieb die andere Anwesende übrig, und Judith wandte sich mit ihrem charmantesten Lächeln an sie.

Mrs. Elvira Carter war nicht beeindruckt, und Judith konnte bloß froh sein, dass sie nicht ihre Hand ausgestreckt hatte. Zweifellos hätte die Frau sie nicht ergriffen.

Sie war in den Sechzigern, ein gedrungenes, säuerlich dreinblickendes Wesen mit farblosen Augen, einem dünnen, verkniffenen Mund, grauen Haaren wie Stahlwolle und wahrscheinlich einem Herzen aus Feuerstein. Ihre Blicke wanderten über Judiths Gestalt, und sie gab einen Laut von sich, der nur als Schnauben bezeichnet werden konnte.

„Mrs. Carter?“ fragte Judith mit ihrer warmen Stimme, die

eindeutig nicht eingeschüchtert klang. „Ich bin Judith Daniels. Ich habe ein Gespräch …“

„Sie kommen nicht in Frage.“

„Wie bitte?“

„Ich habe gesagt, Sie kommen nicht in Frage. Wir brauchen jemanden, der bereit ist, für seinen Lebensunterhalt zu arbeiten, keine Debütantin der Gesellschaft“, sagte die Frau, wobei ihre ruhige Stimme ausdruckslos blieb.

Judith hielt jede Spur von Verärgerung aus ihrem Gesicht fern. „Ich bin eine harte Arbeiterin. Meine Empfehlungsschreiben …“

„Ich vertraue meinem eigenen Urteil, keinem fremden“, schnappte Mrs. Carter. „Ihre Empfehlungen waren gut, aber Sie kommen nicht in Frage. Das war's. Leben Sie wohl.“

Judith starrte auf sie hinunter und unterdrückte den Drang, auf dem Absatz kehrtzumachen und aus dem Raum zu stürmen. Um Laceys willen wollte sie es noch einmal versuchen, selbst wenn das bedeutete, dass sie vor dieser unangenehmen Frau kriechen musste. „Ich bin heute Vormittag sehr weit gefahren“, sagte sie sanft. „Meinen Sie nicht, dass Sie mir aus Höflichkeit ein Einstellungsgespräch schulden?“

„Ich schulde Ihnen gar nichts.“ Mrs. Carters Augen zogen sich zu Schlitzen zusammen, ihr dünner Mund bekam einen härteren Zug. „Wenn Sie nicht …“

Judith hörte die Tür hinter sich aufgehen, aber jahrelange Selbstbeherrschung verhinderte, dass sie sich nach dem Neuankömmling umdrehte. Wer immer es war, Mrs. Carter unterbrach sich.

„Das Klimagerät auf zwei ist wieder ausgefallen“, sagte eine tiefe männliche Stimme gereizt. „Der verdammte Raum ist ein Backofen. Rufen Sie Matthews noch einmal an und sehen Sie zu, dass Sie ihn herbekommen.“

Judith erlaubte sich einen kurzen neugierigen Blick nach hinten. Der Mann war groß, dunkelhaarig und in groben Jeansstoff gekleidet. Er wirkte mehr wie ein Zimmermann und nicht wie jemand, der einen Konzern leitete. Ryan Smith ließ sich nicht oft fotografieren, aber während ihrer Nachforschungen war Judith auf ein Foto gestoßen, das mehr als fünf Jahre alt war. Er hatte sich seither nicht stark verändert. Er war noch immer groß, schlank und überraschend attraktiv.

„Was für ein Klimagerät?" fragte sie.

Er sah sie zum ersten Mal aus einer Höhe von ungefähr einsneunzig an, und seine graugrünen Augen wirkten überrascht und leicht amüsiert. Ich trage eindeutig die falsche Kleidung, dachte sie seufzend.

„Es ist ein Roberts 450", antwortete er endlich. „Brandneu und hat nie richtig funktioniert, und wir bekommen den verdammten Techniker nicht für Geld und gute Worte. Warum?"

„Ich kann es reparieren."

Die leichte Belustigung wuchs sich zu einem ungläubigen Lächeln aus. Das Lächeln war eine Offenbarung in seinem schmalen Gesicht, das auf eine atemberaubende Weise attraktiv wurde. Und dann war das Lächeln so schnell verschwunden, wie es gekommen war, und seine ausgeprägten, ernsten Züge nahmen wieder einen entrückten Ausdruck an.

„Sicher können Sie das", murmelte er gedehnt, und seine Blicke wanderten von den Spitzen ihrer Lederpumps zu ihrem Designer-Leinenkostüm bis zu ihren klaren, perfekten Zügen. „Rufen Sie Matthews noch einmal an, ja, Ma?"

Judith war etwas verwirrt, zu hören, dass die säuerliche Mrs. Carter als „Ma" angesprochen wurde. „Ich kann es reparieren", wiederholte sie. „Ich habe an einem Roberts 150 gearbeitet, und das neuere Modell wird nicht so anders sein. Es kann ja nicht schaden, wenn Sie es mich versuchen lassen."

„Wer zum Teufel sind Sie?"

„Mein Name ist Judith Daniels ..."

„Sie ist hier wegen eines Einstellungsgesprächs", warf Mrs. Carter ein. „Ich sagte ihr schon, dass sie nicht das ist, wonach wir suchen."

Ryan Smith betrachtete sie erneut. „Sie sollten kurze weiße Handschuhe und einen Pillbox-Hut tragen."

Judith wurde rot, was für sie ungewohnt war. „Man hat mir beigebracht, dass man sich für ein Einstellungsgespräch anständig anzieht."

„Wer hat Ihnen das beigebracht?"

„‚Bryn Mawr College'", warf Mrs. Carter in einem Ton ein, der sich anhörte, als wäre die Eliteschule so etwas wie ein Bordell.

„Und was hat man Ihnen Ihrer Meinung nach in ‚Bryn Mawr' beigebracht, das Sie in einer Puppenfabrik gebrauchen könnten?" fragte Ryan Smith skeptisch.

Sie hatte sein Interesse geweckt. Wenigstens etwas. „Man hat mir nicht beigebracht, wie man Klimaanlagen repariert, falls Sie das meinen. Das habe ich mir selbst angeeignet."

„Rufen Sie Matthews an", befahl er erneut. „Tut mir Leid, Miss Daniels, aber ich vertraue Mas Urteil."

„Es schadet Ihnen doch nicht, wenn Sie es mich versuchen lassen. Selbst wenn Matthews herkommt, dauert das seine Zeit. Und ich bin ja hier."

Er machte eine Pause. „Sie sind hier. Na schön, Miss Bryn Mawr. Folgen Sie mir."

„Ryan ..." setzte Mrs. Carter an.

„Keine Sorge, Ma", sagte er von der Tür her. „Wenn nicht einmal Matthews das verdammte Ding reparieren kann, bezweifle ich, dass die Prinzessin es schafft. Verabschieden Sie sich von Ma, Miss Daniels. Ich glaube nicht, dass Sie sie wiedersehen werden."

„Und wenn ich das Gerät repariere?" fragte Judith hartnäckig und rührte sich nicht von der Stelle.

Er sah sie aus diesen kühl dreinblickenden Augen an, und wieder erhellte ein Lächeln sein Gesicht. „Wenn Sie das Gerät reparieren können, sind Sie eingestellt."

Judith lächelte zurück. „Dann haben Sie eine neue Angestellte, Mr. Smith."

„Ryan", verbesserte er sie. „Verabschieden Sie sich von Ma."

Judith schenkte Mrs. Carter ein Lächeln, das auf einen versteinerten Blick traf. „Wir sehen uns später, Ma." Damit folgte sie Ryans hoher Gestalt ins Treppenhaus.

Ryan hörte sie hinter sich hereilen. Diese lächerlichen Schuhe machten tapp, tapp, tapp auf der Metalltreppe, die nach unten führte. Er war ein Narr, sie in die Nähe des Klimageräts zu lassen. Er hätte Mas Urteil vertrauen sollen. Aber Ma versuchte stets, ihn zu sehr zu beschützen, und diese Lady hinter ihm hatte etwas an sich, einen entschlossenen Blick in diesen himmelblauen Augen, der ihn vermuten ließ, sie könne ein kompliziertes Gerät reparieren, bei dem sogar der erfahrene Händler aufgegeben hatte.

Doch das war nicht alles. Sie kam ihm bekannt vor, verdammt bekannt, aber er konnte sie nicht einordnen. Der Name, das Gesicht, ihr ganzes Aussehen tippte ein tief in ihm vergrabenes Stückchen Erinnerung an, und er bildete sich etwas auf seine Fähigkeit ein, sich sogar an kleinste Details erinnern zu können. Wenn sie jetzt die Fabrik verließ, konnte es Ewigkeiten dauern, bis er sich daran erinnerte, wo er sie gesehen und von ihr gehört hatte. Und bis dahin würde er sich nicht auf seine Arbeit konzentrieren können.

„Sind Sie hier aus der Gegend?" fragte er leichthin, während er mit den langen Beinen gleich zwei Stufen auf einmal nahm.

„Nein."

„Warum haben Sie sich um die Arbeit in der ‚Factory' beworben? Sieht irgendwie nicht wie Ihre Art von Job aus." Er hielt seine Stimme neutral. Er hatte nichts gegen die Frau. Auch Prinzessinnen hatten ihren Platz auf dieser Welt. Sie hatten nur keinen Platz in der „Puppet Factory" oder in seinem Leben.

„Ich mag Puppen."

Schlicht gesagt, und irgendwie glaubte er ihr. Wahrscheinlich sollte er das nicht tun, nicht bei dieser nagenden Vertrautheit, die er nicht unterbringen konnte. Sie musste aus einem anderen Grund hier sein, und sobald er sich daran erinnerte, wer sie war, hätte er auch die Antwort. Aber er konnte auch glauben, dass sie Puppen mochte, zweifelsohne, weil er es glauben wollte.

„Ich brauche keine Puppenspieler mehr", sagte er. „Bei dem Job geht es mehr um grobe Arbeiten. Kaffeekochen, an Kostümen arbeiten, Ma im Büro aushelfen."

„Das könnte ich tun."

„Glauben Sie nicht, dass Sie ein wenig überqualifiziert sind?"

„Liegt das nicht an mir zu entscheiden?" entgegnete sie.

„Zum Teufel, nein, Prinzessin. Ich wäre derjenige, der Ihren Gehaltsscheck unterschreibt. Ich entscheide." Er blickte über seine Schulter auf sie. Dieser blasse, üppige Mund hatte einen eigensinnigen Zug, ihre Augen blickten wütend drein, und ihr Körper strahlte Entschlossenheit aus. Mal abwarten, bis sie sieht, was für eine Katastrophe Matthews aus dem Roberts 450 gemacht hat, als er das letzte Mal hier war, dachte Ryan zufrieden. Dann würde sie sich schon auf ihre wohlerzogene Weise aus der Affäre ziehen und weglaufen.

Er konnte fast sehen, wie es in ihrem Kopf arbeitete, als sie fragte: „Ich hätte gar nichts mit den Puppen zu tun?"

„Sie würden mit ihnen sprechen. Das tut jeder. Gehört hier mit dazu."

„Mrs. Carter spricht mit ihnen?“

Er erlaubte sich ein kleines Lächeln. „Ma hält sich aus den unteren Etagen fern. Sie hat schon genug Schwierigkeiten, zu Menschen freundlich zu sein, und die Puppen sind sensibel.“

„Wie ist die ‚Factory‘ eingerichtet?“ Judith sah sich neugierig um, sichtlich unbeeindruckt von der drückenden Hitze, die noch zunahm, als sie die nächste Treppe hinunterstiegen. „Nicht, dass es mich in irgendeiner Weise betrifft, da Sie mich ja wegschicken werden“, kam sie ihm zuvor.

Er zuckte die Schultern. „Wer weiß? Vielleicht können Sie ja das Klimagerät reparieren. Es sind schon seltsamere Dinge passiert. Um Ihre Frage zu beantworten, dies war früher eine alte so genannte Textilmühle. Es gibt fünf Geschosse. Das erste Geschoss – oder Erdgeschoss – wird zur Lagerung von Vorräten, alten Kostümen, Puppen und Holz benutzt. Die zweite Etage ist ein Workshop, in dem wir Puppen entwerfen und zusammenbauen. Die dritte Etage ist die kreative Ebene. Da arbeiten wir, experimentieren, spielen herum. Dort gibt es ein sehr ausgeklügeltes Videosystem. Das meiste, was wir da machen, wird für spätere Studien aufgezeichnet. Die vierte Etage ist die Geschäftsebene, wo Ma und Bessie sich aufhalten. Es gibt einen Konferenzsaal, der nie benutzt wird, und noch mehr Lagerraum.“

„Und die oberste Etage?“

Er zögerte nur einen Moment. „Nichts Nennenswertes. Wir haben einen Lastenaufzug, der dort hinauffährt, aber keine Stufen. Sie wird nicht viel benutzt.“

„Und wo ist das Klimagerät?“

Sie blieben auf dem Treppenabsatz der zweiten Etage stehen. Er stieß eine Tür auf, und ein Hitzeschwall trieb ihnen entgegen. „Genau da drinnen, Prinzessin“, sagte er. „Es gehört ganz ihnen.“

Die Designer und Handwerker, normalerweise eine über zwanzig Mann starke Truppe, hatten sich alle nach oben auf die kühleren Etagen mit Klimaanlage zurückgezogen. Der riesige Raum war verlassen, halb beendete Arbeiten lagen herum. Der Roberts stand an der Westwand und gab verdächtig rumpelnde Geräusche von sich, während er in unregelmäßigen Abständen einen Hitzestoß nach dem anderen ausströmte. Ryan sah Judith an und wartete auf ihre Reaktion.

„Haben Sie Werkzeug?" fragte Judith, zog ihre Jacke aus und warf sie auf eine Werkbank.

„Alles, was Sie wollen."

Sie näherte sich dem Ungeheuer und rollte mit einem entschlossenen Ausdruck in den Augen die Ärmel ihrer Seidenbluse hoch. „Ich brauche einen Phillips-Schraubenzieher, mittlere Größe, einen normalen Schraubenzieher, Isolierzangen, kleine Schraubzwingen und vielleicht ein paar Lüsterklemmen."

„Sie erwarten, dass ich Ihnen das hole?"

„Ich sehe sonst niemanden hier, Sie vielleicht?" fragte sie geduldig. „Was haben Sie denn hier gemacht? Haben Sie das Ding mit Schmieröl gespritzt?" fragte sie abfällig und kauerte sich vor das Gerät, ohne darauf zu achten, dass ihr Rock im Staub schleifte.

„Wenn Sie zimperlich sind …"

„Bin ich nicht. Warum haben Sie keine zentrale Klimaanlage eingebaut, als Sie das Gebäude renovieren ließen?"

„Hätte ich tun sollen. Ich hoffte, es wäre nicht nötig. Ich hasse künstliche Luft."

„Können Sie sich vorstellen, wie das 1800 war, als die Fabrik noch arbeitete?" Sie begann, grüne, gelbe und rote Drähte aus dem Herzen des Roberts zu ziehen. „Muss höllisch gewesen sein."

„Es wird für gewöhnlich nicht so heiß." Er legte die Werkzeuge neben sie und bemerkte fasziniert, dass sie bereits Schmiere auf ihrer Stirn und der rechten Schulter ihrer Bluse hatte.

„Mit laufenden Maschinen schon. Geben Sie mir bitte die Klemmen?“ Er tat es, und als ihre Hand die seine berührte, hinterließ sie eine schwarze Ölspur auf seinen Fingern. Sie rieb mit ihrer schmutzigen Hand über ihren Rock. „Das habe ich vermutet.“

„Was?“ Er kauerte sich neben sie und sah gebannt zu.

„Er hat das Gerät falsch verkabelt. Roberts-Klimageräte sind hinterhältig. Es ist leicht, die verkehrten Anschlüsse ...“ Sie stockte mitten im Satz. „Wissen Sie überhaupt, wovon ich spreche?“

„Nein.“

„Interessiert es Sie?“

„Nicht wirklich. Nicht, solange das Ding funktioniert.“

Sie lächelte und hatte einen Schmutzfleck auf der Nase. „Es wird funktionieren. Geben Sie mir fünf Minuten.“

Er erhob sich langsam zu seiner vollen Größe und blickte auf sie herunter, während sie weiter an dem Gerät bastelte. Er hatte sie endlich eingeordnet, und er wünschte sich, es nicht getan zu haben.

Diese Lacey, die dumm genug gewesen war, in die Turbinenanlage zu fallen und sich umzubringen. Dieses alberne Wesen, das ihm nachgelaufen war und ihn mit ihrem pausenlosen Geschwätz genervt hatte. Ein Teil von diesem Geschwätz hatte sich um ihre Freundin Judith gedreht, die Reporterin. Sie hatte ihm sogar ein Foto von ihnen beiden auf dem College vor zehn Jahren gezeigt. „Bryn Mawr“, dachte er und zog eine Grimasse. Kein Wunder, dass Judith Daniels ihm irgendwie bekannt vorgekommen war.

Und sie hatte kein Wort über ihre Freundin Lacey gesagt. Sie war nur wegen der Puppen hier heraufgekommen, nicht wahr? Himmel, er hatte in den letzten Wochen genug Reporter um sich gehabt!

Sie schob die Drähte wieder hinein und drehte den Schalter. Anstelle des hässlich knirschenden Geräusches, das er erwartete, kam ein ruhiges, zufriedenes Schnurren, und kalte Luft strömte aus.

Judith stand auf und schob ihre Haare zurück. Sie wirkte wie ein Schornsteinfeger und ungeheuerlich selbstzufrieden.

„Nun?“ sagte sie.

„Nun“, sagte er. „Sie haben einen Job.“

2. KAPITEL

In dem Moment, wo die Worte heraus waren, schien Ryan sie zu bereuen. Judith konnte sich nicht erklären, warum. Immerhin hatte sie die Klimaanlage in null Komma nichts repariert, und sie war jung und vorzeigbar. Vielleicht hatte er Angst vor Mas Reaktion. Nein, das konnte sie streichen. Trotz seines ruhigen Auftretens sah Ryan Smith nicht so aus, als hätte er Angst vor irgendjemandem oder irgendetwas.

„Großartig", sagte sie rasch, um ihm keine Chance zu einem Rückzug zu geben. „Kann ich mich irgendwo waschen?"

Erneut tanzte eine Spur von Belustigung in seinen Augen und schwand rasch. „Nächste Etage. Dort gibt es Duschen und eine Küche für Angestellte."

„Der gleiche Komfort wie zu Hause?"

„Es ist von der Steuer absetzbar", sagte er ruhig, menschenfreundliche Motive abstreitend.

Die Schwingtür flog auf, und ein Wirbelwind stürmte hindurch. „Ryan, wo zum Teufel haben Sie …" Der Wirbelwind blieb stehen und löste sich zu einem außerordentlich hübschen jungen Mann auf. „Meine Güte, hier unten ist es ja tatsächlich kühl! Hat Matthews endlich das Unmögliche geschafft?"

„Nicht Matthews, Steve", sagte Ryan. „Das ist unsere neue Wundertäterin. Judith Daniels. Steve Lindstrom."

„Hallo, hübsche Lady." Der Mann näherte sich wie ein Jagdhund, der ein schön fettes Rebhuhn witterte, und Judith konnte ihn genauer ansehen: gewelltes blondes Haar, Grübchen im Kinn, breite Schultern, muskulöser Körper, Nike-beschuhte Füße. „Wo hat Ryan denn Sie gefunden?"

„Sie hat uns gefunden", sagte Ryan. „Ich weiß noch immer nicht genau, wie."

Judith warf ihm einen raschen Blick zu. Er zerbrach sich also den Kopf über sie? Nicht halb so sehr wie sie über ihn.

„Nun, Sie sind eine willkommene Bereicherung für die ‚Puppet Factory,'", sagte Steve. „Ryan stellt Frauen nicht nach Ihrem Aussehen ein, und, Lady, Sie sind das Beste, was ich seit Jahren gesehen habe."

„Beruhigen Sie sich, Junge", murmelte Ryan. „Sie ist zum Arbeiten hier und nicht für Matratzendienste."

„Ryan!" Steve wirkte bekümmert. „Nur weil Sie nicht menschlich sind, heißt das nicht, dass sich der Rest von uns nicht für die grundlegenden biologischen Funktionen wie Essen, Schlafen und Sex interessiert."

„Ich interessiere mich mehr für die grundlegende biologische Funktion der Arbeit. Genau deshalb ist Judith hier. Nicht wahr?" In Ryans Stimme schwang ein trügerisch seidiger Ton mit, als er sich ihr zuwandte.

Steve hält ihn für nicht menschlich, dachte sie und bewahrte diese Information zur späteren Untersuchung auf. Steve Lindstrom dagegen war ein wenig zu menschlich für ihren Geschmack, aber er wirkte reichlich gesprächig. Wenn er so indiskret wie beredt war, konnte er sich als hilfreich erweisen … sofern es ihr nichts ausmachte, mit jemandem zu tun zu haben, der alle Merkmale einer Krake aufwies.

„Ich bin zum Arbeiten hier", stimmte sie zu. „Wann soll ich anfangen?"

„Sobald Sie bereit sind. Warum sollten wir das Unvermeidliche aufschieben?"

„Ryan, Sie klingen, als wollten Sie sie nicht hier haben", protestierte Steve und kam noch näher. Judith war froh, dass sie über und über mit Schmieröl bekleckert war. Wäre sie relativ sauber gewesen, hätte Steve jetzt schon seine Hände überall auf ihr gehabt.

Ryan betrachtete sie beide. „Ich bin mir nicht sicher, ob ich es will."

Wenn es nur nicht wegen Lacey wäre, dachte sie. Wenn ich nur den Nerv hätte, ihm den verdammten Job ins Gesicht zu schleudern. Lass ihn doch auf Matthews warten!

Aber sie konnte das nicht tun. Sie hatte einen Grund, hier zu sein, und sie durfte nicht zulassen, dass Stolz und Temperament ihre Pläne durchkreuzten. „Ich kann anfangen, sobald ich etwas gefunden habe, wo ich wohnen kann."

Kein Problem", sagte Steve. „Micki sucht eine neue Mitbewohnerin."

Ryan schnaubte. „Micki und die Prinzessin? Na, das wäre ein seltsames Paar."

„Wer ist Micki?" fragte Judith.

„Die Bombe aus der Bronx." Steve musste wohl finden, dass sich bei Judith der Schmutz lohnte, denn er legte einen Arm um ihre Schultern und führte sie zurück zum Korridor. „Lassen Sie sich von mir die Hierarchie hier erklären, Judy."

„Judith."

„Wie auch immer, Ryan, der Mann, der uns folgt und ein finsteres Gesicht macht, ist der Häuptling, der Boss, der Großkopf. Franz Himml ist Nummer zwei. Er ist schon seit ewigen Zeiten bei Ryan und ein süßer alter Vogel. Sehr mitteleuropäisch, alte Schule, konservativer Bursche."

„Er ist auch technisch der beste Puppenspieler im Geschäft", warf Ryan sehr sanft ein.

„Kann schon sein", sagte Steve. Er duftete nach einem würzigen Aftershave. Judith hasste Männer, die Aftershave benutzen. Sie lächelte ihn an und fragte sich, ob sie unter seinem Arm wegtauchen, einen Schritt zurückfallen und Ryan Smiths Arm um ihre Schultern legen konnte. Gütiger Himmel, wie kam sie zu solchen Fantasien? Jeder der beiden Männer mochte Lacey ermordet haben. Sie musste lernen, weniger vertrauensselig zu sein, wenn sie vorankommen und Erfolg haben wollte.

„Jedenfalls ...", fuhr Steve fort, „... nach Franz kommt der hier anwesende sehr Ergebene. Was mir an konservativem Auftreten fehlt, gleiche ich mehr als genug durch jugendliche Überschwänglichkeit aus."

„‚Time-Magazine' hat das gesagt", erklärte Ryan. „Steve hat jedes Wort auswendig gelernt."

„Nun, es war angemessen", erwiderte Steve gespielt abwehrend. „Dann rückt Micki rasch auf Nummer vier. Sie hat so eine Art mit den Grünen Göttinnen wie kein anderer, und sie wird besser und besser mit Billy und Fafnir."

Judith blieb stehen und entzog sich Steves Umarmung. „Ich dachte, Sie würden Billy und Fafnir machen", sagte sie zu Ryan in einem halb vorwurfsvollen Tonfall.

„Haben Sie Nachforschungen angestellt, Judith?" fragte er. „Ich habe es früher gemacht. Im Moment arbeiten wir daran, dass jeder fähig ist, mit jeder Puppe aufzutreten. Ich will keine Nightclubs in Las Vegas und keine Broadway-Shows mehr machen."

„Auf diese Weise können wir hingehen, wohin wir wollen", sagte Steve, übersah ihre unwillige Haltung und legte erneut den Arm über ihre Schultern, während sie die Treppe hinaufgingen. „Wir haben viel mehr Freiheit, und Ryan kann sich auf das konzentrieren, was er am besten macht."

„Und was ist das?"

„Warum lassen Sie Miss Neugier das nicht selbst herausfinden, Steve?" fragte Ryan direkt hinter ihnen, und der kaum verhüllte Befehl in seiner Stimme war nicht misszuverstehen.

Ja, Sir", antwortete Steve und zog eine Schau von Fügsamkeit ab, als sie wieder vor einer der Schwingtüren stehen blieben. „Stellen Sie sich darauf ein, Judy. Sie werden gleich den wichtigsten Teil der ‚Puppet Factory' entdecken."

„Noch wichtiger als Ryan?"

„Eindeutig", sagte Ryan, öffnete eine Tür und ließ das Stimmengewirr zu ihnen herausdringen. „Ich kann die Vorstellung übernehmen", sagte Steve. „Sie brauchen Ihre Zeit nicht zu verschwenden, Ryan."

Ryan zeigte dieses kleine, sexy Lächeln. „Ich möchte es um keinen Preis der Welt versäumen. Kommen Sie, Prinzessin."

Judith entzog sich Steves besitzergreifender Umarmung. „Stellen wir doch eines klar", sagte sie fest. „Mein Name ist nicht Judy, und er ist auch nicht Prinzessin. Mein Name ist Judith, oder ‚Hey, Sie', und nur darauf werde ich antworten."

Stille herrschte im Treppenhaus, eine Stille, die fast von dem Lärm hinter der offenen Tür erstickt wurde. Judith sah, wie Ryan sie betrachtete und seine Möglichkeiten überdachte. Sie hatte ihm einen Grund gegeben, sie zu feuern, wenn er hart sein wollte, und sie wusste sehr wohl, dass er diesen Grund wollte. Sie öffnete den Mund, um sich zu entschuldigen, und schloss ihn wieder. Sie wollte nicht in den nächsten Wochen diese spöttische Stimme hören, die sie jedes Mal Prinzessin nannte, wann immer sie sich umdrehte, nicht einmal um einer kaum erkennbaren Schuld Lacey gegenüber willen.

Steve räusperte sich nervös. „Ich sehe zu, ob ich Micki finde." Er verschwand in der Arbeitshalle und ließ sie mit Ryan zurück, dessen rätselhafter Gesichtsausdruck an ihren Nerven zehrte.

Er wirkte verschlossen, missbilligend, und seine graugrünen Augen blickten kühl drein. „ Prinzessin …", sagte er betont, „… ich werde Sie so nennen, wie es mir verdammt noch mal passt."

„Nur über meine Leiche." Sobald die Worte aus ihrem Mund waren, schluckte sie schwer. Sie fühlte, wie ihr Gesicht zuerst blass, dann rot wurde, aber sie konnte nichts dagegen machen.

Verdammt, er lächelte, ein zynisches, unfrohes kleines Lächeln. „Dann wissen Sie auch davon. Wie viel haben Sie noch bei ihren Nachforschungen herausgefunden?"

„Es ist doch nur sinnvoll, so viel wie möglich über einen angehenden Arbeitgeber herauszufinden", sagte sie endlich.

„Das wird einem in ‚Bryn Mawr' beigebracht? Die haben Sie dazu erzogen, Kostüme zu tragen, und sehen Sie nur, wohin Sie das gebracht hat." Er fuhr mit einem Finger über den Streifen Öl auf ihrer Schulter. „An Ihrer Stelle, Judith Daniels, würde ich Diskretion lernen. Wenn Sie von dem Unfall wissen, dann können Sie sich vielleicht auch denken, wie nervös die Leute hier deswegen sind. Wenn Sie mit allen gut auskommen wollen, müssen Sie ein wenig Vorsicht üben." Seine Stimme war ruhig.

„Und wenn ich es nicht tue?"

„Wenn Sie es nicht tun …", antwortete er leise, „… werden Sie es bereuen."

Sie blickte furchtlos zu ihm auf, und ein versteckter Teil ihres Bewusstseins registrierte, wie nett es war, zur Abwechslung einmal zu einem Mann aufblicken zu können. „Ist das eine Drohung?"

„Nehmen Sie es als freundlichen Rat. Meine Versicherungsprämien sind bereits in den Himmel geschossen. Ich möchte sie nicht erneut gefährden."

„Hat Ihnen diese Frau nur das bedeutet?" Sie konnte sich die Frage nicht verkneifen. „Eine Erhöhung Ihrer Versicherungsprämien?"

Erneut war sein Gesicht abgeschottet, undurchschaubar. „Ich glaube nicht, dass Sie das etwas angeht. Sind Sie sicher, dass Sie diesen Job wollen?"

Sie blickte an ihm vorbei in den lauten, überfüllten Arbeitsraum. „Ich bin sicher."

„Dann, Prinzessin ...“, sagte er betont, „... nach Ihnen.“ Damit winkte er sie in den Raum.

Es war ein Irrenhaus. Lärm und Farben, Hitze und Licht ... Stimmen, die redeten, sangen, lachten, summten ... die Stimmen von Puppen, die sie in einer Woge von Lauten umgaben. Die dritte Etage der „Puppet Factory“ war wie der Arbeitsraum darunter ein großer Raum mit einer Fensterwand, die auf einen breiten Balkon hinausführte, der sich über dem Fluss erstreckte. Videokameras hingen von der Decke wie ein außer Kontrolle geratenes Sicherheitssystem. Überall im Raum waren Fernsehmonitore aufgestellt. Es gab Podien und Theaterkabinen und Bühnen jeder Größe und Form. Und überall waren Leute, vorwiegend jung und lässig gekleidet, mit Puppen in ihren Händen, den weichen, geschmeidigen Handpuppen, für die die „Puppet Factory“ berühmt war.

„Hey, du“, grollte eine tiefe, sexy Stimme in ihr Ohr. Judith fuhr zusammen, drehte sich um und blickte in ein Augenpaar, das aus Tischtennisbällen gemacht war. Sie saßen in der Mitte eines purpurnen Fellgesichts, oberhalb eines gewichsten Schnurrbartes, der jedem Schurken zum Stolz gereicht hätte, und eine lange, gespaltene Zunge tänzelte zwischen pelzigen Kiefern. „Hey, du ...“, sagte die Stimme erneut, „... was für ein Baby! Ich wusste nicht, dass sie so gut aussehende Küken hier hereinlassen.“

„Nenn sie nicht Küken.“ Eine klagende, sanfte Stimme ermahnte das Wesen, gefolgt von dem Erscheinen eines kleinen Jungen. Nur dass der kleine Junge eine Brille anstelle der Augen hatte, gelbe Wolle als Haare und ein weiches Stoffgesicht, das ausgesprochen wehmütig dreinblickte. „Frauen haben es nicht gern, wenn man sie Küken nennt, das ist abwertend“, erklärte die Puppe ihrem Freund und wandte sich an Judith. „Bitte verzeih ihm. Fafnir weiß nicht viel über das richtige Verhalten zwischen den Geschlechtern. Er ist nur ein Drache, und es gibt keine männlichen und weiblichen Drachen. Es gibt nur Drachen.“ Die Puppe wartete gespannt auf ihre Antwort.

Judith fühlte sich wie ein komplette Närrin. Jedes Augenpaar im Raum war auf sie gerichtet. Sie fühlte Ryan Smith direkt hinter sich, wie er ihre Reaktion auf seine Nachkommenschaft beobachtete. Sie räusperte sich nervös. „Wie machen sie denn Drachenbabys?“ brachte sie hervor und versuchte, die Puppe direkt anzusehen.

Fafnir senkte seinen Kopf tief auf die Bühne. „Gar nicht“, klagte er. „Deshalb sind wir ja fast ausgestorben. Tausend Jahre Enthaltsamkeit können einen ganz schön schaffen. Kein Wunder, dass ich ein wenig Probleme mit Sex habe.“

„Du bist besessen“, sagte die andere Puppe ernst und wandte sich wieder an Judith. „Erlaube, dass ich mich vorstelle. Ich bin Billy. Arbeitest du hier?“

Nicht lange, wenn ich das hier nicht in den Griff kriege, sagte sich Judith. „Ja.“

Billy seufzte. „Das ist hübsch. Wir haben hier nicht genug Frauen. Die einzigen, die ich zu Gesicht bekomme, sind Ma Carter und Micki, und keine von beiden hat genug Zeit für mich. Micki ist immer beschäftigt, und Ma ist böse wie ein Drache ... ist nicht gegen dich gerichtet, Fafnir“, fügte er schnell hinzu.

„Schon gut“, murmelte Fafnir.

Also, wir sind sehr froh, dass du hier bist“, fuhr Billy fort und verzog sein Gesicht zu einer Miene scheuer Freude. „Nicht wahr, Faf?“

„Das sind wir, allerdings. Ich würde gern sehen, was sie da unter diesem ...“

„Fafnir!“

Mittlerweile hatte Judith Steve Lindstroms Stimme unter dem Tonfall der Puppen erkannt. Und plötzlich entspannte sie sich, streckte die Hand aus und streichelte Fafnirs pelzigen Kopf. „Ich freue mich, dass ich hier bin", sagte sie leise.

Fafnir rieb sich an ihrer Hand und schnurrte glücklich wie ein zufriedenes Kätzchen. „Pass auf", sagte er. „Billy wird sich in dich verlieben."

Für einen Moment war sie betroffen. Ihre Untersuchung hatte ergeben, dass die Puppe Billy das andere Ich von Ryan war, und für einen Moment dachte sie … Aber nein, im Moment steckte Steve hinter Billys Gestalt, und Steve machte Annäherungsversuche, wie er es vom ersten Moment des Kennenlernens an gemacht hatte.

„Er wird es überleben", sagte sie trocken.

„Haut ab, Jungs", fuhr eine raue Frauenstimme mit New Yorker Akzent dazwischen. Judith erwartete, dass neben dem Drachen noch eine Puppe auftauchen würde, doch als ihr eine Hand auf die Schulter tippte und sie sich umdrehte, blickte sie in ein schwarzes, heiter mutwilliges Augenpaar in einem blassen, schmalen Gesicht mit Aknenarben. Es waren menschliche Augen, funkelnd vor Leben, und das Gesicht wurde von langen schwarzen Haaren und nicht von Wolle umrahmt. „Ich bin Micki Verrenger", sagte die Frau und musterte Judith vom Scheitel bis zur Sohle mit dem gleichen amüsierten Glitzern in den Augen, das alle an diesem Ort gemeinsam zu haben schienen. „Ich habe gehört, Sie suchen eine Unterkunft."

„Die Neuigkeiten sprechen sich schnell herum", murmelte Judith. Die Puppen waren von der Bühne verschwunden, die anderen Leute kümmerten sich wieder um ihre eigenen Belange, und Ryan Smith war nirgendwo zu sehen. „Ich werde hier arbeiten."

„Das hat man mir gesagt. Sie übernehmen den Job von ‚Chaos Lacey'. Hoffentlich haben Sie mehr Verstand als sie und machen nicht auch einen Kopfsprung in die Turbine", bemerkte

Micki zynisch. „Ryan möchte nicht seine Hilfskräfte ständig ersetzen."

Judith öffnete den Mund zu einem Protest und schloss ihn wieder, weil ihr keine zivilisierte Antwort einfiel.

„Sie sehen allerdings aus, als hätten Sie Hirn", fuhr Micki fort und nickte. „Trotz der blöden Klamotten, die Sie da anhaben. Warum zum Teufel wollen Sie in einer Firma wie der hier Mädchen für alles sein?"

„Ich mag Puppen."

Micki schnaubte verächtlich. „Ich auch, aber ich sehe nicht aus wie die junge Grace Kelly. Wie heißen Sie?"

„Judith Daniels."

„Also, Judith Daniels, ich habe ein hässliches kleines Ranchhaus, ungefähr zehn Meilen von hier. Ich rauche nonstop, wenn ich nicht arbeite, aber ich beschränke es auf mein Schlafzimmer und die Küche. Ich bin eine lausige Hausfrau, und ich bleibe gern lang auf und lasse Phil Collins aus meiner Stereoanlage plärren. Ich mag Fastfood und billigen Rotwein und kümmere mich nur um meinen eigenen Kram. Glauben Sie, dass wir was gemeinsam haben?"

„Nein", sagte Judith.

„Wollen Sie bei mir wohnen?"

„Ja."

Micki nickte. „Wollen Sie nicht nach der Miete fragen?"

„Wie hoch ist die Miete?"

„Wie hoch ist Ihr Gehalt?" entgegnete Micki.

„Danach habe ich nicht gefragt", gestand Judith.

Mickis darauf folgende freimütige Bemerkung über Judiths geistige Fähigkeiten und Abstammung war obszön und einfallsreich, bevor sie gesitteter fortfuhr: „Finden Sie es heraus, um Himmels willen, und dann einigen wir uns schon. Es ist mir egal, ob Sie mit einem Silberlöffel in Ihrem properen Mündchen geboren worden sind. Wir werden so tun, als müssten Sie von Ihrem Gehalt leben, und auf der Basis verhandeln wir dann. Ich hole Ihnen die Schlüssel und zeichne Ihnen einen Plan, und Sie können hinfahren und sich häuslich einrichten. Ich bin sicher, Ryan will, dass Sie so schnell wie möglich mit der Arbeit anfangen – spätestens gestern."

„Klingt gut."

„Und noch etwas", fügte Micki hinzu.

„Ja?"

„Nur, damit wir uns nicht gegenseitig auf die Zehen treten. Sie haben Steve kennen gelernt? Den, der Sie auf der Puppenbühne angemacht hat?"

Judith nickte.

„Ich schlafe gelegentlich mit ihm", sagte Micki. „Wenn keiner von uns was Besseres zu tun hat."

„Ich lasse meine Hände von ihm."

Micki schüttelte den Kopf. „Nein, das ist es nicht. Sie können ihn haben, wenn Sie wollen. Wir haben keine gegenseitigen Verpflichtungen, und wir wollen auch keine."

„Okay", sagte Judith.

„Mit Ryan ist das was anderes."

„Sie schlafen mit Ryan?" Irgendwie war ihr diese Komplikation entgangen. Lacey hatte sich stets über die Frauen beklagt, die sie verdrängen musste, aber Judith hatte es so verstanden, dass Ryan ungebunden war, als Lacey ihn sich schnappte.

„Nein", sagte Micki. „Er hält nichts davon, mit Angestellten ins Bett zu gehen. Er hat eine Ausnahme gemacht, die er seither stets bereut hat."

„Und?"

„Und wenn er noch einmal eine Ausnahme macht, werde ich das sein, nicht Sie. Kapiert?"

„Absolut."

Micki nickte. „Dann werden wir gut miteinander auskommen.“ Sie streckte eine kleine, raue Hand aus. „Willkommen in der ‚Puppet Factory‘.“

Es war der einzige Willkommensgruß, den Judith bis jetzt bekommen hatte. Sie legte ihre größere, ölverschmierte Hand in Mickis Hand und schüttelte sie. „Danke.“

„Wie nett“, sagte eine vertraute Stimme. Fafnir lugte wieder über die Rampe der Bühne. „Ist dir klar, meine liebe Micki, dass eure gesamte Unterhaltung auf Videoband aufgezeichnet ist?“

Erneut wurde Mickis Sprache sehr beeindruckend. „Ich vergesse immer, dass es auf dieser Etage wie mit ‚Big Brother‘ ist. Demnächst installiert Ryan noch Kameras auf dem Klo.“

„Wieso glaubst du, dass er das noch nicht getan hat?“ fragte Fafnir.

„Weil er kein Voyeur ist.“ Micki rieb ihre Stupsnase an Fafnirs gewichstem Schnurrbart. „Du lässt doch diese Aufzeichnung verschwinden, Faf, Süßer?“

„Gegen Bezahlung. Was machst du nach der Arbeit?“

„Ich helfe Judith beim Einzug. Vielleicht interessiert sie sich für deine schuppigen Annäherungsversuche.“

Judith starrte für einen Moment betroffen in diese Tischtennisballaugen, während Fafnirs verformbares Gesicht eine Pantomime von Lust und Verzweiflung zeigte.

„Nein“, sagte Fafnir. „Lieber nicht. Billy würde mich umbringen.“

„Wie du willst“, sagte Micki und plauderte völlig normal mit einem Stoffdrachen.

„Aber denk daran, Prinzessin …“, fügte Fafnir hinzu, „… ich habe dich zuerst gesehen.“

Zu Judiths Erstaunen zuckte Micki vor dem Drachen zurück, als hätte sie sich verbrannt. „Wie haben Sie das gemacht?“ wollte sie wissen. „Ich hab den Tausch nicht mitbekommen …“

„Was gemacht?“ fragte Fafnir. Und plötzlich erkannte Judith den Unterschied. Es war nicht mehr Steve, sondern Ryan.

Micki hatte ihren anfänglichen Schrecken überwunden. „Na ja, Fafnir, du wirst deinem Schöpfer nichts davon erzählen, nicht wahr? Es ist ja auch nichts, was er nicht ohnedies schon weiß.“

„Ich werde nichts verraten. Pass auf die Prinzessin auf.“

Judith trat an die Bühne heran und streichelte wieder Fafnirs pelzigen Kopf. Sie fühlte Ryans Hand unter dem weichen Stoff. „Wenn du mich noch einmal Prinzessin nennst ...“, murmelte sie, „... reiße ich dir deine Zunge heraus.“

Fafnir warf sich ekstatisch auf den Rücken. „Ich liebe es, wenn du mit mir schmutzig sprichst!“

Micki schob Fafnir unter die Bühne. „Sie müssen hier ständig auf der Hut sein, Judith“, sagte sie, während sie Judith zur Tür zog. „Man weiß nie, wer hier lauscht. Und Fafnir ist ein Frechdachs.“

„Sie erkennen den Unterschied zwischen Fantasie und Realität?“ fragte Judith, als sie das Treppenhaus betraten.

„Die Grenze verwischt sich manchmal. Mit Absicht. Lassen Sie sich davon nicht stören, Kleines. Sie werden gut zu uns passen. Wer droht, Faf die Zunge rauszureißen, hat es geschafft.“

„Hoffentlich“, murmelte Judith und dachte an den Unterschied zwischen dem lüsternen Drachen und dem entrückten, reservierten Puppenspieler. Irgendwo in dieser Unvereinbarkeit mochte die Antwort auf die Frage liegen, was mit Lacey passiert war.

Er war allein in dem Raum, und niemand wusste, dass er da war. Der Raum war klein, dunkel und klaustrophobisch. Kein Fenster, kein Licht, nur das helle Rechteck des Videomonitors. Seine Augen beobachteten den Bildschirm, angespannt, mörderisch, starr. Und er wartete. Wartete. Wartete ...

3. KAPITEL

Mickis Ranchhaus war genauso hässlich und schäbig, wie sie behauptet hatte. Trotz Mickis Versicherung, ihr Kettenrauchen auf Schlafzimmer und Küche zu beschränken, roch das ganze Haus schal-muffig wie kalte Aschenbecher, aber wenigstens hatte Micki eine Klimaanlage. Die Tapete in dem für Judith bestimmten Zimmer war grau, der ursprüngliche weiße Teppich war mit undefinierbaren Flecken übersät, der durchgesessene Sessel hatte gebrochene Federn, und die Fenster waren mit Schmutz und einem braunen Film, vermutlich vom Rauchen, überzogen.

„Igitt", murmelte Judith angewidert und warf ihre Taschen auf den Boden.

Ein Stapel Phil-Collins-Platten lag in einem Wohnraum verstreut, der nur wenig einladender war als das Gästeschlafzimmer, und die Tür zum zweiten Schlafzimmer enthüllte ein gewaltiges Wasserbett mit zerknitterten Laken, und die Luft war noch dicker von abgestandenem Zigarettenrauch, sodass Judith zu husten begann.

Judith warf einen Blick auf ihre Uhr. Es war erst kurz nach Mittag, und sie machte sich daran, ihr Zimmer und das Bad zu reinigen und den schimmeligen Kühlschrank mit mehr auszustatten als Diät-Cola, Hotdogs und siebenundzwanzig Arten Senf. Wenn dann ihre Vermieterin nach Hause kam, konnte sie damit beginnen, mehr über Ryan Smith und die „Puppet Factory" herauszufinden. Es war ein hübscher Gedanke, aber schwer auszuführen. Als Judith endlich fertig war, sodass ihr neues zuhause recht passabel aussah, kam Micki Verrenger an diesem Abend nicht nach Hause.

Morgen hole ich alles nach, versprach Judith sich und fiel um zehn Uhr in ihr Bett.

Judith erkannte an dem Geruch von frischem Kaffee und frischen Zigaretten, dass Micki irgendwann in der Nacht zurückgekommen war. Nachdem sie eine ausgeblichene bequeme Jeans und ein übergroßes olivgrünes T-Shirt angezogen hatte, stolperte sie barfuß ins Wohnzimmer, ihre hellroten Reeboks in der Hand. Micki war schon auf und angezogen. Eine Zigarette baumelte ihr zwischen den Lippen, ein klebriges süßes Gebäckteilchen lag auf einer Serviette vor ihr. Ihr Gruß klang wie eine Mischung aus einem Krächzen und einem Stöhnen, und Judith wusste sofort, dass Micki Verrenger kein Morgenmensch war.

„Ich rede nicht gern vor meiner zweiten Tasse Kaffee", sagte Micki heiser.

„In Ordnung." Judith schenkte sich Kaffee ein, lehnte sich an die Theke und nahm einen tiefen Schluck. Prompt spuckte sie die Flüssigkeit in die Spüle.

Micki grinste. „Schmeckt Ihnen mein Kaffee nicht?"

„Ich habe in meinem Leben noch nie etwas Schlimmeres gekostet", sagte Judith kategorisch und holte eine Dose Selterswasser aus dem Kühlschrank.

„Wenigstens sehen Sie heute Morgen nicht wie eine Matrone aus der Park Avenue aus. Und was zum Teufel ist das für ein Ding in meiner Einfahrt? Sieht aus wie ein prähistorischer De Lorean."

Judith spülte den bitteren Kaffeegeschmack aus ihrem Mund. „Das ist ein Flügeltüren-Mercedes. Von denen wurden nur wenige gebaut. Meiner ist ein 57er und meine große Leidenschaft. Verständlich, wenn man die Zeit in Betracht zieht, die ich daran gearbeitet habe. Er ist allerdings nicht besonders zuverlässig."

„Wir könnten zusammen zur Arbeit fahren", sagte Micki und trank ihren Kaffee, ohne zu schaudern. „Was mein Escort optisch nicht hermacht, gleicht er durch Zuverlässigkeit aus."

„Haben wir denn die gleiche Arbeitszeit?"

Micki zuckte die Schultern. „In der ‚Factory' fangen wir an, wann wir können, und arbeiten, bis wir fertig sind. Aber wenn ich länger arbeite, kann mich jemand mitnehmen, während Sie den Wagen nehmen. Jimmy und Melvin wohnen nur drei Blocks von hier, und Franz fährt jeden Abend genau hier vorbei."

„Jimmy und Melvin?"

„Zwei von den Puppenspielerlehrlingen. Übrigens, Sie haben Franz noch nicht kennen gelernt."

„Steve sagte, Franz sei hier der zweitbeste Puppenspieler."

„Stimmt."

„Ryan sagte, Franz sei der Beste auf der Welt."

Micki grinste und drückte ihre Zigarette in dem klebrigen Kuchenstück aus. „Ryan ist bescheiden. Franz ist sehr einfallsreich, technisch fehlerfrei und unglaublich hingebungsvoll. Er ist der Einzige von uns, der wirklich an Puppen glaubt. Aber er hat nicht Ryans Vorstellungsvermögen oder Genialität. Was mich angeht, ist Ryan Smith der beste lebende Puppenspieler."

„Aber Sie sind nicht wirklich objektiv, oder?"

„Was meinen Sie damit?" schnappte Micki.

„Sie sind in ihn verliebt."

„Quatsch! Ich bewundere ihn, ich respektiere ihn, und ich will seinen Körper. Das hat nicht unbedingt etwas mit wahrer Liebe zu tun. Himmel, Sie haben zwar diese Debütantinnen-Klamotten ausgezogen, aber diese Kopf-in-den-Wolken-Mentalität sind Sie nicht losgeworden. Werden Sie erwachsen, Judith. Sex bedeutet nicht Liebe."

Judith trank ihr Selters und stellte die Dose auf die Theke. „Sie können mich auf dem Weg zur Arbeit unterrichten. Und Sie können mir auch etwas über das Mädchen erzählen, das hier gestorben ist."

Sofort erschien ein wachsamer Ausdruck auf Mickis Gesicht. „‚Chaos-Lacey'? Wozu wollen Sie etwas über sie wissen?"

„Neugierde. Ryan sagte, alle wären nervös, seit sie starb. Ich möchte wissen, warum."

„Ryan hat das gesagt? Hören Sie, Judith, Lacey war ein lästiges kleines Ding, hat sich überall hineingedrängt und pausenlos über die langweiligsten und unwichtigsten Dinge geredet."

„In was hat sie sich denn noch hineingedrängt außer in Ryans Bett?"

„Sie erinnern sich, dass ich Ihnen das erzählt habe? Sie wurde Ryan leid." Micki steckte sich noch eine Zigarette an und ließ das Streichholz in ihre Kaffeetasse fallen. „Sie fing an, Steve zu verfolgen, und Sie kennen Steve. Er ist nicht besonders weit weggelaufen. Sie war auch gut mit Franz befreundet, obwohl ich nicht glaube, dass sie mit ihm geschlafen hat. Und sie wollte bei mir einziehen, als meine letzte Mitbewohnerin auszog, aber ich sagte, das kommt nicht in Frage."

„Warum haben Sie dann mich einziehen lassen?"

Micki stieß grinsend den Rauch aus. „Nur eine Schwäche für Ihr Upper-Class-Aussehen."

Judith trat auf Micki zu. „Sie werden schon noch herausfinden, dass das Aussehen trügen kann, Micki. Ich kann genauso schmutzig kämpfen wie Sie."

„Wir kämpfen doch gar nicht, oder sind Sie auch hinter Ryan her?"

In gewisser Weise ja, dachte Judith. Wenn er meine Freundin ermordet hat, will ich seinen Kopf auf einem silbernen Tablett. „Micki, das Letzte auf der Welt, was ich will, ist, mit Ryan Smith schlafen."

„Warum sind Sie dann hier? Ganz bestimmt nicht aus Liebe zu den Puppen."

Einen Moment wollte Judith sich ihr anvertrauen, aber Micki hatte ihr bereits mehrere Motive geliefert. Sie hatte Lacey nicht gemocht, und Lacey war hinter den beiden Männern her gewesen, für die Micki sich interessierte. „Das ist eine lange Geschichte, die Sie gar nicht hören wollen. Es geht um einen Exmann, einen Chef, der seine Hände nicht bei sich behalten konnte, und eine neugierige Familie. Ich wollte weg von allem und etwas Neues beginnen."

Micki schluckte die Geschichte. „Sie haben Recht, das klingt verdammt langweilig. Machen wir uns an die Arbeit. Ich möchte sehen, wie Ma Sie in Ihrer neuen Inkarnation mag."

„Darf ich mir wenigstens die Haare kämmen?"

„Was denn, und den Effekt verderben?" Micki seufzte. „Aber machen Sie sich schick. Franz kommt heute irgendwann aus der Stadt zurück. Er hat dort an einem Sciencefiction-Film gearbeitet. Er hat mir versprochen, mir bei meiner Madame Rinaldi zu helfen."

Judith hatte schon friedlichere Autofahrten erlebt. Auf den leeren Straßen von Miller's Junction raste Micki, als wäre sie auf einem L.A.-Freeway.

Während Judith um ihr Leben bangte, dachte sie an ihre Eltern, die in Hilton Head wohnten und sie erst erwarteten, wenn es kühler wurde. Ihr Bruder war in Stanford, ihre Schwester in Minnesota, und es war verdammt lang her, dass sie verliebt gewesen war. Aber wenigstens brauchte sie jetzt auf niemanden Rücksicht zu nehmen, während sie ihren Plan durchführte. Wenn sie wieder in Philadelphia zurück war und ihren neuen Job in der Nachrichtenredaktion hatte, wollte sie sich auf ihr unausgefülltes Liebesleben konzentrieren. Im Moment musste sie einen Job erledigen.

Ma Carter mochte ihre Jeans und das T-Shirt und die geflochtenen Haare genauso wenig wie das Leinenkostüm. Aber Judith hatte schon herausgefunden, dass Ma Carter überhaupt nichts und niemanden mochte, ausgenommen Ryan Smith.

Ma Carter verschwendete keine Zeit, um ihrer unerwünschten Gehilfin ihre Abneigung zu zeigen. Judith musste Karton um Karton mit Korrespondenz, Quittungen und Rechnungen ablegen, die seit vielen Jahren auf der vierten Etage gelagert hatten und zurückreichten bis zu Beginn von Ryan Smiths Karriere, als er noch im College war und einen Teilzeitjob bei der örtlichen Fernsehstation hatte.

In den ersten drei Stunden war Judith fasziniert und überzeugt, Anhaltspunkte zu finden. Nach einem einsamen Mittagessen, auf dem Ma bestanden hatte, langweilten sie die staubigen Papiere. Bessie, die Büroangestellte, warf ihr nur gelegentlich ein scheues Lächeln zu, während sie weiterhin von ihrem Computerbildschirm fasziniert war, und Ma wanderte finster dreinblickend umher.

Judith erkannte erst, wie verzweifelt sie war, als Ryan zur Tür hereinkam. Seufzend lehnte sie sich gegen den Aktenschrank und kämpfte gegen die irrationale Freude an, von der sie gepackt wurde. Ryan sah nicht einmal in ihre Richtung.

„Rufen Sie Richardson an", sagte er abrupt zu Ma.

„Nicht Matthews?" warf Judith ein.

Ryan wandte sich ihr langsam zu. „Nicht Matthews. Die Klimaanlage arbeitet noch immer."

„Man stelle sich vor", sagte sie lächelnd. „Was muss jetzt repariert werden? Ich könnte eine Pause vom Ablegen gebrauchen."

„Wenn Ihnen die Arbeit nicht behagt, Miss Daniels ..." begann Ma in gefährlichem Ton.

„Ich liebe den Job. Es ist nur hart für die Augen und den Rücken, wenn man ...", sie sah auf ihre Uhr, „... seit fünf Stunden Akten ordnet. Was ist kaputt?"

„Einer der Videorekorder im Kontrollraum", sagte Ryan, ohne sich um Mas finstere Miene zu kümmern. „Eine Kassette steckt fest. Ich will, dass sie herausgenommen wird, ohne beschädigt zu werden. Sie ist zu wichtig."

„Kleinigkeit."

„Wenn Sie das Band zerstören ...", sagte er sanft, „... drehe ich Ihnen den Hals um."

Judith blickte auf seine schönen, starken Hände, die sie gestreichelt hatte, als sie in Fafnirs pelzigem Körper verborgen waren. Hatten diese schönen Hände Lacey etwas angetan?

„Ich repariere den Videorekorder", versicherte sie ruhig. „Ich werde das Band nicht beschädigen, aber sollte es mir passieren, könnte ich es ausbessern."

„Gibt es etwas, das Sie nicht können, Judith?"

Kein spöttisches „Prinzessin" heute. Es war wohl schwer, jemanden in Jeans und T-Shirt Prinzessin zu nennen. „Ich kann nicht kochen. Und ich kann nicht singen." Und ich kann mich nicht verlieben, fügte sie in Gedanken hinzu.

Seine Augen wurden schmal. „Seien Sie dankbar, dass Sie im Zeitalter der Mikrowellenherde und CD-Spieler leben."

„Die ich beide reparieren kann."

Er schüttelte den Kopf. „Kommen Sie mit. Keine Sorge, Ma", kam er Mas empörtem Aufschrei zuvor. „Das Ablegen hat so lange gewartet, das kann jetzt noch ein paar Jahre warten."

„Das gefällt mir gar nicht, Ryan", sagte Ma. Eine Warnung?

„Tut mir Leid, Ma", erwiderte er. „Aber jetzt gehört sie mir."

Judith fühlte einen kleinen Schauer der Angst über ihr Rückgrat rieseln, einen Schauer, der sich seltsam erregend anfühlte.

Der Kontrollraum war wunderbar kühl und lag auf der zweiten Etage, gleich neben dem Arbeitsraum. „Da drinnen", sagte Ryan und schien es eilig zu haben, von Judith wegzukommen.

„Was ist mit Werkzeug?“

„Auch da drinnen. Es ist der mittlere Videorekorder, der Panasonic. Seien Sie vorsichtig, um Himmels willen.“

„Bin ich immer“, entgegnete sie kurz angebunden.

Er sah sie einen Moment an. „Das hoffe ich“, sagte er, und sie hatte das seltsame Gefühl, dass er nicht von Reparaturen sprach.

Der Kontrollraum war klein und schalldicht, mit Tischen und Regalen, auf denen unzählige elektronische Geräte standen, hauptsächlich Videorekorder und Monitore. Es gab nur einen Panasonic, und Judith hatte das Gerät vom Strom abgeschlossen und die Metallverkleidung halb abgehoben, als sich die Tür öffnete und ein kleinwüchsiger Mann eintrat.

Er wirkte wie eine der Puppen. Er hatte eine Mähne grauweißer Haare, die von seinem rosigen Schädel abstanden, buschige Augenbrauen, einen dichten Schnurrbart und sanfte, traurige Augen, die in Fafnirs Gesicht gehört hätten. Er hielt sich ein wenig vom Alter gebeugt, aber seine kleinen, breiten Hände wirkten sehr kräftig. Er blickte in Judiths neugierige blaue Augen, und sein Lächeln ließ ihn wie einen Cherub aussehen.

„Miss Daniels, nehme ich an? Micki hat mir alles über Sie erzählt.“ Er ergriff ihre Hand und verbeugte sich wie ein preußischer Offizier. „Wir sind hoch erfreut, Sie bei uns zu haben. Besonders, wenn Sie etwas mit diesen Geräten hier anzufangen wissen.“

„Und ich bin hoch erfreut, hier arbeiten zu können, Herr Himml“, erwiderte Judith genauso förmlich, stand auf und überragte ihn um einiges. „Ich habe schon lange Ihre Arbeit bewundert.“

Der kleine Mann zuckte die Schultern. „Bitte nennen Sie mich Franz. Wir sind hier alle sehr formlos. Sie verstehen wirklich diese Geräte?“ Er betrachtete den Videorekorder mit offener Abneigung.

„Ich verstehe sie."

„Sehr gut." Er nickte. „Dann überlasse ich Sie jetzt Ihrer Arbeit. Sie werden vorsichtig sein, Miss Daniels?"

Judith", verbesserte sie ihn mit einem gezwungenen Lächeln. „Warum muss ich vorsichtig sein?"

„Es ... es hat einen Unfall gegeben. Wir möchten nicht, dass Ihnen etwas zustößt." Er war sehr ernsthaft, sehr charmant, und wäre er dreißig Jahre jünger gewesen und dreißig Zentimeter größer, hätte Judith sich in ihn verlieben können.

Stattdessen lächelte sie nur und berührte seinen Arm in einer beruhigenden Geste. „Ich werde vorsichtig sein. Und Sie auch, Franz."

„Oh, mir wird er nichts tun", sagte Franz abwesend. Und bevor Judith noch etwas sagen konnte, verschwand er aus dem Kontrollraum.

Sie starrte hinter ihm her, während ein Grauen sie erfasste.

Der Fehler an dem Videorekorder war schnell behoben. Ein Klebeschild hatte sich gelöst und das Innere blockiert. Judith brachte das Gerät in Ordnung und verließ aufatmend den Kontrollraum.

Die zweite Etage war verlassen, obwohl es erst kurz nach vier war. Auf der Flussseite gab es einen Balkon mit Tischen und Stühlen. Die Glastüren waren mit einer Kette mit Vorhängeschloss gesichert.

Es dauerte keine Minute, bis Judith das Schloss geöffnet hatte, auf den Balkon trat und über das Geländer in das wirbelnde Wasser des Flusses blickte.

Da unten war eine Turbine im Wasser angebracht, eine große, hässliche Maschine. Wenn Ryan dachte, sie würde jemals daran arbeiten, hatte er sich getäuscht. Um keinen Preis der Welt würde sie in etwas herumkriechen, das ihre Freundin zermalmt hatte.

Natürlich war das nicht die Schuld der Maschine, erinnerte sie sich selbst. Lacey war gestürzt, mit oder ohne Mithilfe, vielleicht sogar von diesem Balkon. Vielleicht war er deshalb abgesperrt. Kälte überzog ihre erhitzte Haut, und sie wich von der Kante zurück.

„Was zum Teufel machen Sie hier draußen?"

Sie war froh, dass sie ihm den Rücken zuwandte. Das ließ ihr einen Moment Zeit, sich zu fassen. „Ich wollte frische Luft atmen", antwortete sie leichthin. „Ist das ein Verbrechen?"

„Nicht mehr."

„Wie bitte?"

„Es ist kein Verbrechen mehr, hier draußen zu sein", sagte Ryan geduldig. „Die Polizei hat letzte Woche die Sperren entfernt. Ich habe den Balkon abgeschlossen. Warum haben Sie das Schloss aufgebrochen?"

Im Zweifelsfall alles abstreiten. „Es war nicht abgeschlossen. Das Vorhängeschloss war offen."

„Ich wollte niemanden hier draußen haben, bevor ich nicht die Bretter des Bodens ausgetauscht habe."

Judith betrachtete die dunklen Bretter zu ihren Füßen. „Ich kenne Mittel, mit denen man diese Flecken herausbekommt."

„Es sind Blutflecke."

Judith starrte ihn an, fühlte Übelkeit in sich hochsteigen, wich zurück und sank auf eine Bank. „Oh ..."

Ryan stand noch immer da und beobachtete sie. „Diese Frau, die hier starb ..." Klang seine Stimme wirklich leicht spöttisch? „Als die Polizei ihre Leiche in der Turbine eingeklemmt fand, brachten sie sie hier herauf und legten sie auf den Balkon."

„Oh ..." Judiths Stimme war schwach.

„Nächste Woche kommen Zimmerleute und ersetzen die Planken. Wenn Sie in der Zwischenzeit die Flecken entfernen wollen, bedienen Sie sich."

Sie würde sich gleich übergeben. Sie würde sich über das Geländer beugen und sich in den Hudson River übergeben müssen. Und da hatte man nun so heftig gegen die Umweltverschmutzung gekämpft, brachte sie sich in Erinnerung, um die Übelkeit mit einem bisschen erzwungenen Humor zu unterdrücken. Entschlossen schluckte sie, dann blickte sie zu Ryan hoch. „Nein, danke", sagte sie und stand auf, ohne zu schwanken. „Vielleicht sollten Sie herausfinden, wer die Tür nicht abgeschlossen hat."

Er zuckte nicht einmal mit der Wimper. „Vielleicht sollte ich das tun", stimmte er zu und beobachtete, wie sie die Tür erreichte. „Das Bad ist links", fügte er hinzu.

Sie stockte für einen Moment. Ryan Smith sah zu viel. Das sollte sie sich merken. „Danke", murmelte sie und ließ hinter sich die Tür zufallen.

Ich hätte das nicht tun sollen, dachte Ryan. Aber er mochte keine Lügner. Und er mochte Judiths gespielte Unschuld zusammen mit dem forschenden Blick nicht.

Was zum Teufel wollte sie von ihm? Es hatte ihn gestern Abend nur ein paar Anrufe gekostet, um alles über Judith Kennedy Daniels zu erfahren. Lacey Hollisters Tod war ein schauerlicher Unfall gewesen. Ryan hatte sich stets im Hintergrund gehalten, aber die Puppen der „Puppet Factory" waren weltberühmt, und der Name Ryan Smith, wenn auch weniger bekannt, würde den Umsatz der Zeitungen steigern, falls er mit einem grausigen Mord in Verbindung gebracht wurde.

Aber, verdammt, Lacey war nicht ermordet worden, auch wenn ein halbes Dutzend Leute am liebsten dieses alberne Wesen erwürgt hätte, er selbst mit eingeschlossen. Aber er hatte es nicht getan. Niemand hatte es getan. Sie war gestürzt und gestorben, und das war es.

Er hätte Judith sagen können, dass er alles über sie wusste, und hätte sie hinauswerfen können, aber er kannte Reporter, und er kannte Judith bereits. Je mehr Hindernisse er ihr in den Weg legte, desto entschlossener würde sie vorgehen. Und er hatte nichts zu verbergen. Sollte Judith doch schnüffeln.

Allerdings musste er zugeben, dass es eine Komplikation dadurch gab, dass er sie einfach sagenhaft fand. Er war jedoch kein Mensch, der seine Urteilsfähigkeit von seinen Hormonen beeinflussen ließ, und seine Urteilsfähigkeit riet ihm, sich von Judith fernzuhalten.

Aber wenn sie gestern in Seide und Leinen und mit ölverschmierter Nase sagenhaft gewesen war, so war sie heute in dem formlosen, zerknitterten T-Shirt, der Jeans und mit den zurückgebundenen Haaren nahezu unwiderstehlich. Er hatte gegen den Wunsch ankämpfen müssen, die Klimaanlage zu sabotieren, um Judith wieder nach unten zu bekommen. Als der Videorekorder seinen Geist aufgab, war er erleichtert und begeistert gewesen.

Es musste die etwas zu früh einsetzende Midlife-Crisis sein, obwohl ihm noch drei Jahre bis vierzig fehlten. Er legte die Kette und das Schloss vor und betrachtete die winzigen Kratzer von Judiths Schraubenzieher mit einem trockenen Lächeln.

„Da sind Sie, Ryan." Micki kam die Treppe herunter. „Ma lässt ihnen sagen, dass Josiah Greenfield angerufen hat, und es wäre dringend."

„Anwälte", murmelte Ryan bitter. „Was will er jetzt?"

„Keine Ahnung. Haben Sie Judith gesehen? Ich fahre nach Hause, und wenn sie mitkommen will, dann jetzt."

Ryan ging bereits zur Treppe. „Sie ist im Bad und übergibt sich."

Ach ja?" Micki griff nach einer Zigarette und steckte sie unter Ryans missbilligenden Blick weg. „Warum übergibt sie sich?"

„Ich sagte ihr, woher die Flecken auf dem Balkon stammen."

„Sie sind ein netter Kerl."

„Mr. Sonnenschein", stimmte er zu. „Behalten Sie sie im Auge, ja?"

„Warum?"

Er zuckte die Schultern. „Ich weiß es nicht. Lassen Sie es mich nur wissen, falls etwas … Interessantes passiert."

„Ich dachte, Sie fangen nichts mit Angestellten an. Sie haben das einmal gemacht, und Sie sehen ja, wohin es Sie gebracht hat."

„Ich will mit ihr nichts anfangen, Micki", log er. „Ich will einfach nicht noch mehr Ärger."

„Und Sie meinen, sie bringt Ärger?"

Er zögerte. „Sie kennen mich, Micki. Ich glaube von allem, dass es Ärger bringt. Passen Sie einfach auf sie auf, ja?"

„Das hat mir gerade noch gefehlt … Babysitten", murmelte sie angewidert. „Welches Badezimmer?"

„Das erste. Ist Ma noch oben?"

„Wartet auf Sie und wird mit jeder Minute knurriger."

„Woher wollen Sie das wissen?"

Micki lachte. „Ich weiß nicht, warum Sie sie behalten, Ryan. Sie mögen sie ja auch nicht mehr als alle anderen hier."

„Was soll ich sagen? Ich bin eben ein netter Kerl."

„Ein richtiger Prinz. Ich hole jetzt lieber Ihr letztes Opfer. Wie sehr sind Sie ins Detail gegangen?"

„Nicht sehr. Sie muss einen schwachen Magen haben."

„Vielleicht", sagte Micki. „Vielleicht."

Judith schöpfte sich kaltes Wasser ins Gesicht. Wenigstens waren die Badezimmer in der „Puppet Factory" makellos sauber …

„Da sind Sie ja." Micki lehnte in der Tür, ein zynisches Lächeln im Gesicht. „Ryan sagte, Sie wären hier drinnen. Möchten Sie heimfahren?"

Judith erlaubte sich einen schnellen Blick in den Spiegel. Sie sah blass und ausgelaugt aus. „Sicher. Aber wenn Sie während der ganzen Heimfahrt rauchen oder wie heute Morgen fahren, übergebe ich mich über Ihre Plastiksitze."

Micki nickte. „Okay", sagte sie. „Nur um zu beweisen, dass ich nicht immer fies bin." Sie steckte ihre Zigaretten weg.

Judith atmete erleichtert auf. „Danke."

„Und dafür können Sie mir auch einen Gefallen tun", fuhr Micki fort, ein mutwilliges Lächeln auf ihrem schmalen Gesicht.

„Was Sie wollen", sagte Judith.

„Sie können mir verraten, warum Ryan unbedingt will, dass ich Ihnen nachspioniere."

Er saß in der Dunkelheit, in warmer, feuchter Dunkelheit, die Sicherheit und Trost spendete. Keine spähenden Augen. Doch jenseits lagen die Helligkeit und das Böse, das bestraft werden musste. Sünder, alle! Die Frau hatte sich schon an Ryan herangemacht. Ryan musste beschützt werden. Er verstand diese Frauen nicht. Er brauchte Schutz.

Sie hatte anders ausgesehen. Sie hatte süß und unschuldig ausgesehen, und einen Moment hatte er gehofft, alles sei in Ordnung.

Aber nein. Sie war wie die anderen. Sie war eine Hure wie die anderen Huren, und sie musste bestraft werden.

Sein Blick fiel auf seine Hände, die sich öffneten und schlossen, als lägen sie um einen Hals. Hände, die mit einem leuchtend grünen Fell bedeckt waren. Und er schloss seine Augen in der warmen, süßen Dunkelheit.

4. KAPITEL

„Verdammt, ist das heiß.“ Micki schob eine Haarsträhne aus ihrem Gesicht.

„Ihnen wäre kühler, wenn Sie sich nicht in die Sonne setzten.“ Judith blickte von dem Kassettenrekorder auf, den sie auseinander nahm.

„Dann wäre ich aber genauso teigig weiß wie Sie“, schoss Micki zurück und bewegte sich in ihrem Bikini auf der Plastikliege. Es war Samstagmittag, fünf Tage nach Judiths Einzug in Miller's Junction.

Judith blickte auf ihre Beine hinunter, die von den Kakiwandershorts freigelassen wurden, die sie nie zum Wandern anzog. „Ich bin nicht teigig weiß“, sagte sie ruhig. „Ich habe sehr wohl Sonnenbräune. Sie ist nur sehr dezent.“

Micki blies eine lange Rauchfahne genau in ihre Richtung. „Da wäre ich nie draufgekommen.“

„Wenn Sie wollen, dass ich Ihr Kassettengerät repariere, sollten Sie etwas mehr Takt zeigen.“

„Ich will, dass Sie mir mein Kassettengerät reparieren, mein tragbares Telefon reparieren und meinen alten Müllschlucker reparieren.“

„Und ich möchte ihren Luftreiniger reparieren“, sagte Judith und konzentrierte sich auf eine winzige Schraube.

„Wenn Sie mein Rauchen nicht mögen …“

„Micki, ich liebe Ihr Rauchen. Dadurch weiß ich erst meine Lunge zu schätzen.“

„Meine Güte, Sie und Ryan würden ein perfektes Paar abgeben“, sagte sie geringschätzig. „Es gibt nichts Schlimmeres als Antiraucher.“

„Das glaube ich nicht.“

„Sie glauben nicht, dass es nichts Schlimmeres gibt?“

„Ich glaube nicht, dass Ryan und ich ein perfektes Paar wären", erwiderte Judith ernst. „Sie sagten selbst, dass er will, dass Sie mir nachspionieren, der Himmel mag wissen, warum. Ich habe ihn seit meinem ersten Arbeitstag nur im Vorübergehen gesehen, und dann hat er mich finster angesehen."

„Gut."

„Ich sagte Ihnen, Micki, ich habe kein Interesse, auf Ihrem Territorium zu wildern. Ich habe nicht die Absicht, mit Ryan Smith anzubandeln. Sie können ihn haben."

„Genau das wünsche ich mir." Micki steckte sich eine neue filterlose Zigarette am Stummel der alten an. „Aber die einzige Frau, die ihn kriegt, wird eine sein wie Eleanor Bellows."

Der Schraubenzieher rutschte ab und riss ein winziges Stückchen Haut von Judiths Hand. „Wer ist Eleanor Bellows?"

„Sie war seine Verlobte. Sie waren zusammen … Himmel, das muss so vier oder fünf Jahre gedauert haben. Sie haben sogar ein Haus gekauft, das Eleanor dekoriert hat, und dann haben sie ein Datum für die Hochzeit festgesetzt und alles."

„Und was ist passiert?"

„Mit Eleanor? Sie hat wohl ihre Meinung geändert. Plötzlich war die Hochzeit abgeblasen, und Ryan wohnte in diesem Herrenhaus am Stadtrand ganz allein, und Eleanor heiratete einen anderen. Ich glaube, er war Fernsehproduzent wie ihr Vater. Sie müssen von J.F. Bellows gehört haben. Er ist derjenige, welcher alle ‚Puppet Factory'-Specials produziert hat. So haben Ryan und Eleanor einander kennen gelernt."

„Und das Mädchen, das umgekommen ist", fragte Judith vorsichtig. „Hat sie die beiden auseinander gebracht?"

„O nein, Ryan und Eleanor haben sich schon vor mehr als einem Jahr getrennt. Lacey hat auf keinem Gebiet gewildert außer auf meinem", fügte Micki betont hinzu.

„Daran brauchen Sie mich nicht zu erinnern." Judith ließ

das Metallgehäuse des Kassettengeräts zuschnappen. „Ich weiß, wann ich mich um meinen eigenen Kram kümmern muss."

„Tust du das?" Es war Fafnirs raue Stimme, die diese Frage stellte, und Judith blickte nicht einmal hoch. Sie war an Mickis Fähigkeiten, Stimmen zu imitieren, gewöhnt und daran, dass sie sie in den seltsamsten Momenten einsetzte. Judith war nicht wild darauf, zu Madame Rinaldis falsch gesungenen Koloraturen aufzuwachen, aber sie hatte schnell herausgefunden, dass Micki umso hartnäckiger weitermachte, je mehr sie dagegen protestierte.

„Ja, ich weiß es", sagte sie und drehte die winzigen Schrauben hinein. „Ich bin in Miller's Junction zum Arbeiten, das ist alles."

„Sicher bist du das", erwiderte Fafnirs lüsterne Stimme. „Und als Nächstes verkaufst du mir die Brooklyn Bridge. Hör mal, Prinzessin, warum verzichten wir nicht auf das ganze Theater, und du erzählst mir, warum du wirklich hier bist?"

„Hör mal, du ..." begann Judith und hob den Kopf. Die gereizten Worte erstarben auf ihren Lippen, als ihr zorniger Blick auf Ryans ruhiges Gesicht traf. Er stand da in dem winzigkleinen Garten und beobachtete sie, und seine verspiegelte Sonnenbrille verbarg jede Reaktion, die er vielleicht auf ihre Unterhaltung zeigen mochte.

Micki hatte ein zufriedenes Grinsen im Gesicht. „Ich habe mich schon gefragt, wie lange es dauert, bis Sie was merken. Ryan hat die schlechte Gewohnheit, sich an Leute ranzuschleichen. Kommt von dem jahrelangen Rein- und Rausschlüpfen im Puppentheater."

„Hat Ihnen jemals jemand gesagt, dass dies eine entnervende Gewohnheit ist?" fragte Judith, wünschte sich ihre eigene Sonnenbrille, um sich dahinter zu verstecken, und wünschte sich, eine weite Hose und einen BH zu tragen.

„Ja“, antwortete Ryan mit seiner eigenen Stimme. „Micki sagte, ich solle mir Eisen an die Schuhe nageln.“

Judith blickte auf seine Füße. „Die würden kaum auf Nikes halten.“

„Wahrscheinlich nicht.“ Er wirkte kühl und lässig in der heißen Mittagssonne. „Geht ihr nicht ans Telefon?“

Micki drehte sich auf der Liege. „Das tragbare ist kaputt, und Judith hat es noch nicht repariert. Und wenn Sie hier sind, damit ich heute arbeite, können Sie es vergessen. Ich brauche Sonne und muss mich ausruhen.“

„Nicht Sie, Micki. Ihre Mitbewohnerin.“

Judith blickte überrascht auf. „Gibt es wieder etwas zum Reparieren? Etwas kaputt?“

„Einer der Fernsehmonitore. Ich kann ohne ihn einfach nicht arbeiten.“

Judith stand auf. „Ich ziehe mich schnell um.“

„Nicht nötig, es sei denn, Sie wollen wieder Ihr Leinenkostüm tragen.“ Seine Stimme klang leicht spöttisch, und sie brauchte nicht hinter diese Sonnenbrille zu sehen, um zu wissen, dass er ihre nackten Beine und ihre Brüste unter dem locker fallenden Baumwoll-Shirt betrachtete.

„Also schön, ich hole meine Schlüssel …“

„Ich fahre Sie.“

„Ich fahre lieber in meinem eigenen Wagen.“

Ein Lächeln erhellte sein Gesicht. „Und ich habe Sie während der Fahrt lieber bei mir, um Ihnen zu erklären, was kaputt ist. Das spart Zeit.“

„Aber dann müssen Sie mich zurückfahren“, entgegnete sie dickköpfig.

„Franz oder Steve können Sie absetzen.“

„Die arbeiten auch?“

„Ja. Sie sind also vor meinen lüsternen Absichten sicher.“

Sie lächelte. „Ich mache mir nicht Ihretwegen Sorgen. Es geht um Fafnir."

„Billy wird ihn zurückhalten", sagte Micki und schloss die Augen. „Bringen Sie Bier mit, ja? Und wenn es Sie richtig packt, dann auch eine Pizza. Mit einer Menge Sardellen."

„Keine Sardellen", sagte Judith fest.

„Und besorgen Sie gutes, billiges amerikanisches Bier und nicht diesen importierten Mist. Und noch eine Stange Zigaretten meiner Marke."

„Vergessen Sie es."

„Ich gebe Ihnen das Geld wieder."

„Ich transportiere keine Zigaretten in meinem Wagen, Micki", sagte Ryan. „Wenn Sie Sargnägel wollen, können Sie Ihren hübschen Körper bewegen und sich selbst welche holen."

Micki lächelte zu ihm hoch. „Ich dachte schon, Sie bemerken mich nie, Boss."

„Keine Angestellten, Micki", sagte er.

„Merken Sie sich das, Ryan", konterte sie und deutete mit einem Kopfnicken auf Judith.

„Keine Sorge, Micki. Ich wiederhole nie einen Fehler." Zu Judith gewandt, fragte er höflich: „Bereit, oder haben Sie noch ein paar Ausreden?"

Judiths Lächeln war nur leicht gezwungen. „Ich bin bereit."

Ohne ein weiteres Wort verschwand er um die Ecke des heruntergekommenen Hauses und ließ Judith keine andere Wahl, als ihm wie eine demütige Gattin zu folgen, zehn Schritte hinter ihrem Herrn und Gebieter.

Ryan ließ sich nicht im Rolls Royce chauffieren, obwohl er es sich gut hätte leisten können. Sein praktischer Toyota hat bessere Tage gesehen, dachte Judith und betrachtete Ryans Finger am Steuer.

Er hatte schöne Hände. Sie blickte weg, aus dem Seitenfenster, überallhin, nur nicht auf seine Hände. Sie wollte ihn nicht als Mann zur Kenntnis nehmen. Nicht, bis sie ihn von einer Mitschuld an Laceys „Unfall“ freisprechen konnte.

Denn sich seiner als Mann bewusst zu sein, bedeutete, sich zu ihm hingezogen zu fühlen. Mit ihm in dem beengten Raum des Toyota zusammen zu sein, seinen jeansbedeckten Schenkel gefährlich nahe an ihrem nackten Schenkel zu spüren, erhöhte nur ihre Körperwärme, die die Lufttemperatur noch weiter ansteigen ließ. Judith musste einräumen, dass sie Ryan faszinierend fand. Etwas an ihm reizte sie, und wenn sie ihren Gefühlen nachgab, wäre das der Anfang vom Ende ihrer Nachforschungen. Sie würde nicht in der Lage sein, die Schuld eines Mannes an einem Mord zu beweisen, wenn sie sich gleichzeitig in ihn verliebte.

Natürlich ist es etwas extrem, in diesem Stadium ans Verlieben zu denken, ermahnte sie sich. Dann hatte der Mann eben schöne Hände. Und einen sexy Mund. Und breite Schultern, die fast unwiderstehlich waren. Und rätselhafte und bezaubernde Augen. Und das herrlichste Lächeln, auch wenn er es selten genug zeigte. Und …

In Gedanken gab sie sich eine Ohrfeige. Finde heraus, wie Lacey gestorben ist, und dann kannst du dich immer noch verlieben … „Prinzessin“ fügte sie in Gedanken an Ryans spöttischem Ton hinzu.

Sie drückte den Rücken durch, streckte ihre Beine aus und wandte sich zu Ryan. „Sind Sie zu allen Angestellten so charmant, oder bekomme ich eine Sonderbehandlung?“

Er sah sie an und hob mit seiner schönen Hand die Sonnenbrille an. Er lächelte. „Was ist das? Eine Attacke?“

Es war viel leichter, streitsüchtig zu sein, wenn er nicht lächelte. „Ich lasse mich nicht gern herumkommandieren.“

„Dann arbeiten Sie nicht, um Ihren Unterhalt zu verdienen“,

stellte er fest. „Ich glaube auch nicht, dass Sie das wirklich nötig haben, Judith. Es fällt nicht schwer, den Preis Ihrer Kleider zu erkennen. Und wenn Ihr Wagen auch fast dreißig Jahre alt sein mag, muss der Unterhalt ein Vermögen kosten."

„Ich mache das selbst", sagte sie hitzig.

„Sicher. Aber würden Sie einen Ford fahren wie Micki, müssten Sie keinem unvernünftigen Boss wie mir antworten."

„Sie bezahlen mir viel mehr, als die Unterhaltung meines Wagens kostet. Sie bezahlen überhaupt viel mehr als alle, für die ich jemals gearbeitet habe. Warum? Schlechtes Gewissen?"

Ohne seine Aufmerksamkeit vom Straßenverkehr abzuwenden, warf er ihr ein leichtes Lächeln zu. „Weshalb sollte ich denn Ihrer Meinung nach ein schlechtes Gewissen haben, Judith?"

„Vielleicht, weil Sie zu viel verdienen?" entgegnete sie.

„Ich wusste nicht, dass es so etwas gibt."

„Jeder Haushalt in diesem Land hat eine Billy-Puppe oder eine Fafnir-Zahnbürste oder ein Madame-Rinaldi-Dreirad. Oder Laken oder ein Spiel oder eine Musikbox oder …"

„Wir haben 927 Patente auf die Puppen", sagte er. „Wenn Sie alle Artikel erwähnen, die mit den Puppen zusammenhängen, sind wir noch am Montag damit beschäftigt."

„Und Sie verdienen jedes Mal, wenn eine von diesen Puppen verkauft wird."

„Und die Laken und die Poster und die Unterwäsche und die Babypüppchen. Geld strömt herein, und ich kann es mir leisten, Leute gut zu bezahlen. Ist es meine Schuld, dass amerikanische Kinder ein unerschöpfliches Verlangen nach Markenartikeln haben?"

Sie konnte den verächtlichen Klang in seiner Stimme nicht überhören. „Mögen Sie Kinder nicht?" fragte sie geschockt.

Wieder sah er sie an, und diesmal war sein Lächeln mit Bitterkeit unterlegt. „Nicht sehr."

„Aber Sie verbringen Ihr Leben mit den Puppen, machen Kinder glücklich …“

„Die Puppen sind genauso für Erwachsene wie für Kinder“, unterbrach er sie. „Deshalb funktionieren sie so gut. Mir ist es verdammt gleichgültig, ob ich irgendein kleines Balg mit schmutzigem Gesicht glücklich mache. Ich mache es fürs Geld.“

Irgendetwas an dieser zynischen Erklärung klang nicht echt, aber Judith war zu zornig, um herauszufinden, was es war. „Hauptsache, Sie sind glücklich“, sagte sie kalt.

„Vollständig“, erwiderte er. „Aber wenn Sie so ein gutherziger, mütterlicher Typ sind, warum nehmen Sie dann nicht Ihr beachtliches Gehalt und schenken es den Waisen dieser Welt? Noch besser, verkaufen Sie Ihren Mercedes und spenden Sie das Geld.“

Sie wollte ihn schon anfauchen, als ihr einfiel, dass Ryan Smith eines von den Waisenkindern gewesen war, die er gerade so schneidend abgetan hatte. Ihre Nachforschungen über ihn hatten viel über seine Kindheit ergeben. Er hatte als Kind mit den Puppen begonnen, indem er andere Kinder in den Heimen und Pflegefamilien unterhielt, in denen er aufwuchs. Sie durfte sich nicht auf alles stürzen, was er zu ihr sagte. Er vertraute ihr nicht, das war klar. Und sie wäre eine Närrin, wenn sie seine zynischen Bemerkungen für bare Münze nahm. Vielleicht hasste er wirklich Kinder. Oder vielleicht stachelte er sie, Judith, nur an, damit sie ihre Beherrschung verlor und ihm verriet, warum sie wirklich hier war.

Ob er es erriet? Und wenn ja, war sie in Gefahr? Sie musste vorsichtiger sein. Bei ihrer Suche nach der Wahrheit hatte sie die Tatsache übersehen, dass sie ihre Sicherheit zu sehr aufs Spiel setzte, wenn sie sich in Dinge einmischte, die besser verborgen blieben.

„Für den Moment behalte ich den Mercedes“, sagte sie ruhig. „Und mein Gehalt.“

„Das dachte ich mir." Er hielt mitten auf dem verlassenen Parkplatz. Kein Anzeichen von Steves Mazda, kein Anzeichen von irgendeinem anderen Wagen. Vielleicht nahm sie in naher Zukunft ein Bad vom Balkon aus.

Er schob sich aus dem engen Fahrersitz heraus und stand abwartend da. „Kommen Sie?"

Sie überlegte. Sie konnte die Türen verschließen und auf Rettung warten. Oder sie konnte sich mit großer Unverfrorenheit behaupten. Wenn sie vorsichtig war, konnte er sich nicht an sie heranschleichen. Wahrscheinlich war sie schneller als er.

Ganz sicher war sie nicht stärker. Seine Ärmel waren bis zu den Ellbogen hochgekrempelt, und sie konnte das Spiel seiner Muskeln an seinen gebräunten Unterarmen sehen. Wenn er ihr diese Hände um den Hals legen wollte, würde sie nicht viel dagegen tun können.

„Ryan, um Himmels willen, kommen Sie doch endlich!" rief Steve von der offenen Tür her. „Wir warten schon seit Ewigkeiten."

Judith kletterte mit der ganzen Gleichgültigkeit aus dem Wagen, zu der sie fähig war. Sie ging Ryan voraus, doch seine Hand umspannte ihren Arm, hielt sie zurück und bewies, dass sie seine Stärke richtig eingeschätzt hatte. Nicht, dass er grob war, nur energisch und sehr, sehr stark.

„Fühlen Sie sich jetzt sicherer?"

Sie blinzelte. „Was meinen Sie? Gab es einen Grund, das nicht zu tun?"

„Sagen Sie es mir."

Ehrlichkeit - oder so etwas Ähnliches - war die beste Politik. „Hören Sie, Ryan", erwiderte sie mit erwärmender Offenheit. „Vor knapp einem Monat hat in Ihrer ‚Puppet Factory' eine junge Frau auf sehr hässliche Weise den Tod gefunden. Und sie starb an einem Wochenende, als niemand hier war. Ich müsste schon Nerven wie Stahl haben oder wirklich ein wenig dumm sein, um nicht ängstlich zu sein."

Sein Gesicht blieb ausdruckslos. „Kann sein", sagte er. „Aber ich glaube nicht, dass Sie Angst vor der ‚Factory' haben."

„Nein? Was glauben Sie denn, wovor ich Angst habe?"

Ein Lächeln huschte über sein Gesicht. „Vor mir." Er gab ihren Arm frei. „Gehen wir, Prinzessin. Sie müssen einen Monitor reparieren."

Es war Ryan ziemlich klar, warum Judith hier war. Nicht, um die Wahrheit über Laceys Unfall herauszufinden. Sie hatte bereits entschieden, was die Wahrheit war – nämlich, dass er ihre Freundin kaltblütig ermordet hatte. Er hatte ihre Blicke gesehen, die sie ihm heimlich zuwarf. Sie hatte sich ihren Schurken ausgewählt. Jetzt wollte sie Beweise.

Allerdings fühlte sie sich bei ihrer Suche offenbar nicht sonderlich wohl. Ryan kannte die menschliche Natur gut genug, um selbst kleinste Hinweise zu registrieren. Judith Daniels hielt ihn für einen Mörder. Und Judith Daniels fühlte sich genauso zu ihm hingezogen wie er sich zu ihr.

Es musste ein unangenehmes Gefühl sein, mit einem Mörder schlafen zu wollen. Nun, das geschah ihr recht.

Er wollte sie nicht von seiner Unschuld überzeugen. Er kam sogar in Versuchung, das Gegenteil zu tun und sie glauben zu lassen, er wäre ein irrer Killer und sie könnte das nächste Opfer sein. Auch das würde sie verdienen.

Natürlich, wenn er sie mit der Wahrheit konfrontierte, hatte sie keine andere Wahl, als zu gehen. Verhielt er sich jedoch verdächtig, würde sie sich hartnäckig wie eine Bulldogge an die Sache klammern. Seine Entscheidung fiel ihm leicht. Ob es klug war oder nicht, er war nicht bereit, Judith Daniels gehen zu lassen. Noch nicht.

Das Gebäude echote. Seine Augen beobachteten. Sein Mund verzerrte sich zu einem Lächeln. Tod lauerte, Hinrichtung für begangene Verbrechen, für Verbrechen, die bisher nur erträumt wurden. Gerechtigkeit, eingehüllt in den reichen roten Geruch von Blut, wartete auf sie alle.

„Da bist du ja, Zuckerkeks", wurde Judith von Fafnir begrüßt, als sie die kühle, weitläufige dritte Etage betrat. „Ich liebe diese Beine. Ich sag dir, Baby, du solltest nie lange Hosen tragen. Ojojawau!"

Judith verzog das Gesicht. Sie erkannte Steves Anmache und riss sich zusammen, um ihn nicht anzufauchen. Trotz Steves Talent haftete seiner Interpretation von Fafnirs Lüsternheit etwas Unangenehmes an. Wenn Ryan es machte, war das Hecheln irgendwie charmant. Wenn Steve es machte, wollte sie Fafnir die Zunge herausreißen.

„Aber, aber, Fafnir, Kindchen", tadelte Madame Rinaldi in ihrer typischen gezierten Art. „Lass doch das arme Mädchen in Ruhe. Sie mag es sicher nicht, wenn du hinter ihr hersabberst, nicht wahr, Judith?"

„Nicht sehr", murmelte sie befangen. Madame Rinaldi war keine ihrer Lieblingspuppen. Als einzige herausragende weibliche Puppe war die gute Madame mit ihren gebleichten blonden Haaren eitel, zänkisch, eigensüchtig und unglaublich intrigant. Es sagte viel über Ryan aus, dass seine einzige bedeutende Darstellung weiblichen Denkens so seicht ausgefallen war. „Wo ist Ryan?"

„Er ist in der grüngelben Kabine", verkündete eine andere fröhlich-grobe Stimme. „Soll ich ihn dir rufen?

Harry, der hässliche Hippo, war wieder eine ganz andere Sache. Mit seinem grünen Fell, den Glupschaugen und der wehmütigen Miene ließ der Hippopotamus – das Flusspferd – Judith ihre Befangenheit vergessen. „Schon gut, Harry, ich finde ihn selbst."

„Hallo, ich bin hier." Ryan trat hinter einer der größeren Theaterkabinen hervor, die auf der weitläufigen dritten Etage verteilt standen.

Sie ging zögernd zu ihm. „Ich dachte, Sie wären Madame Rinaldi", murmelte sie und betrat an ihm vorbei die Kabine.

„Diesmal nicht. Das war Franz." Er folgte ihr und schloss die Tür hinter ihnen, und Judith stockte der Atem.

„Was ist mit Harry, dem hässlichen Hippo?" Sie versuchte, lässig zu klingen. Die grüngelbe Kabine war eine der größten mit Platz für drei Puppenspieler und einen 25-Zentimeter-Farbmonitor, ganz zu schweigen von den Puppen, die an beiden Seiten der Vorführkabine an Haken hingen. Genug Licht fiel durch den durchscheinenden Vorhang, der den Puppenspieler vor den Augen des Publikums abschirmte, aber Judith fühlte sich in der kompakten Kabine eingesperrt.

„Den Hippo macht Franz auch. Harry, der hässliche Hippo, und die Madame sind Franz' Spitzenschöpfungen. Harry ist eine der leichtesten Puppen, aber nur Franz ist Madame Rinaldi wirklich gewachsen. Micki macht allerdings mit der Madame große Fortschritte, und früher oder später könnte sie Franz' Niveau erreichen."

„Sie haben Madame Rinaldi nicht geschaffen?" Judith blickte in dem Dämmerlicht in der Kabine zu Ryan auf.

„Nein. Überrascht Sie das?"

Verdammt, er war ihr so nahe. „Warum sollte es?"

„Weil Madame Rinaldi mit Abstand die populärste Puppe ist", sagte er. „Es sind mehr Madame-Rinaldi-Zahnbürsten und Nachthemden verkauft worden als etwas anderes."

„Na und? Schneiden Sie sich davon nicht auch eine Scheibe ab? Sie profitieren doch auch davon!"

„Sicher."

„Was spielt es dann für eine Rolle, wer sie kreiert hat?" Judith ignorierte die Tatsache, wie froh sie darüber war, dass nicht Ryan für die unangenehme Madame verantwortlich war. „Zeigen Sie mir, was mit diesem Monitor nicht stimmt, damit ich wieder mein Wochenende genießen kann."

„Das Problem ist ja wohl offensichtlich. Er arbeitet nicht."

„Das kann ich sehen." Der Monitor war am Boden der Bühne angeklemmt. Der kleine Schirm war dunkel. Judith tippte dagegen, und er schwang hin und her. „Soll er sich so bewegen?"

„Nein, soll er nicht. Ich bin dagegen gestoßen und habe ihn wohl losgerissen."

„Und dabei die Drähte herausgezogen." Judith hatte den Fehler bereits entdeckt. „Ich brauche etwa zehn Minuten. Warum holen Sie nicht eine Tasse Kaffee, während ich mich um das hier kümmere?"

„Hören Sie auf, mich loswerden zu wollen. Ich muss hier bei Ihnen bleiben, damit Sie den Monitor im richtigen Winkel befestigen."

„Das können Sie machen, nachdem ich ihn angeschlossen habe."

„Ich will Ihnen bei der Arbeit zusehen."

„Ich kann nicht arbeiten, wenn Sie mir im Nacken sitzen."

„Versuchen Sie es." Sein liebenswürdiger Ton verschleierte nicht den direkten Befehl.

Sie überlegte, ob sie aus der Kabine stürmen und ihm sagen sollte, was er mit seinem Monitor und dem Job machen konnte. Aber sie riss sich zusammen. Aus irgendeinem Grund wollte Ryan Smith sie nervös machen. Und das war das Letzte, was sie zulassen würde. Er würde sie schon nicht in der Theaterkabine erwürgen, nicht mit zwei Zeugen in der Nähe.

„Na schön, dann können Sie sich nützlich machen. Ich brauche nämlich eine Isolierzange, zwei Schraubenzieher und eine Taschenlampe."

„Ich bin Ihnen weit voraus. Sehen Sie nach links."

Das gewünschte Werkzeug lag bereits auf einem Bord. So wurde sie ihn also auch nicht los. Mit einem leidenden Seufzer kniete sie sich auf den Boden und begann, die Drähte herauszuziehen. Das bereute sie auf der Stelle. Im Knien befanden sich ihre Augen auf der Höhe von Ryans Taille, ihr Mund auf der Höhe seines Reißverschlusses. Prompt ließ Judith die Isolierzange fallen.

„Hey, was macht ihr zwei da drinnen?" rief Fafnirs Stimme quer durch den Raum. „Ist ja ziemlich anrüchig. Sag schon, Billy, geht es dir gut da drinnen?"

„Halt die Klappe, Faf." Billys Stimme erklang direkt über Judith. „Du kennst Judith doch – sie mag keine schlüpfrigen Reden."

„Wie wäre es mit schlüpfrigem Benehmen?" entgegnete Fafnir ungerührt. „Los, Billy, schick sie in meine Kabine rüber. Ich kann sie auch beschäftigen."

„Wenn du nicht aufpasst ...", sagte Billy, „... reißt sie dir die Zunge raus."

„Leere Drohungen, Billy."

„Der Frau traue ich es zu, Faf."

„Kinder, Kinder!" mischte sich Madame Rinaldi ein. „Streitet euch doch nicht wegen des Mädchens. Sie ist nicht eines von diesen unwürdigen Wesen, die ihr Männer gern bezahlt. Behandelt sie mit Respekt."

„Ach, ich weiß nicht, Madame", antwortete die Stimme von Harry, dem hässlichen Hippo, und Judith brauchte einen Moment, um zu erkennen, dass beide Stimmen aus Franz' talentierter Kehle kamen. „Die könnte genau wie die anderen sein. Man weiß nie ..."

Der Monitor erwachte zum Leben, als Judith den letzten Draht festschraubte. Sie bekam die Vorderseite der Kabine zu sehen. Billy, der Junge, war auf der Bühne und sah verstört drein. Sie blickte an Ryans Körper hoch, zu seinem in der Puppe steckenden Arm, den er vor den Vorhang hielt. Puppen, sagte sie sich. Es sind nur Puppen. „Fertig", sagte sie überflüssigerweise.

Er blickte zu ihr herunter. „Kippen Sie ihn ein wenig nach oben. Ein wenig nach links ... Nein, das ist zu weit. Etwas mehr. Perfekt."

Sie stieß einen erleichterten Seufzer aus und machte sich auf die Suche nach jemandem, der sie zurückfahren konnte.

5. KAPITEL

Judith durchquerte den verlassenen, kühlen Aufenthaltsraum für Angestellte und trat auf den Balkon. Die Sonne stand leuchtend am dunstig blauen Himmel und brannte unbarmherzig auf das Hudson River Valley. Der Geruch von Wasser und Pflanzen war stark, und ein leichter Lufthauch bewegte die Luft rings um die alte Mühle. Es war ein Tag, um in der Sonne zu liegen, durch die Wälder zu schlendern, dazusitzen und zu träumen. Es war kein Tag für Erinnerungen an einen Mord.

Doch Judith hatte in dieser Hinsicht keine Wahl. So gern sie sich auf dem Balkon ausgestreckt hätte, sie konnte nicht vergessen, dass genau unter ihr der Balkon war, auf dem Laceys Leiche gelegen hatte. Und darunter befanden sich der dahinrauschende Fluss und die Turbine.

Die Gelegenheit war günstig. Sie wollte systematisch die eingebauten Schränke durchsuchen, die den Angestellten der „Puppet Factory" zugeteilt waren, um irgendetwas Belastendes zu finden. Sie begann mit Ryans Schrank.

Die Schränke trugen keine Namen, nur Nummern, und Nummer eins gehörte eindeutig einer Frau. Man brauchte keinen brillanten Verstand zu haben, um den abgestandenen Zigarettenrauch zu riechen und daraus zu schließen, dass es Mickis Schrank war. Die nächsten vier bargen absolut nichts Interessantes. Judith erkannte die identischen dunkelbraunen Windjacken, die Mickis Nachbarn Jimmy und Melvin gehörten, sie erkannte auch den Geruch von Franz' Pfeife in dem alten Wollpullover mit grünen Fellflusen daran. Aber erst im achten Schrank fand sie etwas entfernt Verdächtiges.

Es war Steves Schrank. Sie erkannte es an der Flasche mit grässlich süß duftendem Aftershave, an dem großen Spiegel in der Tür, den drei Garnituren Kleidung und der großen Ledertasche, die an einem weniger hingebungsvollen Casanova wie eine Damenhandtasche aussehen mochte. Und in dieser Tasche befand sich ein Bündel Zettel, bedeckt mit geheimnisvollen Kritzeleien, die Daten und Beträge darstellten. Ziemlich hohe Beträge. Wenn Judith sich nicht sehr täuschte, hielt sie ein Bündel Spielschuldscheine in der Hand.

Sie schob ein zerdrücktes Blatt in die Tasche ihrer Shorts und stellte die Tragetasche in den Schrank zurück. Sie schloss die Tür und sah sich verstohlen um, ob einer der drei Puppenspieler nach ihr suchte. Sie atmete erleichtert auf. Der Aufenthaltsraum war noch immer menschenleer. Dieses Prickeln im Nacken, als würde sie beobachtet, stammte von ihrem schlechten Gewissen. Nichtsdestotrotz war ihr Drang nach der Wahrheit über Laceys Tod größer als ihr schlechtes Gewissen.

Steves Schrank war der letzte in dieser Reihe. Judith wechselte zu der nächsten Reihe Schränke, auf denen sich Kartons türmten. Ihre Neugier war geweckt, doch sie musste irgendwann später wiederkommen, wenn niemand hier war und sie überraschen konnte.

Der nächste Schrank war verschlossen. Verblüfft rüttelte sie an dem Messinggriff. Er rührte sich nicht. Sie rüttelte wieder. Das musste Ryans Schrank sein. Wer sonst sollte seinen Schrank abschließen? Und es musste etwas Belastendes darin sein. Niemand würde Pullover und Laufschuhe einschließen. Noch einmal rüttelte sie am Griff. Sie war so damit beschäftigt, dass sich das Prickeln im Nacken verstärkt hatte. Der würzige Duft von Aftershave stieg ihr in die Nase.

Und dann fiel der schwere Teakholzschrank auf sie, Dunkelheit umschloss sie, und tief in ihrem Bewusstsein verspürte sie den Schmerz. Sie fiel und fiel, und der Schrank fiel, und sie stieß einen kurzen, scharfen Hilfeschrei aus. „Ryan!“

Ryan verließ die Kabine. Wo zum Teufel steckte Judith? Es war gar nicht nötig gewesen, diesen Monitor zu reparieren. Er hätte jede andere Kabine oder Bühne benutzen können. Aber er hatte Judith Daniels sehen müssen ... Wo war sie jetzt?

Madame Rinaldi sang eine Arie. Ihr Falsett schwankte zwischen leicht scharf und zu tief. Die Melodie war von Puccini, die Worte frei erfunden. Ein Lächeln glitt über Ryans düsteres Gesicht. Niemand, absolut niemand kam Franz' Genie für verrückten Unsinn nahe.

Fafnir sah von einer anderen Kabine aus zu. Er wirkte leblos, und einen Moment fragte Ryan sich, ob Steve überhaupt da war. Doch dann hob Fafnir seinen zerzausten Kopf, spitzte die Lippen und pfiff beleidigend.

„Wohin gehen Sie, Boss?“ fragte er.

„Ich suche Judith.“

Madame Rinaldi stockte mitten im Gesang und spähte zu ihm herüber. „Sei vorsichtig bei dieser jungen Frau, Ryan. Du weißt, welche Probleme ihresgleichen bereiten können. Sieh nur, was aus Lacey wurde.“

Ryans Lächeln schwand abrupt. Wortlos machte er sich auf den Weg zum Aufenthaltsraum, hörte aber noch hinter sich Fafnir rufen: „Warum sagst du denn so was, Madame? Du weißt doch, dass er empfindlich ist.“

Ryan ließ hinter sich die Tür zufallen und hörte ein leises Geräusch, mehr ein Stöhnen. Panik ergriff ihn. Er verhielt sich ganz still und lauschte.

Es schien eine Ewigkeit zu dauern, bis er den Laut wieder vernahm. Und eine weitere Ewigkeit, bis er die Richtung bestimmen konnte, aus der das Stöhnen kam. Bis er um die Ecke zu den Schränken kam, hatte Judith sich bereits aufgesetzt, eine Hand auf ihre wirren blonden Haare gedrückt, die Beine von sich gestreckt, halb unter einem Haufen Kartons begraben. Sie blickte zu ihm auf mit Augen, die von Schmerz und Verwirrung benommen waren. Sie bewegte sich nicht, und ihr Blick war vorwurfsvoll.

„Was zum Teufel ist denn mit Ihnen passiert?“ fragte Ryan und unterdrückte das Bedauern, das ihr vorwurfsvoller Gesichtsausdruck bei ihm hervorrief. Er schob die Kartons beiseite, bückte sich und zog sie mit etwas mehr Kraft als nötig auf die Beine. Sie schwankte einen Moment in seine Richtung, und er streckte die Hände aus, um sie daran zu hindern, ihm in die Arme zu fallen. Das Letzte, was er brauchen konnte, war eine erzwungene Umarmung von Judith Daniels.

„Ich … ich weiß nicht. Ich glaube, jemand hat mir auf den Kopf geschlagen“, murmelte sie und rieb sich die Kopfhaut.

„Ich glaube, diese Kartons sind ihnen auf den Kopf gefallen. Was haben Sie gemacht? Wollten Sie den Schrank aufbrechen?“

„Ein Anflug von Farbe erschien auf Judiths blassen Wangen. „Natürlich nicht“, sagte sie entrüstet, aber die Lüge war offensichtlich. „Warum sollte ich das tun?“

„Weil der Schrank dem Mädchen gehörte, das hier gearbeitet hat. Dem Mädchen, das starb. Und Sie haben mehr unverschämte Neugier, als ich jemals bei einem Menschen gefunden habe.“

„Ich wollte den Schrank nicht aufbrechen“, beharrte sie. „Vielleicht bin ich dagegen gestoßen und habe die Kartons gelockert.“

„Vielleicht.“ Er ließ sie los. „Oder glauben Sie noch immer, dass Ihnen jemand eins über den Kopf gegeben hat?“

„Warum sollte das jemand tun?“ entgegnete sie.

„Ich wüsste ein Dutzend Gründe“, murmelte er laut genug, dass sie es hörte. „Aber Franz und Steve und ich waren im Workshop“, fügte er lauter hinzu. „Keiner von uns ist weggegangen.

Falls Ihnen jemand auf den Kopf geschlagen hat, war es keiner von uns."

„Kann sein", sagte sie skeptisch. Sie wussten beide genau, dass er sie sehr wohl hätte niederschlagen, hinausgehen und sie finden können, ganz Unschuld und Empörung.

Aber er hatte es nicht getan. Verdammt, wahrscheinlich hatte sie am Schrank gerüttelt, um ihn aufzubekommen. Geschah ihr recht, eins auf den Schädel zu bekommen.

„Sind Sie in Ordnung?" fragte er. „Wollen Sie ins Krankenhaus?"

„Nein, ich will nur nach Hause."

Er starrte in ihr Gesicht, in dem sich ihr ganzer Aufruhr widerspiegelte. „In Ordnung. Ich rufe Ihnen ein Taxi."

„Fahren Sie mich nicht?" Ihre Stimme klang fast verloren.

„Jemand muss dafür sorgen, dass nicht ein Irrer herumschleicht und den Leuten eins auf den Kopf haut."

„Machen Sie sich nicht lächerlich."

„Sie geben zu, dass es lächerlich ist zu glauben, jemand hätte Sie niedergeschlagen?"

„Ich gebe zu, dass es lächerlich ist zu glauben, irgendein Fremder würde hier herumschleichen und Leute suchen, die er niederschlagen kann. Wenn mich jemand überfallen hat, waren Sie das, Ryan."

Da war es, offen ausgesprochen. Ryan lächelte ein eisiges, distanziertes Lächeln. „Dann sollten Sie lieber nicht mit mir fahren. Ich könnte in Versuchung geraten, Sie noch einmal niederzuschlagen", stieß er zwischen zusammengebissenen Zähnen hervor.

Judith war blass, wirkte mitgenommen und sehr verstört, und er wünschte, er könnte sie nach Hause fahren. Aber nur für den Fall, dass sie wirklich niedergeschlagen worden war, musste er mit den anderen die „Puppet Factory" von oben bis unten durchsuchen. Vielleicht, nur vielleicht, war Laceys Unfall doch keiner gewesen …

„Ist etwas passiert?" Franz erschien besorgt in der Tür.

„Judith hatte einen Unfall", sagte Ryan ruhig.

Franz fluchte in seiner Muttersprache und lief zu ihr. „Alles in Ordnung, Miss? Sind Sie verletzt? Wir sollten Sie ins Krankenhaus …"

„Es geht ihr gut", warf Ryan ein. „Nur eine kleine Beule auf ihrem bemerkenswert dicken Schädel. Wir schicken sie in einem Taxi nach Hause."

„Unsinn", erklärte Franz. „Ich selbst fahre sie nach Hause. Es hat hier zu viele Unfälle gegeben. Zuerst das Mädchen, das vom Balkon gefallen ist, und jetzt das hier. Wir müssen sehr vorsichtig sein."

Nach einer langen, angespannten Stille nickte Ryan. „Sie haben Recht, Franz. Bringen Sie sie nach Hause, aber kommen Sie gleich zurück."

Sie warf Ryan einen letzten vorwurfsvollen Blick zu, bevor sie ging.

Er sah ihr nach. Er wollte mit ihr gehen. Er wollte seinen Arm um sie legen und ihr helfen. Er wollte sie auf seine Arme nehmen und sie in die oberste Etage tragen. Aber er konnte nichts dergleichen machen. Er konnte nur die Frau beobachten, die ihn eines Mordes für fähig hielt, und sich selbst dafür verwünschen, dass er ein verletzbarer Narr war.

Erst nach Mitternacht erinnerte Judith sich an den Zettel. Sie war ins Bett gefallen, nachdem Franz sie an dem Ranchhaus abgesetzt hatte, das kühl und still gewesen war, ohne eine Spur von Micki. Judith hatte stundenlang keine bewussten Gedanken gefasst.

Ihr Kopf schmerzte noch, als sie aus dem Bett stieg und ihre

Shorts holte. Sie fasste in die Tasche. Nichts. Sie suchte in sämtlichen Taschen. Ihr erster greifbarer Hinweis war verschwunden, und ihr blieb nur die zweifelhafte Befriedigung zu wissen, dass sie wenigstens auf der richtigen Spur war. Sie hatte als Beweis eine Beule von der Größe eines Eis.

Sie konnte die heruntergekommenen Wände ihres Schlafzimmers nicht mehr sehen, nahm sich einen Notizblock, tappte ins Wohnzimmer und ließ sich auf das Sofa sinken. Hätte sie doch mit jemandem sprechen können! Vielleicht könnte sie einschlafen, die Schmerzen und quälenden Fragen für eine Weile ausschalten.

Sie trieb in einem halb bewussten Zustand dahin, als sie hörte, wie sich die Haustür öffnete. Judith überlegte, ob sie die Augen öffnen sollte, beschloss aber, es nicht zu tun. Wenn sie die Augen öffnete, würde sie aufwachen, und der Himmel mochte wissen, wann sie dann wieder einschlafen konnte. Wozu sollte sie nachsehen? Wer sollte mitten in der Nacht auf Zehenspitzen in Mickis Haus schleichen, wenn nicht Micki?

Aber Micki würde nicht auf Zehenspitzen hereinschleichen. Micki würde hereinstürmen, die Stereoanlage einschalten und wissen wollen, warum Judith auf der Couch schlief.

Wer immer es war, derjenige hatte nicht einmal das Licht eingeschaltet. Sie hörte das Geräusch von schweren Schritten auf dem abgewetzten Teppich, fühlte Blicke auf sich gerichtet, spürte das Böse näher kommen.

Sie wartete mit jagendem Herz und schmerzendem Kopf, wartete darauf, dass der nächtliche Eindringling den ersten Schritt tat.

Ohne Vorwarnung flog Mickis Schlafzimmertür auf. Ein heller Lichtstrom fiel in das dunkle Wohnzimmer. „Was zum Teufel geht hier vor sich?" rief Micki schroff.

Judith zögerte keinen Moment. Sie rollte sich von der Couch

und kroch von der drohenden Gestalt weg, die sich soeben auf sie hatte stürzen wollen.

Der Eindringling lief allerdings nicht weg, als er die Chance dazu hatte. Stattdessen schaltete er die Lampe neben dem Sofa ein.

„Liebe Zeit, Micki“, sagte Steve verstimmt. „Ich wusste nicht, dass du einen Wachhund hast.“

„Was zum Teufel machst du hier?“ fuhr Micki ihn an.

„Was glaubst du wohl, was ich hier mache? Ich bin nicht zum Reden hergekommen.“

„Na schön, aber das, weswegen du hergekommen bist, kriegst du nicht“, konterte Micki schroff. „Ich bin überhaupt nicht in Stimmung.“

Judith verfolgte das alles vom Boden aus. Sie fühlte Steves blaue Augen über ihren spärlich bekleideten Körper streichen und erkannte den hoffnungsvollen Ausdruck in seinem Gesicht.

„Ich bin auch nicht in Stimmung“, sagte sie trocken. „Wie sind Sie hier hereingekommen?“

„Ich habe einen Schlüssel.“

Judith raffte sich auf und versuchte, das Pochen in ihrem Kopf zu ignorieren.

„Her mit dem Schlüssel, Süßer, und dann fahr heim“, verlangte Micki. „Judith hat verdammte Kopfschmerzen, und ich brauche meinen Schönheitsschlaf.“

Judith warf ihrer Mitbewohnerin einen überraschten Blick zu. Wer hatte Micki von ihrem so genannten Unfall erzählt?

Steve schob sich mit einem charmanten Lächeln auf Micki zu. „Bist du sicher, dass ich dich nicht umstimmen kann?“ Er schnurrte förmlich. „Du brauchst nicht zu schlafen, um noch schöner zu werden.“

„Ich gehe ins Bett.“ Judith steuerte ihr Zimmer an. „Lasst es mich wissen, wie diese kleine Seifenoper ausgeht." Sie knallte hinter sich die Tür zu und kroch unter die Decken.

Sie war gerade dabei einzuschlafen, als ihr der Notizblock einfiel, auf dem sie ihre Verdachtspunkte notiert hatte. Auf dem Block waren möglicherweise die verräterischen Worte „Philadelphia Mirror" aufgedruckt.

„Verdammt", murmelte sie und kletterte erschöpft aus dem Bett. Auf Zehenspitzen schlich sie zur Tür und öffnete sie einen Spalt. Bei ihrem Glück hatte Micki ihre Meinung geändert und wand sich jetzt auf dem Wohnzimmerboden, unter ihr der verräterische Notizblock.

Ob Micki nun ihre Meinung geändert hatte oder nicht, das Wohnzimmer war verlassen. Judith hastete zu dem Sofa und griff nach ihrem Notizblock.

Er war weg.

Die Hitzewelle dauerte unvermindert an. Judith verbrachte den Sonntag im Bett, dankte dem Schicksal für Klimaanlagen und Kopfschmerztabletten. Micki war sagenhaft mitleidlos. Phil Collins war zu voller Lautstärke aufgedreht, und Zigarettenrauch quoll unter Judiths fest geschlossener Tür durch. Nur noch ein paar Wochen, versprach sie sich selbst und vergrub ihren schmerzenden Kopf unter dem Kissen.

Micki erwähnte den Notizblock nicht, und Judith wagte nicht zu fragen. Falls Steve die Nacht hier verbracht hatte, war er jedenfalls schon weg gewesen, als Judith sich aus dem Bett quälte, und es war möglich, dass er ihre Notizen mitgenommen hatte. Sie musste abwarten, was geschah.

Der Montag brachte keine Verbesserung. Judiths Kopfschmerz war zu einem dumpfen Pochen geworden, aber die Hitze war so mit Feuchtigkeit geladen, dass Judith kaum atmen konnte. Von Mickis Kaffee wurde ihr flau im Magen, der

Mercedes sprang nicht an, die Toilette war verstopft, und jedes ihrer Kleidungsstücke war schmutzig, weil sie wegen der Kopfschmerzen nicht in den Waschsalon gefahren war. Obwohl ihr Job meistens ziemlich schmutzig war, würde sie auf keinen Fall in schmutzigen Jeans zur Arbeit kommen, und auf gar keinen Fall würde sie das zweite Leinenkostüm tragen, das sie mitgebracht hatte. Sie musste noch immer Bemerkungen über ihre Haute Couture über sich ergehen lassen.

Was ihr blieb, war eine abgeschnittene Jeans und ein übergroßes weißes T-Shirt. Beides bedeckte sie zwar nicht vollständig, was aber durch Kühle wieder ausgeglichen wurde. Nicht einmal Mickis fröhlicher Spott schreckte sie ab.

Ihre Mitbewohnerin saß am Küchentisch, paffte eine ihrer unvermeidlichen Zigaretten und trank ihren schauerlichen Kaffee, während die Leuchtstoffröhre in dem kleinen Raum ihre frische Sonnenbräune leicht gelblich erscheinen ließ. Sie war in die wöchentliche Zeitung versunken und ignorierte bewusst Judiths Herumgehen. Endlich richtete sie ihren Blick auf Judith.

„Wenn Sie es so verdammt eilig haben …“, sagte Micki herzlich, „… können Sie sich ein Taxi rufen. Oder per Autostop fahren. Oder Ihren blöden Wagen reparieren.“

Judith setzte sich gegenüber von Micki auf den Küchenstuhl. „Ich habe es nicht eilig“, log sie. „Ich möchte nur vor Weihnachten zur Arbeit kommen.“

Micki lächelte säuerlich und ließ ihren Zigarettenstummel in ihre halb volle Tasse fallen. „Sie kommen früh genug hin. Ich habe gerade was über Ihre Vorgängerin gelesen.“

Judith hielt ihr Gesicht ausdruckslos. „Etwas Interessantes?“

„Nur, dass sie aus demselben Nest stammt wie Sie. Oberschicht von Philadelphia. Ich habe gehört, dass die Oberschicht eine ziemlich kleine Welt darstellt. Sind Sie sicher, dass Sie sie nicht gekannt haben? Ihr zwei wart ungefähr im selben Alter.“

„Wie war ihr Name?“

Micki verzog die Lippen. „Sie kennen ihren Namen, Judith. Lacey war chaotisch veranlagt, nicht Sie.“

Judith gab keinen Millimeter nach. „Lacey … wie noch?“

„Lacey Hollister.“

„Nie von ihr gehört. Ich kenne keine Hollisters.“

Micki nahm ihre Kaffeetasse, den Blick eindringlich auf Judiths Gesicht gerichtet. „Ich glaube Ihnen nicht.“

Bitte, lass sie trinken, betete Judith stumm. Gesteh mir so viel zu, damit mein Tag gerettet ist. Doch Micki stellte die Tasse wieder ab, und der Zigarettenstummel tanzte fröhlich auf dem ölig schwarzen Getränk.

Judith lächelte sanft. „Haben Sie eigentlich Schwierigkeiten, Mitbewohnerinnen zu behalten, Micki?“

Dem folgte eine lange, angespannte Stille. Und dann lachte Micki, ein rauer Ton, der von mangelndem Gebrauch eingerostet war. „Tatsächlich, die habe ich. Was glauben Sie, wie lange ich brauchen werde, um Sie aus dem Haus zu treiben?“

„Ich glaube nicht, dass Sie es schaffen, wenn ich nicht bereit bin.“

„Kann sein.“ Micki griff wieder nach ihrer Tasse. „Aber ich würde nicht darauf wetten. Entgegen dem alten Klischee werde ich nicht hübscher, wenn ich wütend werde.“

Judith grinste. „Ich schon.“

„Verdammt, Sie sind immer hübsch, ganz egal was sie tun. Was glauben Sie, warum ich Sie so hasse?“ Sie stellte die Tasse ab und erhob sich zu ihren vollen einsdreiundsechzig und streckte sich.

Judith rührte sich nicht. „Sie hassen mich?“

„Ach was, nein“, murmelte Micki. „Aber es gefällt mir ganz und gar nicht, dass Ryan anruft, um herauszufinden, wie es Ihnen geht.“

Judith reagierte, und zwar heftig. „Was haben Sie ihm gesagt?"

„Das möchten Sie wirklich wissen?"

Judith tippte mit ihren Fingern auf den Kunststoffküchentisch. „Allerdings, das möchte ich wissen."

„Ich habe ihm gesagt, dass es Ihnen gut geht. Ein kleiner Schlag auf den Kopf kann Sie nicht bremsen."

„Vielen Dank"

„Gern geschehen." Micki lächelte. „Okay, Kleines, ich bin bereit."

Judith beobachtete mit säuerlicher Befriedigung, wie Micki den zigarettenversetzten Kaffee hinunterschluckte.

Falls Ryan sich Sorgen um Judiths Zustand gemacht hatte, zeigte sich das nicht in ihrem Arbeitsplan für diesen Tag. Ma Carter halste ihr genug Archivierungsarbeit auf, dass jeder davon Kopfschmerzen bekommen hätte. Dann mussten die Farbbänder in den beiden Druckern und den drei elektrischen Schreibmaschinen ausgewechselt werden. Der Roberts 450 arbeitete jetzt zu gut und ließ alle auf der zweiten Etage erfrieren. Judith war eine halbe Stunde damit beschäftigt, ihn einzustellen, bevor sie sich an eine defekte Videokamera und drei leblose Kassettendecks machte. Nach einem hastigen Mittagessen, das aus ihrem üblichen Himbeerjoghurt bestand und auf dem oberen Balkon eingenommen wurde, gab es noch mehr zum Archivieren. Erst am späten Nachmittag hatte sie eine Chance, in den Aufenthaltsraum für Angestellte zu gehen. Der Kühlschrank war schizophren geworden und schmolz die Eiscreme in seinem Gefrierfach, während er den Rest seines Inhalts tiefgefror.

Die Zimmerleute tauschten auf dem unteren Balkon den Boden aus und erstickten mit ihrem Lärm alle anderen leiseren Geräusche. Judith brauchte ihren ganzen Mut, um zu Steves

Schrank zu schleichen, ein Auge wachsam auf möglicherweise herunterfallende Kartons und ähnlich plumpe und schwere Objekte gerichtet.

Sie erwartete halbwegs, dass sein Schrank verschlossen war, aber er ließ sich leicht öffnen, und die Ledertasche hing an einem Messinghaken. Mit einem kleinen Stoßgebet öffnete Judith den Verschluss und schob ihre Hand hinein.

Die verdammte Tasche war leer.

Sie knallte die Tür zu, warf nur einen flüchtigen Blick über ihre Schulter und marschierte zu dem Schrank, der laut Ryan Lacey gehört hatte.

Heute standen keine sperrigen Kartons oben, die sie zu Boden strecken konnten. Der schmale Teakholzschrank ließ sich leicht öffnen. Und natürlich war er so leer wie Steve Lindstroms Ledertasche.

„Suchen Sie etwas?"

Sie hatte ihn wegen des Lärms der Zimmerleute nicht gehört, und da sie vor dem offenen Schrank stand, konnte sie nicht abstreiten, dass sie geschnüffelt hatte. Sie drehte sich um und blickte zu Ryan auf.

„Ich wollte sehen, ob sich in diesem Schrank etwas befindet, wofür es sich lohnen würde, dass mich jemand niederschlägt", antwortete sie.

„Ich glaube nicht, dass die Kartons irgendeine böse Absicht hatten", sagte er und schlug die Tür zu. Er war sehr nahe, aber sie wich nicht aus, als er beim Schließen der Tür bis auf Zentimeter an sie herankam.

„Haben Sie am Samstag niemanden gefunden?"

„Keine Menschenseele. Sie suchen nach Verbrechen, wo es keine gibt, Prinzessin", murmelte er gedehnt, und einen Moment fragte sie sich, ob er mehr meinte als den Unfall am Samstag.

„Vielleicht", räumte sie ein.

Warum musste er so nahe bei ihr stehen? Warum musste er so groß sein, wenn sie daran gewöhnt war, mit Männern auf gleicher Höhe zu sein? Es hatte etwas Verunsicherndes an sich, in die Augen eines Mannes aufblicken zu müssen. Etwas Bedrohliches und auch leicht pervers Erregendes. Sie konzentrierte sich auf seine Schulter, aber das war auch nicht viel besser. Er hatte sehr nette Schultern unter dem Drillichhemd. Breit genug, aber nicht zu breit, leicht knochig, stark, aber angenehm aussehend.

Sie wich gegen den Schrank zurück und störte sich nicht länger daran, ob es so aussah, als würde sie nachgeben. Sie tat es. Er ist lausig im Bett, erinnerte sie sich selbst. Lacey hatte es gesagt. Aber was zum Teufel wusste Lacey schon? Sie war gierig genug gewesen, jeden Mann zu überwältigen. Judith beschlich plötzlich der unbehagliche Verdacht, dass Lacey in diesem Punkt tödlich falsch gelegen hatte. Und dann schauderte sie über die makabre Richtung, die ihre Gedanken eingeschlagen hatten.

Ryan schüttelte den Kopf. „Bleiben Sie von anderer Leute Schränke fern, Judith, sonst muss ich alle vor Ihnen warnen." Er entfernte sich und entließ sie aus dem momentanen Bann. „Zeigen Sie sich im Workshop, ehe Sie gehen", sagte er noch, plötzlich abweisend und geschäftsmäßig. „Es hat Probleme mit einem anderen Monitor gegeben."

Sie sah ihm nach. Diesmal war sie noch davongekommen, aber früher oder später würde er sie wieder beim Schnüffeln erwischen und auf der Stelle feuern. Es sei denn, er hatte wirklich Lacey getötet. In diesem Fall konnte sie von Glück sagen, wenn sie mit dem Leben davonkam.

6. KAPITEL

Der Arbeitsbereich auf der dritten Etage war noch belebt, als Judith endlich mit dem Kühlschrank fertig war. Micki war tief in eine Unterhaltung mit Franz vertieft und warf Judith nur einen kurzen Blick zu, ehe sie ihre Aufmerksamkeit wieder dem kleinen Mann zuwandte. Er blickte Judith mit einem scheuen Lächeln an, und Judith lächelte zurück. Er hatte das gleiche nette Wesen wie Harry, der hässliche Hippo, die zottige grüne Puppe, die jetzt in Franz' rechter Hand ruhte.

Steve war den ganzen Tag nicht zu sehen, und Ryan war zum Glück nicht anwesend. Dann regte Fafnir seinen purpurnen Kopf in Steves üblicher Theaterkabine, und seine lange gespaltene Zunge glitt über seine wolligen Kiefer. „Hi, Baby. Wie ich sehe, hast du meinen Rat von wegen kurzer Shorts angenommen."

Judith verzog das Gesicht. Sie fühlte alle Blicke auf sich gerichtet, von Franz' sanften Augen bis zu Mickis offen zynischem Blick. Wenigstens war Ryan nicht hier, während sie sich mit dem anzüglichen kleinen Drachen unterhielt.

Sie ging zu der Puppenkabine. „Das waren meine einzigen sauberen Kleidungsstücke, Fafnir, die ich noch hatte", erwiderte sie ernst und fragte sich, was passieren würde, wenn sie zu Steve, dem Puppenspieler, sprach anstatt zu seinem Sprachrohr.

„Wie auch immer", sagte Fafnir. „Ich mag es, ich sag dir, worauf ich mich freue. Auf das Picknick am „Memorial Day" bei unserem Boss. Du trägst doch einen Bikini, nicht wahr, Honigplätzchen? Bitte sag mir, dass du einen Bikini haben wirst!"

„Nur, wenn du auch einen anziehst." Lieber Himmel, da unterhielt sie sich mit einem purpurnen Stoffdrachen, als wäre er ein vernünftiges, menschliches Wesen. Was allerdings der Mann dahinter war. Vielleicht. Bei Steve konnte sie nicht sicher sein.

„Hör mal, Baby, für dich tue ich alles. Ich spucke Feuer, terrorisiere Mägdelein, mache Toast …"

„Du terrorisierst Mägdelein?" Judith beschlich ein unbehaglicher Verdacht. „Wann hast du das letzte Mal ein Mägdelein terrorisiert?"

Fafnir lachte meckernd. „Das letzte Mal, als ich es gefunden habe. Muss 1753 gewesen sein. Vielleicht auch 1754. Seither habe ich keine Jungfrau mehr gefunden."

„Lass das, Fafnir!" Billy, der Junge, erschien neben dem Drachen, sein kleines Gesicht besorgt verkniffen. „Ich habe dir doch gesagt, dass Judith keine schlüpfrigen Reden mag."

Steve wurde besser und besser mit Billy, fand Judith und lächelte der Puppe des kleinen Jungen zu. Sie konnte inzwischen kaum noch einen Unterschied zwischen seiner und Ryans Stimme feststellen.

„Woher willst du das wissen?" erwiderte Fafnir. „Was du über Frauen weißt, könntest du auf einen Stecknadelkopf schreiben. Frauen mögen schlüpfrige Reden und noch mehr schlüpfrige Taten. Nicht wahr, Baby?"

„Fafnir, deine Lüsternheit nutzt sich nach einer Weile ab", sagte Judith fest.

Zu ihrem Schrecken warf Fafnir sich auf den Rücken, und seine Kiefer schrumpften zu einer gramvollen Miene zusammen. „Ich weiß", sagte er zerknirscht. „Ich weiß, aber sie ist alles, was ich habe." Und damit verschwand er rasch hinter der Bühne.

„Guck nicht so betroffen, Judith", sagte Billy und schob sich näher an sie heran. „Er kommt schon in Ordnung. Jemand muss ihm von Zeit zu Zeit sagen, dass er sich abkühlen soll. Kein Grund, sich schuldig zu fühlen."

Judith unterdrückte ihre Überraschung. Steve war gut und viel aufmerksamer, als sie vermutet hatte. „Muss die Last des weißen Mannes sein", sagte sie. „Schuldgefühle, meine ich."

„Davon gibt es eine ganze Menge", stimmte Billy zu.

Judith starrte auf ihn, bis sie sich mental einen Stoß gab. Sie versuchte doch tatsächlich, die Miene einer Puppe zu lesen! „Wer fühlt sich weshalb schuldig?"

Billy zuckte die Schultern. „Micki fühlt sich schuldig, weil sie raucht und herumschläft. Steve fühlt sich schuldig, weil er spielt. Franz fühlt sich schuldig wegen seiner Vergangenheit, die niemand kennt, außer vielleicht Harry, der hässliche Hippo. Ma fühlt sich schuldig wegen Ryan. Ryan fühlt sich schuldig, weil Ma sich schuldig fühlt. Genau genommen fühlt Ryan sich wegen vieler Dinge schuldig. Wegen Laceys Unfall zum Beispiel."

„Warum sollte er sich denn wegen Laceys Unfall schuldig fühlen?"

„Weil er denkt, das Geländer hätte höher sein sollen, weil er hätte wissen müssen, wie chaotisch sie war, weil er etwas hätte tun können, um es zu verhindern. Das ist natürlich verrückt, aber wer behauptet, Schuld wäre rational?"

Judith lächelte zögernd. „Ja, wer behauptet das?"

„Hey, Judith." Billy senkte seine Stimme zu einem leisen, lockenden Ton. „Komm hierher."

„Ich bin ja hier."

„Nein, ich meine näher. Näher." Er winkte mit seiner winzigen behandschuhten Hand, und Judith schob sich näher heran. „Ich will dir etwas sagen", flüsterte er. „Wenn du versprichst, ein Geheimnis zu bewahren."

„Natürlich." Sie dämpfte ihre Stimme verschwörerisch.

Billy zerknitterte sein Stoffgesicht zu einer erstaunlich wirkungsvollen Miene aus Sorge und Verlangen. „Fafnir ist nicht der Einzige mit lustvollen Gedanken", flüsterte er atemlos.

Judith hätte beinahe gelacht. Aber sie tat es nicht. Sie war von dem Zauber der Puppen gefangen, und sie hatte schreckliche Angst, Billy unheilbar zu verletzen, wenn sie lachte.

„Das ist schon in Ordnung, Billy“, sagte sie sanft. „Ein paar lustvolle Gedanken halten uns gesund.“

Er senkte den Kopf auf seine behandschuhte Hand in einer Geste der Verzweiflung und hob ihn dann wieder, um sie anzusehen. „Aber Judith“, sagte er mit einer seltsam rauen, dünnen Stimme. „Du bist diejenige, die ich begehre.“

Judith stand absolut still. In diesem Moment wich alles um sie herum zurück – die beobachtenden Augen, das Puppentheater, der Mann hinter der kleinen Stoffpuppe.

Billy kam näher. „Ich will dein Geliebter sein.“ Seine Stimme hatte einen verführerischen, schmachtenden Tonfall. „Ich will deine Augenlider küssen, deinen Rücken, deine Schultern. Ich will deine Tränen kosten. Ich will dich um mich geschlungen fühlen, erschauernd, bebend, zitternd. Ich will deinen Körper, Judith. Ich will deinen Geist, und ich will deine Seele. Ich will deine Liebe.“ Und ohne ein weiteres Wort verschwand er hinter der Bühne.

Der letzte Teil der Unterhaltung war so leise gewesen, dass keiner der Lauscher etwas gehört haben konnte. Doch sie sahen Judiths unbegreifliche Reaktion. Sie fühlte die Hitze in ihrem Gesicht, in ihren Brüsten, zwischen ihren Beinen. Sie fühlte den festen Knoten des Verlangens, der sich in ihrem Magen auflöste, und sie wusste, dass ihre Hände zitterten.

Sie war soeben von einem Meister verführt worden von jemandem, der genau wusste, wie das gemacht wurde. Sie war eine komplette Närrin gewesen, Steve zu unterschätzen.

Sie wandte sich auf dem Absatz um und hastete aus dem Raum. Sie traute sich nicht zu, mit irgendjemandem ein vernünftiges Gespräch zu führen. Sie brauchte ein paar Minuten für sich, um sich zu fassen. Danach wollte sie zurückgehen, Steve finden und ihm sagen, er solle das nie mehr mit ihr machen.

Der Mann hat Nerven, dachte sie, als sie auf den vergleichsweise kühlen oberen Balkon hinaustrat. Wie konnte er es wagen, sich so an sie heranzumachen und die Puppen zu benutzen, um sich an ihrer Reserviertheit vorbeizuschleichen!

Wo war bloß Ryan, wenn sie ihn schon mal brauchte? Steve hätte es nie gewagt, so eine Nummer abzuziehen, wäre Ryan in der Nähe gewesen.

„Bereit zum Fahren?“ Micki schlenderte auf den Balkon und steckte sich dabei eine Zigarette an.

„Gleich. Ich muss mich vorher noch kurz mit Steve unterhalten“, sagte Judith entschieden.

Micki lachte. „Das wird schwierig. Steve ist in Las Vegas.“

Judith drehte sich um und starrte sie betroffen an. „Wer war dann in Steves Kabine?“

„Na, was denken Sie? Ryan natürlich. Worüber zum Teufel habt ihr zwei denn gesprochen? Es hat wirklich faszinierend ausgesehen.“

Judith drängte sich an ihr vorbei. „Wo ist er?“

„Ryan? Fort. Sobald Sie den Raum verlassen haben, ging er hinaus. Ich vermute, er ist auf dem Heimweg.“ Micki warf ihre gerade erst angesteckte Zigarette über den Balkon in den Hudson. „Also, was hat er gesagt, dass Sie ganz erhitzt und verwirrt wurden?“

Der Zorn, den Judith gegen Steve empfunden hatte, löste sich zu einer gespaltenen Verwirrung auf, die teils aus Zorn, teils aus Bedauern bestand. Was zum Teufel hatte Ryan mit ihr getan?

Sie blickte in Mickis neugieriges Gesicht. „Überhaupt nichts, Micki“, sagte sie. „Überhaupt nichts.“

Er wusste alles.

Teuflisch. Huren, sie alle, teuflische, schmutzige Huren. Sie mussten bestraft werden. Ryan war zu unschuldig, zu vertrauensvoll. Er würde sich von dem Teuflischen anstecken lassen, genau wie bei der letzten. Er musste beschützt werden, ganz gleich, was es kostete.

Das Böse musste bestraft werden. Gerechtigkeit musste siegen. Seine Faust traf den Tisch. Pelzige grüne Füße scharrten über den Boden. Das Böse würde bestraft werden. Bald, sehr bald.

„Holen Sie Ihre Sachen, Prinzessin", sagte Ryan. „Wir brauchen mindestens zwei Stunden bis in die City, und wir sind spät dran."

„Wie bitte?" Judith saß im Schneidersitz auf dem Boden vor dem teilweise des Gehäuses beraubten Trockners, dessen Teile herumlagen wie Blütenblätter. Es war erst kurz nach zehn Uhr am Donnerstag Vormittag, und sie hatte ihren Arbeitgeber nicht mehr gesehen seit dem verwirrenden Zusammentreffen mit den Puppen am Montag. Sie öffnete den Mund, um ihn zur Rede zu stellen, schloss ihn aber wieder verlegen. Innerhalb von drei Tagen war sie nicht fähig gewesen, die erotischen Bilder aus ihren Gedanken zu lösen. Und da sie den Vorfall nicht ruhig zur Sprache bringen konnte, ohne puterrot zu werden, hatte sie nicht die Absicht, Ryan Smith diese Befriedigung zu schenken.

„Welche City?" fragte sie stattdessen. „Und was hat das mit mir zu tun?"

„Manhattan." Er nahm ihre Hand. „Und Sie kommen mit mir." Seine Finger legten sich um ihr Handgelenk und zogen, bis Judith aufrecht stand. Sie trug wieder abgeschnittene Jeans und ein weites T-Shirt, aber wenigstens hatte sie keine Zeit gehabt, sich richtig schmutzig zu machen.

Judiths unmittelbare Reaktion war, ihm zu sagen, dass sie den Teufel tun würde, doch sie schluckte es hinunter. Ein wenig Achtung sollte man schon vor dem Boss zeigen, selbst wenn man ihn eines brutalen, kaltblütigen Mordes verdächtigte. „Warum?“ fragte sie höflich.

Sein kleines Lächeln war eine Anerkennung für ihre Zurückhaltung. „Ich brauche jemanden mit den Fähigkeiten einer Sekretärin, jemanden, der Notizen machen kann, während ich fahre. Ich brauche einen Mechaniker für den Fall, dass mein Toyota zusammenbricht. Er war in der letzten Zeit recht launenhaft. Und ich brauche jemanden, der Dinge bemerkt, die mir entgehen. Sie sind doch aufmerksam, nicht wahr, Judith? Sie haben einen wissbegierigen Verstand, oder?“

„Ich besitze ein natürliches Maß an Neugierde“, erwiderte sie steif.

„Oh, das würde ich schon etwas höher ansetzen. Jedenfalls begleiten Sie mich, und wir fahren bei Ihnen vorbei, damit Sie sich umziehen und Ihre Sachen holen ...“

„Sachen?“ wiederholte sie.

„Wir verbringen die Nacht in Steves Apartment.“

Ich will dich um mich geschlungen fühlen, hatte er ihr mit Billys harmloser Stimme gesagt. Im Moment gab es keine Anzeichen für ein derartiges Verlangen, aber Judith fühlte, wie sich ihr Magen zusammenzog. „Ist Steve wieder aus Las Vegas zurück?“

„Ich erwarte ihn erst zurück, wenn er kein Geld mehr hat. Nein, Prinzessin, wir werden ganz allein in seinem Apartment sein. Sie im Schlafzimmer, ich auf der Couch. Nur um zu beweisen, dass ich gelegentlich ehrenhafte Momente habe.“

„Könnte nicht jemand anderes mitfahren? Ich bin jetzt wirklich beschäftigt und ...“

„Niemand sonst kann intelligente Notizen machen und einen Toyota reparieren. Keine Sorge, Sie sind vor meinen lustvollen Klauen sicher. Ich habe überhaupt nicht die Absicht, über Sie herzufallen."

„Billy hat etwas anderes gesagt." Da, jetzt hatte sie es ausgesprochen.

Er wirkte nicht im Geringsten reuig, bloß amüsiert. „Billy mag die Absicht haben. Auch Fafnir. Aber ich bin keine dieser Puppen. Hören Sie auf zu zanken, Judith. Sie sind meine Angestellte, und als solche sollten Sie tun, was ich verlange. Ich verspreche Ihnen, ich werde meine niederen Instinkte kontrollieren."

„Und wenn ich Nein sage?"

„Ich könnte Sie jederzeit feuern."

„Würden Sie das tun?"

„Vielleicht."

Sie sah ihn an. Er würde es nicht wagen, sie umzubringen. Jedermann würde wissen, dass sie mit ihm weggefahren war. Sie brauchte sich auch keine Sorgen wegen unerwünschter Annäherungsversuche zu machen. Wenn sie ihn auch für einen alarmierend erotischen Mann hielt, so war er doch niemand, der seinen Appetit nicht zügeln konnte. Er war nicht wie Steve Lindstrom, der allem nachstellte, das einen Rock trug.

„Was ist mit dem Chaos hier?"

„Lassen Sie alles liegen. Morgen Nachmittag sind wir zurück. Dann können Sie es beenden. Haben Sie noch mehr Entschuldigungen?"

„Keine", entschied sie. „Lassen Sie mich nur noch Micki sagen, wohin ich fahre."

„Ich habe es ihr schon gesagt."

Ein Punkt für ihn. Er mochte es ihr gesagt haben oder auch nicht. Falls er es nicht getan hatte, würde niemand wissen, wohin sie, Judith, gefahren war, und er könnte sie von einer Brücke werfen, ohne dass jemand etwas ahnte. „Ich müsste ihr einiges sagen."

„Sie können ihr eine Nachricht im Haus hinterlassen."

„Das könnte ich, ja", murmelte sie. „Das mache ich."

Sein zynisches Lächeln war eindeutig entnervend. „Machen Sie das", stimmte er zu. „Kommen Sie, Prinzessin. Wir sollen um eins bei den Anwälten sein. Dann gehen wir ins Metropolitan Museum und in einen Klub in Greenwich Village."

„Warum?"

„Wir gehen zu einem Anwalt, um Papiere zu unterschreiben. Wir gehen ins Metropolitan Museum zu einer Puppenausstellung. Und wir gehen ins ‚Dear End' wegen eines Paares, das sich als neue Puppenspieler bei uns beworben hat. Auf die beiden bin ich neugierig und ich möchte sie kennen lernen."

„Warum können wir nicht danach nach Hause fahren?"

„Weil es spät sein wird, und ich werde müde sein. Und nein, ich vertraue Ihren Fahrkünsten nicht."

„Die sind ein verdammtes Stück besser als die Ihren."

„Judith, Judith", sagte er mit einem spöttischen Seufzen. „Ich bin Ihr Boss, schon vergessen?"

Sie machte rasch eine unterwürfige Verbeugung. „Ja, mein Herr und Meister."

Er zeigte bloß dieses verdammt kühle, geheimnisvolle Lächeln und sagte gar nichts.

Ryan fuhr langsam und vorsichtig, nicht weil er es so wollte, sondern weil Judith wahrscheinlich einen Proteststurm entfesselt hätte, wäre er seiner Stimmung entsprechend gefahren.

Himmel, sie machte ihn absolut wütend! Wem wollte sie denn etwas vormachen? Sie sah ihn an, als wäre er eine Kreuzung aus Blaubart und einem Massenmörder, und irgendwie erwartete sie auch noch, dass er es nicht bemerkte. Würde ihr recht geschehen, wenn er ein irrer Killer wäre. Dann hätte sie es nicht einmal bis zur Stadtgrenze geschafft.

Er hatte von ihr mehr Widerspruch gegen seine erfundenen Ausreden erwartet. Eigentlich hatte er nur einen Grund, sie nach New York mitzunehmen: Er wollte sie bei sich haben.

Er hatte sich in den letzten Tagen, soweit es ihm möglich war, von ihr zurückgehalten. Seit er zugelassen hatte, dass seine Fantasie mit ihm durchging, als er Billy mit ihr sprechen ließ, konnte er sie nicht mehr aus seinen Gedanken bekommen. Also fabrizierte er einen Haufen Gründe, weshalb er von der „Puppet Factory“ weg musste. Wenn Judith ihn fern des Schauplatzes des so genannten Verbrechens sah, würde sie ihn vielleicht in einem vernünftigen Licht betrachten.

Abgesehen davon war es tatsächlich dringend notwendig, dass er seinen Anwalt aufsuchte. Josiah Greenfield hatte mehr Verstand als die meisten seiner Zunft. Ryan musste mit ihm über Steves kleines Problem sprechen. Und über Laceys unglücklichen Unfall. Und über Judith Daniels Anwesenheit.

Wahrscheinlich würde Josiah ihm raten, Steve zu feuern und Judith mit einem sanften, doch entschiedenen Tritt in ihren hübschen kleinen Hintern zurück nach Philadelphia zu befördern.

Er würde keines von beidem tun.

„Ist Ihnen nicht heiß in Ihrer Jacke?“ fragte er mit einem Blick auf ihr Leinenkostüm, während er äußerst moderat den Highway entlang fuhr.

„Nein.“

Er unterdrückte einen Seufzer. Sie war eine wirklich lausige Ermittlerin. Wenn sie wüsste, was gut für sie war, würde sie etwas mehr von dem Charme einsetzen, den er bei ihr vermutete. Sie würde mit ihm flirten. Oder, wenn sie sich schon nicht dazu bringen konnte, würde sie wenigstens etwas höflicher sein, anstatt ihn wütend anzustarren, sobald sie glaubte, dass er es nicht sah.

Früher oder später würde er seine Grenzen erreichen. Josiahs Büro war nur noch Minuten entfernt. Er könnte so lange durchhalten, bis er juristischen Rat bekam, wie er mit der Spionin in seinen eigenen Reihen umgehen sollte.

Er parkte in der Tiefgarage von Josiahs Gebäude, führte Judith nach oben und ließ sie in dem geräumigen Wartezimmer vor dem Anwaltsbüro zurück. Er blickte zu ihr zurück, bevor er die Tür schloss, und stellte irritiert fest, wie gut sie zu der eleganten Einrichtung passte. Sie saß auf einem der Sofas, die Füße mit den Riemchensandaletten ordentlich nebeneinander gestellt, und blickte zu dem riesigen Poster von Harry, dem hässlichen Hippo, in all seiner grünfelligen Pracht auf. Josiah verdiente viel Geld durch die „Puppet Factory“ und war sich nicht zu schade, dafür zu werben. Ein Poster von Billy hing in seinem Büro über dem Schreibtisch, eines von Madame Rinaldi auf der Damentoilette.

„Sie stecken also noch immer im Schlamassel“, bemerkte Josiah hinter seinem polierten Walnussschreibtisch.

„Noch immer im Schlamassel“, stimmte Ryan zu und streckte seine Beine vor sich aus. „Ich glaube, Steve unterschlägt Geld. Ich bin nicht sicher, aber es sieht so aus, als wäre er bis über beide Ohren verschuldet. Sollte mich nicht überraschen, wenn Lacey ihm geholfen hat. Sie hatte Zugang zu den finanziellen Unterlagen und hätte ihn leicht decken können.“

„Wie kommen Sie darauf, dass es Steve ist?“

„Er ist der Einzige, der in Schwierigkeiten steckt. Seine Spielleidenschaft ist schlimmer und schlimmer geworden. Abgesehen davon hat er mit Lacey geschlafen.“

„Glauben Sie, er hatte etwas mit ihrem Tod zu tun?“

„Es war ein Unfall", sagte Ryan fest. „Und Steve war in Atlantic City, als es passierte. Sein Alibi steht außer Frage."

„Wer dachte, er würde ein Alibi brauchen?"

„Niemand. Um Himmels willen, Josiah, ich bin nicht im Zeugenstand", fuhr er auf. „Wie oft soll ich Ihnen noch sagen, dass Lacey Hollisters Tod ein Unfall war?"

Josiah lehnte sich im Stuhl zurück, sein Gesicht drückte Wohlwollen aus. „Ich schätze, so oft, bis Sie sich selbst überzeugt haben, Ryan."

„Zum Teufel mit Ihnen", erwiderte Ryan ohne Zorn.

„Wie viel fehlt?"

„Ungefähr fünfzigtausend Dollar."

Josiah schüttelte den Kopf. „Warum geben Sie nicht seinen Anteil an der Gewinnbeteiligung der Angestellten frei? Das müsste etwa zehnmal so viel sein."

„Der Gewinnbeteiligungsplan soll die Zukunft meiner Leute sichern. Bekäme er seinen Anteil in die Finger, würde er ihn einfach verschleudern."

„Sie sind nicht für Steves Zukunft verantwortlich, Ryan. Sie bezahlen Ihren Angestellten mehr, als sie zu erwarten hätten, und Sie beteiligen sie an Ihren Lizenzen."

„Was schlagen Sie also vor?"

„Feuern Sie ihn."

„Das kann ich nicht. Erstens kann ich ihn nicht fallen lassen, wenn er in Schwierigkeiten ist, und zweitens brauche ich ihn. Franz kann nicht noch mehr übernehmen, und die anderen haben einfach nicht Steves Niveau."

„Dann sorgen Sie dafür, dass er nicht mehr an Geld rankommt, stecken Sie den Verlust ein und lassen Sie es nicht wieder passieren."

Ryan lächelte. „Ich wusste, ich kann auf Sie zählen."

„Pah!" Josiah blickte skeptisch drein. „Warum haben Sie

denn diese Reporterin, diese Judith Daniels, noch nicht weggeschickt?"

„Solange sie bei mir ist, kann ich sie im Auge behalten. Außerdem kann sie Klimaanlagen, Videorekorder und Kühlschränke reparieren."

„Ist das alles?"

„Nicht ganz. Sie sitzt im Wartezimmer. Werfen Sie einen Blick auf sie. Vielleicht fällt ihnen dann noch ein Grund ein."

„Ryan, Sie suchen nach Ärger."

„Ich brauche nicht zu suchen. Er folgt mir."

„Feuern Sie Steve, entledigen Sie sich der Reporterin und machen Sie einen langen Urlaub. Vielleicht eine Weltreise. Sie sind schon zu lange ein Workaholic."

„Vielleicht im Herbst."

„Das sagen Sie jedes Jahr, seit ich Sie kenne."

„Vielleicht hatte ich keine Lust, allein zu fahren."

„Und jetzt haben Sie jemanden? Kenne ich sie?"

„Sie werden sie gleich kennen lernen."

„Himmel, doch nicht die Reporterin?"

Ryan stand auf. „Ich habe nie behauptet, mit Vernunft überlastet zu sein."

Sind Sie sicher, dass Sie wissen, was Sie tun?"

Ryan zuckte die Schultern. „Nein."

Josiah starrte ihn an. „Nun ja, wenn Sie das zugeben können, besteht vielleicht noch Hoffnung für Sie. Dann sehen wir uns einmal Ihre Mata Hari an."

Judith rutschte auf ihrem Sitz hin und her. Es gab keinen Grund für sie, sich unbehaglich zu fühlen. Die perfekt gekleidete Nullachtfünfzehn-Sekretärin war in ihre Arbeit vertieft, das Wartezimmer war kühl und hübsch, und es sah nicht so aus, als hätte Ryan die Absicht, ihr eins über den Schädel zu ziehen. Judith hatte während der zweistündigen Fahrt nach Manhattan Notizen von Ryans Plänen für ein Musical gemacht, in dem Puppen zusammen mit menschlichen Darstellern auftreten sollten. Sie hatte alles getan, um nicht in die Sache hineingezogen zu werden, um nicht eigene Vorschläge zu machen, um Ryan nicht zu sagen, wie einfallsreich er war.

Er brauchte das nicht zu hören, besonders nicht von ihr. Ryan Smith wusste genau, dass er der Beste war.

Sie rutschte erneut hin und her. Etwas an dem Poster von Harry, dem hässlichen Hippo, ging ihr auf die Nerven – der Ausdruck in seinen Glupschaugen, sein Nilpferdmaul mit dem grünen Fell. Irgendetwas brachte ihre Nackenhaare dazu, sich zu sträuben. Das war natürlich schlichtweg lächerlich. Es musste an der Beleuchtung oder an ihrer überdrehten Fantasie liegen. Unmöglich konnte die Vergrößerung einer Stoffpuppe bösartig wirken.

Sie hörte nicht, wie sich die Tür zu dem Büro öffnete, aber das war auch nicht nötig. Sie hatte einen sechsten Sinn entwickelt, was Ryan anging. Sie wusste, wo er war, noch bevor er auftauchte, was sehr günstig für sie war, sollte er sich ihr jemals in Mordabsichten nähern. Der Mann neben ihm war klein und kompakt und wirkte mehr wie ein Bantamgewicht-Boxer und nicht wie einer der Anwälte, an die sie gewöhnt war.

Sie erhob sich, und Josiah Greenfield betrachtete sie lang und prüfend vom Scheitel bis zur Sohle. „Jetzt verstehe ich", murmelte er rätselhaft.

„Das dachte ich mir", sagte Ryan, machte die beiden miteinander bekannt und gab keine Erklärung für seinen orakelhaften Wortwechsel mit dem Anwalt. „Kommen Sie bald in die ‚Factory', Josiah. Micki würde sich bestimmt freuen, Sie zu sehen."

„Da bin ich nicht so sicher", sagte er mürrisch. „Letztes Mal hat sie ein Kassettendeck nach mir geworfen."

„Keine Sorge", sagte Judith. „Ich habe es repariert."

„Das wird sie nicht davon abhalten, es wieder zu werfen. War nett, Sie kennen zu lernen, Miss Daniels."

Sie nickte höflich. Wenn sie nur wüsste, worüber die beiden gesprochen hatten! Zweifellos war es um sie gegangen. Ryan misstraute ihr, so viel wusste sie. Manchmal war sie erstaunt, dass er sie nicht einfach feuerte.

Er wandte sich mit leicht abweisender Miene an sie. „Gehen wir."

Und, verdammt, sie hatte einfach keine andere Wahl, als ihm zu folgen.

Für Judith war es nicht leicht, mit Ryan Schritt zu halten, während er sich schnell durch die belebten Straßen von New York bewegte. Sie hatte sich immer etwas auf ihren schnellen Gang eingebildet, aber im Vergleich zu Ryan trippelte sie regelrecht. Natürlich wurde sie durch ihre hohen Absätze behindert. Ryan trägt noch immer Nikes, stellte sie pikiert fest. Würde ihm recht geschehen, wenn sie in der Eile stürzte und sich den Knöchel verstauchte. Und ihr auch. Ryan hätte endlich eine gute Entschuldigung gehabt, um sie zu feuern, und sie hätte mit ihrem weit hergeholten Verdacht zur Polizei gehen müssen.

„Langsamer!" Sie versuchte, nicht gereizt zu klingen.

Er blieb stehen. „Wollen Sie ein Taxi nehmen? Das Museum ist nur fünf Blocks entfernt."

„Nein, ich möchte kein Taxi nehmen", entgegnete sie gereizt. „Aber ich will auch nicht den Geschwindigkeitsrekord zu Land brechen, um dorthin zu kommen."

„Na schön, gehen wir langsam und anmutig und unterhalten uns über das Wetter."

„Wir können in normalem Tempo gehen", sagte Judith. „Und Sie können mir verraten, warum Sie eine unangenehme alte Hexe wie Ma Carter beschäftigen. Ihre Art und Weise mit Menschen umzugehen, finde ich unmöglich."

Nach einem Moment der Stille wandte er ihr den Rücken zu und ging weiter. „Sie hat doch nichts getan, oder?" fragte er.

„Sie gibt mir schreckliche, unwichtige Arbeit in stickigen Räumen, und sie ist so eklig wie nur möglich, aber nein, sie hat mir nichts getan."

„Hören Sie, wenn es Ihnen nicht gefällt, können Sie gehen, Prinzessin."

Judith zählte sehr langsam bis zehn. „Ich klage nicht."

„Hört sich aber verdammt danach an."

„Warum sind Sie so empfindlich? Ich habe nur gefragt."

„Sie haben gerade gefragt, warum ich eine unangenehme alte Hexe beschäftige", fiel er ihr bissig ins Wort. „Warum sollte ich nicht? Ich beschäftige auch eine Menge unangenehmer junger Hexen."

„Sie meinen Micki?"

„Unter anderem."

„Tut mir Leid, dass ich gefragt habe."

„Mir auch."

Sie gingen schweigend weiter, bis Judith es nicht mehr aushielt. „Hören Sie, müssen wir ständig streiten?" fragte sie und hielt ihn am Arm fest.

Er zögerte. „Es hat seine Vorteile."

Sie wusste, welche Vorteile das waren, und bat ihn daher nicht um eine Erklärung. „Tut mir Leid, dass ich so neugierig bin. Das ist wohl ein sehr menschlicher Fehler."

„Ma Carter ist für mich fast so etwas wie Familie. Es mag schwierig sein, mit ihr auszukommen, aber sie braucht mich, und ich werfe niemanden hinaus, der meine Hilfe braucht."

„Warum ich sie … Nein, tut mir Leid, dass ich gefragt habe. Ich werde nicht weiter bohren."

„Das glaube ich erst, wenn ich es sehe“, schnaubte er. „Es macht mir nichts aus, es Ihnen zu erzählen. Sie und ihr Mann waren meine Pflegeeltern von meinem fünften bis zu meinem zwölften Lebensjahr, länger, als sich sonst jemand die Mühe gemacht hat, mich zu behalten. Dafür schulde ich ihr etwas. Als Pa Carter vor drei Jahren starb, hinterließ er ihr einen Berg von Schulden und sonst nichts. Ich habe ihr einen Job gegeben und einen anständigen Lebensunterhalt, und das nehme ich ihr nicht weg, nur weil Sie sie nicht mögen.“

„Ich habe nicht vorgeschlagen, dass Sie das tun sollten“, sagte Judith sanft. „Hat sie keine anderen Angehörigen?“

„Sie hat einen Adoptivsohn, den sie seit Jahren nicht gesehen hat.“

„Der Adoptivsohn hilft ihr nicht, aber Sie tun es? Wie kommt es, dass Ma nicht Sie adoptiert hat?“ Zum Teufel mit ihrer unvorsichtigen Zunge! Wann würde sie je lernen, auf ihre Worte zu achten?

Er wurde bei ihrer direkten Frage etwas blass, und um seinen Mund lag ein grimmiger Zug. „Als die Carters sich zu einer Adoption entschlossen, wollten sie einen jüngeren und niedlichen Jungen. Ich war immer zu groß, um als niedlich angesehen zu werden. Also haben sie mich ins Waisenhaus zurückgeschickt und einen Fünfjährigen mit einem blonden Lockenkopf adoptiert.“

„Und Sie waren vorher sieben Jahre bei ihnen?“

„Fast acht.“

„An Ihrer Stelle hätte ich ihr gesagt, sie könne auf den Straßen verhungern“, sagte Judith heftig.

Er brachte ein kleines, zynisches Lächeln zustande. „Aber Sie sind nicht an meiner Stelle. Ich bin eben ein verteufelt netter Kerl.“

„Dann ist sie also nur eine harmlose, verbitterte alte Frau.“

„Das habe ich nicht gesagt."

Er ging weiter, und sie eilte neben ihm her. „Was meinen Sie damit?"

„Nichts", antwortete er. „Ich wäre nur an Ihrer Stelle in Ma Carters Nähe vorsichtig."

7. KAPITEL

Das Metropolitan Museum war gerammelt voll an diesem Nachmittag Ende Mai. Die Puppenausstellung war im Untergeschoss, eine beinahe ermüdende Collage von Licht, Ton und Farbe, Fotos und Videos und Aufzeichnungen von alten Fernsehshows mit den Meisterpuppenspielern der letzten Jahrzehnte, endend mit Ryan Smith.

Die „Puppet Factory“ hatte einen eigenen Raum, der bei weitem am stärksten besucht war. Judith beobachtete fasziniert, wie Ryan sich unerkannt in der Menge, die seine Kunst bewunderte, bewegte. Steve Lindstrom hätte sich im Zentrum der Aufmerksamkeit aufgehalten, Autogramme gegeben und Vorträge über das Puppenspiel und sein eigenes Talent gehalten.

Der engste Kontakt, den Ryan zu den Besuchern bekam, war eine ruhige Unterhaltung mit zwei Achtjährigen. Die Leute um sie herum machten zu viel Lärm, als dass Judith hätte verstehen können, was sie sagten, aber sie sah den sanften Ernst, mit dem er sprach. So viel zu seiner Behauptung, dass er Kinder verabscheute.

„Lassen Sie uns von hier verschwinden.“ Er war hinter ihr aufgetaucht, während sie eine lebensgroße Version der drei Grünen Göttinnen betrachtete, komplett mit Salatblätterhaut und Alfalfasprossenhaaren. „Wir müssen nur am Schalter ein Videoband abholen, dass sie für mich hinterlegt haben. Dann sind wir frei.“

Die Menge schien sich verzehnfacht zu haben. Eine dicke, schwitzende Frau versetzte Judith einen Stoß, und sie fand sich gegen Ryans Körper gepresst wieder.

Seine Hände legten sich an ihre Arme, vielleicht um sie zu stützen, vielleicht um sie von sich zu schieben. Sie konnten sich nicht bewegen, sondern standen wie aneinander geklebt da, Hüfte an Hüfte, Brust an Brust. Judiths Brüste drückten sich gegen sein Hemd, ihr Herz hämmerte, und ihre Temperatur schoss trotz der Klimaanlage des Museums hoch. Sie blickte in seine Augen, ihre Lippen öffneten sich, und tausend Dinge warteten darauf, gesagt zu werden.

Dann nahm die Woge der Leute ab, Ryans Hände gaben sie frei, und sie trat zurück, kühl und gefasst, als wäre es nicht zu einer Beinahe-Umarmung gekommen. Und sie schob ihre feuchten, zitternden Hände in die Taschen ihrer Leinenjacke.

Sie mussten in der Schlange vor dem Informationsschalter warten, während die dumpf dreinblickende Museumsangestellte Souvenirbücher, Bänder, Poster und Minipuppen der „Puppet Factory“ ausgab. Judith blickte auf die Preise, es verschlug ihr den Atem, und sie raunte Ryan zu: „Vermutlich bekommen Sie davon auch eine Scheibe?“

„Oh, ja“, erwiderte er, ungerührt von ihrem Tadel. „Aber das Museum bekommt mehr.“

„Oh.“

„Oh“, echote er. „Ich habe Ihnen schon gesagt, ich bin nicht der Schuft, für den Sie mich halten. Ich beute nicht die Massen aus, esse keine Kinder zum Frühstück und ermorde keine jungen Frauen.“

„Das habe ich auch nie behauptet.“

„Nein, haben Sie nicht.“ Er gab ihr einen kleinen Schubs, und die Berührung seiner Hand in ihrem Kreuz war ärgerlich erotisch. „Sie sind dran.“

„Ja?“ fragte die Angestellte ungeduldig.

„Sie haben ein Band für Ryan Smith“, sagte Judith ganz geschäftsmäßig und ignorierte die Hand, die noch immer auf ihrem leinenbedeckten Rücken lag.

Die Apathie verschwand aus dem Gesicht der Frau. „Sie arbeiten für die ‚Puppet Factory‘? Für Ryan Smith höchstpersönlich? Ist das wahr?“

Judith nickte. „Allerdings."

Die Frau reichte ihr eine VHS-Kassette. „Meine Güte, muss das toll sein! Lieben Sie den Job nicht geradezu?"

„Er hat seine Momente", antwortete Judith gedehnt, mit Ryans Fingern auf ihrem Rücken und angesichts seiner Belustigung, die sich deutlich in seinem Gesicht zeigte.

„Ist er wirklich so sexy, wie man behauptet?" fuhr die Angestellte fort.

Judith unterdrückte den Drang, ihren Ellbogen in den zu nahe hinter ihr befindlichen Magen zu rammen. „Ich weiß nicht", sagte sie. „Was sagt man denn, wie sexy er ist?"

„Na ja." Die Angestellte schnalzte mit ihrem Kaugummi. „Ich habe gehört, dass er wie eine Kreuzung zwischen Robert Redford und Clint Eastwood aussieht. Ich habe auch gehört, dass er schrecklich entstellt ist und man ihn deshalb nie sieht."

Judith lachte entzückt auf. „Außen hübsch, innen hässlich", erwiderte sie und schob sich von dem Schalter weg. „Danke."

Ryan schwieg, bis sie den breiten Bürgersteig auf der Fifth Avenue erreichten. „Warum haben Sie ihr nicht gesagt, wer ich bin, damit sie selbst urteilen konnte?"

Sie zögerte. „Warum haben Sie nichts gesagt?"

„Weil ich keine Menschenmengen mag, und ich werde nicht gern erkannt und umtänzelt."

Sie nickte. „Ich weiß. Deshalb habe ich ihr auch nichts gesagt."

Sein Gesicht zeigte echte Überraschung. „Ein purer Akt von Freundlichkeit, Prinzessin? Ich wusste gar nicht, dass das in Ihnen steckt."

Judiths wärmere Gefühle begannen zu vereisen. „Wohin jetzt?"

„Wir machen einen Spaziergang. Wir werden nicht vor neun im ‚Dead End' erwartet. Setzen Sie also eine fröhliche Miene auf, Judith, geben Sie mir Ihre Hand, und wir schlendern durch den Central Park wie normale Menschen. Wie Freunde."

Sie bewegte sich nicht. Er stand da, seine hohe Gestalt als Silhouette gegen das helle Sonnenlicht, das sein dunkelbraunes Haar aufleuchten ließ. Seine Augen waren ernst, geduldig, mit einer Spur von Humor in ihren Tiefen. Anders als sie, hatte er sich nicht für die Stadt umgezogen. Er trug noch immer eine ausgeblichene Jeans und ein weiches Baumwollhemd. Tiefe Linien waren um seinen Mund eingegraben, aber sie stammten noch vom Lächeln. Er war verschlossen, attraktiv und sehr entrückt, und er streckte ihr die Hand entgegen.

Sie legte ihre Hand in die seine. Seine Finger umschlossen ihre Hand, nahmen sie gefangen, und im ersten Moment hätte sie sich fast zurückgezogen. Doch sie ließ ihre Hand dort, wo sie war.

„Also gut", sagte sie. „Dann spazieren wir durch den Park."

„Wie Freunde?"

Sie nickte. „Wie Freunde."

Und mit diesem Waffenstillstand wurde der Rest ihres Misstrauens nach Miller's Junction verbannt. Wenn sie zurückkam, wollte sie darüber nachdenken. Dann wollte sie ihn noch eine Weile beobachten. Im Moment wollte sie ihren Tag genießen, wollte sogar die glühende Hitze des Central Parks während dieses unangemessen heißen Zeitraums genießen.

Die beiden Puppenspieler im „Dead End" waren ein Ehepaar namens Burkholtz, und sie waren wirklich gut. Nach ihrem Auftritt unterhielt Ryan sich mit ihnen, lobte sie.

Dann waren Ryan und Judith wieder auf der Straße, und Judith konnte erneut kaum Schritt mit ihm halten. „Die beiden sind sehr gut, nicht wahr?" brachte sie hervor, als er endlich langsamer ging.

Er warf ihr einen kurzen Blick zu. „Sehr gut."

„Wo liegt das Problem?"

Er blieb mitten auf dem übervölkerten Bürgersteig stehen. Obwohl es schon nach Mitternacht war, lastete die Hitze schwer auf ihnen, und die vorbeidrängenden Leute waren übellaunig. „Mit den Burkholtzes? Kein Problem. Wenn ich Glück habe, arbeiten sie in der ‚Factory'."

„Warum rasen Sie dann durch die Stadt? Eilig, irgendwo hinzukommen?"

Ryan lächelte plötzlich, und Judith verspürte eine verräterische Reaktion in sich. „Ich möchte schnell in Steves Apartment."

„Irgendein besonderer Grund?" Ihre Stimme war sehr kühl, aber ihr Herz hämmerte.

„Weil ich müde bin, Judith. Nichts Unheimliches."

„Ich habe nichts Unheimliches erwartet."

„Nein? Was haben Sie erwartet?"

Ungezügelte Lust, dachte sie. „Einen ungestörten Schlaf."

„Den kann ich nicht garantieren. Steves Apartment liegt in einer lauten Ecke von Soho. Da gibt es kaum Ruhe und Frieden. Deshalb verbringt er seine meiste Zeit in Miller's Junction."

„Warum behält er das Apartment?"

Ryan zuckte die Schultern. „Es ist preisgebunden und billig. Dadurch hat er einen Platz, an den er sich flüchten kann, wenn er genug von der Vorstadt hat. Und ich habe dadurch einen Ort, wohin ich eine Frau bringen kann."

„Haben Sie?"

Ryan lachte. „Sie haben das Apartment noch nicht gesehen. Glauben Sie mir, ich kann mir etwas leisten, das einer Romanze dienlicher wäre, falls mir danach wäre."

Romantisch war es nicht. Es lag auf der vierten Etage eines sehr alten Hauses ohne Aufzug, in dem es nach Urin, Marihuana und gekochtem Kohl roch. Judith erwartete jeden Moment eine Ratte, während sie hinter Ryan die Treppe hinaufstieg.

Das Apartment selbst war nicht viel besser. Es bestand aus drei Räumen, die hauptsächlich mit indischen Bettdecken, Polstern und Matratzen eingerichtet war. Das Schlafzimmer war mit einem konventionellen Bett ausgestattet, das groß genug war, dass man darin eine Orgie abhalten konnte, und die afrikanischen Masken an den Wänden vermittelten Judith trotz ihres wilden Aussehens nicht das unbehagliche Gefühl wie das Poster von Harry, dem hässlichen Hippo.

Ryan war ihr ins Schlafzimmer gefolgt und stand zu nahe. „Keine Klimaanlage. Sie müssen sich entscheiden zwischen offenem Fenster und Straßenlärm oder geschlossenem Fenster und Ersticken."

„Schwierige Wahl."

„Wollen Sie etwas? Kaffee? Einen Drink?"

Kaffee, Tee oder mich, antwortete Judiths innere Stimme respektlos. „Nein, alles in Ordnung. Wann wollen Sie morgen aufbrechen?"

„Sobald Sie aus dem Bett kommen."

Er hatte sich nicht bewegt. Wenn sie nur ein wenig schwankte, würde sie ihn berühren. Und sie wollte schwanken. Ihr war heiß, sie war müde und ein wenig benebelt von einer Bloody Mary zu viel im „Dead End". Hätte sie noch eine mehr getrunken, hätte sie die wenigen Zentimeter überbrückt, ihre Arme um seinen Nacken gelegt und ihren Mund auf den seinen gepresst.

Sie blinzelte und verbannte ihre plötzliche Fantasie. „Also, dann bis morgen."

Sein Lächeln war eine Spur zu wissend. „Bis morgen."

Judith hatte keine Ahnung, wann sie in dieser Nacht endlich einschlief. Und sie hatte keine Ahnung, wann sie erwachte, schwitzend, in totaler, unkontrollierbarer Panik, Harry, der hässliche Hippo, über ihr aufragend, seine fellbedeckten Hände nach ihr ausstreckend, Tod und Wahnsinn und Zerstörung und …

„Aufwachen, Judith!“ Ryan saß auf dem Bett, seine Arme zu beiden Seiten ihres zitternden Körpers. „Sie hatten einen Albtraum! Aufwachen!“

Er hatte die Wandlampe eingeschaltet. Die schwache Glühbirne lieferte nur wenig Licht, aber es reichte, um zu erkennen, dass der Mann neben ihr sie nicht erwürgen wollte.

Er trug Jeans und sonst nichts. Arme und Brust waren nackt, seine Haut schimmerte golden. Und er wollte sie, das las sie in seinem Blick. Er wollte sie so sehr, wie sie ihn wollte. Verlangen hing schwer in der stickigen Nachtluft. Sie waren Zentimeter, Bruchteile von Sekunden voneinander entfernt. Judith wagte kaum zu atmen und wartete auf Ryans nächsten Zug.

Er stand auf. Sein Körper war eine Silhouette von dem schwachen Licht, und der Moment war so rasch vorbei, dass Judith dachte, ihn sich nur eingebildet zu haben. „Sind Sie in Ordnung?“

„Ja“, sagte sie und verwünschte sich für ihre Frustration. „Es war nur ein Albtraum. Jetzt geht es mir gut.“

„Dann sollten wir noch etwas schlafen. Soll ich das Licht brennen lassen?“

„Bitte.“ Die Tür schloss sich leise hinter ihm. Judith kämpfte gegen das letzte Zittern an, das ihren Körper schüttelte, und Verärgerung vertrieb die Panik ihres Albtraums. Wie konnte Ryan so verdammt immun gegen sie sein, während sie in seiner Nähe regelrecht dahinschmolz?

Allerdings, dachte sie, als sie sich an seine Silhouette erinnerte, war er nicht immun gewesen, nicht wahr? Es hatte einen unmissverständlichen körperlichen Beweis gegeben, dass er auf sie reagierte, zumindest auf einer Ebene.

Zum Teufel mit dem Mann! Sie verließ das Bett. Wie konnte sie sich so zu einem Mann hingezogen fühlen, den sie eines Mordes für fähig hielt?

Die Antwort war wunderbar klar. Ryan Smith hatte Lacey nicht getötet. Jemand anderer hatte es getan.

Und wenn Ryan Smith nicht der Bösewicht war, hatte ihre Aufgabe sich dramatisch verändert. Sie musste nicht länger schnüffeln und lügen und herumschleichen, um seine Schuld zu beweisen, sondern sie musste schnüffeln und lügen und herumschleichen, um seine Unschuld zu beweisen.

Sie trat ans Fenster, aber die Temperatur war kaum gesunken. Als sie sich wieder dem Bett zuwandte, trat sie auf etwas Scharfes. Sie unterdrückte einen Aufschrei. Sie konnte Ryan Smith nicht hier drinnen gebrauchen, nicht mit seiner nackten Brust und seinen Jeans, die tief auf den Hüften hing. Sie konnte nicht noch mehr Versuchung oder Frustration gebrauchen, ganz zu schweigen von der Möglichkeit, einen dummen Zug zu machen.

Sie bückte sich und hob den Gegenstand auf und betrachtete ihn atemlos. Ein silberner Ohrring. Ein einmaliges Design mit einem Lapislazuli. Das letzte Mal hatte sie diesen Ohrring an Lacey gesehen.

Langsam schloss Judith ihre Hand um das Schmuckstück. Es wäre so bequem für sie gewesen, alles auf Steve zu schieben. Indizien deuteten in seine Richtung. Er hätte einen perfekten Sündenbock abgegeben. Doch trotz der Tatsache, dass sie einen eindeutigen Beweis gefunden hatte, wurde Judith die Überzeugung nicht los, dass Steve kein Mörder war.

Womit sie wieder bei Ryan angelangt war.

„Tod und Teufel“, murmelte sie. Leicht auf ihrem schmerzenden Fuß humpelnd, legte sie sich zurück ins Bett, den Ohrring noch immer fest in ihrer Hand.

Er vergaß nicht. Obwohl er sie nicht sehen konnte, sie nicht bekommen konnte, wusste er, dass sie darauf wartete, bestraft zu werden. So bestraft zu werden wie die anderen, wie alle anderen. Und mit dieser Strafe würde Reinheit kommen. Und Reinigung. Und sie würde froh darüber sein. Wie die anderen froh gewesen waren.

Seine Glupschaugen suchten die Dunkelheit um ihn herum ab. Monster, so nannten sie ihn. Liebenswertes, pelziges Monster. Aber er war kein Monster, er war Gerechtigkeit. Er war der Rächer. Harry, der hässliche Hippo, das Flusspferd, das in der Dunkelheit darauf wartete, gerufen zu werden.

Dunkelheit überall. Hitze und Feuchtigkeit und Dunkelheit. Und das Warten darauf, dass sich wieder eine zu den anderen gesellte.

Als Ryan und Judith am nächsten Morgen nach einer sehr schweigsamen Fahrt in Miller's Junction ankamen, hatte Judith absolut keine Lust zu arbeiten. Mas Anblick hob ihre Stimmung auch nicht gerade. War sie Ma gegenüber schon vorher feindselig eingestellt gewesen, so war das gar nichts im Vergleich zu ihren Gefühlen jetzt. Es half nicht, dass sie sich sagte, wenn Ryan keinen Groll gegen Ma hegte, sollte sie es auch nicht tun. Sie empfand auch nicht wegen Ryan so, sondern wegen eines Zwölfjährigen, der von der einzigen Familie zurückgestoßen worden war, die er je gekannt hatte.

Reichte das aus, um einen Mann zum Mörder werden zu lassen? Nicht sehr wahrscheinlich. Wenn er jemanden umbringen wollte, wäre es Ma Carter gewesen, nicht Lacey. Judith verbrachte ein paar angenehme Momente, indem sie das gewaltsame Ende der alten Frau plante, schob die Fantasie dann aber beiseite. Welche Untaten Ma auch auf Erden begangen haben mochte, sie bezahlte bereits dafür.

Ma sah Judith an, die noch immer ihre Stadtkleidung trug, und schniefte abfällig. „Sie können heimgehen“, sagte sie.

Bessie blickte vom Computer hoch, das Sonnenlicht brach sich in ihren Brillengläsern.

„Was ist mit der Nachricht?“ fragte sie scheu.

„Sie ist nicht zum Arbeiten angezogen“, schnappte Ma.

„Schon gut“, sagte Judith hastig. „Was für eine Nachricht?“

„Einer der Schalter im Erdgeschoss ist kaputt“, erklärte Ma. „Kann warten. Sie wollen sich doch Ihre sagenhaft tollen Kleider nicht ruinieren.“

„Ich repariere ihn“, sagte Judith gewollt freundlich.

„Sie werden nicht gebraucht.“

„Ich repariere ihn.“ Sie unterdrückte ihren Ärger. „Wer hat den Schaden gemeldet?“

„Weiß nicht.“ Ma wandte sich ab. „Wenn Sie den Schalter nicht finden, können wir jemanden rufen, der ihn findet.“

„Ich finde ihn.“ Judith war nahe am Fauchen.

Judith mochte das Erdgeschoss nicht. Es war dunkel und feucht und roch muffig. Es war ein Kaninchenbau mit kleinen, fensterlosen Räumen, einige angefüllt mit alten Kostümen, andere mit Kartons oder kaputten Videosystemen und ähnlichem.

Die Turbinenanlage, die in einer Ecke des Erdgeschosses untergebracht war, überforderte sogar ihre Fähigkeiten, aber einen einfachen Lichtschalter schaffte sie. Aus der zweiten Etage holte sie sich ein paar Werkzeuge und ging dann die letzte Treppe hinunter.

Himmel, hasste sie das Erdgeschoss! Besonders jetzt, mit dieser Dunkelheit, den schattenhaften Formen verstauter Puppen und Kostüme, dem unheimlichen Gefühl abgelegter Leben. Der erste Lichtschalter funktionierte, obwohl eine überraschende Zahl von Lampen nicht brannte. Die Wartungsmannschaft hatte hier unten nicht ihren beispielhaftesten Job ausgeführt.

Judith suchte sich ihren Weg durch die schmalen Gänge zu dem Korridor, der das Erdgeschoss zweiteilte. Es wurde immer dunkler, und ihre Lederschuhe riefen auf dem Betonboden seltsam schlurfende Geräusche hervor, die in dem voll gestellten Geschoss widerzuhallen schienen.

Sie hätte eine Taschenlampe mitbringen sollen. Das Licht war so schwach, dass sie kaum den Schalter an der Wand erkennen konnte. Sie sah, dass die Abdeckplatte halb lose war, und sie griff nach dem Schalter und wollte ihn herumdrehen, um zu sehen, ob er der Schuldige war.

Irgendetwas, irgendeine düstere Vorahnung von Gefahr, ließ ihre Hand mitten in der Luft erstarren. Sie blickte auf den Betonboden hinunter. Zu ihren Füßen befand sich eine seltsame Pfütze. Sie betrachtete erneut den Lichtschalter, und in dem düsteren Licht erkannte sie die gebrochene Plastikabdeckung und das blanke Metall.

Judith holte tief und zitternd Luft und wich zurück, weg von dem Schalter, weg von der Wasserpfütze. Ihre Lederschuhe hätten nur wenig Isolierung gegen einen elektrischen Schlag geboten. Wahrscheinlich hätte er sie nicht getötet, aber er hätte ihr einen heftigen Schlag versetzt. Sie stand da und schauderte vor Entsetzen und Panik.

Es gab eine völlig vernünftige Erklärung. Jemand war gegen den Lichtschalter gestoßen und hatte die Plastikabdeckung zerbrochen. Es spielte keine Rolle, dass es so aussah, als wäre es mit einem Hammer und absichtlich gemacht worden. Es spielte auch keine Rolle, dass es keine Erklärung für das Wasser ausgerechnet an dieser Stelle gab. Jeder hätte behauptet, es wäre bloß wieder ein Unfall gewesen.

Sie fror und zitterte, während sie zurückging. Die dunklen, zusammengekrümmten Puppenkörper wirkten noch drohender, aber jetzt hatte sie zu viel Angst, um sich darum zu kümmern. Sie wollte nichts anderes, als von hier verschwinden. Niemand arbeitete am Wochenende. Am Montag konnte sie noch einmal nach dem Schalter sehen, ausgerüstet mit Isolierhandschuhen. Dann konnte sie ihn reparieren.

In der Zwischenzeit wollte sie herausfinden, wer den Schaden gemeldet hatte, wer sie hier heruntergeschickt hatte, damit sie einen hässlichen Tod fand. Und dann wollte sie zur Polizei gehen, und der Teufel sollte ihre geheiligte Schlagzeile holen.

Er sah zu, wie sie wegging. Sie war zu klug, zu schlau. Aber er konnte auch schlau sein, Es hatte nur eine Warnung sein sollen, eine kleine, wirkungsvolle Drohung, aber sie war zu klug für ihn gewesen.

Das nächste Mal würde sie es nicht sein.

8. KAPITEL

Die Hitzewelle dauerte während des ganzen Monats Mai an. Alle Rekorde wurden gebrochen, und die Gewaltverbrechen stiegen um fünfundzwanzig Prozent an. Ehemänner schlugen ihre Frauen, Frauen ermordeten ihre Ehemänner.

Wie jemand bei dieser Hitze einen Mord begehen konnte, überstieg Judiths Fassungsvermögen. Man ging höchstens mit einer Eispackung ins Bett, aber man erschlug nicht den Ehemann mit dem Eispickel.

Micki sah sich im Fernsehen ständig die Nachrichten an, und so bekam Judith mit, wie die Reporter bis ins Detail gingen, als eine junge Frau erwürgt aufgefunden worden war. Die Unglückliche hatte ein winziges Top und Shorts getragen. Einziger Anhaltspunkt waren sonderbare grüne Wollfäden unter ihren abgebrochenen blutigen Fingernägeln. Offenbar hatte sie sich gewehrt, und die Polizei suchte jemanden, der verrückt genug war, während einer Hitzewelle einen grünen Pullover zu tragen.

Judith ging ins Bad und betrachtete ihr blasses Gesicht im Spiegel. Der Vorfall mit dem Lichtschalter hatte sie Nerven gekostet. Das ganze Wochenende über hatte sie gegrübelt, ob sie zur Polizei gehen oder sich Ryan oder sonst jemandem anvertrauen sollte. Gleich am Montagmorgen war sie mit einer laut protestierenden Micki an ihrer Seite ins Erdgeschoss gegangen, hatte jedoch nur einen trockenen Fußboden und einen unbeschädigten Lichtschalter vorgefunden.

Natürlich gab niemand zu, einen defekten Lichtschalter gemeldet zu haben, und Judith hörte zu fragen auf, als die Leute begannen, sie sonderbar anzusehen. Sie beschloss weiterzumachen, als wäre nichts geschehen, und sehr, sehr vorsichtig zu sein.

Der „Memorial Day“ war wieder ein glühend heißer Tag. Judith hatte ihm mit gemischten Gefühlen entgegengesehen, seit sie in der „Puppet Factory“ zu arbeiten begonnen hatte. Dies war der Tag, an dem die Puppenspieler und ihre Gefährten und Mitarbeiter bei Ryan Smith eingeladen waren, um zu schwimmen, zu feiern, Bier zu trinken und ein Barbecue zu veranstalten. Zum ersten Mal seit ihrer Rückkehr aus New York würde Ryan ihr nicht ausweichen können. Nicht in seinem eigenen Haus.

Es war nicht, was sie erwartet hatte, aber Judith wusste auch nicht, was zu Ryan gepasst hätte. Sicher nicht dieses massive Vorstadt-Herrenhaus mit seiner pseudo-kolonialen Architektur, dem sorgfältig gepflegten Grundstück und dem puderblauen Teppichboden im Wohnbereich. Das Innere war von einem Meister mit Geschmack und Zurückhaltung dekoriert worden, und Judith erinnerte sich vage, dass Micki ihr erzählt hatte, Ryans Verlobte habe das Haus dekoriert, ehe sie ihn wegen eines Fernsehproduzenten hatte fallen lassen. Eindeutig war das Haus ihr Stil. Genauso eindeutig, wie es nicht Ryans Stil war. Bei solchen Gegensätzen hätte die Ehe nie gehalten, sagte Judith sich.

„Da sind Sie ja, Judith.“ Steve erschien plötzlich neben ihr, als sie den plaudernden Leuten durch das Haus zur hinteren Terrasse folgte. „Ich habe mich schon gefragt, wann Sie auftauchen. Hoffentlich tragen Sie einen Bikini unter diesen Shorts, damit Sie sich abkühlen können.“

„Tue ich nicht“, sagte sie knapp.

Er schüttelte den Kopf. Er trug das männliche Gegenstück zu einem Bikini, einen lächerlich winzigen schwarzen Stoffstreifen, der sich um seine gar nicht so beeindruckenden Vorzüge schmiegte und sich von seiner tiefen Bräune und seinen geschmeidigen Muskeln absetzte. Er hatte viele goldblonde Haare überall am Körper und ein sattes Lächeln im Gesicht. Ein sehr attraktiver Mann, dachte Judith fairerweise, wäre er bloß nicht so sehr von dieser Tatsache überzeugt.

„Hatten Sie Spaß in Atlantic City?" murmelte sie und genoss es, dass seine Sattheit etwas abnahm. Er war von Las Vegas zurückgekehrt, hatte drei Tage wie ein Verrückter gearbeitet und war dann aus Atlantic City abgereist mit dem Versprechen, rechtzeitig zu dem Picknick zurück zu sein. Er hatte dieses Versprechen gehalten, wahrscheinlich weil er in den Spielkasinos dort genauso katastrophal verloren hatte wie in Nevada.

„Witzig", brummte er. „Hey, Baby, tut mir Leid, dass ich nicht da war, um Ihnen Gesellschaft zu leisten, als Sie in meinem Apartment waren. Ryan ist nicht gerade der umgänglichste Knabe. Ich hätte Ihnen in meinem Bett Gesellschaft leisten können."

„Nein, das hätten Sie nicht gekonnt."

„Sie können sich nicht vorstellen, wie verwirrend das war", fuhr er unbeeindruckt fort. „Ich komme zurück und entdecke, dass meine Laken wie Veilchen duften. Wie Sie, Judith."

„Tut mir Leid, dass ich keine Zeit hatte, sie zu wechseln."

„O nein, es hat mir gefallen. Auch wenn es ein wenig zu … erregend war. Sie haben nun einmal diese Wirkung auf mich, Judith."

Sie senkte den Blick zu dem sichtlich nicht erregten Zustand unter seiner Badehose. „Tue ich das?" murmelte sie süß. „Ist mir gar nicht aufgefallen." Damit ließ sie ihn stehen und zog ihr T-Shirt im Weggehen über den Kopf.

Sie trug einen schwarzen Einteiler. Während sie auch ihre Shorts abstreifte, spürte sie, wie jemand sie beobachtete. Es war ein Gefühl, das sie ihrer rasch wachsenden Paranoia zuschrieb. Wenn sie es am wenigsten erwartete, begann es, in ihrem Nacken zu prickeln. Blickte sie dann hoch, fand sie niemanden, der sie feindselig betrachtete.

Diesmal war es anders. Sie blickte auf und wusste, dass nicht Feindseligkeit in dem Blick sie festnagelte, sondern heißes Verlangen. Ryans Verlangen.

Er stand auf der anderen Seite des Pools, sprach mit Franz, einen Drink in der Hand, seine Aufmerksamkeit scheinbar auf den alten Puppenspieler gerichtet. Er trug eine Kakihose und ein weißes Polohemd, und Judith bedauerte kurz, dass er nicht das gleiche Nichts an Badekleidung trug wie Steve. Es wäre interessant gewesen zu sehen, ob er beeindruckender war als sein Schürzenjäger von Assistent.

Sie konnte nicht der Sonne die Schuld an der Hitze geben, die ihren Körper durchdrang. Es waren ihre eigenen abschweifenden Gedanken. Sie tauchte in den Pool, und als sie hochkam, war Ryan verschwunden.

Wenn der Tag glutheiß war, so war das nichts im Vergleich zu diesem Blick, den Ryan ihr über den Pool hinweg zugeworfen hatte. Hätte Judith noch irgendwelche Zweifel gehabt, jetzt wären sie beseitigt gewesen. Ryan Smith begehrte sie mit einer glühenden Intensität, die Judith fast erschreckte. Am erschreckendsten aber war, dass sie ihn genauso heftig begehrte.

Sie kletterte aus dem Pool und hätte sich beinahe aufgemacht, um ihn zu suchen, als sie ihre Nemesis erspähte. Ma Carter hielt Wacht über dem Barbecue, das grimmige Gesicht von einer frivolen rosa Sonnenblende beschirmt.

Judith hatte genug von Ma Carter. Franz war ihr da viel lieber. Leider sah sie zu wenig von ihm. Jetzt kam er auf sie zu.

„Was macht Ihr Kopf, Judith? Keine Nachwirkungen?“

Judith lächelte ihm zu. „Keine Nachwirkungen.“

„Es hätte schlimmer kommen können“, sagte er feierlich und setzte sich neben ihr auf einen Liegestuhl. Eine Fafnir-Baseball-Mütze schirmte seine hohe Stirn von der sengenden Sonne ab. „Ich möchte, dass Sie sehr vorsichtig sind. Sie gehören nicht in die ‚Factory', Miss. Sie sollten sich nicht mit Mas schlechter Laune herumschlagen oder Botengänge für alle machen. Sie gehören in eine Großstadt mit jungen Männern Ihres Alters."

„Steve ist in meinem Alter."

„Er kommt genauso wenig in Frage wie Jimmy oder Melvin. Oder gar Ryan. Nein, Judith, Sie sind jung und gesund. Sie brauchen einen Ehemann und Kinder, und diesen Ehemann werden Sie hier nicht finden."

„Aber Ryan …"

„Ryan ist nicht der richtige Mann für Sie. Das wissen Sie so gut wie ich. Denken Sie darüber nach, Judith. Das Leben ist zu kurz und zu wertvoll, um es zu verschwenden."

„Ich werde darüber nachdenken."

Er tätschelte ihre Hand und ging zum Haus.

Seufzend legte Judith sich auf der Liege zurück und setzte sich kurz der Sonne aus, um ihren schlanken Körper zu trocknen und ihre Kollegen durch die Sonnenbrille hindurch zu beobachten.

Micki war von Männern umringt, und das war kein Wunder. Sie trug diesen winzigen, leuchtend gelben Bikini, und ihr dunkel gebräunter Körper war eingeölt und schimmerte. Steve gehörte zu ihrem Gefolge, und Micki genoss alles sehr.

„Haben Sie Ihren Spaß, Miss Daniels?" fragte eine bekannte Stimme. Judith drehte sich um und sah Josiah Greenfield auf die Liege neben ihr sinken. Der Anwalt trug eine Badehose, die etwas diskreter war als jene, die Steves intime Körperteile bedeckte, und sein kompakter, muskulöser Körper war tief gebräunt.

„Ich wusste nicht, dass Sie hier sind."

„Ryan lädt mich immer zu diesen Partys ein. Ich passe gern auf, dass er sich keine Schwierigkeiten auflädt." Er lächelte, und Judith wurde an einen Hai erinnert. Josiah zuckte die Schultern und lenkte seinen düsteren Blick in Mickis Richtung.

Judith hatte eine Variante dieses Blicks schon gesehen. Josiah Greenfield betrachtete Micki auf die gleiche Art, wie Ryan vor ein paar Minuten Judith angesehen hatte. Micki, die immer einen neuen Mann bemerkte, ignorierte ihn eifrig. Sonderbar, sehr sonderbar, dachte Judith.

„Micki hat diesmal nichts, womit sie werfen könnte", sagte sie aus der Erinnerung an ihre frühere Unterhaltung heraus.

„Sie haben Recht." Josiah stand auf und ging auf Micki zu. Judith sah, wie ihre Mitbewohnerin die Aufmerksamkeit ganz bewusst auf Steve richtete.

Der Duft von gegrilltem Hähnchen mischte sich mit dem Chlorgeruch des Wassers und dem Duft von Sonnenöl. Die Temperatur stieg während des Tages noch höher. Judith verbrachte die meiste Zeit im Pool und beobachtete alle Leute, während Bloody Marys krügeweise konsumiert wurden.

Judith trank wenig und richtete ihre Blicke auf Ma, wie sie über das Barbecue regierte, auf Josiah, als er Steve Lindstrom abfing und ihm etwas zuflüsterte, das diesen erbleichen ließ, auf Micki, während sie Steve gegen Josiah ausspielte, auf Ryan, während er ihr noch immer auswich.

Sein Ausweichen könnte für mich von Nutzen sein, dachte sie, als sie sich am Nachmittag aus dem Pool schwang. Sie hatte starke Kopfschmerzen vortäuschen und auf der Suche nach Tabletten das ganze Haus durchstöbern wollen, ohne dass Ryan ihr folgte.

Sie fühlte förmlich Mas Blick auf sich gerichtet, als sie durch die Schiebetür in den mit dicken Teppichen ausgelegten Korridor trat. Ryan hatte sie in diese Richtung gehen sehen und war sofort in die entgegengesetzte Richtung verschwunden. Wenn sie, Judith, schnell und diskret vorging, könnte dies eine himmlische Gelegenheit sein. Sie hatte gerade ihren bloßen Fuß auf die erste Stufe gesetzt, als eine Hand ihren Arm packte.

„Wohin wollen Sie, Miss?" wollte Ma wissen.

„Ich habe Kopfschmerzen." Judith unterdrückte ihre Nervosität. Ma konnte ihr doch nichts tun mit fünfzig Zeugen in der Nähe. „Ich wollte mich eine Weile hinlegen."

„Fahren Sie heim und legen Sie sich da hin."

„So schlimm ist es nun wirklich nicht. Wenn ich mich eine halbe Stunde ..."

„Fahren Sie heim und legen Sie sich da hin", wiederholte Ma penetrant.

„Mein Kopf schmerzt so, dass ich nicht fahren kann."

„Dann wird es in einer halben Stunde auch nicht besser sein. Fahren Sie heim und kommen Sie nicht wieder." Mas Finger gruben sich in Judiths Oberarm.

Plötzlich verlor Judith die Geduld. „Lassen Sie mich in Ruhe, Ma!" Sie riss ihren Arm aus Mas Griff und stieg nach oben. Ma folgte ihr nicht. Dafür lief sie bestimmt zu Ryan, um ihm zu erzählen, dass die Prinzessin herumschnüffelte. Sie, Judith, sollte sich lieber beeilen.

Im ersten Stock spähte sie in jeden perfekt eingerichteten, aber steril wirkenden Schlafraum. Die letzte Tür am Ende des Korridors musste zu Ryans Schlafzimmer führen.

Zuerst dachte Judith, sich erneut geirrt zu haben. Doch es war tatsächlich das Schlafzimmer des Hausherrn, mit einem großzügigen Bad. Der blaue Teppich war makellos. Das Kingsize-Bett wirkte jungfräulich, die Griffe an den Einbauschränken waren fleckenlos. Die Seidenvorhänge an den Fenstern fielen exakt richtig. Falls Ryan Smith in diesem luxuriösen Zimmer wohnte, tat er es, ohne irgendetwas zu berühren. Nicht einmal den Fußboden.

In den Schränken befand sich Kleidung. Anzüge, sogar zwei Smokings, maßgeschneidert für einen großen, schlanken Mann. Sie sahen aus, als wären sie nie getragen worden. Sie bückte sich und holte ein Paar Schuhe heraus. Die Sohlen hatten nie etwas Raueres als Teppichboden berührt, falls überhaupt.

Das schwarze Porzellan im Bad wirkte genauso unberührt wie der Rest des Hauses. Judith öffnete das Medizinschränkchen und bekam den nächsten Schock. Es war randvoll mit verschreibungspflichtigen Medikamenten. Fläschchen um Fläschchen um Fläschchen, alle für Ryan Smith. Und alle randvoll.

Was bedeutete das alles? Medikamente, die nie eingenommen wurden. Kleidung, die nie getragen wurde. Ein riesiges Haus, das nie bewohnt wurde. War das alles ein verwirrender Alfred-Hitchcock-Plot, in dem der echte Ryan Smith irgendwo eingesperrt war und ein schlauer Betrüger seinen Platz einnahm?

Sie griff nach einem Fläschchen Aspirin. Jetzt schmerzte Judiths Kopf tatsächlich, und das Etikett war nur ein paar Monate alt.

„Unterhalten Sie sich gut?"

Judith ließ das geöffnete Fläschchen ins Waschbecken fallen. Ryan Smith lehnte in der offenen Tür und schnitt ihr den Fluchtweg ab. Die Schlafzimmertür war geschlossen. Keine Zeugen.

Sie sammelte die Pillen ein. „Ich hatte Kopfschmerzen."

„Warum sind Sie nicht ins Bad im Erdgeschoss gegangen?"

„Mir ... mir war schwindelig. Ich wollte mich hinlegen."

Seine Hand schnellte vor und legte sich um ihr Handgelenk. „Es gibt eine Menge Schlafzimmer, Judith. Ihre Füße waren nass vom Pool. Sie haben eine deutliche Spur von Schlafzimmer zu Schlafzimmer hinterlassen."

„Würden Sie das Märchen mit den drei Bären glauben? Das erste Bett war zu weich, das zweite zu hart, und das dritte ..."

„Lassen Sie das, Judith! Ich bin nicht in Stimmung für Scherze. Sagen Sie mir lieber, was Sie hier tun!"

Wofür bist du denn in Stimmung, dachte sie, fragte jedoch nicht. „Ich wollte nicht in Ihre Privatsphäre eindringen."

„Judith, Sie haben eine der Schranktüren nicht vollständig geschlossen. Sie haben in meinem Medizinschrank herumgewühlt. Ich will wissen, warum!"

Ihre Finger wurden allmählich taub. Er war sehr groß, überragte sie. Für gewöhnlich hielt sie ihm stand, aber jetzt, mit Schuldgefühlen und nackten Füßen und im Badeanzug, fühlte sie sich nicht größer als einen halben Meter und wollte sich nur ducken.

Aber Judith Daniels duckte sich nicht, und sie gestand eine Niederlage auch nicht ein, wenn sie nicht absolut dazu gezwungen wurde. „Ich nehme an, ich muss ein Geständnis ablegen."

„Vermutlich." Er lockerte den Griff an ihrem Handgelenk, gab sie jedoch nicht frei.

Judith zuckte die Schultern. „Ich bin neugierig."

„Nein, was Sie nicht sagen!"

„Ich meine es ernst. Ich bin ein Mensch, der immer in den Kühlschrank sieht, wenn er jemanden besucht. Ich sehe immer im Medizinschrank nach, wenn ich in ein Bad gehe. Ich werfe einen Blick auf die Post, wenn sie herumliegt. Ich belausche Telefongespräche. Ich bin schlichtweg neugierig. Das ist eine sehr menschliche Schwäche. Ich bin nicht stolz darauf, aber es ist kein Verbrechen. Es ist normalerweise völlig harmlos. Es sei denn, natürlich, jemand hat etwas zu verbergen."

Er starrte sie bloß an, und sie erkannte nicht, ob er ihre Geschichte schluckte oder nicht.

„Ich hasse es, unoriginell zu sein", sagte er mit seiner trägen sexy Stimme. „Aber Neugierde kann tödlich sein."

„Ist das ein Drohung?"

„Eine Warnung, Prinzessin. Wenn Sie herumlaufen und überall hineinspähen, könnten Sie in ein Wespennest stechen. Und

Sie werden diejenige sein, die gestochen wird." Er ließ ihr Handgelenk los. Morgen werde ich blaue Flecke haben, dachte sie. Natürlich bekam sie wahnsinnig leicht blaue Flecke, aber sie musste dafür sorgen, dass er morgen die Male sah, die er hinterlassen hatte. Er verdiente ein paar Schuldgefühle für die Angst, die er ihr eingejagt hatte.

Er wich in das Schlafzimmer zurück, und sie folgte ihm und schob sich zur Tür. Er beobachtete ihre Bewegungen mit einer zurückhaltenden Belustigung, die sie nicht verstand, bis sie die Hand auf den Messingknauf legte.

Die Tür war verschlossen.

Judith überlegte, ob sie sich gegen die weiße Tür werfen, um sich treten oder kreischen sollte. Das hätte dem unbenutzt wirkenden Raum wenigstens eine bewohnte Note verliehen. Sie überlegte, ob sie um Hilfe rufen sollte, ob sie sich auf Ryan Smith werfen und ihn kratzen sollte, bis er sie hinausließ. Doch ein verstohlener Blick auf ihn, und sie entschied dagegen. Ryan hätte nichts lieber gehabt, als dass sie sich auf ihn warf. Der Kampf hätte nicht lange gedauert.

Mit aller Würde, die sie aufbieten konnte – und die war bemerkenswert –, wandte sie sich von der Tür ab und betrachtete ihn kühl. „Ist das nicht ein wenig extrem?"

Zu ihrer Verwirrung und Erleichterung lachte er. „Prinzessin, Sie sind ein Schatz. Nur jemand mit Generationen von blauem Blut könnte unter diesen Umständen so beherrscht bleiben."

„Ich wüsste nicht, warum. Ich war noch nie in einer solchen Situation."

„Sie meinen, niemand hat Sie bisher beim Schnüffeln erwischt? Das überrascht mich angesichts Ihrer unkontrollierbaren Neugierde." Er ließ sich auf das Bett fallen, das unter seinem ausgestreckten Körper wesentlich kleiner wirkte. Kleiner und viel einladender.

Sie wollte nicht näher kommen, aber ihre nackten Füße ignorierten die Anweisung ihres Gehirns. Warum nur hatte sie kein T-Shirt übergezogen? „Ich bin überrascht, dass Sie mir gefolgt sind, nachdem Sie mir in der letzten Woche ausgewichen sind", konterte sie.

„Meine eigene Neugier hat mich gepackt, als ich merkte, wie lange Sie wegblieben. So beschloss ich, dafür zu sorgen, dass Sie nicht mit dem Tafelsilber durchbrennen. Immerhin weiß ich nicht so viel über Sie, oder? Sie arbeiten erst seit etwas mehr als zwei Wochen für mich, und ich habe mir nicht die Mühe gemacht, von Ma die von Ihnen vorgelegten Referenzen überprüfen zu lassen."

„Sie sind vollständig und makellos." Das hatte sie aber auch Tage gekostet.

„Daran zweifle ich nicht", sagt Ryan und lächelte. „Kommen Sie her, Judith!"

Sein leiser Befehl überraschte sie völlig. „Was?"

„Ich sagte, kommen Sie her."

„Machen Sie sich nicht lächerlich. Ich werde nicht mit Ihnen schlafen, damit Sie die Tür aufschließen." Ihr Ton war bissig. „Sie vergessen, dass ich alles reparieren kann. Ich kriege das Schloss schon auf. Schlimmstenfalls kann ich die Tür von den Angeln losschrauben."

„Sie haben kein Werkzeug."

„Ich finde hier schon etwas, das geht."

„Nicht in diesem Schlafzimmer. Sie haben genug herumgeschnüffelt, um zu wissen, dass es äußerst spärlich eingerichtet ist, als würde sich hier nie jemand aufhalten. Oder haben Sie das übersehen?"

„Ich habe es nicht übersehen."

Ryan schob sich Kissen in den Rücken. „Entspannen Sie sich, Prinzessin. Ihre Keuschheit ist Ihnen sicher. Setzen Sie sich!“ Er registrierte ihren Widerstand. „In den Sessel, Judith, nicht auf das Bett. Und dann können wir ein wenig plaudern.“

„Plaudern?“

„Wir machen ein Tauschgeschäft. Ich beantworte alle Ihre Fragen, wenn Sie mir dafür eine beantworten.“

„Das ist fair.“ Sie setzte sich. „Sie zuerst.“

„In Ordnung. Wollen Sie mit mir ins Bett gehen?“

Was immer sie auch erwartet hatte, das war es nicht. „Ist das Ihre Frage oder ein Angebot?“

„Eine Frage“, antwortete er. „Auf die eine wahre Antwort folgen muss.“

„Nein“, sagte sie.

Er lächelte leicht. „Betrügerin. Sie sollten doch die Wahrheit sagen.“

„Warum haben Sie diese Frage gewählt?“

„Ich kenne die Antworten auf die anderen Fragen.“

„Was für andere Fragen?“

„Sie kennen sie alle genauso gut wie ich“, antwortete er. „Stellen Sie Ihre Frage, und ich werde ehrlich antworten.“

Haben Sie Lacey umgebracht? Wer hat es getan? Sie öffnete den Mund, aber die falschen Worte kamen heraus. „Warum haben Sie ein Medizinschränkchen, angefüllt mit verschreibungspflichtigen Medikamenten, die niemand nimmt? Warum ist Ihr Schrank mit Kleidung angefüllt, die nie getragen wurde?“

Er warf den Kopf zurück und lachte. „Judith, Sie sind absolut unbezahlbar. Wie wäre es, wenn ich behaupte, ich sei ein Zombie, der von den Toten zurückgekommen ist? Oder ein Werwolf? Es klingt so, als würden Sie etwas passend Melodramatisches erwarten.“

Judith war nicht übermäßig begeistert darüber, ausgelacht zu werden. „Ich erwarte eine Antwort.“

„Die Antwort ist Ma.“

„Wie bitte?“

„Falls Sie es noch nicht bemerkt haben sollten, ich bin so eine Art Workaholic. Ich bleibe die ganze Nacht wach, um zu arbeiten. Ich vergesse dabei zu essen, ich ziehe mich im Winter nicht warm genug an, alles so etwas. Also werde ich erschöpft und leide unter Schlaflosigkeit und bekomme Erkältungen und Fieber. Und Ma macht Termine beim Arzt, ohne sich um meine Proteste zu kümmern. Wenn ich dann nicht hingehe, lässt sie die Ärzte ins Haus kommen, und sie nehmen mich in die Mangel. Wenn Ma mir jetzt sagt, sie hat einen Termin gemacht, gehe ich hin. Ich besorge mir die verschriebenen Arzneien, stelle sie weg und ignoriere sie. So ist sie glücklich, und ich verliere nur wenig Zeit.“

Judith glaubte ihm. „Was ist mit der Kleidung?“

„Auch Ma. Sie findet, ich soll mich besser anziehen. Sie bestellt Kleidung, und ich hänge sie in den Schrank und vergesse sie einfach.“

„Aber dieses Haus wirkt so unbewohnt. Leben Sie hier überhaupt?“

Ryan setzte sich auf und schwang seine Beine über die Seite des Betts. Er war plötzlich sehr, sehr nahe. „Sie hatten Ihre Frage, Judith, und Sie haben Ihre wahrheitsgemäße Antwort bekommen. Alles, was ich von Ihnen bekommen habe, war eine Lüge.“

„Ist es so schwer zu glauben, dass eine Frau nicht mit Ihnen ins Bett gehen will? Sie führen sich wie Steve auf.“ Sie versuchte, kühl und gleichmütig zu klingen, aber ihre Stimme klang gepresst.

Er überhörte die Beleidigung. „Es fällt mir nicht schwer zu glauben, dass eine Frau nicht mit mir ins Bett gehen will. Es fällt mir nur schwer zu glauben, dass Sie es nicht wollen.“

„Warum?“ Verdammt, sie zitterte.

Er lächelte eigentümlich liebenswürdig. „Ich zeig's Ihnen." Und bevor sie begriff, was er vorhatte, schob er seine Hände um ihre Taille und zog sie an sich. Judith lag auf dem Bett, auf ihm, ihre nackten Beine mit seinen kakibedeckten verschlungen, ihre Brüste gegen seine Brust gepresst, ihre Hände gegen seine Schultern gedrückt, während sie aus weit geöffneten Augen auf ihn herunterblickte. Ihr Herz hämmerte so wild, als hätte sie soeben an einem Marathon teilgenommen, und ihr Körper fühlte sich erhitzt, zitterig und schmerzhaft bereit an. Sie sah ihn an und wartete.

Es war plötzlich sehr still im Raum. Aus der Ferne hörten sie das kreischende Lachen und Planschen vom Pool, Lärm und Fröhlichkeit derer, die blind waren gegenüber dem, was auf dem riesigen Bett ausgetragen wurde.

Es war ein Kampf des Willens, nicht der Kraft. Es war ein Kampf, den Judith mit sich selbst ausfocht, nicht mit Ryan. Es war ein Kampf, den sie verlieren wollte.

Wenn sie noch zehn Sekunden länger blieb, Brust an Brust, Herzschlag an Herzschlag, war sie verloren. Sie musste Ryan dazu bringen, sie loszulassen. Sein Mund, sein sexy Mund ohne Lächeln, war so nahe, so sehr nahe, und sie begehrte diesen Mund, sie begehrte diesen harten, erregten Körper unter sich, mehr als sie sonst irgendetwas in ihrem Leben begehrt hatte. Aber wenn sie diesem Begehren nachgab, warf sie ihre Ehre weg, ihre Karriere, möglicherweise sogar ihr Leben.

Sie blickte auf ihn herunter, in diese betörenden Augen, auf diesen wartenden Mund. „Haben Sie Lacey Hollister getötet?"

Er bewegte sich sehr schnell. In einem Moment lag sie auf ihm, im nächsten hatte Ryan sie schon von sich gestoßen. Ohne einen Blick zurück ging Ryan durch den Raum und schloss die Tür auf. Er drehte sich abwartend um, sein Gesicht ausdruckslos, seine Augen abgewandt, höflich und leicht ungeduldig.

Judith rappelte sich auf, traf aber keine Anstalten, den Raum zu verlassen. Die Tür war offen – notfalls würde jemand sie schreien hören. „Haben Sie es getan?"

„Raus, Judith", sagte er gleichmütig.

Sie ging zur Tür und blieb neben ihm stehen. „Haben Sie?"

„Ich will Sie nie wieder in meinem Schlafzimmer sehen, es sei denn, Sie erhalten eine Einladung. Und im Moment erscheint mir das höchst unwahrscheinlich."

„Ich bin am Boden zerstört", sagte sie kühl. „Haben Sie?"

Seine Augen zogen sich schmal zusammen. „Was zum Teufel geht Sie das an?"

Sie lächelte, und für dieses beherrschte Lächeln brauchte sie jedes Quäntchen der ihr verbliebenen Kraft. „Sie hatten bereits Ihre eine Frage gestellt, Ryan." Sie trat den Korridor hinaus, und ihre nackten Zehen gruben sich in den dicken blauen Teppichboden.

Ryan versuchte nicht, ihr zu folgen, und sie wünschte sich verzweifelt, keinen Badeanzug zu tragen. Sie wusste sehr gut, dass er im Rücken nicht hoch reichte, und sie wollte daran ziehen. Einen Moment später war sie die Treppe hinunter und außer Sichtweite.

Auf halbem Weg nach unten blieb sie stehen und lehnte sich gegen die Wand, um zu Atem zu kommen. Ihr wurde abwechselnd heiß und kalt, und sie zitterte am ganzen Körper, und jetzt, da sie keine Zeugen hatte, erlaubte sie sich eine Reaktion. Es war knapp gewesen, verdammt knapp. Doch anstelle von Erleichterung und Triumph über ihr Entkommen verspürte sie nur Bedauern.

Sie hörte ein winziges Geräusch, blickte hoch und direkt in Ryans rätselhafte Augen. Er konnte alles sehen, konnte sehen, welche Selbstbeherrschung es sie gekostet hatte. Für einen kurzen Moment konnte er ihre Reaktion auf ihn sehen, dieses unerklärliche Begehren, das sich über ihren Verdacht und ihre Ängste hinwegsetzte. Dann stieß sie sich von der Wand ab und eilte die Treppe hinunter, hinaus in die glühende Hitze und mitten hinein in die lachende Menge.

Ryan sah Judith nach. Er hatte sie fast gehabt. Sie hätte fast dieses verdammenswerte Misstrauen beiseite geschoben und sich ihren Gefühlen überlassen. Er hatte ihre Reaktion gespürt, als er sie festhielt, die Hitze und die Erregung, die in ihr hochstiegen. Und er hatte gespürt, wie sie dagegen ankämpfte, obwohl es sie drängte, die wenigen Zentimeter zu überbrücken, die sie beide noch trennten.

Ihre Frage hatte jede Möglichkeit ausgeschlossen. Sie musste in Panik geraten sein, dass sie damit herausgekommen war. Und es war mehr als wirkungsvoll gewesen. Nie in seinem Leben war er so wütend gewesen. Hätte er wirklich einen mörderischen Hang besessen, hätte sie ihn in diesem Moment herausgefordert. Gute fünfundzwanzig Prozent von ihm hatten sie schlagen wollen, weil sie ihn einer solchen Sache für fähig hielt.

Aber die anderen fünfundsiebzig Prozent hatten ihn zurückgehalten. Er hatte niemanden mehr aus Zorn geschlagen, seit er zwölf Jahre alt gewesen war und Ma Carter den fünfjährigen Lockenkopf nach Hause brachte, der seinen, Ryans, Platz nach siebeneinhalb Jahren relativer Sicherheit einnehmen sollte. Er hatte Toby so hart geschlagen, wie er nur konnte, und Toby hatte wie eine verlorene Seele gekreischt. Pa Carter hatte Ryan in den Holzschuppen hinausgeschleift, und als Ryan am nächsten Tag gedemütigt ins staatliche Heim zurückkehrte, war er mit blauen Flecken bedeckt gewesen, die erst nach fast einem Monat verschwanden. Das war das letzte Mal, dass er jemanden geschlagen hatte, und das letzte Mal, dass er geschlagen worden war.

Es war auch das letzte Mal gewesen, dass er so wütend gewesen war. Er war nicht an solche rauen, überwältigenden Emotionen gewöhnt. Er hatte gedacht, in seinem Alter zivilisierter geworden zu sein, abgerückt von Ärger und Leidenschaft und Wut, sicher vor Schmerz. Genau darüber hatte Eleanor sich während ihrer gemeinsamen Jahre beklagt. Nicht über seine körperliche Nähe, sondern seine fehlende gefühlsmäßige Nähe. Sie hatten miteinander geschlafen, miteinander gelebt, aber er hatte sie nie wirklich nahe an sich herangelassen, und er war stets bloß leicht erregt oder leicht niedergeschlagen gewesen. Und sogar diese gemäßigten Reaktionen waren rasch vorbeigegangen.

Doch bei Judith Daniels verschwand sein Schutzschild der Distanzierung, als hätte es nie existiert. Er wollte sie packen und schütteln. Er wollte sie anschreien. Er wollte sie auf den fleckenlosen blauen Teppichboden werfen, ihr die Kleider vom Leib reißen und sie lieben, bis sie nicht mehr miteinander streiten konnten. Immer und immer wieder.

Er hatte mit Eleanor Liebe in diesem großen Bett gemacht, das sie ausgewählt hatte, nirgendwo sonst. Und er hatte mit Lacey Hollister Sex gehabt, als sie eines Nachts zu ihm gekrochen kam – kurzen, unbefriedigenden Sex, nach dem er sich am nächsten Morgen beschmutzt und benutzt gefühlt hatte.

Wenn die Zeit kam und es kein „ja, aber“ mehr gab, würde er Judith nicht in diesem verdammten Bett lieben. Auf dem Teppich, in der Badewanne, im Pool. Vielleicht, aber nur vielleicht, in seinem eigenen Bett. Aber nicht hier, bei all diesen Gespenstern ringsherum.

Verdammt! Hätte er ihr doch nur irgendwie beweisen können, wie falsch sie lag … dass Lacey gestürzt war, dass es keine Verschwörung, keinen Mord gab, nur einen dummen Unfall aus Achtlosigkeit.

Josiah sollte sich für ihn noch mehr umhören. Er wollte abwarten, wollte warten, bis Judith aufgab und ihren Irrtum einräumte und zu ihm kam und gestand, wer sie war und was sie tat. Aber er wusste nicht, wie lange er noch warten konnte.

Harry, der hässliche Hippo, schlurfte durch die verlassene Mühle. Es war ihm am liebsten, wenn er allein war. Dann konnte ihn niemand stören. Niemand lachte über ihn. Er konnte denken und planen und Entscheidungen treffen.

Er musste diese Entscheidungen bald treffen. Sie musste bestraft werden, das wusste er. Er hatte versucht, sie mit dem Lichtschalter zu warnen, aber sie hatte nicht gehört. Er hatte sie nicht verletzen wollen, weil er hoffte, dass sie eine von den Guten, von den Reinen war. Aber er hatte Billy und Fafnir gesehen, und er hatte Ryan gesehen, und er hatte Bescheid gewusst.

Er brauchte es nicht allein zu tun. Seine Freundin würde ihm helfen. Sie verstand seine Mission, verstand, was sie beide tun mussten. Sie hatte ihm schon zuvor geholfen. Sie verstand Frauen und ihre Schwächen. Sie kannte den besten Weg, um sie zu fangen.

Er tat ihnen nicht gern weh. Er mochte es nicht, wenn sie sich wehrten. Sie mussten bestraft werden, aber das sollte schnell und schmerzlos erfolgen. Eine schlichte Exekution.

Und die Frauen wurden zahlreicher. Da war diese schlechte Hure, die hier gearbeitet hatte, die Ryan besudelt und die anderen ausgelacht hatte. Und dann, erst letzte Woche, war da diese Fremde gewesen, dieses Mädchen in dem winzigen Top und den Shorts. Sie hatte so getan, als wäre sie nicht interessiert, aber er hatte gewusst, dass sie hinter Ryan her war. Er hatte es an ihrem Hüftschwung und ihren rosigen Lippen erkannt. Und er hatte beschlossen, es nicht so weit kommen zu lassen.

Wenn dieses neue Mädchen weg war, was kam dann? Die Kräfte des Bösen und Verderbten wurden stärker, und Harry, der hässliche Hippo, wurde schwächer. Je mehr Rache er üben musste, desto mehr Energie verlor er.

Aber wenn er es nicht mehr schaffte, konnte er seine Freundin ausschicken. Und wenn sie ermüdete, war da noch Fafnir. Und Billy, der kleine Junge. Jemand würde immer seinen Platz einnehmen.

Er schlurfte auf den Balkon hinaus und blickte über die Brüstung in das wirbelnde Wasser des Flusses hinunter. Judith soll Lacey folgen, dachte er. Judith würde durch das Wasser rein werden. Und sie würde ihm danken, sobald sie es erkannte. Ja, das würde sie tun. Sie würde glücklich sein und Frieden finden.

Er schlurfte zurück und hinunter ins Erdgeschoss – sein kühles, dunkles Zuhause.

Es war ein kühler, nebliger Morgen. Sechs Uhr. Judith schob den Schlüssel, den sie aus Mickis Kommode genommen hatte, in die schwere Stahltür der „Puppet Factory". Micki war letzte Nacht nicht nach Hause gekommen, und Judith hatte sich nicht die Mühe gemacht, ihr eine Nachricht zu hinterlegen.

Um diese Uhrzeit war niemand hier. Judith hatte Gelegenheit, ein paar Arbeiten auszuführen und das ganze Gebäude noch einmal zu durchsuchen.

Als die Tür hinter ihr zuschlug, musste Judith die einsetzende Nervosität unterdrücken. Lacey war auch allein in dem Gebäude gewesen, als sie starb. Der Gerichtsmediziner hatte festgestellt, dass sie an einem Sonntag Vormittag vom Balkon gestürzt war.

Judith eilte die Treppe hinunter und sah nur dreimal über ihre Schulter. Und jedes Mal lag das dunkle Treppenhaus verlassen da. Als sie den unteren Absatz erreichte, blickte sie noch einmal zurück. Nichts, keine starrenden Augen, keine unheimliche Gestalt. Dieses sonderbare Gefühl, beobachtet zu werden, musste ihrer Einbildungskraft entspringen.

Der Roberts 450 musste nur eingestellt werden, der Kühlschrank auf der dritten Etage arbeitete gut. Das Erdgeschoss hob sie sich für später auf, wenn die Leute eintrafen – nur aus Vernunftgründen und nicht aus Feigheit. Stattdessen versuchte sie, in die fünfte Etage hinaufzugelangen. Die Treppe endete auf der vierten Etage, und falls eine weitere, schmalere Treppe bis unter das Dach führte, musste sie hinter einer der versperrten Türen liegen, von denen Ma behauptet hatte, es wären lediglich Schränke.

Judith sah sich eine der Türen an. Das Schloss war solide. Das Knacken von Schlössern hatte sie zwar in ihrer Reparaturtipps-Kolumne behandelt, aber ihre eigenen Fähigkeiten beschränkten sich auf Vorhängeschlösser. Bei Türen wandte sie lieber rohe Gewalt an und schraubte die Angeln ab. Die Türen auf der vierten Etage hatten versenkte Angeln.

Es gab noch immer den Lastenaufzug. Im Moment stand er auf der dritten Etage, und er besaß keine so raffinierte Einrichtung wie einen Rufknopf. Judith konnte ihren Mut zusammennehmen und nach unten gehen. Es dürfte nicht schwer sein, herauszufinden, wie der Aufzug zu bedienen war. Das schlimmste Problem war, die Zähne zusammenzubeißen und auf der offenen Plattform zu fahren.

Es ging auf acht Uhr. Ryan hatte sich als Workaholic bezeichnet, und er war nach der Konfrontation in seinem Schlafzimmer verschwunden. Er würde keinen Kater oder Sonnenbrand haben und somit pünktlich erscheinen. Falls er nicht anstrengenden Sex gehabt hatte. Mit Micki?

Nein, er hatte Wein, Frauen und Sonne sparsam genossen. Er würde hier sein und arbeiten, lange bevor die anderen eintrudelten. Wenn sie zur fünften Etage hinauffahren wollte, dann sollte sie es besser jetzt machen.

Franz war auch zeitig gegangen. Er würde als zweiter auftauchen, und danach kam dann der Rest der Truppe zur Arbeit. Falls sie heute in eine Unterhaltung mit Fafnir oder Madame Rinaldi verwickelt werden sollte, dann zweifelsohne als Friedensstifterin zwischen streitenden Puppenspielern, die ihre Wochenend-Aggressionen ausspielten. Konnten Puppen einen Mord begehen?

Himmel, was für ein unheimlicher Gedanke! tadelte sie sich selbst, während sie zur dritten Etage und dem wartenden Lastenaufzug hinunterging. Als ob eine dieser pelzigen, liebenswerten Kreaturen gewalttätig sein könnte!

Die Klimaanlage summte, und während Judith den scheinbar leeren Raum mit den Puppentheatern und -bühnen überquerte, roch sie frisch gebrühten Kaffee. Verdammt! Jemand war schon hier. Franz? Ryan?

„Da bist du ja, du scharfes Ding." Fafnir schob seinen pelzigen Kopf über die Rampe einer Bühne. „Ich hab deinen albernen Wagen gehört und mich gefragt, wann du auftauchst. Was hast du so gemacht?"

Judith blieb stehen, und zum ersten Mal fragte sie sich nicht, wer hinter der Puppe steckte. Sie antwortete Fafnir, nicht dem Puppenspieler. „Geht dich nichts an, Fellgesicht", sagte sie und zerzauste die purpurne Wolle auf seinem Schädel.

„Komm schon, Judith. Ich erzähl's auch keinem. Es bleibt dein Geheimnis. Willst du keine Geheimnisse mit mir teilen, Judith?" Seine Stimme senkte sich lockend tief. „Komm schon, Zuckerstückchen, sag's mir."

„Vertrau ihm nicht, Judith." Billy schoss neben dem Drachen hoch, sein kleines Stoffgesicht angespannt. „Er will dich nur ausnutzen, glaub mir."

„Komm schon, Billy", winselte Fafnir. „Ich habe gerade angefangen, bei dem Baby hier Fortschritte zu machen. Ich brauche deine Einmischung nicht."

„Sie ist kein Baby, sie ist eine verliebte Frau“, erwiderte Billy würdevoll.

„Also, sie ist die Frau, die ich gern …“

„Sprich es nicht aus!“ warnte Billy.

Judith trat näher heran und legte beruhigend ihre Hand auf Billys Kopf. „Hört auf zu streiten, Jungs“, murmelte sie. Sie streichelte Fafnirs Maul, und er warf sich auf den Rücken und schnurrte ekstatisch. „Es gibt genug furchtbare Dinge …“ Ihre Stimme erstarb.

Sie stand da, streichelte zwei Wesen aus Stoff, sprach zu ihnen, als wären sie menschlich. Unter Fafnirs pelzigem Hals fühlte sie eine Hand. Und unter Billys wollbedecktem Kopf lange, kräftige Finger. Ryan.

„Zum Teufel mit Ihnen, Ryan Smith!“ Judith riss Billys schlaffe Stoffgestalt von seiner Hand und schleuderte sie zu Boden. „Wie können Sie es wagen, das mit mir zu machen?“

Fafnir zog sich langsam hinter den halb durchscheinenden Vorhang zurück. Und dann trat Ryan aus der Kabine, die purpurne Puppe noch immer auf einem Arm. Sein Gesichtsausdruck war kühl und reserviert.

„Was ich mit Ihnen mache?“

Er trug ausgeblichene Jeans und ein weites weißes T-Shirt.

Judith wollte sich nicht einschüchtern lassen. Sie wollte sich keine Reaktion auf seine Nähe erlauben, auf seine Wärme und seinen erregenden Duft. Sie wollte sich nicht vorstellen, wie diese Arme sich um sie gelegt anfühlen würden, dieser schmale, nicht lächelnde Mund auf ihren Lippen.

„Sie wissen ganz genau, was“, sagte sie mit leiser, wütender Stimme. „Sie haben bereits einmal die Puppen benutzt, um mich anzumachen. Haben sie zum Aufreißen benutzt. Das ist herabsetzend, widerwärtig, billig und verdorben! Und wie Sie das machen konnten …“

„Judith, das sind nur Puppen", warf er vernünftig ein. „Das sind Puppen, die keine andere Persönlichkeit und keine anderen Gedanken haben als die, die ich ihnen eingebe." Er zog Fafnir von seiner Hand und hielt die Puppe hoch. Eine leere purpurne Hülle. „Da ist nichts Mystisches an ihnen ... sie reflektieren lediglich mich. Wenn die Puppen Sie anmachen, dann nur, weil ich Sie anmachen will und Sie nicht lange genug stillhalten, damit ich es selbst tun kann."

Judith blickte auf Billys zusammengesunkene Gestalt auf dem Boden, auf Fafnirs schlaffen Körper, in Ryans Gesicht. Das Gesicht eines Manns, dem sie vertrauen wollte, es aber nicht konnte. Sie fühlte sich in tausend Richtungen gezerrt. Und plötzlich war die Frustration zu viel für sie.

Sie warf sich auf ihn, warf sich auf Fafnirs leblosen Körper, als er neben Billy zu Boden fiel. Ryans Hände umfingen fest ihre bloßen Arme. Er zog sie an sich. Seine Finger gruben sich in ihre zarte Haut, und sein Gesicht war nur Zentimeter von ihrem wütenden Gesicht entfernt.

„Wir haben das schon viel zu lang aufgeschoben", sagte er. Und sein Mund bedeckte den ihren.

Ihre Arme waren zwischen ihren beiden Körpern gefangen, als er ihren Kopf nach hinten drückte, und sie wand sich, stieß Ryan zurück, kämpfte. Doch ihr Mund öffnete sich für ihn, noch während sie kämpfte, und er küsste sie, lang und hart und tief, ein überwältigender Kuss, der ihr keine Chance zu einer Erwiderung gab, nur zum Annehmen. Und als er ihre Arme freigab, schlang sie sie um seine Taille und schob ihre Hände unter sein T-Shirt, um die glatte Haut auf seinem Rücken zu streicheln.

Es überraschte ihn, als sie seine Haut berührte, das merkte sie. Plötzlich veränderte sich der Kuss. Ryans Griff lockerte sich, seine Zunge lockte und reizte, war nicht länger ein Eindringling, und er knabberte sanft an ihren Lippen. Seine Hände – diese festen, geschickten Hände – zogen ihr Shirt hoch und begannen, die nackte Haut auf ihrem Rücken sanft zu liebkosen.

Judith spürte deutlich seine harte Männlichkeit, als er sich an sie presste. Ihre hart aufgerichteten Brustspitzen signalisierten Ryan ihre Erregung. Sie wollte ihre Hände unter den Bund seiner Jeans schieben. Sie wollte ihn, alles an ihm, und sie wollte nicht länger an die Folgen denken und alles um sich herum vergessen.

Sie hörten beide die schwere Stahltür zuschlagen. Sie hörten beide das Klappern von Schritten, die rasch näher kamen. Und Judith hatte nicht länger gegen das anzukämpfen, was zwischen ihnen passierte.

Ryan ließ sie plötzlich los, und sie wich zurück. Ihr Puls raste. Sie betrachtete Ryan, seine rätselhafte Miene, seine Brust, die sich heftig hob und senkte, die unmissverständliche Ausbuchtung unter seiner Jeans. Und dann drehte sie sich rasch um und rannte.

Was für eine Art, eine Woche zu beginnen, dachte Ryan, während er hinter Judith herblickte. Aber seit Monaten war nichts mehr einfach oder richtig. Das unbehagliche Gefühl hatte mit Steve und dem fehlenden Geld begonnen und war voll erblüht, als Lacey vom Balkon stürzte.

Und schließlich Judith Daniels mit ihrem Herumschnüffeln, ihren Fragen, ihrer bloßen Anwesenheit schien alles auf die Spitze zu treiben.

Verdammt, jetzt begann er schon Gespenster zu sehen. Er kauerte sich hin und hob die von ihm geschaffenen Figuren auf, wischte etwas Staub von Billys weißem Gesicht, entwirrte Fafnirs wollige Haare.

„Tut mir Leid, Jungs“, murmelte er und schob Billy auf seine Hand. „Sie scheint das Schlimmste in mir zu wecken.“

„Ich weiß nicht“, sagte Billy. „Vielleicht ist es am besten so.“

Ryan lächelte auf die Puppe herunter. „Vielleicht hast du Recht, Billy. Manchmal hast du verdammt viel mehr Verstand als ich.“ Er warf die Puppen auf die offene Bühne und machte sich auf die Suche nach Kaffee, ohne zu bemerken, dass die allgegenwärtigen Videokameras eingeschaltet waren.

Was für eine Art, eine Woche zu beginnen, dachte Judith, noch immer leicht schwitzend trotz der eisigen Temperatur auf der vierten Etage, auf der Ma die Klimaanlage auf vollen Touren laufen ließ. Bessie saß in einem dicken Pullover da und starrte intensiv auf ihren Computerbildschirm. Sie blickte auf, schenkte Judith ein verstohlenes Lächeln und arbeitete weiter.

Ma Carter starrte finster auf Judith. „Ich dachte nicht, dass Sie auftauchen würden“, sagte Ma missbilligend. „Die meisten Leute schleppen sich heute gar nicht hierher. Warum also Sie?“

„Hingebungsvolle Pflichterfüllung?“ bot Judith fröhlich an.

Ma schnaubte. „Sie glauben, ich hätte nichts bemerkt“, grollte sie so leise, dass es Bessies Ohren nicht erreichte. „Sie jagen hinter ihm her, genau wie die andere. Aber das wird ihnen nicht viel nützen. Er interessiert sich nicht für Sie.“

Judith blickte ruhig in die stechenden kleinen Augen der alten Frau. „Welche andere?“ fragte sie.

„Sie wissen genau, welche andere.“ Mas Stimme wurde von Spannung und Feindseligkeit angetrieben. „Sie starb.“

„Warum ist sie gestorben? Wurde sie bestraft?“

Ma wirkte aufgeschreckt. „Es war ein Unfall“, sagte sie fest. „Unfälle passieren, und sie können auch Ihnen zustoßen. Lassen Sie Ryan in Ruhe. Er will Sie nicht, und er braucht Sie nicht.

Gehen Sie dahin zurück, wo Sie hergekommen sind." Wut und Abneigung strahlten fast übermächtig von ihr aus.

Doch Judith hatte wütenden Redakteuren standgehalten, großspurigen Herausgebern und herablassenden College-Dekanen. Sie wich nicht vor einer übellaunigen Ma Carter zurück. So sehr sie das auch wollte.

„Tut mir Leid", sagte sie ruhig und ignorierte das nervöse Hämmern ihres Herzens. „Das kann ich nicht."

Ma klappte den Mund zu. „Dann achten Sie auf Ihren Rücken", sagte sie mit dünner Stimme, marschierte zu ihrem Schreibtisch und ignorierte Judiths geschockte Miene.

Bessie blickte auf, ihr Gesicht beherrscht, aber in ihren Augen ein Ausdruck, als hätte sie die Konfrontation ungeheuerlich amüsant gefunden. Und Judith, die wusste, wann sie in der schwächeren Position war, rannte zum zweiten Mal an diesem Morgen weg.

Die Puppe lehnte sich zurück und starrte auf den winzigen Farbmonitor. Sie hatte das Band unzählige Male gesehen, konnte sich aber nicht daran hindern, es zurücklaufen und noch einmal spielen zu lassen, wieder und immer wieder. Die Puppe brauchte das Band nicht einmal zu spielen, um es deutlich vor sich zu sehen, um zu wissen, was zu tun war.

Harry, der hässliche Hippo, wusste noch nicht, wie er es machen sollte. Das würde ihm später einfallen, wie immer. Irgendetwas würde ihm ein Zeichen geben und ihn wissen lassen, auf welche Weise er sie bestrafen sollte. Er beugte sich vor, konzentrierte sich auf die flimmernden Bilder. Auf Ryan, der seinen Körper gegen die Frau presste, die Arme um sie geschlungen, seinen Mund mit dem ihren verschmolzen. Und auf die Hände der Frau, die sein T-Shirt hochzogen, seinen Rücken streichelten. Gierige, lüsterne Hände.

Harry, der hässliche Hippo, blickte auf seine eigenen Hände hinunter. Das grüne Fell war schäbig und an manchen Stellen abgewetzt. Langsam ballte er die Hände zu Fäusten und überlegte dabei, wie er vorgehen sollte. Vielleicht sollte er die Hände benutzen.

9. KAPITEL

Judith fand das Band erst am Donnerstag Nachmittag. Sie wollte sich gerade fertig machen, um Micki auf dem Parkplatz zu treffen, als sie die schwarzen Plastiksplitter auf dem Boden neben dem überquellenden Papierkorb bemerkte. Sie war in dem verlassenen Kontrollraum, und die noch arbeitenden Leute waren eine Treppe höher auf der dritten Etage. Verstohlen wühlte Judith in dem Papierkorb, zog Papiere und leere Joghurtbecher heraus und grüne Wolle. Die grüne Wolle berührte eine verborgene Seite in ihrer Erinnerung, die sie jedoch rasch abtat. An der Hälfte aller Puppen war grüne Wolle, und sie neigten zum Flusen. Sie wühlte tiefer, vorbei an zerknüllten Zigarettenpackungen, die nur Micki gehören konnten.

Und da war es. Eine Beta-Kassette, das heißt, das, was von ihr noch übrig war. Die Plastikumhüllung war zerbrochen, das Band war mit Joghurt getränkt, und der Himmel mochte wissen, womit noch. Judith betrachtete es angeekelt und wollte schon die Papiere wieder darauf fallen lassen, als sie es sich noch einmal überlegte.

Niemand in der „Puppet Factory“ warf jemals Bänder weg. Nicht mit Judith vor Ort, die sie kleben und reparieren konnte, nicht mit Maschinen zum Schneiden und Aufspulen. Und ganz sicher zerbrach niemand eine Kassette.

Es musste ziemliche Kraft erfordert haben, einen solchen Schaden an dem Band anzurichten. Judith hatte in ihrem Leben schon viele Kassetten fallen lassen. Sie zerbrachen nicht einfach und neigten nicht einmal zum Splittern. Jemand hatte sich viel Mühe gegeben, um das Band zu zerstören. Was immer sich auf dem Band befand, musste den Betrachter zu dieser Zerstörungswut herausgefordert haben.

Judith wollte verhindern, dass die Kassette an diesem Abend auf den Müll wanderte. Sie verstaute das klebrige Ding in ihrem Rucksack, den sie gleichzeitig als Handtasche benutzte. Dann füllte sie den Papierkorb wieder und eilte zur Treppe, überzeugt, dass niemand sie gesehen hatte.

Micki war nicht begeistert, weil sie warten musste. Sie saß schwitzend in der Hitze des späten Nachmittags, tippte mit ihren kurzen Fingernägeln auf das Lenkrad des Escort und sah Judith finster entgegen.

„Tut mir Leid“, murmelte Judith reuelos. „Fahren wir.“

Micki schnaubte bloß und fuhr mit quietschenden Reifen los. Ihre Beziehung hatte sich in den letzten Tagen etwas verbessert. Mickis gute Laune hielt schon ungewöhnlich lange an. Judith hatte nicht lange gebraucht, um herauszufinden, dass Josiah Greenfield der Mann war, der Mickis Gunst genoss.

Das Haus roch schal, als sie ankamen. Judith ging sofort in die Küche und räumte den Metalltisch ab. An einer Zigarette paffend, ließ Micki sich auf einem der Küchenschränkchen nieder und sah zu, wie Judith sich an dem verwickelten Band zu schaffen machte.

Es war eine schmutzige und mühsame Aufgabe. Die Reinigung des Bandes war nur die halbe Schlacht. Die andere Hälfte bestand darin, das Band zu kleben, eine von Mickis unbespielten Kassetten zu öffnen und zu leeren, die empörten Schreie ihrer Mitbewohnerin und ihre Forderung nach Entschädigung zu ignorieren und das alte Band auf die neuen Spulen zu wickeln.

Um zehn Uhr abends hatte Judith rasende Kopfschmerzen, einen knurrenden Magen und zitternde Hände von der Präzisionsarbeit. Aber das Band war bereit zum Ansehen.

„Wehe, wenn es nichts herzeigt“, warnte Micki, öffnete eine Dose Bier und nahm einen tiefen Schluck. „Sie haben daran gearbeitet, anstatt meinen Radiowecker zu reparieren, und es ist

Ihre Schuld, wenn ich morgen nicht rechtzeitig aufwache. Ich erwarte ‚Vom Winde verweht' auf diesem Band."

„Es ist aus der ‚Factory'", sagte Judith abwesend und durchsuchte den Kühlschrank nach etwas Essbarem. Das Beste, was sie finden konnte, war ein Orangenkuchen, und einen Moment war sie in Versuchung, einfach hineinzubeißen. Sie kontrollierte ihren Hunger lange genug, um eine Gabel zu holen und den Kuchen direkt aus dem Alutablett zu essen.

„Sie sehen nicht gerade nach ‚Bryn Mawr' aus mit Ihrem Gesicht voller Krümel", sagte Micki mit gutmütiger Bosheit.

„Ich bin eben von Grund auf wandlungsfähig."

Micki lachte. „Okay, sehen wir uns das Band an. Vielleicht kriegen wir einen hausgemachten Porno zu sehen. Ma Carter, die es mit dem alten Franz treibt. Das wäre vielleicht was!"

„Nicht für mich." Judith schob die Kassette in Mickis jüngst überholtes Gerät und schaltete erwartungsvoll den Fernseher ein. Hatte sie sich etwa mit einer Pornokassette so viel Mühe gegeben? Und hatte jemand mit puritanischen Tendenzen das Band zerstört?

Lange Zeit erschien nur der grauweiße Schnee eines unbespielten Bandes auf dem Schirm. Micki hatte schon längst die Fernbedienung weggelegt, und Judith war zu müde, um aufzustehen und den sichtbaren Schnelllauf einzuschalten. Sie saß zusammengekauert auf dem Sofa, während Micki mit untergeschlagenen Beinen auf dem Fußboden hockte und auf den Bildschirm starrte.

„Nicht sehr aufregend, Judith", bemerkte Micki gedehnt und leerte die Bierdose. „Dafür haben Sie sich die ganze Mühe gemacht?"

Plötzlich war der Bildschirm nicht mehr leer. Die Kamera hatte Ryans Theaterkabine aufgenommen.

Lange Zeit geschah nichts. Die Kabine war nicht leer –

Judith sah, wie sich der Vorhang bewegte. Übelkeit stieg in ihr auf, und das kam nicht von dem Orangenkuchen.

„Das ist unglaublich langweilig Judith.“ Micki erhob sich. „Ich schalte jetzt Phil Collins ...“ Ihre Stimme erstarb, als Fafnir auf der Bühne erschien.

„Da bist du ja, du scharfes Ding“, sagte er und blickte nach links. „Ich hab deinen albernen Wagen gehört und mich gefragt, wann du auftauchst. Was hast du gemacht?“

Judith machte einen Hechtsprung auf den Fernseher zu, aber Micki kam ihr zuvor und war überraschend stark für jemanden, der so viel kleiner war als Judith. „Das sehen wir uns an“, sagte sie grimmig, als Judith auf dem Bildschirm erschien.

Mit einem knappen Nicken kehrte Judith auf das Sofa zurück.

Sie sah zu, wie sie leise mit den Puppen sprach, sie streichelte. Sie sah ihren eigenen Zorn und Ryan, der aus der Kabine trat. Sie sah, wir Ryan die Hände nach ihr ausstreckte.

„Wir haben das schon viel zu lange aufgeschoben.“ Ryans Stimme kam aus den Stereolautsprechern von Mickis Videoausrüstung. Und Judith sah, wie er sie küsste, seinen Rücken zur Kamera gewandt, sah, wie sie die Hände unter sein weißes T-Shirt schob und seinen gebräunten Rücken streichelte.

Das Band bewies eines: Sie hatte sich die erotische Kraft dieses Kusses nicht eingebildet. Sie kam voll über den Fernsehschirm, und Judith saß da, wütend, verlegen und voll erregt. Sie errötete bei diesem Augenblick.

Als sie zusah, wie sie auf dem Videoband weglief, beugte sie sich vor, und Neugier siegte über alle anderen Emotionen. Sie sah, wie Ryan ihr nachblickte und seine Puppen mit überraschend sanften Händen aufhob.

„Tut mir Leid, Jungs. Sie scheint das Schlimmste in mir zu wecken.“

Und als er aus dem Blickwinkel der Kamera trat, wurde der Bildschirm wieder grau.

Micki stand auf. Sie bebte vor Zorn. „So“, sagte sie mit dünner, gepresster Stimme. „‚Vom Winde verweht‘ war das nicht. Ich verschwinde von hier.“

„Micki …“

Die Tür knallte hinter ihr zu. Sekunden später verklang das zornige Dröhnen des Automotors in der Ferne. Judith saß da, starrte auf den flimmernden Bildschirm und versuchte, die Unruhe zu unterdrücken, die in ihr aufstieg.

Wer hatte das Band zerstört? Wer hatte es sich angesehen und dann in blindem Zorn zerschmettert? Es war keine Überraschung, dass ihr kurzer, heftiger Kuss gefilmt worden war – diese verdammten Kameras waren ja die meiste Zeit an. Sie hätte daran denken können. Aber die Szene war nun einmal verewigt worden, und irgendjemand hatte das kein bisschen gemocht.

Dieser Jemand konnte nicht Micki gewesen sein. Sie hatte sich kaum für Judiths Versuche interessiert, das Band wieder herzustellen. Und ihr Zorn über den Kuss war echt gewesen.

Was war mit Ryan? Hatte er sich das Band angesehen und es dann vernichten wollen? Aber er wirkte auf sie nicht wie eine gestörte Persönlichkeit.

Ma Carter? Sie ging nie in den Kontrollraum. Das galt auch für Bessie. Jimmy, Melvin, Franz, Steve und all die anderen Puppenspieler hätten die Gelegenheit gehabt. Doch warum sollte sich einer von ihnen darum kümmern?

Es sei denn, es war der Mörder gewesen. Es sei denn, der Mörder hatte Lacey umgebracht, weil sie mit Ryan geschlafen hatte. Eine krankhaft eifersüchtige Person konnte die Kassette zerschlagen haben.

Sie holte die Kassette aus dem Apparat, brachte sie in ihr Schlafzimmer und versteckte sie unter ihrer dünnen Matratze.

Sie traute Micki zu, das Band zu vernichten, und es gab noch zu viele ungelöste Fragen.

Trotz der Klimaanlage war es im Haus stickig und muffig. Judith brauchte Bewegung. Die vorstädtische Gegend rings um Mickis Ranchhaus war sicher und recht gut erleuchtet. Judith wollte einen Rundgang um den Block machen.

Es war halb elf Uhr abends, und die Luft hatte sich nur leicht abgekühlt. Dennoch fröstelte Judith. Diese ganze Sache mit dem Videoband vermittelte ihr das unbehagliche Gefühl, dass jemand in ihre Fenster spähte, in ihre Privatsphäre eindrang. Sie fühlte sich angegriffen, sie hatte eine Gänsehaut, und sie musste ihre ganze Entschlossenheit aufbieten, um das Gefühl abzuschütteln, noch immer beobachtet zu werden.

Mickis Haus gehörte zu einem Siedlungsprojekt, bei dem vor etwa zehn Jahren mitten drinnen das Geld ausgegangen war. Außer Mickis Haus gab es noch vier Häuser der gleichen Art, dann hörten die Gebäude einfach auf, und ein ganzer Straßenzug mit leeren Grundstücken voll wild wachsendem Buschwerk löste sie ab.

Judith verlangsamte den Schritt, als sie sich dieser seltsam bedrohlichen, verwilderten Stelle näherte. Vielleicht war sie albern, aber immerhin war eine ihrer ältesten Freundinnen ermordet worden. Ihr selbst hatte jemand eins über den Kopf gezogen, hatte versucht, ihr einen Stromschlag zu verpassen, und jemand mochte es gar nicht, dass sie Ryan Smith mit überraschender Hingabe geküsst hatte. Vielleicht sollte sie nicht allein in der Dunkelheit in einer menschenleeren Gegend spazieren gehen.

Sie hörte das Geräusch eines Autos hinter sich und fühlte sich erleichtert. Wenigstens war sie nicht allein. Vielleicht war es Micki, die zurückgekommen war, um sie anzuschreien. Oder wenigstens ein spät nach Hause kommender Nachbar, noch ein Augenpaar, um aufzupassen und sicherzustellen, dass sie ungefährdet war.

Es war allerdings sonderbar. Das Geräusch des Motors hatte ziemlich abrupt eingesetzt. Als sie losmarschiert war, hatte sie nicht bemerkt, dass jemand auf der Straße parkte.

Sie drehte sich um und blickte über ihre Schulter. Der Wagen hatte die Scheinwerfer an und blendete sie. Er beschleunigte rasch, zu rasch, und die Scheinwerfer schienen direkt auf sie zuzukommen.

Sie begann zu laufen, sagte sich dabei, dass sie albern sei, dass sie stehen bleiben sollte und dass der Wagen vorbeifahren würde. Ihre Füße fühlten sich bleiern an, ihr Herz hämmerte so hart, dass es schmerzte, und ihr Mund war trocken vor Entsetzen. Sie hetzte den Bürgersteig entlang, überzeugt, dass der Wagen jeden Moment auf sie einschwenken würde. Sie stolperte, konnte kaum das Gleichgewicht halten, und riskierte einen schnellen, entsetzten Blick zurück, als der Wagen auf sie zuraste.

Bilder stürmten auf sie ein: ein großer, anonymer Wagen amerikanischer Bauart, blendende Scheinwerfer, ein wutverzerrtes Gesicht.

Bewusstes Denken schwand, purer Instinkt übernahm das Kommando. Judith duckte sich, rollte sich herum, robbte ins Gebüsch, kroch auf Händen und Knien, landete in einer kleinen Senke, die von Büschen umgeben war, lag regungslos da. Ihr Atem entwich rasselnd ihren Lungen, kalter Schweiß klebte am ganzen Körper.

Die Scheinwerfer stachen durch die Büsche, über ihren Kopf hinweg. Sie hielt sich ganz still, ignorierte die Steine, die sich in ihre Rippen bohrten, wartete voller Angst auf das Geräusch der sich öffnenden Wagentür, auf schwere Schritte, die sich ihr näherten.

Das Geräusch kam nicht. Ein zweites Paar Scheinwerfer zerschnitt die Dunkelheit, als ein satt klingender Motor sich zu dem Leerlaufgeräusch des ersten Wagens gesellte.

„Stimmt was nicht, Mister?“ rief eine Stimme.

Judith wartete darauf, dass jemand mit einer normalen, besorgten Stimme antwortete.

Es kam keine Antwort. Stattdessen erklang wieder die erste Stimme, angefüllt mit Verärgerung, vermischt mit Angst. „Sind Sie verrückt? Es ist doch nicht Halloween, Kumpel!“

Sie wagte nicht, sich zu bewegen. Sie lauschte stattdessen auf das Kreischen von Reifen, als ein Wagen davonbrauste. Sie lauschte, wie der zweite Wagen wegfuhr. Sie lag da, konzentrierte sich, bis sie sicher war, dass die Geräusche verklungen, dass beide Wagen wirklich fort waren. Dann setzte sie sich auf und wischte den Schmutz von ihrem Gesicht.

Sie saß eine lange Weile da, während Wellen des Entsetzens sie überschwemmten. Aber sie wagte nicht, lange sitzen zu bleiben. Er könnte zurückkommen. Je schneller sie in das hässliche kleine Haus zurückkam, desto besser für sie.

Sie stellte einen Geschwindigkeitsrekord auf. Von dem Escort war noch immer nichts zu sehen, und Judith schlug die Haustür zu, verschloss sie, schob einen Stuhl unter den Türknauf und legte die Kette vor. Falls Micki in dieser Nacht heimkam, musste sie Judith wecken. Wobei Judith ohnedies nicht mit einem geruhsamen nächtlichen Schlaf rechnete, nachdem sie fast zu einem Teil des brüchigen Straßenpflasters geworden war.

Sie kontrollierte rasch das Haus, um sicherzugehen, dass alle Fenster verschlossen waren und niemand unter dem Bett oder in einem Schrank lauerte. Sie schenkte sich ein volles Glas von Mickis Aprikosenlikör ein, dem einzigen Alkohol im Haus, und stieg dann unter die Dusche – voll bekleidet –, um das kalte Wasser über ihren zitternden Körper strömen zu lassen.

Sie hatte überall Kratzer und Schmutz von dem Sprung in die Büsche. Als sie sich endlich sauber fühlte, trat sie aus der Dusche, ließ ihre nassen Kleider auf den Boden fallen und zog Shorts und ein Shirt an. Die Kratzer waren lang und rot, aber nicht gefährlich tief. Doch Beweis genug, um sie der Polizei zu zeigen, wenn sie anrief.

Sie hielt inne. Natürlich sprach einiges dagegen, den Vorfall zu melden. Zum einen hatte sie keinen Beweis, zum anderen musste dann ihr Background herauskommen.

Was zum Teufel hatte dieser andere Fahrer mit seiner Bemerkung über Halloween gemeint?

Judith verzichtete auf den Anruf bei der Polizei.

Micki kam in dieser Nacht nicht zurück, aber sie saß am nächsten Morgen um halb acht in ihrem Wagen und lehnte sich auf die Hupe.

Judith zögerte, bevor sie die Beifahrertür öffnete. Die Nacht hatte nur Albträume gebracht, und der letzte Traum war der schlimmste gewesen. Durch die blendenden Scheinwerfer hatte sie den Fahrer gesehen, während er auf sie zuraste. Und bevor sie zur Seite sprang, hatte sie einen Blick in ein Gesicht geworfen, dass von hässlichem Zorn und Hass verzerrt war, und sie hatte gewusst, was der Mann mit Halloween gemeint hatte.

Das Gesicht war grün gewesen.

Micki sagte kein Wort, als Judith neben ihr in den Wagen glitt. Ihre Miene war grimmig, und sie hielt den Blick abgewandt, bis Judith sich anschnallte. Erst dann betrachtete sie Judiths Aussehen und verzog geringschätzig die Lippen. Eine lange Hose und ein rosa T-Shirt verbargen die Kratzer und blauen Flecken, aber Gesicht und Hände hatten genug abbekommen.

„Was zum Teufel ist denn mit Ihnen passiert?“ fragte Micki mit barscher Stimme.

Judith zuckte die Schultern. „Macht es Ihnen etwas aus?"

„Nicht wirklich", antwortete Micki. „Hauptsache, es tut weh."

Judith klammerte sich an dem Plastiksitz fest. „Sie wollen ihn gar nicht. Sie glauben nur, dass Sie ihn wollen."

„Was Sie nicht sagen", erwiderte Micki zuckersüß.

„Um Himmels willen, Micki, vor Ihnen ist doch schon jeder Mann in der ‚Factory' auf Knien gekrochen. Sie brauchen ihn nicht auch noch."

„Er ist der Einzige, den ich wirklich will."

„Erzählen Sie mir nicht so einen Quatsch", entgegnete Judith. „Sie hören nur nicht gern das Wort Nein, Sie sind nicht für die Rolle des Opfers geschaffen, auch wenn Sie sich noch so sehr davon zu überzeugen versuchen."

Micki hörte auf, die Bemitleidenswerte zu spielen. „Sie werden schon herausfinden, wie leicht es ist, zum Opfer zu werden", fauchte sie, rammte den Rückwärtsgang hinein und fegte auf die Straße hinaus, wobei sie fast mit einem Wagen zusammenstieß.

„Wie meinen Sie das?" Hatte Judith sich die ganze Zeit getäuscht? Hatte sie mit Laceys Mörderin zusammengelebt und es nicht einmal erkannt?

„Sie kommen hierher …", sagte Micki mit gepresster Stimme, „… mit Ihrem ‚Bryn-Mawr'-Lächeln und Ihrem Grace-Kelly-Aussehen, und bezirzen jeden verdammten Mann, einschließlich Ryan, der alt genug ist, um es besser zu wissen. Ich kann diese Biester aus der Highsociety auf den Tod nicht ausstehen, die in unsere Niederungen herabsteigen. Ich kann es auf den Tod nicht ausstehen, dass Ryan ständig auf so etwas wie Sie hereinfällt und jemanden ignoriert, der seit Jahren nur auf einen Moment seiner Aufmerksamkeit, auf ein Zeichen von ihm wartet …" Ihre Stimme brach, und zu Judiths Erstaunen wischte sie eine dünne Tränenspur weg. Tränen des Zorns, Tränen der Frustration oder echte Tränen des Kummers wegen einer unerwiderten Liebe?

Schuldgefühle stiegen in Judith hoch. „Micki, es tut mir Leid ..."

„Den Teufel tut es!" Micki schwenkte in den fließenden Verkehr ein, kümmerte sich nicht um entgegenkommende Fahrzeuge, Stoppschilder und Vernunft. „Ich warne Sie, Judith. Kommen Sie mir nicht in die Quere."

„Wollen Sie, dass ich ausziehe?"

In dem Wagen herrschte eine lange, gespannte Stille. „Nein."

„Nein?" fragte Judith ungläubig.

„Nein", wiederholte Micki. „Er wird Sie bald satt haben. Er will Sie nur, weil Sie das sind, was er nie gehabt hat. Er ist in Pflegefamilien und Waisenhäusern aufgewachsen, und er lässt sich von Ihrer weltgewandten Schönheit blenden. Aber er ist nicht dumm. Früher oder später wird er erkennen, dass er zu den einfachen Leuten gehört."

„Zu einfachen Leuten wie Ihnen?"

„Zu einfachen Leuten wie mir. Vergessen Sie das nicht, Judith. Sie sind nicht mehr und nicht weniger als ein Symbol für etwas, das er nie gehabt hat. Und Ryan weiß, wie leer Symbole sind."

Micki war gut darin, jemandes Ego platt zu walzen, das musste Judith ihr zugestehen. War sie dumm genug gewesen, Tagträumen nachzuhängen, so waren sie jetzt geplatzt. Zweifellos hatte Micki Recht. Judith konnte nichts dagegen tun, dass sie genau nach dem aussah, was sie war, die privilegierte Tochter einer privilegierten Klasse. Sportliche Kleidung, ölige Hände und zerzauste Haare änderten nichts daran. Verdammt, sie hätte in Unterwäsche Mist schaufeln können und immer noch wie eine Lady ausgesehen.

Und Ryan mit seiner leeren, einsamen Kindheit wollte diese Lady. Wahrscheinlich nur, um sich selbst zu beweisen, dass er sie haben konnte. Wenn er sie erst einmal gehabt hatte, würde er sie loswerden. Wie er Lacey losgeworden war?

Himmel, sie konnte Micki fast dankbar sein. Vielleicht hatte sie sich erlaubt, ein klein wenig zu fantasieren. Mickis raue Worte hatten sie unsanft in die Realität zurückgebracht. Ryan Smith war nichts für sie. Doch das machte ihn noch nicht zum Mörder.

Sie musste den Schuldigen finden, Ryans Unschuld beweisen und den geplanten Artikel schreiben, der vielleicht der erste Schritt zum Pulitzerpreis war.

Irgendwie verfehlte diese Fantasie ihren üblichen Zauber. Judith wollte keine Dankesrede halten. Sie wollte wieder in Ryans Armen liegen, Prinzessin oder nicht.

Es war ein unangenehmer Tag, und Judith vertraute keiner Menschenseele. Sie musste einen der Vorratsräume säubern, und irgendwann gegen zwei Uhr nachmittags setzte sie sich einfach auf den Boden, lehnte sich mit dem Rücken gegen die Wand und schloss die Augen.

Sie wurde schlagartig wach. Ihre Haut fühlte sich kalt und feucht an, ihre Augen tränten, als wäre Sand in ihnen, und jeder Muskel in ihrem schmerzenden Körper war verkrampft. Der Korridor war dunkel. Die Maschinen summten nicht mehr, Stimmen und Schritte waren nicht mehr zu hören. Sie sah nervös auf ihre Uhr. Es war Viertel vor sieben abends, und sie war allein in der „Puppet Factory".

Oder hoffte wenigstens, allein zu sein.

Es war die ideale Gelegenheit, um die oberste Etage zu durchsuchen, um herauszufinden, was in der ansonsten so offenen „Puppet Factory" dermaßen geheim gehalten wurde. Was verbarg Ryan da oben?

Sie ging nach unten. In der Ferne hörte sie Donnergrollen. Der Himmel war unnatürlich dunkel. Die Schatten in der alten Mühle waren unheimlich. Die Schwere der Luft, der rollende Donner, alles zusammen erhöhte Judiths Unbehagen. Sie blieb in der Tür zu dem Arbeitsraum auf der dritten Etage stehen. Die Lichter waren ausgeschaltet, aber sie konnte den Lastenaufzug sehen.

Ein Blitz zuckte über den Himmel, gefolgt von einem scharfen, gewaltigen Donnerschlag. Judith biss die Zähne zusammen und betrat den Raum.

Die Puppentheater und -bühnen waren dunkle, drohende Formen. Judith warf einen misstrauischen Blick zu den Videokameras hinauf, doch kein kleines rotes Licht zeigte an, dass sie eingeschaltet waren. Dennoch fühlte sie ein Augenpaar in ihrem Nacken brennen. Dieses beklemmende Gefühl war wieder da, überzog ihre Haut wie Eis, und ihr Herz begann zu hämmern. Sie spähte in dem Halbdunkel in die Runde, sah jedoch nichts. Ihre überreizte Fantasie spielte ihr einen Streich. Aber warum hatte sie die Lichter nicht eingeschaltet? Sie war jetzt in der Mitte des Raums – die Lichtschalter befanden sich hinter ihr, und es gab Schatten und … und Geräusche. Schniefende, scharrende Geräusche.

„Wer ist da?“ Sie stand reglos da, hörte die Geräusche näher kommen. „Wer ist da?“ fragte sie erneut, und der Zorn in ihrer Stimme war nicht vorgetäuscht, war genauso stark wie ihr Entsetzen.

Sie konnte nichts sehen in dieser Dunkelheit. Sie konnte nur dastehen und auf diese seltsam dumpfen Geräusche lauschen, die lauter und lauter wurden, fast so laut wie ihr verängstigter Herzschlag.

Falls das Micki war, die sie erschrecken wollte, machte sie es verdammt gut. Judith versuchte es ein letztes Mal. „Wer ist da?“ Jetzt zitterte ihre Stimme. Keine Antwort. Nur das Knarren von Fußbodenbrettern, während jemand sich ihr näherte.

Ein Blitz zuckte über den Himmel und tauchte den Raum für einen kurzen Moment in blauweißes Licht. Judith schrie. Panik gewann schließlich die Oberhand, und sie rannte zurück zu der Tür.

Die Schwingtür knallte auf sie zurück, aber sie spürte nicht den harten Schlag, stürmte die Treppe hinauf, stolperte einmal und stieß sich die Schienbeine an den Metallstufen. Dann war sie wieder auf den Beinen, rannte, rannte, das Entsetzen hinter ihr, Sicherheit vor ihr, rannte …

Er fing ihren Aufprall viel besser ab, als die Tür oder die Stufen es getan hatten. Sie rannte blindlings gegen ihn, und er streckte die Hände aus und fing sie auf, hielt sie fest an sich gepresst. Sie blickte auf und sah Ryan, und sie wusste, dass sie in Sicherheit war.

Judith lehnte den Kopf an Ryans Schulter, legte die Arme um seine Taille, hielt sich fest, ließ das Hämmern ihres Herzens in seinen Körper eindringen, ließ die entsetzte Feuchtigkeit ihrer Haut von seiner Hitze wärmen. Sie stand da in der Dunkelheit, lauschte auf das ruhige Schlagen seines Herzens, das ferne Donnergrollen. Hier gab es keine scharrenden Geräusche, keine verfolgenden Schritte. Die „Puppet Factory“ war still und leer bis auf sie beide in ihrer innigen Umarmung.

Nur für einen Moment zog Judith in Betracht, dass er ihr Verfolger sein könnte. Sie schob den Gedanken von sich. Was immer hinter ihr her gewesen war – falls ihr die Fantasie nicht einen Streich gespielt hatte –, es war böse gewesen.

Sie fühlte Ryans Hände sanft auf ihren Armen, seine langen Finger, die ihre Haut streichelten. Langsam schob er sie von sich, gerade weit genug, dass er ihr ins Gesicht sehen konnte.

Ein Blitzstrahl beleuchtete ihn in der Dunkelheit, und seine Augen waren von wilden Emotionen erfüllt, die Judith nur erahnen konnte.

„Was ist los?“ fragte er endlich. „Was machen Sie so spät hier? Warum sind Sie gerannt?“

„Ich … ich bin eingeschlafen.“ Ihre zittrige Stimme war nicht im Geringsten beherrscht. „Als ich aufwachte, waren alle weg.“

Was haben Sie auf der dritten Etage gemacht?“

Du musst lügen, befahl sie sich und wollte doch gestehen. „Ich dachte, Micki wäre noch hier. Oder Franz. Ich habe meinen Wagen nicht hier.“

Er schob sie noch weiter von sich, und sie ließ die Arme sinken. „Und warum sind Sie gelaufen?“

Sie blickte zu ihm auf. *Weil ein Monster mich gejagt hat … Weil Laceys Mörder hinter mir her war …* „Ich habe Angst vor Donner“, sagte sie laut.

Er schloss für einen Moment die Augen, und eine Andeutung von Schmerz glitt über sein Gesicht. Als er die Augen wieder öffnete, gab es keinen Zweifel an der Enttäuschung und Verärgerung in seinem Gesicht.

„Meine Güte, Judith“, sagte er verdrossen. „Warum müssen Sie immer lügen?“

Seine Worte trafen sie wie ein Hieb. „Also schön, ich dachte, ich hätte etwas im Arbeitsraum gehört. Es hat mich erschreckt, und ich bin weggelaufen. Und ich mag Donner wirklich nicht besonders.“

Er horchte plötzlich auf. „Was haben Sie gehört?“

Sie zuckte die Schultern. „Wahrscheinlich habe ich es mir nur eingebildet. Irgendein gedämpftes Geräusch. Schritte.“

„Vielleicht war ich das.“

„Vielleicht“, sagte sie und wünschte sich, sie könnte es glauben. Sie zog sich zurück, und er gab ihre Arme frei. Er trug eine Kakihose und ein weißes Polohemd, und sie hatte plötzlich eine Vision, wie ihre Hände an seinem T-Shirt zogen, über seinen Rücken wanderten … Sie schüttelte den Kopf, um die Erinnerung zu verbannen. „Jedenfalls können Sie mir nicht vorwerfen, dass ich ein wenig Angst hatte", sagte sie in dem Versuch, vernünftig zu sein. „Immerhin kam dieses Mädchen vor knapp einem Monat hier in der ‚Puppet Factory' ums Leben. Davon wird jeder ein wenig nervös."

„Welches Mädchen?" fragte er langsam.

Judith sah ihn erstaunt an. „Sie wissen, welches Mädchen." Sie wurde wütend. „Das Mädchen, das vom Balkon fiel. Ich erinnere mich nicht an den Namen."

Ryan kam auf sie zu. „Denken Sie scharf nach, Judith. Sie werden sich erinnern, wenn Sie sich bemühen", sagte er bitter.

„War es nicht Lacey Sowieso?"

Sein Lächeln war eindeutig drohend. „Nicht schlecht, Judith. Haben Sie immer solche Schwierigkeiten, sich an die Namen von College-Freundinnen zu erinnern?"

Ihr war, als hätte ihr jemand einen Schlag versetzt. Sie fühlte, wie ihr das Blut aus dem Gesicht wich, aber sie bewegte sich nicht. „Wie lange wissen Sie es schon?"

„Seit dem Tag, an dem Sie hier aufgetaucht sind. Lacey sprach oft von ihrer guten Freundin Judith, die bei einer Zeitung arbeitet und eine berühmte Reporterin werden will. Wollen Sie es auf diese Weise schaffen? Wollen Sie den Unfalltod Ihrer Freundin ausnutzen, um Ihre Karriere voranzutreiben?"

Sein Vorwurf war ein Tiefschlag, aber sie verdiente ihn. „War es ein Unfall?"

Er lächelte grimmig. „Das ist die Vierundsechzigtausend-Dollar Frage, richtig? Ich bin überzeugt, dass es ein Unfall war. Sie sind überzeugt, dass es keiner war. Also sind Sie hergekommen, um zu lügen und zu spionieren und uns und Ihre Freundin für Ihre eigenen Ziele zu benutzen."

Sie steckte seine Worte wie Schläge ein. „Warum haben Sie mich dann eingestellt?"

„Den Teufel hält man besser unter Aufsicht. Wenigstens konnte ich Sie im Auge behalten."

„Und mir eins über den Schädel ziehen, wenn ich zu dicht herankam."

„Niemand hat Ihnen eins über den Schädel gezogen. Was nicht heißt, dass ich in den letzten paar Wochen nicht in Versuchung geraten bin."

„Ist das tatsächlich der einzige Grund, warum Sie mich eingestellt haben?"

„Verdammt, nein. Sie können einen Roberts 450 reparieren. Das nehme ich nicht auf die leichte Schulter."

Judiths Körper begann zu prickeln, aus Erregung, Wut und Frustration. „Ist das alles?" fragte sie und blickte zu Ryan hoch.

„Nicht ganz", sagte er. „Da ist immer noch das hier." Er zog sie in die Arme, und sein Mund presste sich auf ihre Lippen.

10. KAPITEL

Judith wehrte sich einen Augenblick, nur um ihren Standpunkt zu behaupten. Und dann küsste sie Ryan wieder. Ihr Mund öffnete sich unter dem seinen, ihre Zunge tastete nach seiner Zunge, ihre Hände wanderten ruhelos über seinen Rücken. Er fühlte sich warm und stark und solide unter ihren Händen an, weit entfernt von der verschwommenen Bedrohung, die sie durch die dunkle Halle der dritten Etage verfolgt hatte. Sie stellte sich auf die Zehenspitzen und presste ihren Körper näher an seinen.

Er gab einen Laut der Zustimmung von sich, schlang einen Arm um ihre Schultern, um sie noch enger heranzuziehen und seinen Kuss zu vertiefen. Sie schloss die Augen, genoss es, Ryan zu fühlen, genoss seinen Duft, die Wärme, die Weichheit seines Polohemdes und den muskulösen harten Körper darunter. Nichts anderes mehr, dachte sie entrückt. Keinen Streit mehr, keine Abwehr, keine Vernunftgründe und keine Zurückweisung. Sie wollte sich nicht mehr gegen ihn wehren. Wenn er sie wollte, konnte er sie jetzt haben, und zum Teufel mit den Auswirkungen.

Er löste sich von ihr, blickte auf sie herunter, sein Blick verschleiert und undeutbar. „Ist das nicht der Moment, wo du mich ohrfeigen und sagen solltest: Wie können Sie es wagen?“ Seine Stimme war leise und heiser und unerträglich verführerisch.

Judith überdachte ihre Alternative. „Nein.“

„Nein?“ echote er verwirrt.

„Nein“, wiederholte sie. „Oder vielleicht meine ich Ja.“

Er war plötzlich sehr still. Mit den Fingern hielt er leicht ihr Kinn umfasst, sein Daumen streichelte sanft über ihre Lippen. Sie wartete, hoffte auf ein zustimmendes Wort, ein Gelöbnis unsterblicher Liebe oder zumindest milden Enthusiasmus.

Stattdessen nickte er ziemlich kühl, und jetzt war der Moment gekommen, wo Judith ihn ohrfeigen und sagen wollte: *Wie können Sie es wagen?*

„Was hast du auf der dritten Etage gemacht?" fragte er.

Sie riss sich von ihm los, und er gab sie frei, ohne zu zögern. Ihr erster Impuls war zu lügen, und dann fiel ihr ein, dass sie es nicht mehr zu tun brauchte. Er wusste alles. Fast alles. „Ich habe den Lastenaufzug gesucht. Ich wollte sehen, was auf der fünften Etage ist."

Er nickte. „Natürlich. Es überrascht mich, dass du nicht das Schloss der Treppe zur fünften Etage aufgebrochen hast."

„Ich bin nicht gut im Einbrechen."

„Schade", murmelte er und ergriff ihren Arm.

Einen Moment überlegte sie, ob sie sich zurückziehen sollte. Aber sie hatte ihre Entscheidung getroffen und konnte mit den Folgen leben. Zumindest, wenn ihre Instinkte sie nicht trogen.

„Bedenken?" murmelte er und wartete.

Er würde sie loslassen. Plötzlich wusste sie das. „Nein." Sie blickte ihm direkt in die Augen. „Zeigst du mir nun die fünfte Etage?"

„Blaubarts Folterkammer? Mit Vergnügen." Und damit führte er sie in den weitläufigen Saal in der dritten Etage.

Falls zuvor jemand dort gewesen war und Judith verfolgt hatte, war er längst weg. Sie fühlte auch nicht mehr diese Blicke, die sich in ihren Nacken brannten.

Ryan blieb vor dem offenen Lastenaufzug stehen. „Glaubst du noch immer, dass dich jemand gejagt hat?"

„Jemand oder etwas." Sie betrachtete den Aufzug voller Abneigung. „Könnten wir nicht die Treppe benutzen?"

„Nein. Wenn du die fünfte Etage sehen willst, dann auf die harte Tour. Hast du Höhenangst?"

„Nicht direkt. Ich mag nur Lastenaufzüge nicht besonders."

„Das ist schlecht." Er führte sie auf die Plattform und ließ ihren Arm los. Als er die Knöpfe drückte, trat sie in die Mitte des Aufzugs und wappnete sich.

Für den Beginn einer Affäre fehlte irgendwie der schwüle Charme. Ryan stand auf einer Seite, starrte sie beinahe finster an, und Judith fuhr freudig zu einem verlassenen Stockwerk hinauf mit einem Mann, der ein Mörder sein könnte. Nun, vielleicht nicht freudig, so viel musste sie einräumen. Wenn er sie nur wieder küssen würde! Wenn er sie küsste, vergaß sie Vernunft und Gerechtigkeit und Misstrauen. Dann konnte sie nur noch an Ryan denken.

Der Lastenaufzug kam knirschend zum Stehen. Es gab einen schmalen Flur, eine Treppe, die zweifellos zu der versperrten Tür auf der vierten Etage hinunterführte, und zwei Türen. Ryan ging zu der ersten und schloss sie auf, ohne sich die Mühe zu machen, sich zu vergewissern, ob Judith ihm folgte.

Sie verließ die Plattform und trat hinter ihn. „Was hast du da drinnen?" fragte sie mit trügerisch ruhiger Stimme.

Er warf ihr einen kurzen Blick zu. „Die Leichen meiner Opfer. Lacey ist entkommen, unglücklicherweise, aber die übrigen …"

„Hör auf!"

Er lehnte sich gegen die unverschlossene Tür und blockierte sie. „Willst du mir damit sagen, dass du nicht glaubst, ich hätte Lacey ermordet?"

„Ich glaube nicht, dass du Lacey ermordet hast."

Ein kurzes, zynisches Lächeln huschte über sein Gesicht. „Also, warum glaube ich dir nicht?"

„Ryan, würde ich dir nicht vertrauen, wäre ich nicht hier bei dir."

Er überlegte, und sie meinte zu sehen, wie ihn mehr als Anspannung verließ. Jedoch stellte sie Zweifel bei ihm fest. „Aber du glaubst noch immer, dass sie ermordet wurde?"

„Ich bin davon überzeugt. Ich weiß nur nicht, wer es getan hat und warum."

„Und du meinst, die fünfte Etage wird dir zu den Antworten auf diese Fragen verhelfen? Ich glaube das nicht." Er öffnete die Tür und winkte sie hinein.

Judith sah sich um und nahm nicht wahr, wie er hinter ihr die Tür verschloss. „Das erklärt es", sagte sie.

Erklärt was?"

„Warum dein Haus so unbewohnt wirkt. Du wohnst dort nicht. Du wohnst hier, nicht wahr?"

„Ich wohne hier."

Es war ein einziger riesiger Raum, der über die halbe Fläche der „Puppet Factory" reichte, mit schimmerndem Holzfußboden, weißen Wänden und einem Minimum an Möbeln. In einer Ecke konnte sie eine Küche erkennen, außerdem ein weißes Sofa, Bücherstapel überall, aber keine einzige Puppe. Auch keine Videokamera, dem Himmel sei Dank, oder auch nur einen Fernseher. Draußen tobte noch immer das Gewitter und jagte Lichtblitze durch den unerleuchteten Raum. Es gab ein riesiges Doppelbett an einer Wand, neben einem kleinen Schubladenschrank mit einer Leselampe darauf. Der Gesamteffekt war sparsam, beinahe karg, aber seltsam friedvoll.

„Das sieht wie eine Mönchszelle aus", stieß Judith hervor. Es war das Erstbeste, was ihr einfiel.

„Tatsächlich?" Es schien ihn nicht zu stören, als er sich an ihr vorbei zu der Küche schob und sie ihm folgte. „Willst du Kaffee?"

„Nein."

„Willst du einen Drink?"

„Nein."

Sie standen in der offenen Küche. Es gab einen Kaffeetisch mit einem Stuhl, dem einzigen Stuhl im Raum.

„Hast du nie Gäste?“ fragte sie.

„Nur im Haus.“

„Niemand kommt hier herauf?“ beharrte sie.

„Niemand weiß, dass ich hier wohne. Ma vermutet es, aber nicht einmal sie weiß es sicher.“

„Warum?“

„Ich mag meine Privatsphäre“, sagte er schlicht.

„Das habe ich nicht gemeint. Ich meine, warum ich? Warum hast du mich hier heraufgebracht?“

Er ließ sich auf den Stuhl fallen. „Ich dachte, es würde dir gefallen.“

„Du hättest mich in das Haus bringen können. Ich wäre mitgegangen“, sagte sie.

„Ich wollte dich nicht dorthin bringen. Ich wollte dich hier haben, wo noch niemand gewesen ist. Ich wollte dich nicht in dem Bett lieben, in dem ich mit Lacey geschlafen habe.“

Judith wurde blass. „Sie sagte mir, du seist lausig im Bett.“

Er lachte wirklich amüsiert. „Und du bist trotzdem mit mir heraufgekommen? Das ist wahres Vertrauen, Judith. Du musst dir ein eigenes Urteil bilden.“ Er umfasste ihr Handgelenk und zog sie sanft auf den Schoß.

Sie gab willig nach, schmiegte sich an seinen warmen Körper. Er schob seine Finger in ihr Haar, zog ihren Kopf sanft nach hinten, um sie bequem küssen zu können, und sein Mund war aufreizend, sanft. Mit den Zähnen biss er leicht in ihre Lippen, ihre Wange, ihr Ohr. Er hatte sie noch nie zuvor so geküsst, weich und erregend, und Judith fühlte, wie sie feucht und warm und zitterig wurde. Sie legte die Hände auf seine Schultern, und sie spürte seine sehnige Kraft, die Spannung, das Verlangen. Sein Haar war feucht, er duftete nach Seife, und Judith erkannte, dass er geduscht hatte, bevor er nach unten gekommen war und sie dabei ertappt hatte, wie sie um ihr Leben gelaufen war. Während sein Mund über ihren Hals nach unten wanderte, begann sie, mit den Lippen seine Haut zu erforschen, seine Lider, die kraftvolle Linie seiner Nase, während ihre Hände seine Haare zurückstrichen und ihn gegen sie drückten.

Er zog ihr das Shirt aus, löste den Verschluss ihres BHs. Judith blickte auf seine langen, dunklen Finger, die sich von ihrer weißen Brust abhoben, und verspürte ein fast übermächtiges Verlangen. Sie hatte vergessen, wie es war, jemanden so heftig zu begehren. Oder vielleicht hatte sie auch nie jemanden so heftig gewollt wie Ryan Smith.

„Sag mir, was du magst", murmelte er an ihrem Ohr, und sein Atem war warm und erregend. „Zeig es mir."

Als Antwort presste sie ihren Körper härter gegen seine Hand, bog sich ihm entgegen, und ihre gierigen Hände zerrten erneut an seinem Polohemd und glitten darunter auf seine glatte Haut.

Er zog sich weit genug zurück, um ihr dabei zu helfen, ihm das Hemd über den Kopf zu ziehen. Der Himmel hinter den geöffneten Fenstern war noch dunkler geworden, und der durch den Raum fegende Wind trug den Geruch von Feuchtigkeit und dem Ozon eines Gewitters mit sich.

Ryan strich mit zarten Fingern über Judiths zerkratzten Arme, und die Schatten in dem weitläufigen Raum verdunkelten sein Gesicht.

„Was ist mit deinen Armen passiert?" fragte er, doch ihr Mund stoppte ihn. Sie schlang die Arme um seinen Nacken, ihre empfindsamen Brüste drückten sich gegen seine muskulöse, nackte Brust, und es gab keine Zeit mehr für Fragen.

Ryans Kuss enthielt eine Spur von Verzweiflung, die Warnung vor einem unlösbaren Problem, das sie beide umgab. Sie küsste ihn wieder, klammerte sich an ihn, wollte ihn ganz in sich aufnehmen.

Er erhob sich, hielt sie fest, trug sie durch den dunklen Raum und ließ sie auf das Bett gleiten. Er stand über ihr, sein Blick verschleiert, als er aus der Hose stieg, und Judith bedauerte für einen Moment, dass er sich nicht von ihr hatte helfen lassen, sich nicht hatte entdecken lassen.

So etwas wie Furcht erfasste sie. Erste Male erzeugten stets ein wenig Angst, und dies war kein lässiger Sex nach einer Verabredung zum Dinner. Dies war dunkel und gefährlich, nicht die Befriedigung von sich meldenden Hormonen. Dies war nichts, das sie als Erfahrung einstufen und vergessen konnte, falls es in einer Katastrophe endete. Es war zu wichtig, zu verzweifelt wichtig, und es versetzte sie in Angst und Schrecken.

Einige ihrer Empfindungen mussten sich auf ihrem Gesicht widerspiegeln. Ryan sank neben ihr auf das Bett und legte seine Hände energisch an die Kordel ihrer lose sitzenden Hose. „Du brauchst nicht so besorgt dreinzublicken“, murmelte er. „Ich bin nicht wirklich schlecht im Bett.“

Sie brachte ein schwaches Lächeln zustande. „Deshalb bin ich auch nicht besorgt.“ Ihre Stimme klang rau. Seine Hände waren warm und stark und viel zu erfahren, als sie ihre Hose und ihren Slip über ihre Beine hinunterschoben und sie nackt und verletzlich seinem erhitzten Blick aussetzten.

„Was ist es dann?“ Er berührte sie nicht. Er saß nur da, und sein schöner Körper war Zentimeter von ihr entfernt. „Wovor hast du Angst?“

Es hatte genug Lügen zwischen ihnen gegeben. „Ich habe Angst, mich in dich zu verlieben.“ Sie sagte das so leise, dass er sie kaum hören konnte. „Ich habe Angst, dass ich mich schon verliebt habe.“

Was immer er erwartet hatte, das war es eindeutig nicht gewesen. Ein Beben lief über seinen Körper, und er betrachtete sie mit einem nicht zu deutenden Ausdruck in den Augen.

Blitze zischten am dunklen Himmel. Donner grollte um sie beide herum wie eine zornige Warnung. Und dann war sie in seinen Armen, sein Mund ergriff wild Besitz von ihrem Mund, und ihre Furcht verging.

Es war nicht genug Platz für sie beide auf dem Bett, aber das spielte keine Rolle. Er bedeckte sie halb mit seinem großen Körper und umfasste mit den Händen ihre vollen Brüste. Sein Mund folgte, seine Zunge strich über die hart aufgerichteten Knospen, und Judith stöhnte, presste sich an ihn, fuhr mit den Fingern in sein Haar und hielt ihn eng an sich gepresst.

Seine Haut war wie Seide unter ihren Händen, die Muskeln hart und angespannt. Er erfüllte alle ihre Sinne und spülte die letzten Reste ihres Verstandes fort. Judith brannte für ihn, sehnte sich schmerzlich nach ihm, und sie biss sich auf die Unterlippe, um nicht vor Verlangen aufzuschreien.

Eine seiner Hände strich tiefer, über ihren flachen Bauch, hinunter zu dem dunklen Dreieck zwischen ihren Schenkeln, und instinktiv verspannte sie sich gegen die Berührung, nach der sie sich sehnte. Er hob den Kopf, um sie anzusehen. „Wehrst du dich noch immer dagegen, Judith?" murmelte er. „Öffne deine Beine für mich."

Und sie tat es. Seine Finger glitten noch tiefer, erreichten ihr empfindsames Zentrum, und als Reaktion erschauerte sie und grub ihre Finger tiefer in seine Schultern.

Er senkte den Mund auf ihre Brust, während seine Finger mit einer langsamen, köstlichen Invasion begannen. Judith stöhnte, hob ihm die Hüften entgegen, und er zog sich zurück, ließ sie für den Moment unbefriedigt, doch nur, um sie zu liebkosen, bevor er wieder ihre schmerzliche Leere erfüllte.

Langsam und mutwillig veränderte er diesen Rhythmus, das tiefe pulsierende Eindringen, die aufreizenden Zärtlichkeiten, bis sie den Kopf auf dem Kissen hin und her warf und ihr Körper sich durchbog, erschauerte und ihre langen schlanken Beine sich in unerträglicher Erwartung um ihn schlangen.

Er wartete lange genug, bis die erste Woge der Lust abgeklungen war. Danach ersetzte er seine Hand durch seinen Körper in einer steten, gnadenlosen Invasion, die mit nichts zu vergleichen war, was Judith je zuvor erlebt hatte. Sie war noch immer feucht und zitterig, und jetzt löste er neue, noch intensivere Reaktionen aus.

Ihre Körper waren glatt vom Schweiß, und der Sturm änderte nichts an der zwischen ihnen lodernden Hitze. Ryan schob die Hände unter ihren Po, zog sie noch enger an sich, und Judith stöhnte lustvoll auf, während sie sich Ryans Rhythmus anpasste. Sie sah ihm in die Augen, und der Ausdruck wilder Lust auf seinem angespannten Gesicht reichte, um ihr die letzte Hemmung zu nehmen.

Mit den um ihn geschlungenen Beinen zog sie ihn tiefer in sich hinein. Ihre Hände umklammerten seine Schultern, und sie erwiderte hingebungsvoll seine Küsse. Bewusstes Denken schwand. Noch nie hatte Judith so empfunden. Ungeahnte Emotionen spülten über sie hinweg, und sie fühlte, wie Ryan sich in ihren Armen verkrampfte, hörte, wie er ihren Namen keuchte, und dann war sie plötzlich erneut verloren ... ein blauweißer Blitz in einem gewitterdunklen Universum.

Ryan ließ sich schwer auf sie sinken. Sie hielt ihn fest, ergab sich den Wonneschauern der soeben erlebten Lust, bis sie verklangen.

Einen Moment fragte Judith sich, ob Ryan so einschlafen würde. Selbst wenn er ihren Körper zerquetscht hätte, hätte es ihr nichts ausgemacht. Sie wollte nicht riskieren, irgendetwas von dem zu verlieren, das sich gerade zwischen ihnen abgespielt hatte. Sie wollte nicht, dass er sich bewegte und den Zauber brach.

Langsam hob er den Kopf, verlagerte das Gewicht, und sie atmete verstohlen auf, bevor sie seinem Blick zu begegnen wagte.

„‚Ein kleiner Schritt für einen Menschen, ein gewaltiger Sprung für die Menschheit'“, zitierte er mit atemloser Stimme. Er wirkte so aufgewühlt, wie sie sich fühlte.

Sie lächelte zu ihm auf. „Glaubst du, dass du soeben auf dem Mond gelandet bist?“

„Fühlt sich so an. Dem Himmel so nahe, wie ich höchstwahrscheinlich jemals kommen kann.“ Er blickte auf sie herunter, und sein Gesichtsausdruck war nüchtern und unendlich zärtlich zugleich. „Ich zerquetsche dich.“

„Nein, tust du nicht.“

„Keine Lügen mehr, Judith.“

„Na ja, ein wenig“, räumte sie ein und bereute es sogleich. Er zog sich von ihr zurück und unterbrach diese wundervolle Vereinigung.

Und dann glitt er vom Bett, zog Judith mit sich und rollte mit ihr in einem Gewirr von Laken und neu erwachtem Verlangen auf den Boden.

Sie blickten einander in die Augen, als Dunkelheit sich mit der unerwarteten Schnelligkeit eines Sommergewitters um Judiths Herz legte. Alle Fragen, alle Probleme und alle Gefahren brachen wieder in ihrem Bewusstsein hervor.

„Was ist?“ Er konnte ihr blasses Gesicht sehen, ihre plötzliche Panik.

„Ich habe mich nur soeben erinnert“, antwortete sie und fühlte, wie ihre Augen sich mit heißen Tränen füllten. Sie, die selten weinte, war dabei, in einen demoralisierenden Weinkrampf zu verfallen.

Er hielt sie fest und wiegte sie in seinen Armen mit einer Zärtlichkeit, die er ihr nie gezeigt hatte. Er streichelte ihre zerzausten Haare und ihre erhitzte Haut, während sie weinte.

„Warum kann es nicht so bleiben?“ flüsterte sie an seiner feuchten Brust, als ihre Tränen endlich versiegten. „Warum muss es immer so verdammt kompliziert sein?“

Er legte einen Finger unter ihr Kinn, und in seinen Augen stand Hoffnungslosigkeit und Liebe zugleich. „Weil das Leben so ist“, antwortete er. „Und das Beste, was du tun kannst, ist, das Glück zu nehmen, wenn du es finden kannst, und das Morgen sich selbst zu überlassen.“

„Daran glaube ich nicht“, entgegnete sie.

„Ich bin in solchen Dingen nicht gut, Judith. Ich hatte eine lausige Kindheit, und so etwas prägt sich sehr tief ein. Ich erlaube mir nicht, mich anderen Menschen zu öffnen. Ich glaube nicht, dass ich sehr gut für dich bin.“

Sie lag da und sah ihn an. „Wahrscheinlich bist du das nicht.“

„Vielleicht sollten wir das hier besser beenden.“

„Vielleicht sollten wir das.“

„Es ist ein Fehler.“

„Wahrscheinlich.“ Sie bewegte sich noch immer nicht.

„Nun ja“, sagte er schließlich. „Ich habe in meinem Leben schon schlimmere Fehler begangen.“ Und er begann erneut, ihren tränenfeuchten Mund zu küssen.

Für einen schwarzen, verzweifelten Moment war Harry, der hässliche Hippo, so wütend, dass er den beiden beinahe nachgelaufen wäre. Doch er sah nur zu, sah zu, wie der Lastenaufzug langsam nach oben fuhr. Es spielte keine Rolle, dass sie einander nicht berührt hatten, dass sie scheinbar sogar wütend aufeinander waren. Er wusste, was sie tun würden, sobald sie das oberste Geschoss erreichten, jenes Apartment, von dem nur er etwas wusste. Er wusste, was sie tun würden, und er zitterte vor Wut und Abscheu.

Er hatte versagt. Er musste Ryan beschützen, und er hatte erneut versagt. Aber er konnte sie bestrafen, was sie auch verdiente. Und er wollte nicht länger warten. Wenn er sie das nächste Mal allein antraf, würde er ihr Leben beenden, und die bedrückende Dunkelheit würde von seinen Schultern weichen und ihm Frieden bringen. Zumindest für eine Weile.

Aber es würde immer wieder andere geben. Sünderinnen, böse, verruchte Huren. Und er würde auch sie bestrafen müssen, weil sie es verdienten.

Aber zuerst Judith. So bald wie möglich.

Und mit einem zufriedenen Nicken und wieder gefundener Entschlossenheit schlurfte er in die Dunkelheit hinein.

Ryan saß in seinem Wagen und sah Judith nach, wie sie zu Mickis Haus ging. Es war nach sieben Uhr morgens, und die Sonne brannte bereits heiß vom Himmel.

Letzte Nacht hatten sie sich noch einmal auf dem Fußboden geliebt. Und dann waren sie ausgegangen, hatten zu viel Pizza gegessen und zu viel Bier getrunken und waren in seinem Swimmingpool gelandet.

Er hatte sie auf den Stufen des Pools geliebt, umgeben von dem sanften Plätschern des seichten Wassers. Sie hatte ihn auf einer der Liegen geliebt, und ihre Hände und Lippen waren heiß und begierig gewesen. Sie hatten sich in der Sauna geliebt, und sie hätten sich fast auf den Vordersitzen des Toyota auf dem Rückweg zu Mickis Haus geliebt. Aber sie hatten sich nicht in diesem verdammten, spukerfüllten Bett geliebt.

Judith drehte sich an der Tür um, lächelte ihm ein wenig unsicher zu und hob eine Hand. Er wäre fast aus dem Wagen gesprungen und zu ihr gerannt. Er wollte sie bei sich haben, jetzt, immer.

Er hob grüßend die Hand, ehe er wegfuhr.

„Schöne Zeit gehabt?“ Micki saß in einem der Sessel und paffte an einer Zigarette. Der Aschenbecher neben ihr quoll über, die Luft war blau von abgestandenem Rauch, und Zigarettenkippen schwammen in den drei halb leeren Kaffeetassen, die auf dem Boden standen.

Judith schloss die Tür und lehnte sich dagegen. „Ja.“

Micki nickte und stieß den Rauch aus. „Lieben Sie ihn?“

„Ja“, sagte Judith.

„Und liebt er Sie?“

„Nicht, dass ich wüsste“, erwiderte Judith. „Hilft das?“

Micki drückte ihre Zigarette aus. „Ich habe darüber nachgedacht. Die ganze Nacht. Und ich komme zu dem Schluss, dass es keine Rolle spielt.“

Judith sank auf das schiefe Sofa. „Was spielt keine Rolle?“

„Nun.“ Micki steckte sich eine neue Zigarette an. „So ungern ich es auch zugebe, aber Sie haben vielleicht Recht. Vielleicht will ich Ryan nur, weil ich ihn nicht haben kann.“ Sie zuckte die Schultern. „Ich bin mir nicht sicher. Sie sind noch nicht aus dem Schneider. Aber ich denke über die Möglichkeit nach. Ich denke, Ryan könnte für mich ein wenig zu kompliziert sein. Mir fallen eine Menge Männer ein, die das Leben genießen.“

„Ryan tut das nicht?“

„Was denken Sie? Er hat ziemlich tief reichende Narben. Zu tief für mich. Vielleicht bin ich mit Jos… mit einem anderen besser dran.“

„Vielleicht.“ Judith stand auf. „Ich gehe ins Bett.“

„Wollen Sie nicht herausfinden, ob ich Ihnen vergebe?“ Micki wirkte beleidigt.

„Im Moment bin ich zu müde, als dass es mich interessieren würde. Ich will schlafen. Sagen Sie mir Bescheid, wenn ich aufwache.“

„Angenehme Träume“, sagte Micki mit saurer Miene.

Sie waren nicht angenehm. Es waren schreckliche Albträume, erotische, Angst einflößende Träume. Darin schlief Judith mit Ryan, und er verwandelte sich plötzlich in ein Monster. Einen feuerspuckenden Drachen ohne Fafnirs lüsternen Charme, bereit, sie zu verschlingen. Er wurde zu einer bösen, messerschwingenden alten Vettel, nicht zu Madame Rinaldi mit ihrem überzogenen Egoismus. Selbst die Grünen Göttinnen waren entsetzlich und versuchten, Judith mit ihren Alfalfasprossenhaaren zu erwürgen.

Aber am schlimmsten von allen war Harry, der hässliche Hippo. Während Ryan sie in ihrem Traum aus dem Pool trug, verzerrte sich sein Gesicht und verwandelte sich zu grüner Wolle, entstellt von mörderischem Zorn. Und anstatt sie auf die Liege zu legen, hielt er sie über den plötzlich bodenlosen Pool.

Judith erwachte schwitzend und zitternd. Grüne Wolle. Auf einmal ergab das einen schrecklichen Sinn. Die junge Frau, die in der Grube gefunden worden war, hatte grüne Wollfäden unter ihren Fingernägeln gehabt. Wer immer versucht hatte, Judith mit seinem Wagen zu überfahren, hatte ein Gesicht aus grüner Wolle gehabt. Und es gab nur eine mögliche Antwort.

Jemand verkleidete sich als Harry, jemand, der eine unschuldige junge Frau ermordet hatte. Jemand, der versucht hatte, Judith zu töten. Jemand, der Lacey ermordet hatte.

Judith saß zitternd in dem stickigen Raum. Es ergab noch immer keinen Sinn. Was hatten Lacey und eine Fremde und Judith Daniels gemeinsam? Sie waren jung, und sie waren Frauen, das war alles.

Sie sah auf die Uhr. Es war halb fünf Uhr nachmittags. Sie sollte Ryan um halb sieben treffen. Sie glitt aus dem Bett.

Micki war nicht da. In ihrem Hunger aß Judith alles aus dem Kühlschrank, das nicht schimmelte, duschte, zog sich an und ging zu ihrem Wagen hinaus. Der Mercedes sprang sofort an.

Sie würde eine halbe Stunde zu früh kommen, aber Ryan musste sich darüber freuen.

Der Toyota war nicht auf dem Parkplatz der Mühle zu sehen, aber damit hatte Judith gerechnet. Sie hatte nicht herausgefunden, wo Ryan während der arbeitsfreien Zeit parkte, aber jedenfalls nicht auf dem Parkplatz. Aus einem Impuls heraus fuhr sie zurück, parkte den Wagen ein Stück an der Straße hinunter bei einer verlassenen Tankstelle und ging zurück zur Mühle.

Sie holte den Schlüssel hervor, den Ryan ihr gegeben hatte, und schob ihn in das Schloss der schweren Stahltür. In dem Gebäude war es kühl und dunkel. Ryan erwartete sie erst in einer halben Stunde. Jetzt hatte Judith keine andere Wahl, als mit dem Lastenaufzug zur fünften Etage hinaufzufahren.

Der Lastenaufzug stand auf der zweiten Etage, gleich neben dem Kontrollraum. Diesmal machte sie nicht den Fehler, die Lichter ausgeschaltet zu lassen. Zum Teufel mit der Stromrechnung!

Sie hatte ein schreckliches Déjà-vu-Erlebnis, als sie die Geräusche hörte, die gleichen schniefenden, scharrenden Geräusche, die sie am Vortag gehört hatte. Sie kamen aus der offenen Tür des Kontrollraums.

Sie sollte jetzt einfach durch die Tür marschieren und einen Blick hineinwerfen. Vielleicht hatten Melvin und Jimmy einen Streit gehabt, und nun weinte sich einer von ihnen aus. Vielleicht war irgendein Tier in dem alten Gebäude gefangen und suchte nach einem Weg ins Freie.

Langsam schlich Judith vorwärts. Nackte Angst hielt sie auf der Schwelle der offenen Tür zurück, ließ sie nicht hineingehen. Und dann hörte sie ein neues Geräusch – das Scharren von Schritten.

Ihre Lähmung löste sich, während Judith in kalten Schweiß ausbrach. Sie wirbelte herum und rannte. Sie raste die Treppe hinauf, vorbei an dem Absatz des dritten Stockwerks und die nächste Treppe hinauf. Ihr Kopf war erfüllt mit dem Klang schweren Atems, das sich ihr mit erschreckender Schnelligkeit näherte. Sie erreichte die stählerne Eingangstür und drückte dagegen. Sie gab nicht nach.

Sie verlor kostbare Momente, indem sie drückte und dagegen hämmerte, bevor sie aufgab. Auf der vierten Etage konnte sie sich nirgendwo verstecken. Ma verschloss stets das Büro. Judith raste die Treppe zurück, erlaubte sich nur einen schnellen Blick über die Schulter, als sie zu der Schwingtür des Arbeitsraums hetzte. In dem dunklen Treppenhaus konnte sie nur einen großen Schatten erkennen, der sich auf sie zu bewegte, bedeckt mit grüner Wolle.

Sie hatte nicht viel Zeit. Halb kroch, halb fiel sie in eine der Theaterkabinen, drückte sich flach gegen die dünne Wand, presste ihre zitternde Faust gegen den Mund, um das Geräusch ihres Atems zu ersticken. Einen Moment registrierte sie nur herrlich sichere Stille, und sie erlaubte sich die kleine Hoffnung, dass ihr Verfolger nicht bemerkt hatte, wohin sie geflohen war.

Diese Hoffnung wurde zerstört, als sie das leise Zischen der zuschwingenden Tür vernahm. Dann Schritte, langsame, entschlossene, scharrende Schritte, die sich über den Holzfußboden auf sie zu bewegten. Und dann kam die Stimme.

Sie gehörte Harry, dem hässlichen Hippo.

„Judith …“, kam der entsetzliche Singsang, „… ich weiß, dass du hier bist. Ich habe dich gesehen. Du solltest dich nicht vor mir verstecken. Ich werde dich finden, weißt du? Du kannst dich nicht ewig vor mir verstecken.“

Sie drückte sich noch flacher gegen die Wand des Theaters. Sie kannte diese Stimme, diese süße Zeichentrickfilm-Stimme. Aber sie konnte nicht erraten, wer dahinter steckte.

Harry war eine der am leichtesten nachzuahmenden Stimmen. Sie schafften es alle – Ryan, Steve, Franz und Micki. Sogar die meisten neu angelernten Puppenspieler beherrschten Harry. Ein jeder konnte sie rufen, konnte sie zu ihrem Tod rufen.

Sie hielt den Atem an, als sich die Schritte näherten.

„Wehre dich nicht, Judith“, sagte die Stimme in diesem Singsang. „Das hilft dir nichts. Komm heraus. Lass mich nicht suchen.“ Die Schritte wanderten an ihr vorbei, weg von ihr, und sie riskierte einen winzigen, flachen Atemzug.

Die Geräusche verlagerten sich auf die flussseitige Hälfte des Gebäudes. Judith wollte warten, wollte bis zwanzig zählen und dann losrennen.

Aber wohin um alles in der Welt sollte sie laufen?

Und dann vernahm sie ein neues Geräusch, glatt und metallisch, gefolgt von heißer Luft, die durch den klimatisierten Raum wirbelte. Er hatte die Balkontür geöffnet.

Ein Gedanke durchzuckte sie, sie hatte das Bild von Laceys Körper vor sich, der von dem Balkon in die tödliche Maschinenanlage der Turbine unter ihr stürzte. Sie konnte ihren eigenen Körper fallen sehen, konnte sehen, wie ihr Kleid sich um sie bauschte. Sie musste aus der Kabine spähen, sich davon überzeugen, dass der Verfolger weit genug weg war, und dann loslaufen.

Langsam, unmerklich beugte sie sich vor, und ein lautloses entsetztes Stöhnen entrang sich ihrer Kehle. Sie konnte ihn ganz klar als Silhouette gegen die doppelte Glastür sehen. Wie er direkt auf sie zukam.

Es war eine mannsgroße Version von Harry, dem hässlichen Hippo, mit wolligem grünen Fell am Körper. Er war groß, sehr groß, vielleicht einsfünfundneunzig. Es gab nur eine Person in der „Puppet Factory“, die fast so groß war, Ryan Smith.

Sie sank zurück und schloss die Augen. Wenn sie nicht atmete, sich nicht bewegte, fand er sie vielleicht nicht. Es gab jede

Menge von Theaterkabinen im Raum – es würde eine Weile dauern, bis er sie aufspürte. Und er konnte nicht sicher sein, dass sie hier drinnen war, oder?

„Judith, ach, Judith." Die Stimme war leise und süß und verlockend und rief sie in den Tod. Die Stimme eines Geliebten. Die Stimme ihres Geliebten?

Tränen der Panik und Verzweiflung strömten ihr über das Gesicht, während sie auf sein Näherkommen lauschte. Ein kleiner selbstmörderischer Teil in ihr war versucht, aus der Kabine zu treten, das verzweifelte Warten zu beenden, das Lauschen, das schreckliche Näherkommen. Aber sie hielt still wie eine Statue. Dann fühlte sie ihn vorbeigehen und holte tief und bebend Luft.

Tödliche Stille herrschte unzählige Momente lang. Harry war verschwunden, wartete darauf, dass sie eine falsche Bewegung machte. Sie fragte sich, wohin er gegangen sein mochte.

Arme schoben sich plötzlich um ihren Hals, dicke, stämmige grüne Arme, die ihren erstickten Aufschrei abschnitten. Sie trat verzweifelt nach hinten, aber er schien immun gegen Schmerz, immun gegen sie zu sein. Die Arme spannten sich an, würgten sie, brachten ihren Atem zum Stocken, und sie kämpfte noch, als sich Dunkelheit um sie herum ausbreitete und ihre Lunge zu platzen drohte. Sie durfte das Bewusstsein nicht verlieren. Wenn sie es tat, würde sie es nie wieder erlangen.

Sie rammte ihren Ellbogen in das weiche grüne Fell hinter sich. Da war ein ersticktes Stöhnen vor Schmerz, ein kaum vernehmbares Wort, und dann wurde alles noch dunkler.

Verzweifelt versuchte Judith, aus der Schwärze aufzutauchen. Sie wurde über den Boden gezerrt, über die Schwelle, hinaus auf die rauen Bretter des Balkons. Sie hörte das Wasser unter sich dahinfließen, den drohenden Lärm der Turbine. Mit letzter Anstrengung riss sie sich los und rollte sich zur Seite.

Aber es war zu spät. Er fing sie ein, als sie wegzukriechen versuchte, riss sie mit übermenschlicher Kraft hoch, hielt sie über die Balkonbrüstung, über die laufende Maschinenanlage. Und dann schob er sie über die Brüstung, und sie fiel, fiel, fiel ihrem Tod im Fluss entgegen.

11. KAPITEL

Judith fühlte den Wind an sich vorbeirauschen. Sie hörte den aus ihrer Lunge hervorbrechenden Schrei. In Panik griff sie in der Luft um sich, trat, tastete nach dem winzigsten festen Halt, stoppte den freien Fall mit einem Ruck, der ihr fast die Arme auskugelte.

Sie hing da, die Augen geschlossen, schluchzender Atem in ihrer Kehle, scheinbar endlos. Judith war stark. Ihre Arme waren mehr als fähig, ihr Gewicht zu tragen, und einen Moment ruhte sie aus und dankte dem Himmel, dass sie ihre Vorurteile überwunden und regelmäßig ein Fitness-Center aufgesucht hatte.

Sie öffnete die Augen. Sie klammerte sich nicht an ein Sims, sondern es war der Boden des unteren Balkons, der ihren Absturz aufgefangen hatte. Erleichterung durchflutete sie. Sobald sie ihre schmerzenden Muskeln unter Kontrolle hatte, wollte sie ein Bein hochschwingen und auf den Balkon kriechen. Aber wohin sollte sie sich dann wenden?

Sie hörte das Dröhnen der Turbine unter sich. Und dann fühlte sie, wie der Balkon erzitterte, als jemand darüber ging – nein, schlurfte.

„Judith!“ rief Harrys unheimliche Stimme. Ihre Hände waren schlüpfrig vor Schweiß, ihr Entsetzen war so heftig, dass sie fast den rettenden Halt losließ. Er war am anderen Ende des Balkons, aber sie spürte an dem leichten Beben unter ihren Händen, dass er sich bewegte. Er brauchte nichts weiter zu tun, als über die Kante zu blicken, und er würde sie sehen.

„Judith ...“ Langsam, vorsichtig schob sie sich an das Gebäude heran. Sie war auf halbem Weg zwischen Mauer und äußerer Kante gelandet, hing über dem Fluss, und die Außenmauer des Gebäudes mochte irgendeinen Schutz bieten. Eine letzte Abschirmung vor Harrys Augen.

„Judith!" Der Singsang kam erneut, strich über ihr Rückgrat wie eine rostige Rasierklinge. Sie bewegte sich schneller, griff Hand über Hand, hoffte, dass die Turbine all ihre Geräusche schluckte. Orangefarbene Eisenträger hielten den Balkon. Wenn sie die Träger erreichen und darunter kriechen konnte, war sie aus seinem Sichtfeld und gerettet.

In ihrer Panik rutschte sie mit einer verschwitzten Hand ab. Sie hing an nur einer rasch ermüdenden Hand über der tödlichen Turbine und dem Wasser unter sich. Hatte Lacey das auch durchgemacht? Oder war ihr Tod schnell und sauber gewesen, ein freier Fall in die Ewigkeit?

Judith schwang mit ihrem Körper, griff hoch, aber ihre Hand verfehlte den rettenden Halt. Ihr Verfolger war jetzt auf der westlichen Seite, rief nach ihr. Sie schwang erneut, und diesmal fassten ihre Finger, sodass ihr Gewicht erneut von beiden Händen gehalten wurde. Und dann hangelte sie sich so schnell sie konnte zu den eisernen Trägern.

Ihre Armmuskeln brannten vor Schmerz, als sie endlich ihren Griff löste und auf eine der Streben kroch. Sie kauerte auf dem schmalen Metallbalken, als Harrys Stimme zu ihr heruntertrieb.

„Judith", sang er. „Prinzessin."

Es war nicht zu kontrollieren, dieses kleine Wimmern aus Schmerz und Verzweiflung, das sich ihrer Kehle entrang, ehe sie die zerschundenen Hände vors Gesicht schlug. Niemand nannte sie Prinzessin, niemand außer Ryan. Ryan sollte in der „Factory" sein, auf sie warten.

Es gab nur eine Person in der „Puppet Factory", die etwa so groß war wie das Monster, das sie verfolgte. Niemand sonst war auch nur annähernd so groß. Ganz gleich, wie sehr sie es ableugnen wollte, wie viele Entschuldigungen sie zu erfinden suchte, die Antwort war klar und unvermeidlich: Ryan Smith hatte versucht, sie zu töten. Ryan Smith war ein geistesgestörter Mörder.

Es war unanfechtbar und nicht akzeptabel. Sie konnte keinen Mann lieben, der sie mit solcher Intensität und solchem Geschick verführt hatte, und dann am nächsten Tag durch ein kaltblütiges Verbrechen zu seinem Opfer werden. Es war zu pervers, zu grausam, um überhaupt in Betracht zu kommen.

Ihr war plötzlich sehr kalt. Der schmale Stahlträger bot ihr gerade genug Platz. Und sie musste hier ausharren, bis sie sich vergewissert hatte, dass sie in Sicherheit war. Wenn das bedeutete, dass sie bis zum Arbeitsbeginn am Montag warten musste, dann war es eben so. Sie würde überleben. Sie überlebte immer. Selbst wenn sie jetzt nicht völlig sicher war, ob sie es überhaupt wollte.

Sie holte tief Luft, war willens, sich ihrer schwer heimgesuchten Seele zu stellen. Dann schlang sie die Arme um ihren zitternden Körper, ließ das Gesicht auf die Knie sinken und bereitete sich auf eine lange Wartezeit vor.

Als Ryan erwachte, zeigte der altmodische Wecker neben dem Bett halb acht. Eine Stunde nach der Zeit, zu der er sich mit Judith treffen sollte. Wenigstens war er weitsichtig genug gewesen, ihr einen Schlüssel zu geben. Aber warum hatte sie sich nicht mit dem Lastenaufzug heraufgewagt und ihn geweckt?

Wahrscheinlich kochte sie vor Wut. Aber es war nicht Judiths Art, vor Wut zu kochen und zu schmollen, dem Himmel sei Dank. Vielleicht verpasste sie ihm einen Faustschlag in die Magengegend, aber sie würde nicht schmollen.

Der Lastenaufzug hatte nur einen Rufknopf auf der fünften Etage. Ryan drückte ihn gereizt und ungeduldig.

Nichts passierte. Er drückte wieder, fluchte leise. Der Aufzug arbeitete eindeutig nicht.

Ryan lief die Treppe hinunter, schloss die Tür auf und trat auf den Korridor der vierten Etage hinaus. Er blieb abrupt stehen. Ein seltsames Flüstern ließ seine Seele erschaudern, eine Warnung vor Gefahr, Unheil, Verzweiflung.

Judith war nirgendwo in dem Gebäude. Aber die Glastüren zum Balkon standen offen, ließen die heiße Luft herein, ließen die teure, klimatisierte Luft hinaus. Ryan betrachtete finster das Klimagerät. Er wagte nicht, es abzustellen. Das letzte Mal, als er das versuchte, hatte Judith Stunden gebraucht, um den Apparat wieder zum Laufen zu bringen.

Er ging nach oben und trat vor die Eingangstür. Ihr Mercedes war nicht da. Vielleicht war Judith gekommen, hatte ihn nicht gefunden und war zu seinem Haus gefahren, um zu sehen, ob er dort war. Oder vielleicht war sie wütend nach Hause gefahren.

Ein trockenes Lächeln zuckte um seine Mundwinkel, als er die Stufen hinunter und zu dem kleinen Lagerhaus eilte, das als Garage diente. Es ist schön, endlich Judiths Vertrauen gewonnen zu haben, dachte er zufrieden. Jetzt wusste sie, dass er nichts mit Laceys Tod zu tun haben konnte. Sie vertraute ihm, und dieses Vertrauen war sehr, sehr süß.

Er pfiff, während er mit seinem Wagen den leeren Parkplatz verließ. Kein einziges Mal blickte er zu der umgebauten Mühle zurück.

Es war kalt, so bitter, bitter kalt. Judith kauerte auf dem Eisenträger, schauderte und sagte sich, dass es immer noch um die fünfundzwanzig Grad sein mussten. Sie schätzte, es war nach neun Uhr abends. Der Himmel hatte sich vollständig verdunkelt.

Sie hatte einen Wagen wegfahren gehört. Sollte sie es wagen, unter dem Balkon hervorzuklettern und zu fliehen? Sie hatte sich nicht bewegt. Ihr Instinkt warnte sie, dass ihr Feind sich noch immer in dem Gebäude aufhielt und auf sie wartete. Harry, der hässliche Hippo, war offenbar nicht davon überzeugt gewesen, dass sie zu Tode gestürzt war. Er hatte mindestens eine halbe Stunde lang nach ihr gerufen und sich über den Balkon gebeugt, um in den wirbelnden Strom zu starren. Endlich hatte das Scharren und Schlurfen aufgehört. Irgendwann später waren die Balkontüren geschlossen worden, und Judith war allein hier draußen. Oder hatte Harry, der hässliche Hippo, sie geschlossen und saß jetzt reglos wartend auf dem Balkon?

Früher oder später musste sie sich bewegen. Ihre Beine schliefen ein. Sie musste ihren Kreislauf anregen. Und sie musste zur Toilette. Das unter ihr plätschernde Wasser half nicht gerade, und eine volle Stunde überlegte sie, wie sie eine so delikate Aufgabe bewältigen konnte, während sie auf einem Eisenträger balancierte.

Sie schaffte es schließlich, fiel dabei fast herunter und verspürte nur flüchtiges Bedauern für jene Umweltschützer, die sich so vehement für die Reinhaltung des Hudson einsetzten. Und sie hegte noch mehr Groll gegen Harry, den hässlichen Hippo.

Sie konnte und wollte von ihm nicht als Ryan denken. Das war nicht Ryan, der versucht hatte, sie umzubringen. Das war ein kranker, verwirrter Teil von ihm, tief in ihm verborgen, der die Gestalt von Harry, dem hässlichen Hippo, annahm. Ryan war ihr Geliebter. Harry war der Killer.

Sie musste geschlafen haben. Sie hätte es nie für möglich gehalten, aber die Stunden schleppten sich so langsam dahin, dass sie glaubte, verrückt zu werden. Sie war zu müde, um zu bemerken, dass der Himmel sich langsam erhellte, zu müde, um etwas anderes zu machen, als sich festzuklammern.

Die Sonne ging auf, und die eisige Feuchtigkeit auf Judiths Haut verwandelte sich in klebrigen Schweiß. Noch eine Stunde, sagte sie sich. Eine Stunde hielt sie noch durch, und dann würde sie hervorklettern und sich allem stellen, was sie erwartete.

Plötzlich hörte sie, wie sich die Türen zum Balkon öffneten und jemand heraustrat.

Aber nicht mit Harrys schlurfenden Schritten. Diese Person war kraftvoll und entschlossen.

„Judith?" Ryans Stimme ertönte direkt über ihr. „Judith?" Seine Stimme war von Panik erfüllt. Sicher nicht die Stimme eines Mörders.

Sie öffnete den Mund, aber nichts kam heraus. Keine Silbe, kein Laut. Sie kauerte nur unter dem Balkon und lauschte, während die Schritte sich wieder entfernten. Tränen flossen über ihr Gesicht, heiße Tränen der Verzweiflung und Resignation.

Vielleicht eine halbe Minute später – oder vielleicht eine halbe Stunde – vernahm Judith die Stimmen. Es waren zwei – kein einzelner Irrer, der vernichten wollte.

„Glauben Sie, sie ist abgestürzt, Sergeant?" fragte eine ernste Stimme, während schwere Schritte über ihrem Kopf polterten.

Schritte einer zweiten Person. „Ich sehe kein Blut. Vielleicht ist sie gestern Abend gar nicht hierher gekommen."

Judith versuchte zu rufen, brachte aber noch immer keinen Laut hervor. Sie versuchte es wieder, und ein heiserer, krächzender Laut – kaum hörbar – löste sich aus ihrer Kehle.

„Was war das?" fragte die erste Stimme.

„Ich bin hier unten", sagte sie schwach. Sie raffte sich hoch, klammerte sich an die Unterseite des Balkons, während sie sich weiterschob. „Ich bin hier."

Und dann zogen sie starke Hände über das Geländer und auf den Balkon.

„Sind Sie in Ordnung, Miss?"

Sie konnte nur den Kopf schütteln. Die Bretter fühlten sich fest und solide unter ihr an. Sie blieb kauernd sitzen, zitterte im frühen Sonnenschein.

„Jemand hat versucht, mich umzubringen", sagte sie mit rauer Stimme.

„Wer? Haben Sie ihn gesehen, Miss?" fragte der ältere Polizist routiniert.

„Ja", antwortete sie. „Es war Harry, der hässliche Hippo." Selbst in ihren eigenen Ohren klang das absurd. „Ich meine, es war jemand, der sich wie eine der Puppen verkleidet hatte. Er ... er jagte mich durch die ‚Factory'. Ich habe mich in einer der Theaterkabinen versteckt, aber er zerrte mich heraus und warf mich über den Balkon."

„Es gab kein Anzeichen eines Kampfes, Miss. „Zweifel schwangen in der Stimme des jüngeren Polizisten mit.

„Dann hat er die Spuren beseitigt!" Judiths Stimme wurde schrill. „Ich habe die Kabine umgeworfen, während ich mich wehrte."

„Was haben Sie unter dem Balkon gemacht, Miss?"

„Ich sagte doch, Harry ... wer immer es war, warf mich über den Balkon."

„Und Sie konnten sich einfach abfangen." Der Sergeant war jetzt offen skeptisch. „Sie hatten Glück, Miss."

Sie hörte ihn kommen. Ein harter, kalter Klumpen Angst bildete sich in Judiths Magen, und sie sammelte all ihre schwindende Kraft, um sich hochzustemmen. Sie stand schwankend da, als Ryan durch die Türen stürmte.

Er blieb abrupt stehen, und ausnahmsweise war sein Ausdruck kein bisschen rätselhaft. Zuerst kamen Erstaunen und Freude, und dann tat er einen Schritt auf sie zu, um sie in die Arme zu ziehen.

Sie konnte nicht anders. Sie zuckte zurück, und das Licht erlosch in seinen Augen. Er stockte, starrte sie an, begriff, dass sie ihn rufen gehört hatte, dass sie nicht geantwortet, sondern sich vor ihm versteckt hatte. Sein Gesicht verschloss sich, und er wurde zu dem Ryan, den sie zu Beginn kennen gelernt hatte, streng und abweisend. Der Schmerz, der sie durchschnitt, war schlimmer als ihre Zweifel, schlimmer als ihr Misstrauen.

Sie tat einen Schritt auf ihn zu, aber es war schon zu spät. Er hatte sich in sich selbst zurückgezogen und sie ausgeschlossen. „Prinzessin“, sagte er gedehnt, und sie erinnerte sich an den Singsang der Stimme, die sie gerufen hatte. „Sollten sie mir meine Rechte vorlesen?“

Die Polizisten neben Judith lachten. „Ihnen Ihre Rechte vorlesen, Ryan? Sie machen Witze. Das ist die junge Frau?“

„Das ist die junge Frau“, bestätigte er kühl. „Was ist passiert?“

„Sie behauptet, sie sei von einer Puppe über den Balkon geworfen worden“, sagte der ältere Polizist, als würde er jemandem einen guten Witz erzählen.

Ryans Augen zogen sich zusammen. „Von welcher Puppe?“

„Harry“, sagte Judith in verteidigendem Tonfall. Sie fühlte sich immer weniger verletzlich und immer wütender über den offenen Zweifel ihrer Retter. „Er hat mich durch das Gebäude gejagt und meinen Namen gerufen, und als er mich einfing, versuchte er, mich in den Fluss zu werfen. Ich konnte mich gerade noch retten.“

„Eine tolle Geschichte“, bemerkte der Sergeant. „Wie war das? Harry, der scheußliche …“

„Harry, der hässliche Hippo“, verbesserte Ryan. „Ein Flusspferd. Und die meisten von uns können seine Stimme nachmachen.“

Der Sergeant kratzte sich am Kopf. „Arbeitet Miss Daniels schon lange hier? Ist ihre Aussage verlässlich?"

Judith schloss den Mund vor Zorn zu einem dünnen Strich. So war auch Laceys Tod gedeutet worden. Die örtliche Polizei hatte solchen Respekt vor Ryan und war so entschlossen, ihm keine Unannehmlichkeiten zu verursachen, dass sie einen Mörder vor ihrer Haustür ignorierte.

„Sie ist seit drei Wochen hier", sagte Ryan. „Sie ist Reporterin auf der Suche nach einer Story."

„Reporterin?" Der ältere Polizist klang äußerst missbilligend. „In den letzten zwei Monaten habe ich von Reportern genug gekriegt."

Judith starrte die drei an, die zwei säuerlich dreinblickenden Polizisten und den abweisenden Ryan. „Sehr schön", fuhr sie auf. Wut gab ihr die nötige Energie. „Jemand hat versucht, mich umzubringen, und Sie werden verdammt noch mal versuchen herauszufinden, wer es war. Also, wollen Sie meine Aussage hier aufnehmen, oder sollen wir zum Präsidium fahren?"

„Wie Sie wollen, Miss Daniels", sagte der ältere Mann unbeeindruckt. „Joe kann Ihre Aussage gleich jetzt aufnehmen."

„Wo ist dein Wagen?" fragte Ryan nur unwesentlich interessiert.

„Unten an der Straße geparkt." Sie konnte ihm nicht in die Augen blicken.

„Wenn du hier fertig bist, fahre ich dich hin."

„Nein." Ihre Ablehnung kam automatisch und schroff.

Er lächelte bloß, und Judith verspürte dieses nur allzu vertraute innerliche Verkrampfen. Er hatte sie getestet, hatte ihr eine letzte Chance gegeben, ihm zu vertrauen. Und sie hatte versagt.

Wenn sie sich nun täuschte? Wenn nicht Ryan in dem Kostüm gesteckt hatte und hinter ihr durch das verlassene Gebäude geschlurft war? Aber niemand sonst erreichte Ryans imposante Größe. Niemand sonst nannte sie Prinzessin.

„Die Polizei kann mich zu meinem Wagen fahren“, sagte sie.

„Sicher.“ Er drehte sich um und ging weg.

Die Polizisten nahmen ihre Aussage auf, setzten sie bei ihrem Wagen ab und folgten ihr bis kurz vor Mickis Haus. Judith stellte den Wagen in die Einfahrt und fasste unter den Sitz, wo sie während ihres Aufenthalts in der „Puppet Factory“ ihre Handtasche hatte liegen lassen.

Sie fühlte den Schrei in ihrer Kehle hochsteigen und biss sich auf die Lippen, um ihn zu unterdrücken. Um den Lederriemen war die leere Hülle einer Puppe geschlungen.

Harry, der hässliche Hippo.

Harry schlurfte durch das Erdgeschoss. Endlich waren alle weg, Ryan war im obersten Geschoss, und er war wieder allein.

Er hatte versagt. Irgendwie hatte er das gewusst. Er hatte diese Befriedigung, diese Erleichterung vermisst, die mit Judiths Tod hätte kommen sollen.

Er war zu weit weg gewesen, um etwas zu hören, aber er wusste, dass sie mit der Polizei gegangen war. Vielleicht ließ sie Ryan jetzt in Ruhe.

Aber selbst wenn sie es tat, war sie eine sündige Hure, und sie musste bestraft werden. Das wusste er jetzt. Sie wusste das jetzt. Sie hatte ihn gesehen, und von jetzt an würde sie ihn ständig seine Spuren entdecken. Unter dem Sitz ihres Wagens, in ihrem Schlafzimmer, wo und wann immer sie es am wenigsten erwartete. Und beim nächsten Mal würde sie ihm nicht entkommen.

Judith hatte fast vierundzwanzig Stunden geschlafen, als ihre Tür aufflog. „Sind Sie wach?“ fragte Micki.

„Ich dachte, Sie sind schon zur Arbeit." Judith brachte ihren schmerzenden Körper in eine sitzende Haltung.

„Damit ich die ganzen saftigen Details über den Angriff einer wahnsinnigen Puppe verpasse? Nicht ums Verrecken. Ich habe einen Anspruch auf die Filmrechte."

„Micki ...", sagte Judith matt, „... manchmal bringt mich Ihr Mitgefühl förmlich um."

„Genau das möchte ich mit Ihnen machen." Micki setzte sich auf das durchhängende Bett. „Was meinen Sie, wer war es? Ryan? Der süße alte Franz? Ich setze auf Ma Carter."

Judith blickte finster auf die Zigarette ihrer Mitbewohnerin, aber Micki ließ sich nicht beirren. „Und dabei dachte ich, mir glaubt keiner. Wie haben Sie überhaupt davon gehört?"

„Wir alle wissen Bescheid. Ryan hat für heute Vormittag zehn Uhr eine Besprechung einberufen. Na los, was ist wirklich passiert? Sind Sie vergewaltigt worden? Hatte Harry, der hässliche Hippo, überall grünes Fell?"

„Micki, verschwinden Sie aus meinem Zimmer!"

„Aber sicher. Sie können mir alles während der Fahrt erzählen." Sie stand auf und streckte sich. „Was macht denn das hier?" fragte sie und hob von dem schäbigen Sessel die leblose Hülle einer Harry-Puppe hoch.

Judith starrte bestürzt darauf. „Ich habe die Puppe doch weggeworfen", murmelte sie. „Ich habe sie gestern Morgen nicht mit mir hereingebracht – ganz sicher nicht."

Ausnahmsweise sagte Micki nichts, sondern sah sie nur neugierig an. Sie ging mit der Puppe unter dem Arm hinaus und kam eine Minute später wieder. Ihre gebräunte Haut war aschfahl. „Sie meinen die hier?" fragte sie und hielt eine zweite Puppe hoch.

Judith begann zu zittern. „Das ist doch nicht Ihr kranker Sinn für Humor? Das ist nämlich nicht lustig, nicht im Mindesten."

Micki schüttelte den Kopf. „Ich wünschte, es wäre mein Humor. Denn das hier bedeutet, dass jemand hier drin war, und das gefällt mir überhaupt nicht. Es sei denn, Sie lügen, um eine Story zusammenzubekommen."

„Davon haben Sie auch gehört?"

„Jeder weiß alles – dass Lacey Ihre College-Freundin war und dass Sie eine schnüffelnde Reporterin sind."

„Ich bin keine schnüffelnde Reporterin", sagte Judith. „Ich schreibe eine Reparaturtipps-Kolumne."

„Was für eine ausgefallene Kolumne! Ich habe von Ihnen gehört. Haben Sie gefunden, wonach Sie gesucht haben?"

„Ich weiß es nicht. Die Polizei und Ryan scheinen zu denken, ich hätte mir alles ausgedacht. Was glauben Sie?"

Micki beobachtete sie aus dunklen Augen. „Ich denke, Sie sagen die Wahrheit." Sie betrachtete die Puppe in ihren Händen. „Wissen Sie, ich habe Harry, den hässlichen Hippo, nie wirklich gemocht. Bei ihm kriege ich eine Gänsehaut. Ich wünschte, Franz hätte ihn nie erfunden."

„Ich habe vergessen, dass er von Franz kreiert wurde."

„Der alte Knabe spielt Harry allerdings nicht mehr so häufig. Es ist für uns andere zu einfach, ihn zu ersetzen." Micki schüttelte den Kopf. „Einen können Sie allerdings als Verdächtigen ausschließen. Franz Himml ist der netteste Knabe der Welt. Er könnte einem lebenden Wesen genauso wenig etwas antun, wie er zum Mond fliegen kann. Er ist fast selbst wie eine der Puppen. Und er ist der Einzige, der ein wenig an die Puppen glaubt. Wir anderen werden abgestumpfter, er wird idealistischer. Ich sage Ihnen, der Mann verwandelt sich in einen Heiligen."

„Ich glaube auch nicht, dass es Franz ist, Micki." Judith glitt aus dem Bett und zog sich aus, wohl wissend, dass es keinen Sinn hatte, sich auf Anstand zu berufen und Micki hinauszuwerfen.

„Oje, sehe sich mal einer die blauen Flecken an!" rief Micki. „Haben Sie die der Polizei gezeigt?"

„Mir war nicht nach einem Striptease." Judith zog frische Unterwäsche an.

Micki lehnte sich gegen den Türrahmen. „Was glauben Sie denn, wer es war? Wenn nicht Franz, wer ist Ihr Hauptverdächtiger?"

Judith zog ein voluminöses T-Shirt über den Kopf. „Ich habe keine Ahnung."

Sie hätte Micki nicht unterschätzen sollen. Zorn begann, in ihren dunklen Augen zu brennen. „Sie glauben, es war Ryan", sagte sie anklagend. „Sie schlafen mit dem Mann, erzählen mir, dass Sie ihn lieben, und dann halten Sie ihn für einen Mörder. Vermutlich hat Ihr Sinn für Loyalität mit Lacey begonnen und aufgehört."

Judith seufzte. „Micki, ich weiß nicht, was ich denken soll. Ich weiß nur, dass der Harry, der mich verfolgt hat, über einsneunzig groß war. Niemand in der „Puppet Factory" ist so groß. Niemand außer Ryan."

„Sie Dummkopf", sagte Micki mit emotionsloser Stimme. „Ich werde mehr als glücklich sein, zu beweisen, dass Sie sich irren. Und eines kann ich Ihnen sagen – Ihre Dummheit hat alles zwischen euch beiden zerstört. Er muss wissen, dass Sie ihn verdächtigen."

Judith nickte und verbarg ihr Elend.

„Dann ist es aus, Lady. Und mir ist das nur recht. Wir fahren heute dort hin, und ich helfe Ihnen herauszufinden, wer Sie und Ihre hohlköpfige Freundin über das Geländer befördert hat."

Judith hätte sich gern gerechtfertigt. „Ich bin Ihnen für Ihre Hilfe dankbar", sagte sie leise. „Ich will nur die Wahrheit."

„Die finde ich heraus", versprach Micki. „Und dann schwingen Sie Ihren eleganten kleinen Hintern hier heraus, klar? Zurück nach Philadelphia. Denn Sie können verdammt sicher sein, dass Ryan Sie nicht mehr hier haben will."

„Ich werde gehen", stimmte Judith zu.

„Dann helfe ich Ihnen. Bewegen Sie sich, Judith. Wir kommen zu spät." Sie warf die leere Puppenhülle auf das ungemachte Bett.

Judith hatte sich umsonst zusammengenommen. Es hatte sie ihren ganzen Mut gekostet, in die „Puppet Factory" zurückzukehren, wo sie im Mittelpunkt der Neugier aller stand. Ausgenommen einer Person. Ryan war fort. Steve erklärte im Aufenthaltsraum die neue Firmenpolitik. Bis die Lage geklärt war, sollten nie weniger als drei Personen zusammen sein. Niemand durfte mit nur einem anderen Angestellten irgendwohin gehen, bis Ryan zurückkehrte. Und das war es auch schon.

Es war ein unangenehmer Tag. Franz war sehr still, während er mit einem jungen Puppenspieler an Madame Rinaldi arbeitete. Steve flatterte überall herum, mit strahlendem Charme und einem verzweifelten Ausdruck in den Augen, den nur ein Narr übersehen konnte – und Judith war kein Narr. Micki ignorierte sie. Der Rest beobachtete sie heimlich, bis Judith keine andere Wahl hatte, als sich auf die ruhige vierte Etage zurückzuziehen. Dort musste sie sich bloß zwei neugierigen, missbilligenden Augenpaaren stellen.

12. KAPITEL

Erst zwei Tage später erinnerten Judith und Micki sich an das Erdgeschoss. Sie hatten sich über Ryans Verordnung hinweggesetzt. Wenn zwei Leute ständig zusammenlebten, ergab es keinen Sinn, in der „Factory“ eine dritte dazuzuholen. Ein unbehaglicher Waffenstillstand herrschte zwischen den beiden Frauen, was auf ihre gemeinsame Entschlossenheit zurückzuführen war, die Wahrheit herauszufinden.

Es gab noch immer keine Nachricht von Ryan, aber die Polizei tauchte häufig in der „Factory“ auf, eindeutig von Ryan dazu veranlasst, aufzupassen.

„Wo sind die lebensgroßen Puppenkostüme?“ fragte Judith. Sie und Micki waren noch im Aufenthaltsraum, während die anderen Leute an die Arbeit zurückgekehrt waren. Franz, Jimmy und Melvin waren in der anderen Ecke außer Hörweite. Micki steckte sich ihre dritte Zigarette an.

„Unten im Erdgeschoss.“ Micki blies Judith den Rauch ins Gesicht. „Wollen Sie nachsehen?“

Judith fächelte den Rauch weg. „Ich möchte etwas tun. Alle technischen Geräte arbeiten einwandfrei, und ich werde langsam, aber sicher verrückt.“

„Und vertrauen Sie mir denn? Nur weil ich Sie bisher noch nicht erwürgt habe, heißt das noch lange nicht, dass ich es nicht gern getan hätte.“

Judith lächelte dünn. „Ich glaube, es wäre Ihnen schwer gefallen, mich hochzuheben und über den Balkon zu werfen. Ich wiege etwa dreißig Pfund mehr als Sie.“

„Ich dachte, der Wahnsinn würde einem gewaltige Kräfte verleihen.“

„Das stimmt.“ Judiths zynischer Humor verpuffte. „Er muss wahnsinnig sein, nicht wahr?“

„Ladys." Franz tauchte neben ihnen auf, sein sanftes Gesicht in Sorgenfalten gelegt. „Sie sollten nicht zu zweit sein. Wir alle müssen sehr, sehr vorsichtig sein."

Judith lächelte ihn an. „Keine Angst, Franz, wir vertrauen einander."

Er schüttelte den Kopf. „Manchmal ist Vertrauen nicht genug. Seien Sie vorsichtig, Ladys, bitte." Damit schlurfte er hinter Jimmy und Melvin her.

„Er ist so reizend", sagte Micki seufzend. „Das ist alles sehr schwer für ihn. Wahrscheinlich erinnert es ihn an seine Kindheit. Franz stammt aus Minolte in Elsass-Lothringen."

„Minolte? Wieso klingt das so vertraut?"

Micki drückte ihre Zigarette aus. „Weil es Schauplatz einer Gräueltat während der Kriegszeit war. Die männlichen Einwohner waren nach der Invasion in den Krieg gezogen, und die Frauen blieben zu Hause. Sie bildeten die *Résistance.* Als ein Offizier eine junge Frau festnehmen wollte, töteten sie ihn. Als Vergeltung erschossen die Nazis jede so genannte anständige Frau in der Stadt, ganz gleich, wie alt sie war. Die einzigen Menschen, die sie am Leben ließen, waren kleine Jungen und alte Männer. Und die Huren."

„Und Franz war einer von diesen kleinen Jungen?" fragte Judith, und ihr Herz schmerzte für ihn.

„Franz war einer von ihnen. Er war etwa dreizehn Jahre alt, und er musste mithelfen, seine Mutter und seine drei Schwestern zu begraben." Micki schüttelte den Kopf. „Kein Wunder, dass er sich gern in den Puppen verliert." Micki stand auf. „Sollen wir jemanden mitnehmen, wenn wir die Kostüme suchen?"

Judith schüttelte den Kopf. „Nein. Was ist, wenn wir den Falschen aussuchen? Derjenige, der mich vom Balkon geworfen hat, wäre absolut imstande, mit uns beiden fertig zu werden."

„Ich dachte, Sie wären überzeugt, dass es Ryan war. Soviel

ich weiß, hält er sich noch immer an einem unbekannten Ort auf."

„Ich bin mittlerweile sogar so weit, dass ich Franz als Mörder in Betracht ziehe."

„Das ist zumindest eine Verbesserung, obwohl ich nicht weiß, ob Ryan Ihnen dafür danken wird, dass Sie seinen engsten Freund verdächtigen."

„Ryan wird mir für nichts anderes danken als dafür, dass ich verschwinde. Und genau das werde ich tun, sobald ich herausgefunden habe, wer Lacey ermordet hat."

„Ich weiß. Was glauben Sie, warum ich so wild darauf bin, Ihnen zu helfen? Ich will Sie genauso von hier weg haben wie Ryan."

Das Erdgeschoss hatte sich seit Judiths letztem Besuch nicht verbessert. Die beiden Frauen mussten sich durch die Unordnung wühlen, ständig auf der Hut vor einem herumstreunenden Monster. Niemand belästigte sie.

Die Suche dauerte über eine Stunde. Judith hörte im Freien das Wasser vorbeirauschen und das gedämpfte Dröhnen der Turbine, die aus der Kraft des Hudson elektrische Energie gewann. Judith blickte auf ihre zitternden Hände hinunter. Es würde lang dauern, bis sie über die Ereignisse des letzten Wochenendes hinwegkam. Sie schrie beinahe auf, als sie die Tennisball-Augen sah. Nachdem ihre anfängliche Hysterie abnahm, konnte sie die Kartons aus dem Weg räumen und Micki rufen, während sie purpurfarbenes Fell freilegte.

Es war eine leere Gestalt von Fafnir. Die gespaltene Zunge hing locker zwischen den fellbedeckten Kiefern, die langen Arme baumelten herunter, der Schweif schleifte über den Boden. Sie warf Micki die Puppe zu, griff nach den anderen, nach Billy und Madame Rinaldi und den Grünen Göttinnen. Es gab keine Spur von Harry, dem hässlichen Hippo.

„Hier muss er herkommen.“ Sie deutete auf den Haufen lebloser Kostüme auf dem Boden.

Micki hielt Fafnir hoch und betrachtete die Puppe neugierig. „Das waren die Fernsehkostüme, die während einer Nummer der Produktion von den Tänzern getragen wurden. Ich erinnere mich, sie hatten verdammte Schwierigkeiten, etwas zu sehen.“

Judith betrachtete die schlaffe Puppe. „Wo sind die Augenlöcher?“

„Im Hals natürlich. Die Leute können ja nicht gut durch Tennisbälle hindurchsehen, oder? Der Kopf des Trägers steckt im Hals, und der Kopf der Puppe ist eine Art Hut und …“ Micki stockte und blickte Judith betroffen an. „Oho“, murmelte sie. „Und dadurch werden durchschnittlich große Leute fast zwei Meter groß. Darauf haben Sie ihren Verdacht begründet, nicht wahr? Der Harry, der Sie gejagt hat, war groß, und Sie dachten, es müsse Ryan sein.“

„Ziehen Sie das Kostüm an, Micki.“

„Das ist nicht nötig. Keines dieser Kostüme würde Ryan passen. Mit einem Puppenkostüm wäre er weit über zwei Meter groß, und so groß war ihr mörderischer Harry doch nicht, oder?“

Judith schüttelte den Kopf.

„Diesmal haben Sie es wirklich versaut, Judith Daniels.“ Micki strahlte vor Schadenfreude. „Ryan ist die einzig wirklich große Person, die hier arbeitet. Für gewöhnlich ist es nämlich zu schwierig, große Leute in ein Puppentheater zu stecken. Also ist er der Einzige, der es nicht gewesen sein kann.“

„Harry, der hässliche Hippo, hat mich Prinzessin genannt.“

„Das beweist gar nichts. Fast jeder hat gehört, wie Ryan Sie so genannt hat. Sehen Sie den Tatsachen ins Auge. Wenn Sie schon Mist bauen, dann machen Sie es gründlich. Was werden Sie denn zu ihm sagen?“

„Ich weiß es nicht. Irgendwie glaube ich, ‚Es tut mir Leid' wird ihm nicht allzu gut runtergehen", sagte Judith und trat über den Haufen Puppen.

Micki warf Fafnir auf eine der Grünen Göttinnen. „Nein, glaube ich auch nicht." Ihre Stimme triefte von Zufriedenheit.

„Ich werde die Polizei anrufen, damit sie sich die Puppen ansehen. Sie wollten mir nicht glauben, dass mich eine gejagt hat."

Micki schniefte. „Dann rufen Sie aber von der vierten Etage aus an, damit niemand zuhört."

„Was ist mit Ma und Bessie?"

„Ich glaube nicht, dass eine von ihnen Sie über den Balkon werfen könnte, so gern sie es getan hätten. Keine Sorge, ich leiste Ihnen Gesellschaft. Wenn es zum Kampf zwischen Ma und Bessie und uns beiden kommt, setze ich mein Geld auf uns."

Weder Micki noch Judith spürte die Augen, die sie beobachteten. Es gab im Erdgeschoss einen dunklen, fast leeren Raum, verborgen hinter einem Haufen alter Kulissen. Seine einzige Lichtquelle war das Schimmern eines Videomonitors. Keiner hörte das leise Scharren, das unterdrückte Husten, das seltsame Schniefen.

Harry, der hässliche Hippo, sah zu, wie sie gingen. Sünderinnen, alle beide. Er konnte nicht länger warten. Zuerst Judith, heute Abend.

Und morgen dann diese Micki. Er hatte gehofft, sie verschonen zu können, aber jetzt ging es nicht mehr. Jetzt hatte er keine Wahl mehr. Sie war eine Hure wie alle anderen und musste für ihre Sünden bestraft werden.

Er wurde müde, und seine Mission weitete sich immer mehr aus. Jetzt brauchte er genug Energie für diese beiden. Danach konnte er sich ausruhen.

Melvin und Jimmy fingen Micki ab, sodass Judith sich letztlich doch allein Ma und Bessie stellen musste.

„Ich habe eine Nachricht für Sie", sagte Ma Carter unfreundlich. „Eine Nachricht von Ryan. Er ist wieder da. Sie sollen ihn im Haus treffen."

Judiths Herz stockte und begann dann heftig zu schlagen. „Hat er gesagt, warum?"

„Nein, und ich habe nicht gefragt." Ma starrte sie aus Augen an, die wie versteinert wirkten. „Fahren Sie rüber?"

„Wann soll ich da sein?"

„So schnell wie möglich."

Judith wusste genau, warum Ryan sie in das verlassene Haus bestellt hatte. Er gab ihr eine allerletzte Chance, ihm zu vertrauen. Und diesmal würde sie es unter gar keinen Umständen verpatzen.

Sie blickte aus dem Fenster. Der Himmel war unnatürlich dunkel. Ein Gewitter zog auf.

„Ich fahre jetzt", sagte Judith. „Wenn Sie Micki sehen, sagen Sie ihr, wo ich bin."

Ma und Bessie saßen schweigend da und blickten ihr nach.

„Meinen Sie nicht, Sie hätten ihr sagen sollen, von wem die Nachricht kam?" fragte Bessie endlich. „Nur für den Fall ..."

Ma starrte die jüngere Frau zornig an. „Wenn ich Franz nicht vertrauen kann, wem dann?"

„Niemandem", erwiderte Bessie. Ihre Augen trafen Mas Augen in einem langen, wissenden Blick. „Vielleicht sollten Sie doch lieber Steve Bescheid sagen." Sie wandte sich wieder ihrem Computer zu.

Mit einem schweren Seufzer griff Ma nach dem Telefon.

Judith fühlte die Augen, die sie beobachteten, als sie zum Wagen ging. Sie blickte mindestens dreimal zu den Fenstern zurück. Ihr Auto war wir üblich unverschlossen. Auf dem Fahrersitz saß eine Puppe von Harry, dem hässlichen Hippo, die langen Arme um den Hals von Madame Rinaldi geschlungen. Doch diese Puppe trug nicht Madames normale Seide und Satin, sondern Jeansstoff und Kaki.

Während der zwei Tage, in denen Ryan weg gewesen war, hatte Judith keine Puppen mehr erhalten. Jetzt, da er wieder da war, fand sie eine erneute Mahnung vor. Judith riss die Puppen vom Fahrersitz und schleuderte sie über den Parkplatz.

Sie startete den Wagen gerade in dem Moment, als ein Blitz über den Himmel jagte. Ihre Hände zitterten. Er ist nicht der Killer, sagte sie sich mit forcierter Ruhe. Tief in meinem Herzen weiß ich, dass er es nicht ist. Ich hätte mich nicht in einen gestörten Mörder verlieben können.

Der Mörder musste Steve sein. Der Puppenspieler hatte zwar sagenhafte Muskeln, war aber nur knapp einsfünfundsiebzig groß. Er konnte leicht eines dieser Kostüme tragen. Und Steve hatte dieses Problem mit Glücksspielen. Judith sah zwar keine direkte Verbindung zwischen Glücksspiel und Morden, aber sie tippte auf Steve, während sie durch die ungewöhnliche Dunkelheit fuhr. Die entgegenkommenden Wagen hatten sogar die Scheinwerfer eingeschaltet.

Vor Ryans Besitz war zwar nichts von seinem alten Toyota zu sehen, aber Judith hatte es auch nicht erwartet. Der Wagen stand für gewöhnlich hinter dem Haus, das jetzt dunkel und verlassen wirkte. Judith saß in ihrem geparkten Wagen und überlegte sich einen Eröffnungssatz. Zum Beispiel: „Hallo! Ich habe dich nicht wirklich für einen wahnsinnigen Mörder gehalten." Oder direkter: „Lass uns ins Bett gehen!"

Beides wirkte nicht besonders passend. Vielleicht sollte sie einfach den Mund halten und zum ersten Mal in ihrem Leben einfach zuhören.

Es begann zu regnen, als sie auf das Haus zurannte. Die

Tür öffnete sich. Sie stürmte hinein, ohne sich umzusehen, und wischte sich das Regenwasser aus dem Gesicht. Die Tür schloss sich hinter ihr und tauchte die Diele in Dunkelheit.

Judith drehte sich um und wollte sich bei Ryan dafür bedanken, dass er sie eingelassen hatte.

Die Gestalt im Schatten war zu klein und zu breit, als dass es Ryan sein konnte. Panik ergriff sie und lähmte sie, als Franz Himml aus der Dunkelheit trat.

Franz starrte sie an, seine Augen schimmerten vor Besorgnis. Sein fast weißes Haar leuchtete in dem unheimlichen Gewitterlicht, das durch die Fenster über der Haustür hereinfiel.

„Sie sollten nicht hier sein, Judith", sagte er. „Sie sollten vor allem nicht allein hier sein."

Judith fühlte sich fast schwach vor Erleichterung. „Herrje, haben Sie mich für einen Moment erschreckt, Franz. Ich dachte, Sie wären … ich meine, ich dachte …"

„Sie dachten, ich wäre der Verrückte, der hinter Ihnen her ist", sagte er sanft. „Ich wünschte fast, ich wäre es, weil ich Ihnen nie wehtun würde, müssen Sie wissen. Läge es an mir, wären Sie in Sicherheit. Aber so, wie es ist …"

Judith konnte kaum ein Frösteln unterdrücken. „Wo ist denn nun Ryan?"

„Ich weiß es nicht. Ich habe eine Nachricht erhalten, dass ich ihn hier treffen soll. Sie auch?"

Judith nickte und tastete nach dem Lichtschalter, doch nichts geschah, als sie ihn drückte.

„Das Gewitter muss den Strom unterbrochen haben", sagte Franz. „Es wird sehr dunkel."

„Allerdings. Wir sollten Kerzen oder eine Taschenlampe suchen. Und Ryan. Er muss irgendwo sein."

„Ich suche Ryan", sagte Franz. „Sie suchen Kerzen." Donner grollte, als wollte er ihre Unterhaltung beenden.

Judith versuchte es in der Küche, in der es wegen des breiten, auf den Pool hinausführenden Fensters heller war als in den Korridoren. Sie starrte in die Sturzbäche des Regens hinaus, beobachtete, wie sich der Pool in einen Mini-Ozean mit zornigen Wellen verwandelte. Sturm peitschte durch die Bäume, schlug Zweige gegen das Haus. Regen trommelte auf das Dach.

Judith sah sich um. Wo konnten Kerzen sein?

Sie bückte sich zu einer der Schubladen, als sich die Hintertür öffnete. Regennasse Blätter trieben gegen ihre Beine, und sie wirbelte herum.

Steve Lindstroms Gesicht blieb in dem Schatten des Raums verborgen, aber er war es eindeutig, auch wenn er einen gelben Regenmantel trug und ihm die Haare vom Regen am Kopf klebten.

„Dem Himmel sei Dank, dass Sie hier sind“, sagte er schlicht. „Was zum Teufel haben Sie sich dabei gedacht, allein hierher zu kommen? Ich konnte es nicht glauben, als Ma mich anrief.“

Judith hielt sich ganz still. In der Schublade hinter ihr lag eine Gartenschere, aber sie hatte keine Lust, ‚Bei Anruf Mord‘ nachzuspielen. Außerdem bestand immer noch die Möglichkeit, dass sie Steve nicht einmal aufhielt, wenn sie etwas so Unschönes tat, wie ihm die Schere irgendwo hineinzurammen. Sie warf einen Blick zu dem begehbaren Weinschrank. Dann begegnete sie Steves Blick mit einem strahlenden, unschuldigen Lächeln.

„Warum hat Ma Sie angerufen? Und ich bin nicht allein. Ryan ist hier“, sagte sie.

„Ryan?“ Steve begann, seinen Regenmantel auszuziehen. Sein Rugby-Shirt betonte seine muskulöse Gestalt, und Judith wusste, dass sie keine Chance hatte, falls es zu einem Handgemenge kommen sollte. „Das freut mich. Ich wusste es gar nicht. Was machen Sie hier in der Küche?“

„Ich suche Kerzen. Falls Sie es nicht bemerkt haben, der Strom ist weg."

„Der ist überall ausgefallen." Er kam näher. „Schon Glück mit den Kerzen gehabt?"

„Ich glaube, sie sind im Weinschrank. Wollen Sie für mich nachsehen?"

Er zögerte nicht. „Sicher." Und damit trat er in den begehbaren Schrank.

Eine Sekunde später schlug sie die Tür hinter ihm zu. Sie hatte nicht lange genug gewartet, sodass ihn die Tür traf und umwarf. Qualvolle Momente verstrichen, ehe sie mit ihren zitternden Fingern die Tür verschließen und den Schlüssel herausziehen konnte, während sie versuchte, sein Hämmern und Rufen und seinen zweifellos mörderischen Zorn zu ignorieren.

Und dann rannte sie durch das dunkle Haus und schrie nach Franz, den Schlüssel in der Hand. Sie stolperte und fiel der Länge nach auf dem hellblauen Teppich hin, und der Schlüssel flog ihr aus der Hand. Sie machte sich nicht die Mühe, ihn zu suchen, sprang nur auf und rannte weiter.

Sie konnte Franz nicht finden. Und was Ryan anging, hatte sie starke Zweifel, ob er überhaupt hier gewesen war. Steve hatte zugegeben, dass Ma ihn angerufen hatte. Er musste das alles so eingefädelt haben, musste Ma davon überzeugt haben, dass Ryan eine Nachricht für Judith und Franz hinterlassen hatte. Sie beide sollten diesmal seine Opfer werden, und nur ein purer Zufall hatte sie gerettet.

Sie musste Franz finden und ihn informieren, damit er nicht womöglich Steve freiließ, bevor sie die Polizei rief.

Sie rannte die Treppe hinauf. Oben war es noch dunkler, und Judith musste ihre ganze Vernunft zusammennehmen, um weiterzugehen. Die Gefahr war in dem Schrank in der Küche eingesperrt. Sie war in Sicherheit.

Er wartete in Ryans Schlafzimmer auf sie. Er saß ruhig auf dem Bett, die Augen mit Gram erfüllt, sein Gesicht von den immer häufiger zuckenden Blitzen erhellt. Er sah sie an, und seine Miene war sanft und besorgt. „Ich habe auf dich gewartet", sagte er, und er sprach mit der Stimme von Harry, dem hässlichen Hippo.

„Um Himmels willen, schneller, Ryan!" schrie Micki.

„Ich trete das verdammte Gaspedal schon bis zum Boden durch", stieß Ryan zwischen zusammengebissenen Zähnen hervor. „Halten Sie den Mund und lassen Sie mich fahren."

„Warum muss es jetzt regnen?" stöhnte Micki. „Die Straße ist fast überflutet."

„Die Straße ist überflutet", entgegnete er grimmig. „Wie konnten Sie Judith bloß aus den Augen lassen?"

„Wie konnten Sie abhauen, ohne uns was von Ihrem Verdacht zu sagen?" schoss Micki zurück.

„Ich brauchte einen Beweis. Ich konnte nicht meinen besten Freund beschuldigen, ein Mörder zu sein."

„Und die Beweise haben Sie in Las Vegas gefunden?"

„In Las Vegas und in London und der Himmel weiß, wo noch ... Und die ganze Zeit habe ich nichts geahnt. Es muss etwa einmal im Jahr passiert sein. Zum Todestag seiner Mutter starb jemand. Ein junges Mädchen. Er suchte sich Prostituierte aus und Frauen mit dunkler Vergangenheit, um deren Tod sich niemand kümmerte. Verdammt, er könnte zwei- oder dreimal so viele Frauen ermordet haben, wie die Polizei vermutet. Und dann wurde er noch schlimmer. Da war eine College-Studentin in Los Angeles, eine Sekretärin in Miller's Junction. Und Lacey."

„Vorsicht!" schrie Micki, als der Wagen schleuderte. Ryan verlor wertvolle Sekunden. „Hören Sie, bringen Sie uns nicht um. Ma hat die Polizei angerufen. Die ist wahrscheinlich vor uns da."

„Und selbst das könnte zu spät sein."

Micki schwieg einen Moment. „Sie haben Recht. Machen Sie schnell, Ryan."

13. KAPITEL

Judith starrte Franz in betäubtem Entsetzen an. „Ich stecke tief in der Klemme“, sagte sie laut, ohne sich zu rühren. Er stand auf und schlurfte auf sie zu, gar nicht so anders als sein normaler Gang. Wieso war ihr das nicht aufgefallen?

„Ich werde dir nicht wehtun“, sang er in diesem unheimlichen Tonfall, den sie bereits kannte. „Ich will dir nicht wehtun. Aber du musst bestraft werden. Das weißt du. Du wirst mir dafür danken. Du willst doch kein sündiges Leben führen. Und du weißt, dass es keinen Ausweg gibt als den Tod. Der Tod wird eine Erlösung sein. Das hast du dir gewünscht. Lauf nicht weg, Judith. Ich möchte dir helfen.“

Ihre Schuhe klebten förmlich an dem Teppich fest. Wie gelähmt beobachtete sie, wie er näher schlurfte und seine starken Arbeitshände krümmte. „Steve ...“

„... ist im Schrank eingesperrt. Er wird nichts ahnen, weil du ganz still sein wirst, nicht wahr, Judith?“

„Verlassen Sie sich nicht darauf. Und Sie lügen. Ich weiß, dass Sie es tun. Sie werden ihn auch umbringen.“

„Natürlich nicht!“ Franz wirkte schockiert. „Wir bringen nur Frauen um.“

Sie spannte ihre Muskeln an. Sie hatte eine Chance, und die sollte sie klug nutzen. „Franz ...“

„Franz ist nicht da“, sang er mit seiner süßen Stimme.

„Wo ist er?“

„Fort. Er weiß nicht, was ich mache. Er könnte nicht damit leben. Aber jemand muss das Unrecht beseitigen, das vor so vielen Jahren geschah. Er kann auch nicht mit der Ungerechtigkeit leben. Also lässt er es mich machen und tut, als wüsste er nichts. Aber ich glaube, dass er etwas zu ahnen beginnt. Er nimmt jetzt Schlaf- und Beruhigungstabletten, damit ich nicht freikomme, aber ich habe sie weggeworfen. Ich werde es ihm wohl sagen. Es ist nicht fair, dass ich es allein machen muss. Ich werde es ihm sagen, nachdem ich mich um Micki gekümmert habe."

„Warum Micki?"

„Sie ist eine Hure, genau wie du, und die Huren müssen bestraft werden."

„Aber Franz ..."

„Franz ist nicht da. Ich bin Harry." Seine schlurfenden Schritte brachten ihn ständig näher, seine Finger waren ausgestreckt. „Das dauert nur einen Moment."

Ihre Lähmung wich endlich. Sie wirbelte herum und rannte durch den dunklen Korridor.

Er fing sie an der Treppe ab. Seine starken Hände legten sich um ihren Hals und pressten. Judith trat nach ihm, kam frei und rollte die lange Treppe hinunter, zog den Kopf ein und entspannte die Muskeln, wie sie es vor Jahren im Gymnastikunterricht gelernt hatte.

Nachdem sie unversehrt unten gelandet war, schnellte sie hoch, verschwendete keine Zeit, indem sie nach hinten sah, und rannte weiter. Im Haus würde er sie fangen, so groß es auch war. Wenn sie ins Freie gelangte, hatte sie eine Chance. Es goss in Strömen, und die Sicht war gleich Null.

Judith warf einen zögernden Blick auf den Weinschrank. Steve schrie und hämmerte noch immer gegen die Tür, aber der Schlüssel war irgendwo im Haus, und Franz würde sie erwischen, bevor sie den Schlüssel fand.

Judith war halb zur Hintertür hinaus, als Franz sie einholte. Diesmal half ihr alle Gegenwehr nichts. Er warf sich auf sie, stieß sie zu Boden. Der Regen fühlte sich wie warmes Blut an, und Franz' Hände schlossen sich erneut um ihren Hals. Sie schrie, schlug verzweifelt um sich, rollte in die Wasserpfütze, kämpfte um ihr Leben.

„Harry. Oh, Harry!“

Judith dachte, sie stürbe bereits. Diese Stimme klang nach Madame Rinaldis affektierten Tönen. Franz hob plötzlich aufgeschreckt sein Gesicht in den strömenden Regen, und der Druck an Judiths Hals lockerte sich ein klein wenig.

„Harry, um Himmels willen“, sagte Billys Stimme gereizt. „Lass sie los, ja? Weißt du nicht, dass sie mein Mädchen ist? Du willst ihr doch nichts antun.“

„Außerdem ...“, sagte Madame Rinaldi, „... solltest du mir treu sein. Ich sage dir, Harry, mein Junge, diese Haltung wirkt äußerst kompromittierend. Steh auf, sonst bin ich sehr böse mit dir.“

Langsam lösten sich seine Hände und gaben Judith frei, als er sich verwirrt aufsetzte. „Sie war schlecht“, sagte er im Singsang der Stimme von Harry, dem hässlichen Hippo.

„Wir wissen das, mein Lieber“, sagte Madame Rinaldi besänftigend. „Aber wir dürfen sie nicht bestrafen. Die Polizei kommt und wird sich um sie kümmern.“

„Die Polizei? Ich will hier keine Polizei.“

„Komm schon, Harry“, sagte Billy. „Sei ein guter Kumpel. Wir wollen doch kein Blut an unseren Händen haben.“

Franz blickte über seine Schulter in die Küche, die Augen schmal zusammengezogen. Judith konnte kaum die beiden Gestalten in dem schwachen Licht ausmachen, und für einen schrecklichen Moment dachte sie, da drinnen wären zwei mannsgroße Puppen. Dann zuckte wieder ein Blitz und beleuchtete Ryan und Micki und die Verzweiflung in ihren Gesichtern, und Judith stieß einen Seufzer der Erleichterung aus.

Franz schüttelte den Kopf. Er blickte auf sie herunter, und seine Augen quollen leicht hervor. „Sie muss sterben ...“ Plötzlich hatte er ein Messer in der Hand, und Judith hatte keine Ahnung, woher es kam. Wie hypnotisiert wartete sie, während die Klinge sich senkte.

„Harry!“ Fafnirs Stimme stoppte die schimmernde Waffe. „Wir waren Freunde von Anfang an. Tu das der Prinzessin nicht an. Was immer sie auch getan hat, ich liebe sie noch immer und werde es auch immer tun.“

Franz blickte nach hinten, in Ryans verzweifelte Augen, und das Messer drückte gegen Judiths Kehle. „Tut mir Leid, alter Freund“, summte Harrys Stimme. „Aber ich muss dich beschützen.“ Er drückte die Klinge gegen die Halsschlagader.

„Franz, nein!“ Es war nicht länger Billy oder Fafnir. Es war Ryan, laut und wütend und voll Autorität.

Erneut zuckte ein Blitz über die Terrasse hinweg, gefolgt von einem Donner, der das gesamte Haus erzittern ließ. Die Lichter flammten auf. Franz blinzelte, starrte auf Judith herunter und in ihr entsetztes Gesicht. Dann drehte er sich um und sah Ryan und Micki an. Das Messer fiel auf den Steinboden neben Judith, und er vergrub das Gesicht in den Händen.

„O nein“, sagte er mit seiner normalen Stimme. „Was habe ich getan?“

Es war das Letzte, was Franz sagte. Ryan zog ihn langsam von Judith weg und führte ihn mit einer anrührenden Sanftheit aus dem Raum. Und dann erblühte Micki zu Fürsorge und Tüchtigkeit, wischte den Regen von Judiths benommenem Gesicht, tupfte den Blutstropfen von ihrem Hals, während sie mit ihrem Monolog Judith von dem Schock ablenkte.

„Sie haben keinen Funken Verstand!“ Sie tauschte mit Judith das Shirt. Mickis trockenes Shirt war viel kleiner und klebte auf Judiths feuchter Haut, und Micki wirkte noch absurder in dem nassen Shirt. „Was ist Ihnen denn da eingefallen, so einfach abzuhauen? Wie können Sie auf etwas vertrauen, das Ma sagt?

Wenigstens hatte sie noch so viel Verstand, uns zu warnen. Und wo zum Teufel ist Steve?"

„Hier drinnen, verdammt! Lasst mich endlich hier raus!" Steves gedämpfte Stimme kam aus dem Weinschrank, und Judith kicherte hysterisch.

„Ich habe den Schlüssel verloren", sagte sie gepresst.

„Wie ist er da hineingekommen?"

„Ich habe ihn für den Mörder gehalten und eingesperrt."

„Sie haben überhaupt kein Hirn", sagte Micki. „Tut mir Leid, Steve, wir müssen den Schlüssel suchen."

Ein Schwall obszöner Worte kam aus dem Schrank. „Alles okay?"

Micki sah Judith an und zuckte die Schultern. „Soweit man das erwarten kann. Mach dir eine Flasche Wein auf. Es kann eine Weile dauern."

„Ich bin schon halb mit einem kalifornischen Cabernet fertig. Lasst euch Zeit."

Micki wandte sich an Judith. „Wollen Sie Franz sehen?"

Blankes Entsetzen packte sie. „Glauben Sie etwa, das wäre sicher?"

„Sie haben es nicht gehört, aber die Polizei und ein Krankenwagen waren direkt hinter uns. Franz wird bestimmt niemandem mehr etwas antun."

„Ich möchte ihn nicht sehen."

„Nein, das habe ich auch nicht erwartet. Was ist mit Ryan? Schulden Sie ihm nicht etwas?"

„Und was? Eine Entschuldigung, weil ich ihn für einen Mörder gehalten habe? Ein Dankeschön, weil er mir das Leben gerettet hat? Ich denke, das Beste, was ich für ihn tun kann, ist, zu verschwinden."

Micki gab ein kurzes, deutliches Wort von sich. „Ich dachte, Sie hätten kein Hirn, aber Sie haben noch weniger als kein Hirn.

Um Himmels willen, Judith, der Mann braucht Sie. Denken Sie nicht mehr an Ihren Stolz, denken Sie an ihn."

Bei Mickis scharfen Worten verschwand Judiths Selbstmitleid. „Sie geben ihn auf?"

„Was soll ich dazu sagen? Ihr beide gehört zusammen."

„Wo ist er?"

„Ich glaube, er hat Franz in die Bibliothek gebracht."

„Ich gehe zu ihm."

„Tun Sie das."

Aber Ryan war nicht in der Bibliothek. Mehr als ein halbes Dutzend Polizisten waren da, drei Sanitäter in weißen Mänteln und ein kleiner alter Mann in einer Zwangsjacke, einen verlorenen, verwirrten Ausdruck im Gesicht.

Er sah Judith an, und sein Gesicht verzerrte sich zu einer Maske des Elends. Und dann sprach er.

Judith brach am ganzen Körper der kalte Schweiß aus. Die Stimme, die aus Franz' talentierter Kehle kam, war die eines kleinen Jungen. Und er sprach Deutsch.

„Was sagt er?" fragte ein Polizist.

Judith war ausgezeichnet in Französisch, schlecht in Spanisch und mittelmäßig in Deutsch. „Er fragt nach seiner Mutter", antwortete sie leise.

„Und wer hat mir eins über den Schädel gezogen?" fragte Judith drei Tage später. Sie hatte ihre Kleider eingepackt, den Mercedes beladen und den Verwalter ihres Wohnhauses in Philadelphia angerufen und ihn vor ihrer bevorstehenden Rückkehr gewarnt.

„Steve. Er wollte Ihnen seine Schuldscheine wegnehmen, und er dachte, Sie wären hinter ihm her."

„Idiot", murmelte Judith und kuschelte sich ein letztes Mal auf dem schiefen Sofa zusammen.

„Steves Intelligenz ist nicht viel besser als die Ihre. Er hatte sich mit ein paar üblen Typen eingelassen. Als Lacey erkannte, dass Ryan nicht ihr Märchenprinz war, wandte sie sich Steve zu, und gemeinsam fanden sie eine Methode, um Geld aus der ‚Puppet Factory' zu unterschlagen, damit er seine Schulden bezahlen konnte. Als Lacey getötet wurde, dachte er, diese Gangster wären das gewesen. Und er dachte, Sie würden zu den Gangstern gehören und den Job beenden."

„Er hat mich für einen bezahlten Killer gehalten?" Judith starrte Micki amüsiert und erstaunt an. „Sie haben Recht. Er ist ein Dummkopf."

„Aber er ist ein sehr guter Puppenspieler. Wenigstens hat es ihm Leid getan, dass er Ihnen wehtat. Deshalb kam er auch mitten in der Nacht hierher. Nicht meinetwegen, sondern um nachzusehen, ob Sie in Ordnung sind. Er sagte, er wollte Sie nicht so hart treffen. Er wollte Sie nur aufhalten."

„Großartig", murmelte Judith. „Hat er meinen Notizblock genommen?"

„Ich war das."

„Dann haben Sie also gewusst, dass ich nicht zum Arbeiten hier war?"

„Ich habe es in dem Moment gewusst, als ich Sie gesehen habe. Der Notizblock war nur ein Beweis."

„Nun, Sie hätten früher etwas sagen können", bemerkte Judith schroff. „Ich hätte mich gern bei jemandem ausgesprochen."

„Ich hatte nicht die Absicht, Ihnen einen Gefallen zu tun." Mickis Stimme wurde sanfter. „Werden Sie Ryan sehen, bevor Sie fahren?"

„Ich glaube nicht, dass er mich sehen will. Er hat sich in den letzten drei Tagen in der obersten Etage verschanzt. Franz ist im Krankenhaus und so krank, dass er nicht einmal vor Gericht kommt. Also bin ich die letzte Erinnerung an etwas sehr Trauriges. Wenn ich weg bin, kann Ryan sich wichtigeren Dingen widmen."

„Blödsinn", murmelte Micki. „Wenn Sie ihn nicht sehen, sind Sie ein Feigling."

„Hören Sie, ich überlasse Ryan Ihnen", protestierte Judith.

„In dem Zustand, in dem Sie Ryan zurücklassen, nützt er jahrzehntelang keiner Frau was. Und später werden wir alle zu alt sein, als dass es uns noch interessieren würde. Er ist da oben allein, Judith. Und er braucht Sie."

„Er braucht mich nicht. Er braucht nur seine Puppen."

„Das kommt daher, weil ihn alle verlassen haben, ausgenommen die Puppen. War das bei Ihnen nur die Laune eines Girls aus guter Gesellschaft? Schlaf mit einem Puppenspieler und kehre dann in dein normales Leben zurück? Sie sind Lacey ähnlicher, als ich dachte, Judith."

„Micki", sagte Judith. „Ich könnte es nicht ertragen, wenn er Nein sagt."

Micki sah sie bloß an. „Nun, Sie werden es nie herausfinden, wenn Sie ihn nicht fragen. Und wenn Sie es für den Rest Ihres Lebens lieber nicht wissen wollen, sind Sie wirklich keine gute Reporterin."

„Ich bin eine verdammt gute Reporterin", protestierte Judith.

„Ja, und ich kann es nicht abwarten, zu lesen, was Sie über das alles hier schreiben werden."

„Nichts."

„Was? Ich höre wohl nicht richtig? Sie wollen Ihre große Chance platzen lassen?"

„Das ist das Einzige, was ich Ryan geben kann."

„Nein, ist es nicht."

„Micki ..."

„Scheren Sie sich hier raus", verlangte Micki und winkte mit ihrer Zigarette. „Blödheit macht mich verdrießlich."

„Das Leben macht Sie verdrießlich." Judith erhob sich mit ihrer üblichen Anmut. Sie trug wieder ihr Leinenkostüm, und ihr Haar und ihr Gesicht waren makellos. Niemand hätte geahnt, dass sie einen Mercedes-Motor in einer Stunde auseinander nehmen und wieder zusammensetzen konnte. „Leben Sie wohl, Micki. Wir sehen uns irgendwann mal."

„Ja, dann leben Sie wohl, Judith Daniels. Wir sehen uns morgen."

Ich fahre nicht zu ihm, sagte Judith sich, während sie nach Miller's Junction fuhr. Er will mich nicht.

Der Parkplatz war leer, als sie vor der „Puppet Factory" hielt. Ryan hatte für eine Woche geschlossen, damit sich alle von dem Schock erholen konnten.

Die Stahltür war verschlossen, aber Judith hatte noch den Schlüssel. Sie trat ein und hing einen Moment ihren Erinnerungen nach.

Franz war ein sehr kranker Mann, geistig und körperlich. Er sprach nur noch Deutsch mit der Stimme des kleinen Jungen, und medizinische Tests hatten einen weit fortgeschrittenen Gehirntumor nachgewiesen. Er würde nicht mehr lange leben.

Judith mochte Lastenaufzüge noch immer nicht. Sie fand ihn auf der zweiten Etage. Der Roberts 450 schwieg. Jemand hatte die Drähte aus der Wand gerissen. Ryan natürlich. Er hatte nie begriffen, wie man das verdammte Ding abstellte.

Zuerst dachte Judith, der Aufzug würde sich nicht von der Stelle rühren, aber dann brachte er sie doch in die fünfte Etage hinauf.

Das riesige Loft wirkte verlassen. Die helle Morgensonne

wurde von den nackten weißen Wänden zurückgeworfen. Und dann sah sie ihn.

Ryan lag auf der weißen Couch ausgestreckt, trug ein weites Baumwollhemd und eine weiße Baumwollhose, und seine nackten Füße baumelten über die Lehne. Er betrachtete Judith abweisend aus seinen graugrünen Augen. Er registrierte ihre förmliche Kleidung.

„Was machst du hier?“ Seine Stimme war ausdruckslos, klang gelangweilt.

„Ich bin mir nicht ganz sicher.“

„Willst du dich entschuldigen, weil du mir nicht vertraut hast? Fein. Entschuldigung akzeptiert. Willst du dich für die Lebensrettung bedanken? Fein. Dank akzeptiert. Leb wohl, Judith. Nimm dein Ralph-Lauren-Kostüm und deine ‚Bryn-Mawr‘-Erziehung und geh.“

„Und du kannst dir dein Benehmen an den …“ Sie hielt die Bemerkung zurück. Sie wollte nicht mit ihm streiten. Oder doch? Sie ging näher. „Ryan, du sitzt also hier und fühlst dich schuldig.“

„Wäre ich etwas aufmerksamer gewesen, hätte ich vielleicht schon vor Jahren etwas bemerkt. Unzählige Frauen sind gestorben, weil ich mich von Loyalität habe blenden lassen.“

„Großartig.“ Judith ließ sich auf das Fußende der Couch sinken. „Du nimmst also alle Schuld der Welt auf dich. Findest du nicht, dass das ein bisschen viel ist? Warum nicht gleich auch die Schuld an den Gräueltaten der Faschisten, der Kommunisten und ich weiß nicht, was noch, wo du schon mal dabei bist?“ Sie streifte ihre Sandalen ab.

Er starrte sie bloß an. „Vielleicht trauere ich auch über den Verlust meines engsten Freundes.“

„Und vielleicht schmollst du.“ Sie streifte ihre Leinenjacke ab und warf sie auf den Boden. Dann knöpfte sie die Bluse auf.

Ryan beobachtete sie fasziniert. „Darf ich mir Sorgen um den Ruf der ‚Puppet Factory' machen?"

„Nein. Du kümmerst dich nicht um Dinge wie Ruf oder Gerüchte. Die ‚Puppet Factory' wird den Skandal genau wie du überstehen." Sie warf die Bluse auf den Boden.

„Was machst du da?" fragte er gereizt.

Sie zog den Reißverschluss ihres Rocks auf. „Zweimal darfst du raten. Ich verlasse dich nicht, Ryan."

Ein kleines, trockenes Lächeln zuckte um seine Mundwinkel, und plötzlich wusste Judith, dass alles in Ordnung kommen würde. „Sicher nicht so bekleidet wie jetzt", sagte er.

Nur mit BH und Slip bekleidet, machte sie sich an den Knöpfen seines Hemdes zu schaffen. „Es ist sehr einfach. Ich liebe dich, und du liebst mich, und wir gehören zusammen. Wir haben nicht viel gemeinsam, aber ich will daran arbeiten, solange ich nicht in dem verdammten Haus wohnen muss. Dieses Loft hier ist groß genug für uns, vorerst. Aber wir brauchen ein größeres Bett. Du kannst mit den Puppen arbeiten, und ich kümmere mich um die Maschinen, und wir werden sehr, sehr glücklich sein." Sie sah ihn erwartungsvoll an. „Du brauchst mich bloß zu bitten, zu bleiben."

„Wer sagt, dass ich dich liebe?"

Sie hatte sein Hemd aufgeknöpft und zog an der Kordel seiner Hose. Sie war sich bereits glücklich bewusst, dass Ryan in sehr positiver Weise auf sie reagierte, aber seine Hand hielt ihre Finger fest, bevor sie weitermachen konnte.

Sie hielt seinem Blick furchtlos stand. „Du hast es Franz gesagt, als er mir das Messer an die Kehle hielt."

Ryan strich sanft über den Schnitt, den Franz' Messer unterhalb ihres Kinns verursacht hatte. „Das war Fafnir", sagte er. „Und Billy. Das sind Puppen, das bin nicht ich. Ich habe es dir nie gesagt."

„Dann sag es mir jetzt“, bat sie leise.

Seine Hand glitt in ihren Nacken und zog sie näher. „Ich liebe dich“, flüsterte er, während sein Mund den ihren suchte. „Verlass mich nie.“

Sie legte die Arme um seinen Hals. „Das werde ich auch nicht tun, Ryan“, versprach sie. „Niemals.“

– ENDE –

Nora Roberts
Das Geheimnis
von Orcas Island
Band-Nr. 25134
6,95 € (D)
ISBN: 3-89941-173-0

Deutsche Erstveröffentlichung

Tess Gerritsen
Verrat in Paris
Band-Nr. 25135
6,95 € (D)
ISBN: 3-89941-174-9

Sandra Brown
Unbestechliche Herzen
Band-Nr. 25136
6,95 € (D)
ISBN: 3-89941-175-7

Sandra Brown
Nur wer Liebe lebt
Band-Nr. 25154
6,95 € (D)
ISBN: 3-89941-193-5